Karim Lardi

Blick auf den Nil

Roman

www.tredition.de

© 2020 Karim Lardi

Verlag & Druck: tredition GmbH, Halenreie 40-44, 22359 Hamburg

ISBN
Paperback: 978-3-7497-7865-2
Hardcover: 978-3-7497-7866-9
e-Book: 978-3-7497-7867-6

Das Werk, einschließlich seiner Teile, ist urheberrechtlich geschützt. Jede Verwertung ist ohne Zustimmung des Verlages und des Autors unzulässig. Dies gilt insbesondere für die elektronische oder sonstige Vervielfältigung, Übersetzung, Verbreitung und öffentliche Zugänglichmachung.

Inhalt

1. Die ewige Fahrt
2. Nile View
3. Zwischen Räucherstäbchen und Dieseldämpfen
4. Magische Klänge
5. Der Schlüssel zum Glück
6. Begegnung
7. Unter der kleinen Pergola
8. Junge Blogger
9. Die Tochter des Nil
10. Das Märchen
11. Ayman
12. Die Fischer am Nil
13. Die vergessenen Gassen
14. Laura und der Nil
15. Ein Fest im „Paradiso"
16. Saif
17. Vom Euphrat zum Nil
18. Die Disputation
19. Das Café im Viertel
20. Der Odem des Nordens
21. Der Apfel Europas

22. Brief aus Berlin (1)
23. Brief aus Berlin (2)
24. Brief aus Berlin (3)
25. Sandsturm
26. Exzess
27. Die verratene Taube
28. Im Polizeipräsidium
29. Die Kinder des Nil
30. Die Mutter
31. Auf zum Tahrir!
32. Die Kamelschlacht
33. Die verirrte Kugel
34. German Clinic
35. Der Narr vom Tahrir-Platz
36. Die Soldaten
37. Ein Punkt am Horizont
38. Mit oder ohne Bart?
39. Abschied

-1-

Die ewige Fahrt

Als Laura an diesem Vorfrühlingsmorgen das Flugzeug verließ und die Treppe hinunterging, schlug ihr eine für diese Jahreszeit ungewöhnliche Hitze entgegen, wie aus einem Backofen, dessen Tür plötzlich geöffnet wurde.

Um sie herum drängelten sich plötzlich die Passagiere auf engstem Raum, als flüchteten sie vor einem unsichtbaren Verfolger.

„Vergessen Sie die deutschen Gepflogenheiten! Sind Sie in Ägypten, machen Sie es wie die Ägypter! Hier geht Nichts ohne Nahkampf. Hier sind wir zu Hause, hier gelten unsere Regeln. Hier zählen nur diese!", sagte eine füllige Frau scherzend und zeigte auf ihre pummeligen Ellbogen, als sie sah wie unschlüssig Laura weiterging.

Alle lachten brummig als Laura anfing, sich in dem Gewimmel durchzukämpfen.

Bis sie an der Grenzkontrolle angelangt war, klebten ihr bereits die Kleider auf der Haut, als hätte sie einen langen Marathonlauf hinter sich.

„Was hat eine so wunderschöne Blondine in zarten Jahren hier verloren und was treibt sie allein hierher?", fragten die verschlingenden Blicke des jungen Grenzpolizisten. Sie muss doch von allen guten Geistern verlassen sein, muss er sich wohl gedacht haben.

Mit ihren leuchtend blonden Haaren, die ihr wie Seide auf die Schultern fielen und in ihrem pastellrosa knielangen Rock, der hin und her schwang, sah sie nämlich unverschämt gut aus. Er starrte sie mit flehender Bewunderung an und rieb sich über seine Augen. Sie hatte eine zarte, rosafarbene Haut, war rund, üppig wie eine reife Mango. Die Königin der exotischen Früchte. Eine Folter für das arme orientalische Auge.

Der junge Grenzpolizist schien unübersehbar zu genießen, was er sah. Er konnte gegen den Adam in sich nicht ankämpfen. Seine leicht versonnen schmachtenden Blicke verrieten dies.

„Großer Gott, lass mich daran ersticken", sagten sie flehentlich.

Wie gebannt starrte er auf sie, von Kopf bis Fuß als würde er sie mit Laserblicken scannen und sie in seiner geistigen Datenbank zur späteren Verwendung speichern, als, wie aus dem Himmel, die scheppernde Stimme seines Kollegen, ihm tadelnd einen scharfen Befehl in einem provinziellen Dialekt zurief:

„Yalla Abdalla, schuf Schurlak!!! Los an die Arbeit!"

„…und werde nicht sentimental!", plärrte er aus vollem Hals.

Es folgte gehemmtes Gelächter.

Der junge Grenzpolizist stieß einen Seufzer aus, hob seine Kappe und kratzte sich am Hinterkopf, als wäre es ihm etwas peinlich, bei seiner wahren Absicht ertappt zu werden. Aus den Augenwinkeln sah er, wie die anderen uniformierten Kollegen schnaubend auflachten.

Sie arbeite als Archäologin, „Ilm al-athar! Ilm al-athar!", versuchte sie ihm auf Arabisch zu erklären, als er sie hinter einem erhöhten, vergitterten Schalter in gebrochenem Englisch nach dem Ziel ihrer Reise fragte und ihren deutschen Pass stirnrunzelnd in seinen Händen drehte.

„Arch--aeo--log--ist?!", sagte er wichtigtuerisch und täuschte Erstaunen vor, während seine Brauen hoch bis zum Haaransatz schnellten und seine Augen hastig hin und her hechelten, als würde irgendwie der Begriff in ihm schwer wurmen.

„Ich weiß, Sie können sich es nicht vorstellen, aber das ist ein Beruf und sogar ein aufregender", sagte sie lachend auf Englisch.

„Dass es noch etwas Anderes geben könnte als deutsche Touristinnen, liegt wahrscheinlich jenseits seines Vorstellungsvermögens…übersteigt seinen Horizont", kommentierte sarkastisch die füllige Frau, die das Gespräch mitbekommen hatte, schob ihren Kaugummi von rechts nach links und ließ die Wimpern flattern.

Er runzelte die Stirn und überhörte ihren Kommentar. „Laura Talbrück", flüsterte er vor sich hin mit übertriebener Ernsthaftigkeit, ihren für ihn komplizierten Namen buchstabierend und auf seinem Computer mit einem Zeigefinger zögerlich tippend.

Genüsslich drückte er seinen dicken Stempel in ihren roten Pass. Das feurige Erröten seiner Wangen verriet den Sturm der glühenden Empfindungen, die über ihn gerade hinwegfegten. Schnell erhaschte er verstohlen noch einen letzten Blick und wischte sich den Schweiß von der Stirn, was die Kollegen mit noch lauterem Gekicher quittierten.

„Gepriesen sei der Prophet!", sagte er als Laura sich zum Gehen umwandte, und verzog seine Lippen zu einem langen lautlosen Pfeifen.

„Die goldenen Sommersprossen scheinen einem den Verstand geraubt zu haben", frotzelte der Provinzler aus dem gegenüberliegenden Schalter mit einer gespielten, betörenden Stimme, ganz nebenbei, ohne ihn anzusehen.

Laura drückte sich dichter an eine Säule der Gepäckhalle und wartete auf ihre Tasche. Neugierig beobachtete sie, was um sie herum geschah. Die Fluggäste wurden immer nervöser, drängelten sich um das Förderband, hielten Ausschau nach ihren Koffern und beschwerten sich über die schleppende Förderung des Gepäcks.

Es dauerte lang, als würde es mit Kamelen herbeigeschafft. „Wann wohl die Karawane ankommt", witzelte man.

Uniformierte Männer saßen in vielen kleinen Grüppchen lethargisch zusammen und verfolgten missmutig die Witze der Heimkehrer. Mit versteinerter Miene beobachteten sie sie Kürbiskerne knackend, Tee und ungesüßten türkischen Mokka schlürfend.

Endlich nach einer Weile ratterte das Gepäckband und brachte in quälender Langsamkeit die Koffer in die Halle.

Hurtig und genervt packten die Fluggäste ihre dicken Koffer, krampften die Hände um ihre Kartone und ihre Plastikeinkaufstaschen aus den Duty-Free-Shops. Jeder bemühte sich mit seiner Pyramide ab und verschwand eilend in Richtung Ausgang.

„Bringt Devisen, Leute! Überquert das Meer nicht um Wasser zu holen!", sagte ein schnauzender Beamter barsch, mit einem wehmütigen Stich des Neids.

„Von dem asiatischen Zeug haben wir selber genug hier!", setzte er mit schmetternder Stimme hinzu.

Als sich die Türen öffneten, weiteten sich Lauras Augen beim Anblick der vielen Familienangehörigen, die draußen hinter den Schranken, in der sauerstoffarmen Luft, warteten und spähten. Der von Lärm erfüllte Flughafen war plötzlich ein einziger Hexenkessel.

„Gott sei Dank seid ihr gut angekommen! Willkommen daheim, willkommen daheim! Sie erleuchten Ägypten!!", begegneten sie rührselig jedem der Heimkehrer. Ein rührender Moment.

Etwas weiter rauften sich verzweifelte Leihautofirmen, Hotelvermittler und Taxifahrer um einige Touristen und redeten wild gestikulierend auf sie ein.

„Leute! Ihr seid ehrenwürdige Taxifahrer und keine Bettler! Benehmt euch!", tadelte abfällig ein alter Herr.

Reisende versuchten, jeder auf seine Art, die nächste Transportmöglichkeit zu ergattern, nur um dem ganzen unerträglichen Rummel zu entkommen.

Kleine verstreute Gruppen lösten sich langsam auf.

Auch Laura eilte mit schnellen Schritten hinaus um nur so schnell wie möglich das tosende Durcheinander und das Gewirr hinter sich zu lassen.

Draußen regte sich kaum ein Lufthauch. Kairo brütete in einer erstickenden Hitze.

Laura war dabei ein Taxi heranzuwinken als eine hechelnde, verrauchte Stimme in ihrem Rücken erklang und eine süßlich-blumige ägyptische Begrüßungssalve abfeuerte.

Als sie sich umdrehte blickte sie in das vom Wetter gezeichnete und zerfurchte Gesicht eines alten gedrungenen Taxifahrers, der mit einem breiten zahnlosen Lächeln vor ihr stand.

Halb in gebrochenem Englisch, halb auf Ägyptisch begrüßte er sie immer wieder mit den erlesensten Wendungen, die für ihren europäischen Geschmack bestimmt zu schwülstig klangen. Laura nahm sie so wie sie waren.

„Welcome…Welcome… Ich wünsche Ihnen einen Morgen voller taufrischer Rosen und Jasmin! Sie sanft duftendes Veilchen, Sie Jasmins´ Essenz! Was für ein Glanz in Ägypten! Ihr Besuch ist für uns eine Ehre."

Laura hätte lieber mit ihm Arabisch gesprochen, aber er gab ihr keine Chance; er legte einen noch größeren Eifer an den Tag, so dass sie nicht Schritt halten konnte. Außerdem hatte das Klassisch-Arabisch, was sie in ihren drögen Vorlesungen gelernt hatte, mit dem Dialekt, den der Taxifahrer gerade sprach, wenig zu tun, um nicht zu sagen nichts. Zumindest kam es ihr so vor.

Der alte Fahrer öffnete übereifrig die Fahrertür des schwarz-weißen Taxis älteren Baujahrs.

Laura stieg ein und nahm auf dem Rücksitz Platz. Der Taxifahrer quetschte sich mühsam in seinen Sitz und schloss die Tür so sachte wie möglich.

„Abu Huyam Abd-Essabur el-Harankesch!", stellte er sich selbstbewusst vor. Laura stellte ihren Rucksack auf ihren Schoß und nannte die Zieladresse.

99, Rosengirlandengasse. Zamalek.

Der Taxifahrer murmelte ein paar Gebetsfetzen, bevor er versuchte, den alten Zündschlüssel herumzudrehen. Der Motor hustete und spuckte ein paarmal bevor er endlich ansprang.

Laura stellte die Zeit ein. Es war 5.30 Uhr in der Früh, als sie losfuhren, den Flughafen hinter sich lassend und sich langsam in den Verkehr einfädelten. Vornübergebeugt saß der alte Taxifahrer hinter dem Lenkrad, das er so fest umklammert hielt, dass seine Adern dunkelgrün hervortraten.

Es war recht viel Verkehr für einen Freitag. Kairo kennt nämlich keinen Ruhetag. Tag und Nacht bedeuten nichts. Die Menschen ebben und fluten in allen Richtungen, wie von unsichtbaren Strömungen bewegt.

Er betrachtete sie im Rückspiegel, an dem eine Hand der Fatima mit türkisfarbenem Auge in der Mitte baumelte.

Eine Zeit lang fuhren sie schweigend, bis der alte Taxifahrer sie mit der Frage überrumpelte:

„Wie lange werden Sie uns beehren?", sagte er und drehte sich langsam wie eine Eidechse zu ihr.

„Solange meine Forschung dauert!", kam ihr stockend über die Lippen.

Er möchte nicht unhöflich sein, er frage, weil sie nur mit einem kleinen Rucksack unterwegs war.

Der Taxifahrer erzählte, er fahre für sein Leben gerne Europäer, einzig und allein aus dem Grund, dass sie sehr praktisch reisen. „Keiner in der Welt reist mit so viel Aufwand, wie wir Ägypter. Wir Ägypter, wir sind unglücklich, wenn wir auf unserer Reise nicht die Pyramiden mit uns verlagern. Pyramiden sind immer in irgendeiner Art mit uns, egal wohin wir reisen. Wir sind die Pyramiden und die Pyramiden sind wir. Unzertrennlich!", sagte er philosophierend und drehte sich langsam zu ihr um, über seine Formulierung lachend.

„Haben Sie jemals einen Ägypter erlebt, der mit einem einzigen Koffer reist?", sagte er in fragendem Ton und wandte sich wieder zu ihr. Sie bewegte ihren Kopf hin und her, hielt sich am vorderen Sitz fest und wünschte im Stillen, er würde geradeaus schauen. Der Verkehr war nämlich gerade nicht beruhigend. Alle rasten mit gewaltiger Geschwindigkeit und überholten zackig und gewagt, während der Motor des alten Taxis bedenklich schnaufte und ächzte.

„Der Karren braucht bald einen neuen Motor! Bald stirbt er ab... bald gibt er den Geist auf...", sagte er mehr zu sich als zu ihr und schlug mit der Hand ermahnend auf das dünne Lenkrad.

An den Laternen, entlang der Straße, die den Flughafen mit der Innenstadt verband, hingen gigantische schwarz-weiße Bilder von Präsident Husni Mubarak in seinen jungen Jahren. Voller Stolz schaute er von oben herab als würde er alles aus der unangreifbaren Höhe seiner Macht betrachten.

„Minnak lillah ya Mubarak, Minnak lillah ya Mubarak!!! Gott seiest du geklagt, Mubarak!!!", redete der alte Taxifahrermehr mit sich selber und seufzte immer wieder, wenn sie an einer solchen Straßenlaterne vorbeifuhren. Eine große Spur von Frustration war in seiner Stimme mitgeschwungen.

„Er soll sich zum Teufel scheren! Zum Teufel mit dem Kerl! Mein Blutdruck klettert jedes Mal hoch, wenn ich sein Bild sehe", sagte er in den Rückspiegel schauend wo er sah, dass Lauras Blicke auf den Plakaten geheftet blieben.

„Das Regime steht ganz oben am Rande des Abhangs und es ist kurz davor, in die Tiefe zu sausen. Das Hochseil wird langsam dünner und der Abgrund darunter tiefer, bloß es will niemand glauben", flüsterte er und führte mit zwei Fingern über seinen Mund, als würde er einen Reißverschluss schließen.

Abd-Essabur hatte gute Gründe zu glauben, dass es, vielleicht in gar nicht allzu ferner Zukunft, so kommen würde.

„Dieser Mann und sein Klüngel haben uns ruiniert. Sie haben uns versklavt, gedemütigt und ausgewrungen, dreißig Jahre lang leben wir nun schon unter seiner Fuchtel und seiner Knute!", schnaubte er verächtlich, wobei er in den Flüstermodus verfiel.

„Stellen Sie sich vor", erging er sich erneut in einem lawinenartigen Monolog über die Drangsale seines Lebens, „mit 20 Pfund am Tag konnte man früher eine ganze Familie festlich ernähren." Er tätschelte sich den Bauch. „Es gab Hähnchen, gefülltes Gemüse, es gab Muskraut mit Kaninchen, und … und am Ende jeden Arbeitstages hatte man sogar kleine Geschenke für die kleinen Kinder mitgebracht. Und heute? Die Reichen schwelgen im Überfluss und von uns wird immer wieder erwartet, den Riemen enger zu schnallen. Wir essen und trinken nach dem Kamelprinzip: Wenn wir die Gelegenheit haben, legen wir für die Hunger- und Durststrecken einen Vorrat an und schaufeln alles in Reichweite in uns hinein, wer weiß, sagen wir uns, ob wir so schnell wieder etwas bekommen. Den Duft von gegrilltem Fleisch kennen wir nur noch aus der Erinnerung. Bald dürfen wir uns mit Kutteln, Hunde- und Eselsfleisch trösten."

Er warf Laura einen gequälten Blick zu. „Der Torschi, das eingelegte Essiggemüse und das strohige Brot, treiben dem Volk die Galle hoch. Uns läuft die Galle buchstäblich über. Mich würde es nicht wundern, wenn die Menschen bald übereinander herfallen. Hunger lässt nämlich Wolfszähne wachsen. Möge alles Übel sich von dir fernhalten, Ägypten!"

Laura fiel es schwer, Worte zu finden. Außerdem ließ er ihr gar keine Zeit zur Besinnung. Es schien auch so als erwartete er gar keine Antwort von ihr, als bräuchte er lediglich ein Ventil für einen langjährigen aufgestauten Zorn. Offensichtlich war er froh über die Gelegenheit, sich das Ganze von der Seele zu reden. So ließ sie ihn für zwei reden. Es war längst nicht alles zu verstehen, aber sinngemäß wusste sie, was ihm schwer auf der Seele lag.

Stolz holte er aus seinem alten Portemonnaie ein Bild heraus und seine Stimme nahm plötzlich den nachdenklichen Tonfall von jemandem an, der in einen alten schönen Traum versank: „Nasser!", sagte er ehrfürchtig und legte den ganzen Stolz Ägyptens in seine Stimme. Eine Weile herrschte Stille, als würde er eine gebührende Schweigeminute einhalten, dann nahm er einen tiefen Atemzug, der einen gewichtigen Satz ankündigte.

„Ach Nasser! Dein Land braucht dich jetzt…." In seiner Stimme schwangen alte rührselige Erinnerungen und so viel ermattete Sehnsucht. „Mich erfasst Wehmut, wenn ich an die alten Zeiten denke…", setzte er nostalgisch fort und verstummte wieder mitten im Satz, schüttelte den Kopf, bevor er sich wieder seinen lauten Träumen hingab.

„Viele gescheite Leute bei uns sind heutzutage der Meinung, und denen stimme ich zu, dass wir einen neuen Gamal Abdel-Nasser brauchen."

Er erzählte über Nasser als ob er ihn persönlich kannte und ihm nahestand. Wie einen geschätzten Arbeitskameraden: „Wir sagten zu Nasser…. Nasser sagte zu uns." Er verstand es, diese

Geschichten so lebendig zu erzählen, dass Laura fast glaubte, sie selbst miterlebt zu haben.

„Der unsterbliche Anführer, der das ägyptische Volk verehrte und dessen Puls, Schlag für Schlag, fühlte. Das Inbild glühender Vaterlandsliebe und symbolischer Hoffnungsträger aller Ägypter: Fellachen, Arbeiter, Soldaten und einfache Menschen, wie ich. Zu seiner Zeit platzten wir vor Stolz. Der Ägypter trug den Kopf hoch. Sehr hoch, sooooo!", sagte er voller Stolz und streckte seinen Kopf in die Höhe.

„Und heute?", sagte er mit deutlichem Abscheu in der Stimme und machte eine Gebärde des Bedauerns, die auf den desolaten Zustand deuten soll. „Alle wollen bloß weg. Der moderne Auszug aus Ägypten!" Er seufzte geräuschvoll und fuchtelte mit einer zusammengefalteten Zeitung, die auf dem Nebensitz lag, herum. „Junge Männer in ihrer ersten Blüte verirren sich in der libyschen Wüste und begeben sich in den Rachen des Todes, verfangen sich in dem heimtückischen Netz, das die ruchlosen und gewissenlosen Schlepper um sie herum spannen. „Schauen Sie!", sagte er in herablassendem Tonfall und zeigte auf ein Bild von gestrandeten Leichen: „Selbst das Mittelmeer will sie nicht mehr und spukt sie aus wie bittere Früchte. Sie alle träumten davon, dass noch manch freundlicher Hafen auf sie wartete, mit immerwährendem Frühling. Hier gibt es keinen Frühling."

Er hielt kurz inne, um dann schäumend weiter zu schimpfen. Laura schüttelte mitfühlend den Kopf. Er sprach von Doktoren, die mit ihm schichtenwechselnd Taxi fahren nur um sich ihre armseligen Hungerlöhne aufzubessern, wenn sie nicht gerade arbeitslos waren. Er sprach von Menschen, die ihre Organe verkaufen, um ihren kleinen Familien ein würdiges Leben bieten zu können.

Laura schüttelte bedauernd den Kopf, wusste aber nicht recht, wie sie den armen alten Taxifahrer trösten oder beruhigen konnte.

„Schwer vorstellbar, unglaublich", sagte sie leise.

„Eine Unverschämtheit! Das ist unentschuldbar...", sagte er heiser.

Er verstummte mitten im Satz und verfiel für einen kurzen Moment etwas beruhigt in träumerisches Schweigen. Im Radio des keuchenden Taxis lief gerade eine religiöse Morgensendung. Hingerissen lauschte er den Erzählungen, den Arm aus dem Fenster hängend, während Laura gerade noch den völlig verrauschten Ton mitbekommen konnte.

„Geduld ist schön. Wenn man im Leben geduldig wartet, kommt alles zu einem, als wäre es ein Stück von einem selbst. Wenn nicht diesseits, dann im Jenseits doppelt und dreifach... Das irdische Dasein sei nichts anderes als ein Acker für das Jenseits und Geduld ist sein Bewässerungskanal. Wer Geduld übt, dem gibt das Leben alles, was er begehrt", sagte zuversichtlich der Prediger, der ein profundes Wissen über die Bewohner, die Geographie, die Schätze und die Animationsangebote des Jenseits zeigte.

Abd-Essabur lauschte angestrengt, wie der Tugendbold das Jenseits großspurig schilderte, so als hätte er dort gerade einen *all inklusive* Urlaub verbracht. Die vielen mit Brokat durchwirkten Ruhebetten, die Paradiesbewohnerinnen und die exotischen Früchte, die einem dort den Atem verschlagen. Es gibt keinen Dieselgestank und kein Verkehrschaos. Stattdessen gibt es bloß Ausritte auf geflügelten Pferden von einem Festmahl zum nächsten. Es wird nur noch geschmaust und bankettiert. Saftiges Fleisch und Weinflüsse ohne Ende, aus denen man so viel trinkt wie man möchte und dazu noch ohne Kater. Auf Abd-Essaburs Lippen hatte sich ein träumerisches Lächeln geschlichen. Er blieb eine ganze Weile still und seufzte erregt. Stöhnend träumte er von den lieblichsten Obstbäumen, unter deren Ästen er wandelte.

Das Stirnrunzeln war auf einmal ganz verschwunden und die Lippen bewegten sich stumm, als spreche er sein Gebet. Laura kam erst wieder ganz zu sich als sie erneut das Hupen hörte. Der Taxifahrer hatte nämlich einen nervösen Daumen, der in kurzen Abständen auf die Hupe drückte. Einfach so, als wäre das Hupen in seinen Ohren Musik.

Laura schaute auf die Datumsanzeige ihrer Uhr. Sie hatte das Gefühl, als sei die Zeit stehengeblieben.

30. März 2010.

„Wir müssen uns beeilen, bevor wir in dichten Verkehr geraten", sagte er besorgt und drückte das Gaspedal bis zum Boden durch, während seine Hände sich fester um das Lenkrad schlossen.

Der Wagen holperte so stark, dass die Hand der Fatima schnell hin und her schwang - wie ein Pendel - und sie bekam Angst, dass das Taxi von einer der vielen Brücken abkommen könnte. Sie waren nämlich alle in einem schlimmen Zustand. Überall Spalten und Risse, manchmal fehlte gar der Brückenrand. Hier musste ein schwerer Wagen entgegen geknallt sein. Man konnte sehen, dass irgendjemand einen halbherzigen Versuch unternommen hatte, ein paar größere Löcher im Boden dilettantisch zu flicken. Die fehlenden Randstücke wurden jedoch nicht ersetzt und ließen den Blick frei auf das Chaos darunter.

Verkrampft starrte Laura aus dem Fenster in den ewigen Verkehr. Sie dachte für einen Moment, ihr Herz bliebe stehen. Sie versuchte sich zu beherrschen und suchte vergeblich nach einer Kopfstütze, einer Armlehne oder einem Griff. Von einem Sicherheitsgurt keine Spur. Schließlich empfahl sie sich in die Obhut des Himmels und ergab sich ihrem Schicksal.

„Der Herr stehe dir bei, Laura!", sagte sie sich im Stillen und klammerte sich fest an ihren Rucksack. „Der Kairoer Verkehr ist halt nichts für hyperphobische Europäer", dachte sie für sich.

Keiner hielt sich an Verkehrsregeln oder Geschwindigkeitsbegrenzungen. Lastwagen, die auf der ganzen Welt rechts fahren, fuhren hier links. Sie wechselten so schnell von rechts nach links und wieder zurück, dass einem schwindlig wird. Jeder machte sein Ding, jeder überholte wie und wann es ihm das gerade passte und jeder quetschte sich in eine noch so kleine Lücke. Aus zwei Spuren machten sie vier. Von allen Seiten wird laut und ärgerlich gehupt. Sie blinkten rechts und fuhren links. Doch hinter dem Chaos müsste ein System oder ein Code stecken, der für Außenstehende nicht leicht zu knacken war, grübelte sie und sie brauchte nicht allzu lange, um festzustellten, dass sämtliche Verkehrsteilnehmer sich einzig und allein, stillschweigend darauf geeinigt haben mussten, nicht miteinander zusammenzustoßen. Alles ist in bester Ordnung, solange alles in seinem natürlichen Chaos ist. Wer für Ordnung sorgen möchte, schafft nur mehr Chaos. Spontaneität und Zuverlässigkeit in der Produktion des Chaos sind Dinge, die hier sehr gefragt werden, hatte sie sich sagen lassen, kurz vor ihrer Abreise. Alles ist eine lebensgefährliche Millimeterarbeit, doch es klappt irgendwie, wenn auch nicht immer. Die Ägypter beherrschen dieses Spielchen perfekt, Laura dagegen machte das schwindelig. Selbst Michael Schumacher würde es Schwindel erregen, dachte sie sich. „Wer die Fahrweise der Ägypter versteht, ist auf gutem Weg ihre Mentalität zu verstehen." Ein Tipp, den ihr Abd-Essabur lachend gab.

Sie verglich die lebhafte Geschäftigkeit Kairos mit der ländlichen idyllischen Atmosphäre Münsters. Seltsamerweise kamen ihr unvermittelt der kleine Ludgeri-Platz, wo die Kaninchen brüteten und hoppelten und die Münsteraner Fahrradfahrer mit ihrer Fahrradweg-Mentalität in den Sinn. Lächerlich! Wie sie sich ärgern, wenn man einen Hauch von den Normen abweicht, etwa wenn das Rücklicht nicht brennt, man keine leuchtenden Streifen an der Kleidung trug, wenn man sich nicht genug rechts hielt oder wenn man nicht rechtzeitig genug die Hand hebt um auf die einzuschlagende Richtung hinzuweisen. Wehe dem Fußgänger, der es wagte aus Versehen, die Fahrradspur ein klein bisschen in Anspruch zu nehmen. „Sind Sie lebensmüde oder von allen guten Geistern verlassen?", bellten sie einem hinterher und tippten sich zänkisch an die Stirn.

Laura schaute gerade mit angehaltenem Atem wie eine vierköpfige Familie -Mann, Frau, Kind und ein Baby- ein Motorrad im Verkehrschaos Kairos als Transportmittel benutzte. Sie wunderte sich, dass so viele Leute auf einmal auf ein Motorrad gequetscht, ohne Helm oder dergleichen fuhren. Sie staunte, wie der Junge vorne auf dem Tank thronte, die Frau lässig hinter ihrem Mann saß, mit übereinandergeschlagenen Beinen und dem Baby auf dem Schoß, während dem Mann eine Zigarette im Mundwinkel klemmte. „So etwas bekommt man sonst im Zirkus zu sehen", dachte sie sich. „Sie holen sich ganz gewiss den Tod!"

Laura hoffte inständig, dass das Baby unversehrt nach Hause kommt.

Das Taxi ruckelte und schaukelte, so dass ihr Magen sich jedes Mal hob und sank, wenn sie über ein tiefes Loch in der Straße hinweg schossen und sie mit dem Kopf gegen die Decke stieß. Der Benzingestank erhitzte die Luft und verursachte einen unangenehmen Ruck in ihrem Magen.

Der Taxifahrer, träumte immer noch schweigend vor sich hin, schüttelte eine Zigarette aus einer Schachtel und steckte sie sich hungrig an. Er nahm gierig einen Zug und blies den Rauch so grimmig aus, als wollte er damit sein Trübsal wegblasen. Er war ein leidenschaftlicher Raucher. Er rauchte die Zigaretten nicht, er rollte sie im Mund hin und her, nuckelte an ihr, kaute sie buchstäblich, man könnte meinen er möchte sie samt Papier und Tabak verschlingen. Es roch schwer nach Zündholz und Heu. Das gab Laura den Rest. Sie hatte das Gefühl, keine Luft mehr zu bekommen und war einer Ohnmacht nahe. Davon schien er nichts mitbekommen zu haben. Erst als Laura mit den Händen wedelte, um die beißende Rauchwolke zu zerstreuen, erst dann bat er um ihr Verständnis und blies entschuldigend den Rauch zu dem offenen Fenster hinaus.

Zum Glück mussten sie halten, denn der Kühler kochte über und ließ das Auto hopsen und schliddern wie ein wild gewordener Ackergaul.

Sie hatte eine kleine Pause gut gebraucht, um der Übelkeit erregenden Hitze im Taxi zu entkommen, und damit ihre Eingeweide wieder ihren Platz finden können. Von Luftschnappen war jedoch keine Rede. Kairo glich an diesem Tag einem stickigen Ofen. Draußen roch die Luft nach Verbranntem.

Für den alten Taxifahrer war es wieder eine Gelegenheit ein paar Zigaretten zu verschlingen, in seine Rauchschwaden einzutauchen und unablässig Dampf ablassen.

In einem lustigen Kauderwelsch aus Arabisch, Deutsch und Englisch mochte er ihr ein paar seiner Geheimnisse verraten, die ihm in der letzten Zeit aufs Gemüt drückten. Sein größter Traum wäre es nämlich, seine Blechkiste gegen einen Mercedes einzutauschen. Es müsse ja nicht unbedingt eine nagelneue Mercedeslimousine sein, Hauptsache vorne sitze der Stern. Mit dem Stern vorne fahre es sich besser und der Fahrkomfort erhöht sich, meinte er felsenfest überzeugt.

„Meine Blechkarre ist nämlich ein trotziger Esel geworden. Ich habe das Gefühl, dass wenn ich Gas gebe, sie förmlich nach hinten springt, und wenn ich den Rückwärtsgang einlege, hüpft sie nervös nach vorne", sagte er und brach in Gelächter aus. Er schien sich nicht mehr halten zu können.

Sein zweiter Traum wäre gewesen, soviel glaubte Laura verstanden zu haben, seine Frauen gegen *Mertel* auszutauschen.

Er schwieg ganz kurz, machte ein paar tiefe Züge, sah etwas träumerisch, wie sich die Rauchkringel von seiner Zigarette nach oben ausbreiteten. Er liebte *Ankila Mertel* (so sprach er den Namen aus), über alles, sagte er während der Zigarettenrauch aus seinen Nasenlöchern strömte. Er habe in seinem Leben vielen Frauen den Kopf verdreht und etliche kämpften um ihn und sind bis heute unglücklich in ihn verliebt, sagte er halb im Ernst, halb im Spaß und zwirbelte mit seinen dicken Fingern seinen buschigen Schnurrbart; ein großer Rosenkavalier und Herzensbrecher, schauspielernd, während ein breites selbstgefälliges Lächeln auf seinem Gesicht erschien.

Er schwieg eine Weile in Erinnerungen versunken, dann schwor er beim Leben des Propheten und allem, was ihm heilig war, alle Frauen der Welt wegzustoßen, just wenn *die deutsche eiserne Lady* mit dem schönsten Blick und der sanftesten Stimme der Welt, ihn einmal einladen würde. Seine Bewunderung für sie sei nämlich grenzenlos. Von ihrem eisernen Willen und politischem Geschick können sich viele arabische Staatsmänner eine fette Scheibe abschneiden.

„Schade, dass du keine Araberin bist, Miss Mertel!", bedauerte er, während er den letzten Zug von seiner Zigarette nahm, kurz bevor der Filter glühte, und auf das Dach seiner „Blechkiste" schlug. Diese Frau hat den Verstand von zehn Männern. Davon schien er überzeugt.

„Ich glaube, sie liebt die Araber!", offenbarte er.

Laura wedelte sich den Rauch aus dem Gesicht und konnte sich dabei ein Grinsen nur schwer verkneifen, als ihr das reizende Bild von Abu Huyam Abd-Essabur el-Harankesch und „Miss Mertel" in den Sinn kam, händchenhaltend durch das Brandenburger Tor spazierend. Sie würden ein hübsches Paar abgeben. „Welche Frau der Welt könnte dieser Anmut und diesem Charme widerstehen", rang sie sich ein dünnes Lächeln ab.

Nach einer Weile der Träumerei ging die Raserei von neuem weiter.

„Ma tiqlaqiiiisch! Keine Sorge! Bald müssten wir in Sichtweise von Zamalek sein", sagte der Taxifahrer beruhigend als er ihre Müdigkeit und langsam wachsende Unruhe bemerkte.

Weit in der Ferne erschien das Zentrum unter einer düsteren Smoghülle, die wie eine schwere Glocke über der ganzen Stadt lag, als ziehe gerade ein heftiger Sandsturm über sie hinweg. Schweigend saß Laura erstarrt im Taxi, das rumpelnd und mit heulendem Motor dahin brauste. Durch das unklare Seitenfenster betrachtete sie die Stadt, die wie im Zeitraffer hinwegflog. Es war das pure Hinübergleiten in ein anderes Universum. Sie fuhren an vielen kleinen, grün beleuchteten Moscheen vorbei und über viele Autobahnbrücken, bevor sich der Nil endlich zeigte. Sie fühlte sich desorientiert und spürte nichts von dem Frohlocken, das sie erwartet hatte.

„Das ist der Nil!", deutete der Taxifahrer mit einer ruckartigen Kinnbewegung, ohne das Lenkrad loszulassen. Sie sah fast nichts durch die schmutzigen Fensterscheiben. Für einen Moment dachte sie in einem Gruselfilm zu sein. Ein trüber dichter Dunst lag wie ein Tuch über dem Nil und verhüllte die ganze Stadt, die abwechselnd hervortrat und wieder verschwand, wie eine geisterhafte Erscheinung, die auf einer trübgrauen Leinwand flackerte. Mühsam kurbelte sie das Fenster runter und spähte durch die Nebelwolke hinaus, die sich intensiver über dem Fluss bildete. Ihre Augen weiteten sich langsam. Wie gebannt schaute sie hin und geriet allmählich in einen Schockzustand. Die Bewunderung, die sie früher empfunden hatte, fiel auf einmal von ihr ab und war wie im Nu verflogen. Es ist einfach alles so viel anders, als erwartet. Kairo, wovon sie ihr ganzes Leben geschwärmt hatte und das sie aus den vielen Filmen, Vorlesungen kannte und aus den Büchern, die sie schon als Kind voll Sehnsucht und Verlangen durchblätterte, war prächtig, unvergleichlich schön, einfach magisch-orientalisch.

„Nein! Das darf nicht wahr sein! Das ist nicht mein Nil und das ist nicht mein Kairo!", sagte sie sich in tadelndem Tonfall und mit wehmütigem Beiklang.

Die Stadt, die sie in jenem Moment wahrnahm, hatte eine gewaltige Ausdehnung erreicht. Sie erschien in den Frühstunden dieses Tages trist und farblos und bot einen schäbigen Anblick. Vielleicht war ja der dichte Dunst schuld, dachte sie sich.

Immer wieder tauchten heruntergekommene Hausboote, rostige Autos mit platten Reifen und abgebrochenen Seitenspiegeln in Erscheinung. Überall ein Häusergewirr, Vernachlässigung und Verfall. Häuser mit unverputzten roten Ziegeln erweckten den Eindruck einer willkürlich hingeworfenen Siedlerstadt, die über Jahrzehnte hinweg von allein ohne Hilfe von Stadtplanern gewachsen war und in der sich Zuzügler einfach dort niedergelassen hatten, wo es gerade eine Lücke gab.

Ihr enttäuschter Blick blieb eine Weile an einem Bild Mubaraks hängen und sie legte ihre Stirn missbilligend in Falten. Mühevoll schluckte sie die Splitter eines zerplatzten Traumes hinunter. Die Städte sind letztendlich das Produkt ihrer Regierenden. Kairo ist zu dem geworden, was diese aus ihr gemacht haben: ein farbloses, lautes, chaotisches Labyrinth. Hier und dort eine Müllhalde. Plastikflaschen. Plastiktüten. Die Straßen ein Schmutzfeld.

Das letzte Mal, als sich die Stadt herausgeputzt hatte, erzählte Abd-Essabur, war, als Barack Obama Kairo seinen ersten Besuch abstattete. In kürzester Zeit war ein Teil der Stadt in Ordnung, aufgeräumt und die Straßen blitzsauber gefegt und abgespritzt. Man hatte Hunde, Katzen und Bettler verjagt und alle Formen des Elends regelrecht weggeschrubbt. Es wurde nichts dem Zufall überlassen. Über Nacht wurden Straßen asphaltiert, Laternen aufgestellt und saftgrüne Palmen gepflanzt, Bordsteine wurden frisch gestrichen. Und parkende Autos abgeschleppt. Plötzlich erkannte man, dass diese Stadt doch Bürgersteige hatte. Die Stadt wurde über Nacht blitzblank. Und was man nicht wegpusten konnte, wurde hinter die Cache-misère gebracht, um das Gebrechen der Stadt zu verdecken. Fassade. Fassade. Alles Fassade! „Es hat ausgeschaut, als würde man Lippenstift auf dickem Rotz auftragen", sagte Abd-Essabur und musste selber über seine Formulierung lachen. Er wollte nicht mehr aufhören zu lachen.

Langsam bog das Taxi von der Brücke ab und nach einer Weile verkündete ein Schild, dass sie sich in Zamalek befanden. „Ein elegantes Stadtviertel in bester Lage, eine geschützte Insel, ein friedliches Plätzchen! Willkommen im Garten von Eden!", sagte der Taxifahrer und seufzte wehmütig. „Hier sind die meisten Prominenzen und Exzellenzen, hier wohnen Diplomaten, ausländische Experten und die cremigen und wohlhabenderen Ägypter." Wie er die letzten Wörter betonte, das klang verbittert, fast verächtlich.

Lauras Blicke wanderten zu Straßenfegern und jungen Müllmännern in schäbigen Kleidern, die gerade einen roten Chevrolet mit einem fetten Logo beluden. *Wem die Arme bis zu den Ellbogen im Müll stecken, wünscht man keinen Morgen voller Jasemin und Zimtäpfeln!* entzifferte sie auf dem Wagen.

Ihre zarten Rücken krümmten sich unter der Last der Müllberge, die die Herrschaften Tag für Tag produzierten. Sie schlurften unter ihrer Last vornüber gebeugt mit watschelnden Schritten die Straße hinauf in Richtung der nächsten Mülltonnen dieses reichen Viertels, immer wieder den Riemen der Tragetasche richtend, die ihnen von den zarten Schultern zu gleiten drohten.

Hier und da wühlten Kinder im Schulalter in den Abfällen und steckten sich, was sie aus den Abfalleimern gefischt hatten und noch verwerten könnten in die Jackentaschen.

Das Taxi umfuhr verrottende Säcke mit diesem und jenem, Mülltonen, die überquollen mit Imbiss- Verpackungen, streuenden Hunden und Katzen. Überall unheimlich viele Katzen.

Mit einer geschmeidigen Drehung des Lenkrades bogen sie in eine schmale Gasse, die mittendrin versteckt war, wie ein Irrgang in einem Irrgarten. Er legte eine prompte Vollbremsung hin, dass er selbst fast an die Windschutzscheibe knallte.

„Hier sind wir, Alhamdu lillah ala Salama! Gepriesen sei Gott, dass wir heil angekommen sind!", sagte der Taxifahrer und deutete auf ein altes etwa fünfgeschossiges Haus. Laura streckte ihr Rückgrat und atmete langsam aus, als hätte sie während der gesamten Fahrt den Atem angehalten. Sie gab sich keine Mühe, ihre Erleichterung zu verbergen. Wer hier schon einmal Taxi gefahren ist, weiß, warum man hier einander nach jeder Fahrt gratuliert, dass man unversehrt angekommen ist.

Autofahren ist generell, wie in den Krieg ziehen, man weiß nie, ob man heil zurückkehrt, aber man zieht trotzdem dahin.

Laura trat vor das Haus und schaute sich beinah verängstigt um. Sie wusste nicht wohin sie sich wenden sollte. Sie reckte ihren Hals und starrte auf ein grauverwittertes, etwas verfallenes Gebäude, dessen Anstrich völlig abgeblättert war.

Nile View stand auf einem alten Schild in schöner Kalligraphie.

Das Haus, aus der englischen Kolonial-Zeit, war in einem schlechten Zustand. Es war vermutlich von Anfang an nicht sonderlich solide gebaut und mittlerweile äußerst marode. Hier wohnen bestimmt keine Diplomaten und keine „hohen Tiere", dachte sie sich. Es lagen mindestens ein Dutzend mickerige Katzen herum. Sie maunzten und schmiegten sich, ihre Schwänze wedelnd, gleich an ihr Bein. Als würden sie sie willkommen heißen oder ihr etwas erzählen wollen.

Laura wühlte in ihrer Tasche und reichte dem alten Taxifahrer das Geld, das er zuerst entschieden zurückwies und erst nach wiederholtem Bitten mit überschwänglich blumigen Dankesworten entgegennahm. Das war ein gutes Omen für seinen langen Tag voller Jasminblüten. Er küsste die Scheine und führte sie an seine Stirn. Sein Gesicht verzog sich zu einem breiten Lächeln. „Bleiben Sie in Gottes Obhut, Miss! Sie bringen Licht zu uns! Ihre Anwesenheit verleiht ganz Ägypten Glanz!"

Er öffnete das Handschuhfach und stöberte eine Weile darin herum, schließlich förderte er eine zerknitterte Visitenkarte ans Tageslicht. Er gab ihr seine Telefonnummer und bat sie, ihn nicht zu vergessen bei ihrer Rückkehr, seiner „Mertel" und Germany herzliche Grüße vom ägyptischen Volk und von Abu Huyam Abd-Essabur el-Harankesch, dem attraktivsten Taxifahrer Kairos, auszurichten.

„ I lobe you Germany, Of Wadersee Miss! Esch Lebe Desch… Ankila Mertel! Esch Lebe Desch Gerrar Schnöder, Backenbauer,

Merzedes...!", trällerte er freudestrahlend in seinem besten Deutsch. Dann lachte er fidel aus vollem Halse und skandierte abschließend mit gereckter solidarischer Faust ein dreifaches *Es lebe Ägypten*!

Sein Lachen war ansteckend. Sie machte ihm die Kampfgeste nach und lächelte etwas neckisch.

Ihr ging gerade das Bild Abu Huyam Abd-Essaburs und „Miss Mertels" durch den Kopf, wie sie romantisch harmonisch und verträumt durch das Brandenburger Tor Hand in Hand schlendern. Sie fand das Bild witzig und war sicher, sie würde sich bei späterem Nachdenken immer wieder darüber amüsieren. Wenn sie bei der Fernsehsendung „das Paar des Jahrhunderts" mitmachen, würden sie zweifelsohne den ersten Preis gewinnen.

Abd-Essabur zog an der Zigarette, die seinen Mund nie verließ und stieß den Rauch seitlich aus. Er winkte grob, mit beiden Händen, bevor er in seine widerspenstige Karre einstieg und mit brüllendem Motor und qualmenden Auspuff wegfuhr. Laura winkte zurück. Irgendwie war er ihr ein Stück ans Herz gewachsen. Es war schließlich eine ewige abenteuerliche Fahrt gewesen, vom Flughafen bis nach Zamalek. Sie blieb stehen und vernahm das müde Ächzen des verbeulten Taxis, das den kleinen Irrgarten langsam verließ und wieder Richtung Flughafen rumpelte.

Sie blickte etwas verzweifelt um sich. Sie wusste nicht recht wohin sie sich genau wenden sollte, als sie ein Schlüsselknirschen hörte, sich eine kleine Tür knarrend öffnete. Ein schmächtiger Mann in einem langen abgewetzten gräulichen Gewand, einen hellblauen Turban über seinem Mondgesicht mit buschigem Schnurrbart gewickelt, tauchte hüstelnd auf, sich den Schlaf aus den Augen wischend. Der Pförtner, dachte sie sich. Hier nannte man ihn *Bawwab*. Diese gehörten wie auch ein Privatfahrer in Kairo zum Statussymbol. Vor jedem Haus stand eine ganze Armada von ihnen. Je mehr vor der Haustür hocken, desto wichtiger sind die Hausherren und desto höher deren soziales Ansehen. Man zeigte seinen Reichtum durch ausreichend Personal.

In einem starken einheimischen Akzent begrüßte er sie freundlichst, er hatte sie bereits erwartet. Bevor sie den Mund aufmachen konnte, griff er, noch halb im Tran, nach ihrem Rucksack. Er öffnete ihr die eiserne Tür und schob sie zusammen mit ihrem Rucksack in den kleinen schmuddeligen Fahrstuhl, der sie ein bisschen an die Fahrkörbe eines Bergwerkes im Ruhrgebiet erinnerte. Der Fahrstuhl ratterte nach oben und hielt abrupt im letzten Stock. Sie gingen ein paar Treppen höher und schon befanden sie sich auf der Dachterrasse. Sie konnte es kaum erwarten, endlich heimzukommen. Sie war zum Umfallen müde und konnte ihre Beine kaum noch spüren.

„Hier ist Ihre Wohnung mit schönem Nilblick", sagte der *Bawwab* während er sich an dem Schloss zu schaffen machte und an ihm heftig ruckte und rüttelte, bis es endlich nachgab.

Stolz führte er sie hinein und merkte, dass sie die Nase rümpfte. Beide mussten husten, als sie den Staub und die stark nach Putzmittel riechende Luft einatmeten.

„Maalisch! Maalisch! Es macht Nichts!", sagte er tröstend mit einem verlegenen Grinsen. „Just polish! Just polish!", sagte er sanft und schenkte er ihr ein freundliches Lächeln.

Als ihm klar war, dass sie seine Worte nicht mehr aufnahm und die Hand vor den gähnenden Mund hielt, machte er sich davon.

Sie fing sich und in der Tür stehend warf sie ihm noch ein Wort des Dankes hinterher. Dann schloss sie Tür und Fenster und schob den Riegel vor, obwohl der Geruch penetrant war. Den Vorhang ließ sie offen, er war sowieso nur Zierrat. Sie merkte wie die Müdigkeit in ihr hochkroch und eine große Mattigkeit über sie kam. Die Fahrt vom Flughafen kam ihr ewig lang vor, länger als der Flug an sich.

So kickte sie ihre Schuhe weg und ließ sich auf das kleine quietschende Bett niedersinken. Sofort fiel sie in einen unendlich tiefen Schlaf.

-2-

Nile View

Sie erwachte erst gegen Mittag mit rasenden Kopfschmerzen in ihrem verschwitzten Bett. Draußen rauschten die Klimaanlagen der Nachbarn. An heißen Tagen kann man nirgendwo in Kairo diesem Lärm entkommen. Von allen Seiten her erklangen dann auch noch wütende Hupsignale und das Motorendröhnen vorbeirasender Autos, Gehämmere und Geklopfe. Diese Kakophonie zusammen mit dem Gebrüll der Bawwabs und Polizisten gellten in ihrem Kopf und machten ihn zu einem Hexenkessel, in dem alles brodelte.

Der lange Flug steckte ihr noch in den Gliedern. Es dauerte eine Weile, bis ihre Erinnerungen zurückkehrten und sich ihr Kopf nach und nach klärte.

Wie in aller Welt können die Menschen diesen Lärm aushalten!?

Sie blickte sich um. Ihr kleines Zimmer war spartanisch eingerichtet, mit kahlen weißen Wänden und abgenutzten Dielen. Es hatte alles, was eine angehende Wissenschaftlerin so braucht: ein kleines Bett, einen Stuhl, einen Tisch und ein Regal. Eine kleine

Kochnische, ein Spülbecken und eine separate Toilette waren auch dabei.

Laura stand langsam auf und öffnete, wenn auch noch total zermürbt, hoffnungsfroh das Fenster, durch dessen Gitter einige Kabel gezogen waren. Ihr Zimmer führte auf eine große Terrasse, auf der ein Meer von Kabeln, Fernsehantennen und Satellitenschüssel aller möglichen Größen installiert war.

Es kam ihr alles ganz unwirklich vor, als hätte man sie auf einem fremden Planeten ausgesetzt. Über der Stadt lag ein beißender Geruch von verbranntem Reisstroh und Müll. Kairo hatte wieder gerülpst. Es war sehr trübe und man sah keine Sonne. In der Ecke stand eine alte Kommode unter einer kleinen Pergola. An der unverputzten Wand hing ein kleiner uralter Fernseher. Daneben war ein Käfig voller Tauben, um den räudige Katzen im Taubenmist lungerten. In der Mitte der Terrasse standen ein mit Tuch bedeckter Allzwecktisch und ein paar wurmstichige Stühle. Überall lagen Strohmatten und von langen Dienstjahren ausgeblichene Kopfkissen.

Ihr Blick schweifte eine Weile über die Dächer, die wie ein graues Häusermeer aussahen. Wie erstarrt stand sie da und verspürte eine gewisse Enttäuschung. Voller Hoffnung suchte sie mit den Augen nach dem versprochenen Nilblick. Und je länger sie suchte, desto düsterer und enttäuschter wurde ihre Miene. Langsam spürte sie, wie ihre gesamten Orientträume wie ein angestochener Luftballon schrumpften. Dort hinten, wo sich eine Öffnung zwischen den hohen Gebäuden auftat, da erschien ihr ein kleines silbern schimmerndes Stück Wasser! Ansonsten blickte sie nur über ein Meer von heruntergekommenen, farblosen Wohnblöcken. Sie schienen alle schwer in Mitleidenschaft gezogenen zu sein.

An vielen Stellen fiel der Putz von ihnen ab und manche standen einfach im nackten Mauerwerk da. Auf den Flachdächern lagen Unmengen alten Gerümpels, ohne dass irgendjemand es für nötig hielt, irgendetwas aufzuräumen. Kleine Mädchen spielten unbekümmert und ahnungslos Blindekuh, Jungs tollten herum und befehdeten sich einander mit Stöcken. Sie hörte die plappernden Stimmen der Frauen, die gerade die Wäsche auswrangen und aufhängten und alte Teppiche klopften. Sie sah wie der Staub in die Luft wirbelte. Sie winkten ihr freundlich zu und lachten herzlich.

Laura beschloss, nicht schwermütig zu werden und einfach erstmal alles auf sich zukommen zu lassen. Die Tatsache, für den Anfang eine Bleibe zu haben, wenn auch spartanisch ausgestattet, spendete ihr irgendwie etwas Trost. Sie war froh, denn das entlastete ihr dünnes Portemonnaie erheblich und ersparte ihr die zermürbende Sucherei und den nervenaufreibenden Ärger mit Maklern und Hausbesitzern, die denken jeder Europäer sei ein zweibeiniger Geldautomat. Am schlimmsten trugen die Expatriates zu diesem Bild bei. Sie galten als penibel und sehr wählerisch. Alle suchten und wollten stattliche, herrschaftliche Häuser oder Wohnungen, von denen man in alle vier Himmelsrichtungen blicken konnte, weitläufige Gärten, am liebsten noch mit Swimmingpool und waren bereit, dafür schwindelerregende Preise zu zahlen. Wenn man zu alldem auch noch einen Blick auf den Nil in seiner prächtigen Schönheit haben konnte, kletterten die Preise noch höher. Mit ihnen explodierten die Immobilienpreise. Aber was sollte es! Solange sie selber nichts hinblättern mussten, tangierte sie das nicht.

Nur eins besaß oberste Priorität bei den Expatriates: *Spieglein, Spieglein an der Wand, wer hat das schönste Haus im ganzen Land.*

Die kleine von jahrelangem Gebrauch abgenutzte Wohnung gehörte Professor Sander. Laura schaute sich in dem alten Raum um. Die Möbel waren in schreienden Farben gestrichen, dazu ein altertümlicher Schaukelstuhl, und die bunt bemalten Kaffeetassen, all dies stammte sicherlich aus Eric Sanders Studienzeit.

Vom Sekretariat ihres Instituts wusste sie, dass das Zimmer dem großen deutschen Professor und Archäologen gehörte, der sich seit langer Zeit in Ägypten aufhielt und bei dem sie nun ihr Forschungsjahr absolvieren wollte.

Er hatte es in seinen frühen Studienjahren günstig einem Kollegen abgekauft und nun stellte er es seinen deutschen Studenten und Praktikanten aus aller Welt als provisorische Unterkunft zur Verfügung. Für sie war das natürlich eine einmalige Chance, schließlich hat nicht jeder Archäologe die Forschungsbedingungen eines Ludwig Borchardts oder Howard Carters. Und von der Archäologie allein kann ehrlich gesprochen kaum einer leben. Jeder, der in der Branche tätig ist, weiß, dass sie eine brotlose Kunst ist, und man kann sich glücklich schätzen, wenn man es in diesem Fache zu etwas bringt. Viele hatten jahrelang studiert und als sie fertig waren, standen sie mit leeren Händen da. „Ein Beruf, der bloß Leiden schafft", rieben ihr ihre Eltern unter die Nase, jedes Mal, wenn sie von ihrer Leidenschaft für die Ägyptologie zu sprechen kam. Für die Leidenschaft ihrer Tochter hatte ihre Familie nichts übrig, außer Vorurteile, wonach Archäologie eine schmutzige Arbeit sei, die in gottverlassenen Ausgrabungsstätten und unter den sengenden Sonnen der fernen Wüsten stattfindet. „Viel Staub, wenig Kohle!" Für Laura aber war Archäologie das einzige Fach, das sie interessierte. Die anderen Studiengänge, die für sie in Frage gekommen wären, waren oft theorieorientiert und von geringem praktischem Wert. Die Archäologie war und blieb für sie eines der wenigen Berufsfelder der Welt, die noch von der Leidenschaft lebten oder überhaupt wussten, was Berufsleidenschaft bedeutete.

-3-

Zwischen Räucherstäbchen und Dieseldämpfen

Laura schluckte ihre Enttäuschung hinunter und brauchte einen Moment, um sich zu fangen. Um nicht in Trübsinn zu verfallen, packte sie ihre Tasche und ging hinunter. Sie musste hinaus auf die Straße, um den Pulsschlag der Stadt langsam zu zählen. Trübsal blasen war ja eher nicht ihr Ding. Sie hatte sich ja schließlich Kairo ausgesucht und niemand hatte sie dazu gezwungen, hierher zu kommen.

Sie trat auf die Straße und schlug eine Richtung ein, ohne zu wissen, wohin sie lief. Sie traute einfach ihrem Instinkt ohne groß zu überlegen und ihre Füße bewegten sich wie von selbst und wandten sich in die Richtung, die sich ihr gerade auftat. Von Neugier getrieben, begab sie sich einfach in das Straßengewirr und folgte dem allgemeinen Strom.

Unten wie oben pulsierte das Leben. Überall herrschte ein großes Gedränge und lebhafter Betrieb.

Auf den ersten Blick sahen alle Gassen gleich aus. Viele waren gesperrt und wurden gerade mit grünen Plastikmatten ausgelegt. Andere waren bereits mit Menschen verstopft.

Von allen Seiten dröhnten Stimmen aus scheppernden Lautsprechern. Die Worte waren maßlos energisch und bestimmend. In der Luft hing ein schwerer Geruch, der aus qualmenden herben Weihrauchstäbchen kam, sich mit Dieseldämpfen vermischte und die schwüle Hitze noch erdrückender machte.

Einen Augenblick blieb sie stehen und ließ die Atmosphäre eines Platzes, der sich vor ihr auftat, auf sich wirken. Ihr Blick fiel auf junge Männer, die Spenden sammelten und dann weiter glitten. Die Einnahmen mussten wohl recht gut gewesen sein. Das konnte sie ihren Gesichtsausdrücken ansehen.

Es war Freitag. Das schoss ihr jetzt durch den Kopf und am Freitag verwandeln sich manche Straßen zu öffentlichen Moscheen. Viele Menschen eilten zielstrebig, mit abwesender Miene, zum Freitagsgebet. Überall hingen die Augen der wie magnetisiert hockenden Menschen an den Lippen eines Predigers. Diesen konnte sie nicht sehen, da dessen Kanzel in einer kleinen windigen, schwer zu überblickender Straßenecke stand. Eine unbestimmbare Befürchtung ließ sie nicht los, jedes Mal, wenn sie sich umsah. Was den Anlass dazu gab, vermochte sie nicht zu definieren. „Was der Mensch nicht kennt, flößt angeblich Angst ein", dachte sie sich. Sie merkte nicht einmal, dass sie inmitten einer Straßenmoschee stehen geblieben war. Nach dem Muezzin

Ruf standen die Menschen, wie in einem hypnotischen Zustand, mit entschlossenem Gesichtsausdruck in Reih und Glied, um das Gebet zu beginnen. Als sie vorbeiging, warfen ihr einige verstohlene Blicke zu. Ob es argwöhnische Blicke waren oder nicht, neugierige, oder einfach überraschte, konnte sie nicht beurteilen. Ihr wurde es langsam mulmig. Die Blicke und Gesichtsausdrücke der Männer verunsicherten sie zutiefst. Sie wusste nicht warum, aber es war so. Sie versuchte beharrlich die Blicke zu meiden, das Gesicht abzuwenden.

Sie wollte den Ort so schnell wie möglich hinter sich lassen. Hastig wandte sie sich durch die Menschenmenge und musste aufpassen, dass sie bei all dem Unrat und den Unebenheiten auf der Straße nicht stolperte. Alle Bürgersteige waren mit Motorrädern und Autos zugeparkt. Sie schob sich dazwischen. „Diese Stadt ist nicht für Fußgänger ausgelegt", dachte sie sich. Hier muss man flink sein wie ein Wiesel. Man muss lernen, sich an den Autos, die an einem haarscharf vorbeifahren, vorbeizuschlängeln, schnell zu lavieren und rechtzeitig zur Seite zu springen, will man mit seinen Fersen wieder heil nach Hause zurückkommen. Wer nicht genug aufpasste, dem haute man die Absätze weg oder man fuhr ihn platt. Überall quietschte und schepperte es. Es ging laut, sehr laut zu. Die Menschen waren laut, die Katzen miauten laut, die Vögel zwitscherten laut und die Tauben gurrten laut. Überall wurde gehupt, überall gebuddelt. Der anhaltende Lärm ist ein vertrauter Begleiter des Lebens in Kairo. Er gehört zu Kairo wie das Atmen zu einem Körper.

In Gedanken war Laura immer noch mit den Blicken und Stimmen der hockenden Männer beschäftigt. Selbst als Sie in die Straße des 26. Juli bog, meinte sie, trotz des Rauschens und Hupens vorbeifahrender Autos, immer noch zu hören, wie sie aus vollem Herzen rezitierten.

Laura ging weiter und ließ ein langgezogenes Hupkonzert über sich ergehen. Über ihrem Kopf dröhnte ein Flugzeug und unten heulten Sirenen, bretterten und brausten gerade ein paar Harley-Davidson Motorräder mit Höchstgeschwindigkeit und Mordgetöse vorbei, als wären sie auf einer Rennstrecke oder auf einem Highway in Amerika, aber nicht im Zentrum von Kairo. Für einen Moment verwandelten sich diese schwarzen Ungetüme in potentielle Amokläufer, übertönten das Dröhnen der Autos, ja sogar des gesamten Straßenverkehrs und ließen ihren zarten Körper bis zur letzten Faser vibrieren. Nichts brachte sie so schnell in Fahrt wie diese Scheusale. Sie konnte nicht begreifen, was diese Motorradfahrer an diesen Lärm schön finden. Zumal eine Stadt wie Kairo sowieso unter einer Lärmepidemie und ständigem akustischen Smog leidet. Drückten sie mit diesem Lärm ihre

Menschenverachtung aus, oder war das ein Ersatz für mangelnde Aufmerksamkeit, also eine Art Ersatzbefriedigung? Nach dem Prinzip alles was nicht laut ist, geht unter und ist lebensunfähig oder existiert schlicht und einfach nicht. Du existierst erst, wenn man dich wahrnimmt. Eins wurde ihr nun klar: Kairo ist keine Stadt für Hörempfindliche!

Sie stellte sich Kairo gerade als einen phonophoben Menschen vor, der zusammengekrümmt vor Schmerzen stöhnt, während der Lärm ihm hinterrücks unaufhörlich und erbarmungslos Todesstöße versetzt. Münster dagegen kam ihr vor, wie ein Sanatorium, umgeben von Ententeichen.

Sie weigerte sich, weiter zu vergleichen und folgte somit einer alten arabischen Weisheit: „Vergleiche nicht, was sich nicht vergleichen lässt."

Laura ging beherzt weiter, immer wieder öffnete sich eine Straße, die in eine andere führte. Inzwischen war sie in das Herz von Zamalek vorgedrungen und ging an einer Reihe von herrschaftlichen Villen vorbei. Trotz der unerfreulichen Begleiterscheinungen des Alters, konnte man ihnen einen gewissen Reiz des Maroden nicht absprechen. Laura genoss in vollen Zügen die malerische Atmosphäre der Straßen, die gesäumt waren von alten Bäumen und etwas angenehm Vergammeltes ausstrahlten. Hier wurden ihre Sehnsüchte nach dem alten Kairo geweckt und sie konnte sich gut vorstellen, wie es früher ausgesehen haben musste, bevor die Stadt unkontrolliert aus allen Nähten platzte. Damals, als Kairo noch die *Hauptstadt des Orients* und Treffpunkt aller Karawanen war, damals als alles noch nach Jasmin und Veilchen roch.

Wer Kairo nicht sah, hatte vergeblich gelebt, hieß es.

Kairo ist heute kein Model mehr, das über den Laufsteg gleitet. Kairo stapft. Kairo ist wie eine gealterte Schönheitskönigin, bei der trotz der Zeichen, die die Lebensjahre in ihrem Antlitz hinterlassen hatten, ein Hauch ihrer einstigen Schönheit noch immer durchschimmert. Die Anziehungskraft verschwindet zwar im Gleichschritt mit der Zeit, der Charme und der Zauber des Alters wächst jedoch unaufhaltsam.

„Schönheit vergeht, Charme besteht", dachte sich Laura voller Nostalgie.

-4-

Magische Klänge

In dem Getöse der Stadt fischte sie eine leise Musik heraus, die wie ein Geist von irgendwoher unablässig über ihre Dachterrasse huschte. Zuerst dachte sie, ihre Fantasie spiele ihr einen Streich. Es war eine Musik wie keine andere. Eine Musik, die sie nicht leicht einordnen konnte. Angespannt lauschend erkannte sie die Töne einer Flöte aus einer der Nebenwohnungen, die umfächelt von lauer Morgenluft immer wieder zu ihr rüber drangen und schleichend um sie herum ertönten. Sie schloss ihre müden Augen und ließ sich davon verzaubern. Je mehr sie hörte, desto intensiver spürte sie, wie ein kleines Feuer in ihrem Herzen zum Leben erwachte und langsam im ganzen Körper wohltuende Wärme ausströmte. Die betörende Weise berührte etwas in ihr. Es überkam sie eine nie gekannte tiefe innere Ruhe, die sie nicht genau zu beschreiben vermochte und die weder die Musik eines Beethovens, eines Mozarts noch eines Brahms hervorrufen konnte. Die unnachahmliche schwebende Klangschönheit entrückte sie gänzlich der Gegenwart und allem Irdischen. Es schien, als würde sich ein Fenster öffnen, das sie in eine andere Welt führte, sie im Kreis empor wirbelte, immer höher, hinauf in eine unerreichbare ätherische Weite, wo Menschen wirklich erfahren, was Glück und Harmonie bedeutete.

Sie konnte es nicht erklären, aber sie fühlte, dass diese melodiösen Töne an sie persönlich gerichtet gewesen waren.

Langsam wiegten sie sie in einen wohltuenden und unendlich tiefen Schlaf.

-5-

Der Schlüssel zum Glück

Sie hämmerte mit einem hübschen Klopfer gegen die Tür, erst langsam dann energisch und nach einer Weile ertönten ohne Hast Schritte auf der anderen Seite. Ein junger Bursche in einem einheimischen Gewand öffnete die Tür, lächelte schüchtern und führte sie in ein rundes Wohnzimmer. Ein vom Boden bis zur Decke reichendes Panoramafenster bot ihr einen herrlichen Blick auf die weite, blaue Fläche des Nil.

Laura verschlug es fast den Atem, als sie den Nil in seiner ganzen Pracht vor ihren Augen sah. Das Haus war von einem wunderschönen, weitläufigen und sonnigen Garten umgeben, in dem Palmen und Mangobäume Schatten spendeten.

Die scheinbar unberührte Natur mit ihrer unbeschreiblichen exotischen Faszinationskraft war atemberaubend schön. Der Duft von Rosen erfüllte die Luft. Zahlreiche Blumengirlanden schmückten die Wände. Die Weintrauben hingen prall und saftig an den Reben. Granatapfel, Avocado, Mango und viele verschiedene Früchte wuchsen in friedlichem Durcheinander. Die Felder, von denen ein würziger Duft aufstieg, waren mit einem satten

Grün überzogen. Überall erstreckten sich weitläufige Rasenflächen, auf denen Schafe grasten. Im Schatten der Oliven-, Granatapfelbäume und der Palmen, die sich schlank und elegant erhoben, rasteten die Fellahs und die Hirten der Zeit unbekümmert. Die entschwundene Vorwelt war da, an Schönheit nicht zu übertreffen.

In der Ferne erkannte Laura die Sphinx, die plattnasig unbeirrt in die Zukunft schaute. Selbst Napoleons mächtige Kanonenschläge schienen ihr nichts Großes angehabt zu haben. Am Ende, dort wo Horizont und Himmel verschmolzen, ragten die Pyramiden stolz und zusammenhaltend auf.

Laura folgte dem Jungen, durch mehrere Räume, die mit überquellenden Bücherborden zugestellt waren. Während ihr Blick rasch über die Möbelstücke streifte, fand sie Vieles, das sie beeindruckte und in Erstaunen versetzte. Der klassische, viktorianische und geschmackvolle Einrichtungsstil verriet eine feine Kultiviertheit des Besitzers. Zwischen farbenfrohen Gemälden spielte das Grammophon *Carmena Borana* und sorgte für eine musikalische Untermalung. Die Wirkung war bestechend.

Der Junge führte sie in ein großes Arbeitszimmer mit prall gefüllten Bücherregalen, in denen Bände von Nachschlagwerken und leicht angestaubte Karten lagen. Ein ergrauter Mann mit

Halbbrille, Mitte Siebzig, saß am Tisch, auf dem eine Menge rätselhafter Pläne lagen. Er erklärte und skizzierte auf einem Block einen Plan, während junge Praktikanten und Assistenten im Halbkreis um ihn herumsaßen und aufmerksam zuhörten. Er entsprach ungefähr der Vorstellung, die sie sich von ihm ausgemalt hatte. Seine Haare und seine um die Augen herumliegenden feinen Fältchen verliehen ihm die Ausstrahlung einer wissenschaftlichen Autorität und das Aussehen eines erfahrenen Professors, der seine Arbeit zu lieben schien.

Als Laura hereinkam, blickte er sich über den Rand seiner Halbbrille hinweg um und winkte sie herbei. Ohne seine Erklärungen zu unterbrechen, holte er mit dem Arm aus und deutete durch ein Zeichen an, dass sie schnell Platz nehmen soll, um an einer Sensation teilzunehmen, während einer seiner Assistenten ihm gerade einige Akten auf den Tisch legte.

Professor Sander war firm und sachkundig in seinem Fachgebiet und kannte sich erwartungsgemäß in der Szene gut aus. Es schien kein Thema zu geben, über das er nichts zu sagen hatte. Er verfügte über ein umfangreiches Wissen. Archäologie war nur eines seiner zahlreichen Wissensgebiete. Denn er war darüber hinaus ein vielseitiger und auf allen Gebieten der Ägyptologie und Orientalistik tätiger Gelehrter. Er liebte seine Arbeit leidenschaftlich und ging erstaunlich fürsorglich mit seinen Studenten um. Er hegte großes Interesse für ihre Ausbildung und all ihre Fragen. Die Ausbildung des Nachwuchses und die Förderung ihrer Kreativität waren ihm ein Anliegen von eminenter Bedeutung.

Er setzte großes Vertrauen in sie und führte sie geschickt in die Geheimnisse der ägyptischen Archäologie ein. Das war eine der Ursachen, weshalb sie wiederum solch liebevolle Verehrung und die herzlichste Hochachtung für ihn hegten und weshalb die Zahl der Praktikanten aus aller Welt von Jahr zu Jahr wuchs.

„Die Archäologie", sagte er voller Zuversicht „benötigt in nächster Zukunft viele begabte und findige junge Wissenschaftler". Es ist bei weitem noch nicht alles erforscht. Vieles liegt noch im Verborgenen. Auch heute werden immer wieder neue Königsgräber entdeckt und die Fundamente von verloren geglaubten Pyramiden wiedergefunden. Der ägyptische Boden wird bei einigen Generationen von Archäologen für viele Überraschungen sorgen.

Es herrschte Ruhe, während er einen Blick auf die Akten warf. Die blauen Augen verengten sich plötzlich zu zwei schmalen Schlitzen, als täte die Schrift in den Augen weh.

Hastig rückte er seine Brille zurecht und sagte voller Stolz:

„So wie es den Anschein hat, haben wir es endlich Mal mit einer Sensation zu tun!"

„Seht euch das gut an!", sagte er fast außer sich vor Begeisterung, „Was für ein Gewinn! Es ist, wenn ich es in ein einziges Wort fassen soll, Wahnsinn!"

Ein Hauch von Bewunderung hatte sich auf das Flüstern der Studenten gelegt. Dann folgten erstaunte Ohs und Rufe der Erleichterung.

Es ging um eine der spektakulärsten Fahndungsaktionen der letzten Jahrzehnte. Gestern war der Ermittlungsgruppe „Wüstenfuchs" der europäischen Kriminalpolizei (EKP) ein Erfolg gelungen. Hochwertige archäologische Fundstücke in ungewöhnlicher Menge und von einem enormen Schwarzmarktwert haben Zollfahnder am Frankfurter Flughafen entdeckt. Sie wurden vorerst in einer Lagerhalle sichergestellt. Die langwierigen Ermittlungen hatten einen Hehlerring ausgehoben, der seit Jahren in ganz großem Stil gestohlene archäologische Funde angekauft hatte. Die Ermittler sprachen von hochrangigen Persönlichkeiten, die als Kopf dieses großangelegten Ringes gelten. Bei dem Einsatz wurden zwei Prominente festgenommen. Gegen weitere Tatverdächtige erging Haftbefehl. Die Arbeit der Ermittler war noch nicht beendet. Man könne davon ausgehen, dass der Täterkreis noch größer als anfangs angenommen war. Professor Sander vermutete, dass es sich bei den jetzigen Festgenommenen um die Spitze eines Eisberges handelte. Dank der guten internationalen Zusammenarbeit konnten nicht nur zahlreiche Fundstücke gesichert, sondern zugleich die Route des international organisierten Schmuggels archäologischer Fundstücke festgemacht werden.

Er war total erregt, denn bei einigen entdeckten Kunstgegenständen könnte es sich um Diebesgut aus der Ausgrabungsstätte *Abusir* handeln. Schließlich leitete er seit Jahren diese Ausgrabungsstätte. Es handelte sich um erlesene Kunstgegenstände und alte Münzen von unschätzbarem Wert und unvergleichlicher Schönheit, die vor Jahren geplündert worden waren.

Eine wahre Sensation für jeden Liebhaber des Altertums und der Numismatik, der Münzenkunde. Und nun waren sie in Deutschland, einer Drehscheibe des illegalen Antikenhandels, beschlagnahmt worden!

Seit Jahren versuchte Professor Sander auf das rätselhafte Verschwinden ägyptischer Kunstschätze, die immer wieder im Kunsthandel auftauchten, aufmerksam zu machen. Für seine Warnungen und Ermahnungen wollte aber keiner der verantwortlichen Beamten in Ägypten zugänglich sein. „Wie oft habe ich darauf hingewiesen, in der Hoffnung, dass einer der Verantwortlichen mir ein Ohr leiht!", wiederholte er erbittert und ein Schatten der Verärgerung huschte über sein Gesicht.

Alles hatte begonnen als Professor Sander vor einigen Jahren bei einer der Ausgrabungen auf Indizien stieß, die darauf hindeuteten, dass kriminelle Netzwerke von Räubern und Hehlern, skrupellosen Händlern und Beamten, Spekulanten und Millionären mit Kulturgütern und allem, was die Archäologie sonst noch hergab, illegalen Handel betrieben. Ein nicht versiegender Strom von geraubten Antiquitäten wurde passionierten Kunstsammlern in London, Paris, München, und anderen Drehscheiben des illegalen Antikenhandels, zu gigantischen Summen feilgeboten.

Ihm ging das gegen den Strich und er ließ nichts unversucht, den Dealern das Handwerk zu legen. Er putzte, begleitet von einigen sachkundigen ägyptischen Kollegen, die auch sehr viel Herzblut in die Wiedergewinnung geplünderter ägyptischer archäologischer Kunstwerke steckten, Klinken in den Chefetagen der verschiedenen Ministerien. Er musste die Herren von oben bis unten und von hinten bis vorne vollschleimen, erzählte er, während ein hilfloser Zorn in ihm hochstieg.

Sämtliche Instanzen waren sie rauf und runtergegangen. Sie waren mit dem Labyrinth von Treppen und Korridoren vertraut, denen man folgen musste, in der Hoffnung an die richtige Stelle zu gelangen. Und zu ihrer großen Überraschung und Bestürzung tat sich immer wieder eine noch wichtigere Instanz auf, die noch mehr zu sagen hatte als die vorherige. Das Problem war ja immer, dass sich jede dieser Instanzen für wichtig hielt, aber keine von ihnen für irgendetwas zuständig war! Jedem waren die Hände auf oberste Anordnung hin gebunden. Die Unbekümmertheit und Gleichgültigkeit um ihn herum sowie die ständigen leeren Versprechungen brachten Professor Sander zur Weißglut.

Wie etwa in Kafkas Romanen, so war die ägyptische Bürokratur. Alles endete mit einer ewigen Warterei und mit dem elendigen Herumplagen mit unliebsamem Papierkram vor dem Tor einer unsichtbaren Instanz.

Nach der Sitzung kam Professor Sander lächelnd auf Laura zu und bot ihr einen Rundgang durch die Ortschaft an.

„In den Arbeitszimmern riecht es verstaubt. Es ist ein herrlicher Tag und ich muss mir ein bisschen die Beine vertreten. Hätten Sie vielleicht Lust auf einen kleinen Spaziergang, Frau Talbrück? Schon mal von *Abusir* gehört?", sagte er gleich mit einem geheimnisumwitterten Lächeln im Gesicht. „Einer der wichtigsten archäologischen Fundorte in der Region Kairo mit bahnbrechenden Erkenntnissen über die griechisch-römische Zeit sowie über die einst hier gelegene Stadt", erklärte er fachkundig.

Gelassen rückte er seinen Wüstenhut zurecht, legte seine leitende Hand über ihre Schulter und sie steuerten auf die Ausgrabungsstätte zu. Laura verstand, dass er sie einweihen wollte.

Der Ort befand sich in ihrer direkten Nachbarschaft, er war hinter einem kleinen Sandhügel versteckt und von der Straße aus nicht leicht zu erkennen.

Von Sanders Haus kommend, bogen sie nach wenigen hundert Metern nach links in einen schmalen Pfad, der einen schmalen Wüstenstreifen durchschlängelte, vorbei an etlichen Gräbern und Grabungslöcher. Von irgendwoher drang schwach Musik, eine zarte Frauenstimme, die über die Dünen wehte und leicht in die Seele ging. Weitab vom Dorf war eine koptische Kirche zu sehen. Im Osten floss der Nil unbeirrt weiter.

Sie gingen einige Minuten schweigend nebeneinander her, waren aber keineswegs verlegen. So konnte sie in Ruhe sein Profil betrachten. Professor Sander war eine angenehme Person, die beruhigend auf sie wirkte. In seiner Gegenwart war ihr vom ersten Moment an wohl. Er bewegte sich sicher und gemächlich, so gemächlich, dass seine Schritte kein Geräusch im Sand machten. Laura bewunderte diese Ruhe.

Der glänzende Schimmer seiner Augen verriet sein gewissenhaftes Wesen, seinen Sachverstand und Scharfsinn. Von ihm ging die Aura des ewigen Forschers aus, der das Abenteuer liebte. Laura war beschwingt und genoss es, neben ihm durch prähistorische Grabbauten und Gräberfelder zu schlendern. Das gab ihr ein unbeschreibliches Gefühl, das an einen Nervenkitzel grenzte. Sie empfand alles sehr abenteuerlich.

„Genau hier führte von 1905 bis 1906 im Auftrag der Deutschen Orientgesellschaft der damals knapp 30 Jahre alte deutsche Ägyptologe, Georg Möller, Grabungen durch", sagte er. Seine Stimme war von Stolz erfüllt.

Bei einem baufälligen Gemäuer hielt er an und sie blieben kurz im Schatten stehen.

Er sprach von mörderischen Rivalitäten zwischen den gierigen Plünderern und Grabräubern, die vom schnellen Reichtum träumten und in den Fundstätten ihr neues Eldorado sahen. Grabräuberei war für Kriminelle ein lukratives Geschäft geworden.

„Zweimal hintereinander wurde ich letzten Monat durch laute Schießerei geweckt. In einem Schacht vor dem archäologischen Fundplatz fanden die Grabungsarbeiter am nächsten Morgen die Leichen von drei blutüberströmten Wächtern", erzählte er mit vor Aufregung geröteten Augen.

Es kursierten sogar Gerüchte, dass Marodeure, Dunkelmänner und sogar berüchtigte Sicherheitsmänner ihre Hände im Spiel hätten. Diese würden Familien mit ihren Kindern erpressen, für sie dort zu arbeiten.

Er selbst wurde mehrmals von ein paar ruppigen Typen mit Klappmessern bedroht, genötigt und schikaniert. Die Erinnerungen daran streifen immer wieder in seinen Gedanken umher. Er wird nie vergessen, wie sie einmal völlig durchdrehten, und ihm mit Drohgebärden ihre ganze Wut verbal entgegen schleuderten: „Du alter, verruchter Kolonialist! Bist du doch einer! Kümmere dich um deine Mumien und geh uns nicht auf den Geist mit deinem aufklärerischen Gehabe!"

Sie hatten seinen alten Geländewagen fast in Brand gesetzt, zum Glück waren ein paar mutige Grabungsarbeiter rechtzeitig zu Hilfe gekommen und hatten die Kerle weggescheucht.

Professor Sander hielt den Kopf gesenkt und stahl sich davon, ohne sich umzudrehen, in der Hoffnung, dass die erhitzten Gemüter endlich einmal herunterkühlten, während sie ihn weiter mit einem Kettenfluch, abgeschmackten Sprüchen und wüsten Beschimpfungen überschütteten.

„Bald wirst du dein Fett abkriegen. Dir wird widerfahren, was deinen Vorfahren widerfahren ist. Wir haben sie alle mit einem

Tritt im hohen Bogen durch die Luft in ihre Heimat katapultiert", raunten sie mit streitlustigem vorgeschobenem Kinn, die Stöcke in der Hand wedelnd. Diese Geste deutete etwas extrem Erniedrigendes an.

„Die haben wir weggejagt mit einem Stock im A.....", Professor Sander verstummte mitten im Wort und ließ den Satz unvollendet. „Verzeihen Sie meine Direktheit", sagte er leise und blickte bloß düster drein.

Später war ihm aufgegangen, dass sie ihn eigentlich lieber tot gesehen hätten. „Man sieht sich, alter Kolonialist! Mach dich auf etwas gefasst! Du bist Bläser und wir sind Trommler und die langen Nächte bringen uns bestimmt zusammen", zischten sie ihm zornig zu und fuhren sich mit der Handkante an die Kehle, ganz so, als wollten sie ihn mit dem Gurkeldurchschneiden drohen, sollte er ihnen in irgendeiner Art ins Gehege kommen.

Dies wurde natürlich von umstehenden Dorfbewohnern wahrgenommen, die offensichtlich in Angststarre verfielen. Niemand rührte sich. Angst um sich und die eigene Familie brachte hier oft die Menschen zum Verstummen. Wer es wagte, sich mit ihnen anzulegen, dem brachen sie sämtliche Knochen im Leib und er landete elendiglich in der Gosse. Allein der Gedanke daran war äußerst unbehaglich und ließ einem ein paar kalte Schauer den Rücken herunterrieseln.

„Mein einziges Vergehen war, dass ich versuchte, das Plündern zu bekämpfen", sagte er, während in den Winkeln seiner Stimme noch immer die Überreste einer bitteren Enttäuschung steckten. Professor Sander fuhr sich mit der Hand durchs Haar und rubbelte sich mit beiden Händen das Gesicht, so als wollte er diese schlechten Erinnerungen ein für allemal wegwischen.

Einen Moment lang brachte er keinen Ton heraus, bis Laura verwundert fragte:

„Und die Polizei?!"

Er schaute sie über seine Brille hinweg an, darauf bedacht, ihr sein Entsetzen nicht anmerken zu lassen. „Nichts! Sie tat nichts", erwiderte er mit einem leichten Schulterzucken und einem bedauernden Lächeln, das sagen sollte „wen juckt´s?".

Professor Sander hatte sich tatsächlich oft persönlich bei der Polizei beschwert, aber „no answer no comment." Als er erneut mit Hilfe der Deutschen Botschaft seine Beschwerden vorbrachte und eine ausführliche gerichtliche Untersuchung anleiern wollte, bekam er von der ägyptischen Seite ein kurzangebundenes „Ma tiqlaqusch! Das lasst mal unsere Sorge sein" zu hören.

Er schluckte seinen Verdruss hinunter und wartete voller Geduld darauf, dass der Vorgang schneller vonstatten ginge, als man ihm versprochen hatte.

Seitdem ist viel Wasser den Nil hinuntergeflossen und nahm die Beschwerden unwiederbringlich mit sich. Man hatte nicht den Eindruck, dass die Polizei sich in ihrem Tatendrang überschlug, um irgendetwas herauszufinden.

Schikane und systematisches Plündern blieben unverändert und niemand scherte sich darum. Dies musste die Fachcommunity immer wieder mit großer Sorge und unendlichem Bedauern zur Kenntnis nehmen.

Plündern war nun keine Seltenheit mehr in Ägypten, eher wurde sie zu einer gewerbsmäßigen Obsession. Die Lebensbedingungen wurden immer härter und die Menschen immer verzweifelter. Die armen Menschen in den Dörfern hatten die Nase voll und wollten auch endlich mal etwas von den Reichtümern ihres Landes haben.

Da schienen ihnen selbstverständlich alle Mittel recht zu sein, um irgendwie ihre Misere zu lindern und die Drangsale des Lebens überstehen zu können. Die Not hat eigene Gebote, so sagt man.

„Wenn die da oben sich gewissenlos über alles hinwegsetzen, warum soll uns hier unten dies verweigert bleiben. Wir nehmen einfach, was uns zusteht und was uns die „Mutter der Welt" in ihrem Inneren verborgen hält", dachten sie sich ganz einfach.

Für diese Menschen war Plündern, als würde jemand seine eigene Wohnung ausrauben: ein abwegiger Gedanke, aber lange kein Verbrechen, das ihnen ein schlechtes Gewissen bereitete oder sie zu schlechten Menschen machen sollte.

So gruben sie nicht nur in den archäologischen Stätten, sie gruben selbst unter ihren eigenen Häusern, die sich in deren Nähe befanden. Seit einige Hobby-Ausgräber und Glücksritter von den Schätzen einer versunkenen Stadt gesprochen hatten und sichere Informationen über ein sagenhaftes, reiches Königreich, das ausschließlich Goldmünzen und Edelmetall als Währungsbasis hatte, kursierten, ließen sie keinen Stein mehr auf dem anderen. Man hörte nur noch schabende Geräusche und emsiges Klopfen. „Eine winzig kleine Schatulle davon, so klein wie eine Streichholzschachtel, würde reichen, um ein Leben wie ein Pascha zu führen, mit allem was dazu gehört. Wir werden uns im Gold wälzen und uns unseres Lebens erfreuen", hörte man sie mit leuchtenden Augen tuscheln.

„Neulich wurde eine ganze Familie tot ausgegraben. Das Haus stürzte über ihnen ein, als sie nach einem erhofften Schatz buddelten. Die ganze Familie wurde verschüttet. Keines der Familienmitglieder konnte lebend gerettet werden. Als die Rettung kam waren sie alle bereits tot. Sie wollten schnell reich werden und der Traum des verborgenen Schatzes, der funkelnden Münzen und Edelsteine war ihnen zum Verhängnis geworden", erzählte Professor Sander. Das Entsetzen stand ihm unverkennbar ins Gesicht geschrieben.

„Wie makaber!", bemerkte Laura betroffen.

„Gott habe sie alle selig! Das Glück stand ihnen einfach nicht zur Seite. Glück ist wie eine launische Frau, den einen lächelt sie vielversprechend an, dem anderen zeigt sie eine eiskalte Schulter, hörte man einige Nachbarn sagen, die bei der Bergung der Leichen dabei waren. Unbekümmert und ohne jegliches Anzeichen der Reue oder Missbilligung dieser Taten, als wäre es das Selbstverständlichste auf der Welt", erinnerte sich Professor Sander.

„Not macht viel Verbotenes erlaubt. Welchen Preis sind die Menschen bereit zu zahlen, auf der Suche nach den Schätzen dieser Welt?", fragte Laura etwas verlegen mit gezwungener Heiterkeit, um seine Verärgerung etwas zu mildern.

Er ging auf ihren heiteren Ton nicht ein. Er gab sich Mühe, leichthin zu sprechen, doch seine Stimme versagte. Sie klang kummervoll und gereizt.

Schweigend gingen sie einige Augenblicke weiter, ehe er mit gespielter Gelassenheit Laura einen kurzen entschuldigenden Seitenblick zu warf.

„Sorry, es ist nicht richtig von mir, dass ich Ihnen gleich am ersten Tag die Ohren volljammere, aber es wäre noch schlimmer, wenn ich die hässliche und harte Seite des Jobs verschwiege. Ausgrabungsstätten sind einfach kein Ponyhof", sagte er in dem schwachen Bemühen, seine Frustration zu kaschieren.

Mit diesen Worten gingen sie zurück zu Sanders Haus, das zwischen den welligen Dünen lag. Man konnte erkennen, dass er trotz allen Ärgers, nicht ungern hier war. Laura sah, wie er sich auf der Terrasse seiner Wohnung still, mit übereinandergeschlagenen Beinen, an dem atemberaubenden Sonnenuntergang über dem Nil erfreute. In einer Atmosphäre von Wein und Zigarrenrauch glitt sein Blick über saftgrüne Palmen Richtung Horizont, wo Sonne, Nil und Himmel sanft zu verschmelzen schienen. Es war fast zu intensiv, um echt zu sein und bot ein unglaublich romantisches Gemälde dar, als würde man den makellosen Körper seiner Geliebten betrachten. Kein Wunder, dass es den gebürtigen Deutschen an den Nil verschlagen hatte.

„Ein recht angenehmes Leben haben Sie hier!", sagte sie zu ihm amüsiert, aber doch herzlich und er schien das gern zu hören.

Professor Sander schätzte seine Zeit in Ägypten alles in allem als die glücklichste seines Lebens, so erzählte er Laura. Er hatte etliche Länder bereist und er kannte wunderschöne Orte, aber keiner berührte ihn so sehr wie das Land am Nil. Wenn der Vollmond am Sternenhimmel stand, der Wind im Laubwerk der Palmen wisperte und er einen guten Wein trank, dann war alles für ihn wie verzaubert. Ein Balsam für seine strapazierte westliche Seele. „Der Himmel auf Erden. Dem Charme des Nil muss man einfach erliegen", sagte er, die Augen vor Wohlbehagen glänzend.

Bereits als Student, sehnte er sich nach Ländern jenseits von Europa. Ihm war damals bewusst gewesen, dass er auf viele Fragen keine Antwort hatte, aber eine wusste er ganz genau: der Sinn des Lebens ist, den Schlüssel zum Glück zu finden und für ihn war der Orient der Ort, wo dieser Schlüssel versteckt lag.

Schon damals hatten ihn der Nil und das Leben an dessen Ufer fasziniert. Seiher gab es kein Entrinnen mehr; für ihn hatten das vorgenormte Leben und die materialistische Welt des Westens jeglichen Zauber verloren. Der Nil war die Quelle der schrankenlosen Freiheiten geworden. Wie tief er in einer Welt voller Zwänge und Ruhelosigkeit steckte und wie sinnlos und hohl sich diese Welt anfühlte, bemerkte er erst, als er das erste Mal den Nil entlangschipperte. Wie im sanften Schoß einer Mutter, so geborgen fühlte er sich auf seinem Boot im Nil. Das stetige Flüstern des Windes in den Segeln beruhigte seine Sinne. Es erfüllte ihn mit Wohlgefühl, eine nie gekannte Wärme umspülte sein Herz.

Es war schlechthin die spannendste und zugleich lohnendste Reise seines Lebens, denn sie war eine Reise zu sich selbst. Hier fühlte er sich grenzenlos glücklich. Hier hatte er die innere Ruhe erlangt, die in der westlichen Welt umso unwiederbringlicher schwand, je mehr er ihr hinterherjagte.

Er machte die beglückende Erfahrung, dass er plötzlich nicht mehr mit sich und der Welt unzufrieden war. Der Nil hatte ihn durch seine Sanftheit mit beidem ausgesöhnt.

Das erklärte auch seine besondere Vorliebe für seine Arbeit. „Die Grabungen sind mein Leben. Je tiefer ich in der Erde grabe, desto näher komme ich meinem Sehnsuchtsbild von Liebe, Nestwärme und glückseligem Dasein in einer von der Moderne ungeschändeten Welt. Ich kam nicht wegen der Arbeit in die Ausgrabungsstätten, sondern aus Liebe zur Liebe", stellte er klar.

Laura hörte zu und ließ den feinen Sand durch ihre Finger gleiten. „Wann wird meine Liebe grünen?", dachte sie sich in diesem Moment.

-6-

Begegnung

Es gibt Tage, die vergisst man sein Leben lang nicht. Und heute war so ein Tag. Es war der Tag, an dem Laura ihm im alten Fahrstuhl des Hauses begegnete.

„Da ist er", sagte ihr unversehens eine innere Stimme, während der Fahrstuhl langsam nach oben ruckelte. Sie hätte schwören können, dass sie ihm noch nie vorher begegnet war, doch entdeckte sie Vertrautes in seinen Zügen, als sie für eine Sekunde einen verstohlenen Blick auf sein Gesicht erhaschte. Sie glaubte, ihn schon lange zu kennen.

Seine dichten, glänzend schwarzen Haare waren straff nach hinten gebürstet und lenkten ihre Aufmerksamkeit auf seine dunklen Augen, die von ebenfalls dunklen Augenbrauen und Wimpern umrahmt waren. Ja, es waren seine schwarzen lachenden Augen, die ihre Aufmerksamkeit fesselten. Als er ihr kurz in die Augen sah, machte ihr Herz einen heftigen Satz. Es war als würde ihr der Boden unter den Füßen weggezogen. Ihre Ohren fingen an zu rauschen und ihre Knie zitterten. Sie dachte, sie würde bewusstlos zusammenbrechen und samt Fahrstuhl nach unten rauschen. Sein Blick war wie ein Elektroschock stärkster Ladung, der ihr Herz stark zusammenzog und wieder rasen ließ, in heftiger Erregung, die ihre Brust kaum verhüllen konnte. Sie spürte, wie ihre Wangen vor Verlegenheit glühten, aus Angst er würde das Pochen ihres Herzens mitbekommen und in ihr flatteriges Innere schauen.

Er lächelte, besser gesagt seine Augen lächelten auf eine Art, die ihr das Gefühl gab, als könnte er in die tiefsten Winkel ihrer Seele blicken und als bemerkte er ihren inneren Aufruhr.

Unbehaglich blickte sie sich im Fahrstuhl um und überlegte, wie sie ihn am besten ansprechen könne, ohne gegen die vorherrschenden guten Sitten zu verstoßen. Es fiel ihr aber keine gute Gesprächseröffnung ein. Mit einem Ruck hielt der Fahrstuhl plötzlich und sie fiel ihm in die Arme.

„A wild Egyptian elevator, it hasn´t even asked us, whether we are made for each other! Whether we want something from each other", sagte er in makellosem, geschliffenem Englisch mit einem lässigen Grinsen und einem verschmitzten Leuchten in den Augen. Seine Stimme entsprach seiner äußeren Anmut. Seine Worte schienen sie völlig zu überrumpeln. Er sah förmlich, wie sich ihre Gedanken überschlugen. Sie sah ihn an und war wie verloren. Alles andere versank.

„Kismet, Maktub - Schicksal!!?", entfuhr es ihr, um selbst auch die Situation mit Humor zu meistern. Sie räusperte sich verlegen. Rote Flecken erschienen auf ihrem Gesicht. Ihre eigene Stimme klang ganz seltsam in ihren Ohren, weil sie nie so gesprochen hatte, weil ihr etwas ausrutschte, was sie nicht kontrollieren konnte und weil sie das ungute Gefühl beschlich, sie würde nicht rational handeln.

Bei Laura, dem kühlen und sachlichen Typ, hatte der Verstand immer das Kommando gehabt. Alles, was dem Verstand nicht unterlag, war fatal.

Er lächelte wieder, um ihr die Verlegenheit zu nehmen. Sein Lächeln war einnehmend und verlieh ihm eine sympathische Ausstrahlung, die seine Gegenwart wohltuend erscheinen ließ.

Sie merkte, wie sie etwas zögerlich sein Lächeln erwiderte und ihre Hand ausstreckte, um Gelassenheit bemüht. „Laura, bin die Neue, wohne oben auf der Terrasse!", sagte sie nach einer Weile und versuchte, ihre Gefühle mit keinem Wort zu verraten. Ohne auf die Antwort zu warten, eilte sie zwei Stufen auf einmal nehmend die Treppen hinauf, die das letzte Stockwerk mit der Terrasse verbanden.

„Sherif ist mein Name und ich wohne eine Etage tiefer", warf er ihr hinterher.

Zögernd brachte er die Frage heraus, ob sie gerne mit ihm und Freunden essen möchte.

„Heute Abend geben wir eine kleine Party. Wir essen zusammen oben, auf der Terrasse. Ich würde mich freuen, wenn du kommst!"

Es folgte ein Moment des Schweigens, das sich eine Weile hinzog.

„Wie schaut es aus?"

Sie drehte sich langsam um, öffnete den Mund, aber sie brachte kein Wort heraus. Ihr Herz raste irgendwie und schnürte ihr die Kehle zu. Ein klein wenig Farbe stieg in ihre Wangen.

„Komm einfach vorbei, wenn dir danach ist, eine Schüssel wird schon für dich übrigbleiben", rief er ihr scherzend hinterher und schaute ihr zu, wie sie weiter leichtfüßig die Treppe hinaufflog, als wäre sie schwerelos.

Er wünschte sich sehnlichst, dass sie kommen würde.

Oben angekommen, drehte sie sich halb um und sah, dass er ihr kopfschüttelnd immer noch hinterher blickte und auf eine Antwort wartete. Er schob in gespielter Enttäuschung seine Unterlippe vor und zog leicht eine bittende Grimasse. Sie sah die gespannte Erwartung in seinen Zügen.

Sie wischte sich die hellblonden Haarsträhnen aus dem Gesicht, nickte knapp und hielt dann den Daumen mit einem Zwinkern hoch. Sie bemühte sich, ihre Begeisterung zu zügeln, aber ihre blauen Augen sprachen Bände. Ein Lächeln umspielte ganz langsam ihre Lippen und ihre Augen leuchteten. Sie schloss die Tür hinter sich und lehnte sich keuchend mit dem Rücken dagegen.

Eine nie zuvor gefühlte Verliebtheit flammte in ihr auf. Sie hatte nie geglaubt, solcher Empfindungen überhaupt fähig zu sein. Sie, die immer dachte, dass es nichts in der Welt gebe, was ihre unumstößliche Vernunft aus dem Gleichgewicht bringen könnte, streckte nun beide Armen in den Himmel, quiekte vor Freude und jubilierte innerlich.

Sie wusste, dass der Verstand nicht mehr das Kommando hatte. Aber das war ihr in diesem Moment egal. Sie wusste nur, dass sie sich im warmen Strahl der Liebe sonnte und dass sie es genießen wollte, solange es währte. Sie schloss ihre Augen ganz fest, so als wollte sie das neue Gefühl aufs Tiefste auskosten.

„Ich fürchte, ich habe nicht gründlich durchdacht, was ich tue. Ich werde mich aber nicht umstimmen lassen", murmelte sie zu ihrer inneren Stimme, als wollte sie sich überzeugen. Wie sagte ihre Oma Hildegart immer: „Der Blitz schlägt nicht zwei Mal in denselben Baum ein."

Sie senkte ihre Lider, als gäbe sich der vernünftige Teil in ihr geschlagen und lauschte auf das wilde Klopfen ihres Herzens in der Hoffnung recht zu behalten.

„Das Herz hat seine Gründe, die der Verstand nicht kennt", dachte sie.

Sie schwieg einen Moment, weil sie denjenigen bewunderte, der diese unsterblichen Worte erdacht hatte. Blaise Pascal.

-7-

Unter der kleinen Pergola

Gegen Abend schlich Laura aus ihrem Zimmer. Stimmengewirr und lautes Gelächter schlugen ihr von der Terrasse entgegen. Die Party war bereits in vollem Gange. Es herrschte große Betriebsamkeit, immer mehr junge Leute drängten auf die Terrasse. Kleine Lampions beleuchteten den Abendhimmel und ließen die Terrasse freundlicher aussehen, als sie in Wirklichkeit war. Auch die Stadt wirkte von hier oben bei Nacht schön. Der Nil in dieser Ecke mit den hübschen Booten, auf denen bunte Lichterketten blinkten und ihre laute volkstümliche *Habibi-Musik* sorgten für etwas Heiterkeit und eine fröhliche Atmosphäre.

Auf der ganzen Terrasse duftete es nach leckerem Essen. Der Tisch, auf dem ein buntes Buffet mit vorzüglich zubereiteten Speisen angerichtet wurde, war bereits umlagert. Mit Heißhunger machten sich alle darüber her. Es gab Saubohnen in scharfer Tomatensoße und viele andere ägyptischen Spezialitäten. Dazu trank man Granatapfel-, Limonen- oder Hibiskus-Saft, alles serviert unter der kleinen Pergola, wo Onkel Hany und seine Frau Saadiya mit wendigen und energischen Bewegungen bewirteten. Sie waren die Seele der Terrasse. Während sie Getränke servierten, scherzten sie heiter mit den Gästen und versprühten gute Laune. Es gab nichts, was sie nicht mit sarkastischen Sprüchen, albernen Maskeraden oder Witzeleien kommentierten. Zwei Menschen, die lachend durchs Leben gingen, ohne die Dinge kompliziert zu machen. Ihre Geschichten waren zum Brüllen. Laura mochte ihren Dialekt. Er hatte etwas Natürliches, Unschuldiges, ja Freundliches.

Als Saadiya Laura zum ersten Mal sah, umarmte sie sie stürmisch und küsste sie auf die Wangen, während Onkel Hany sie mit überschwellender Freude begrüßte und ihre beiden Hände schüttelte.

Laura sah wie Sherif ihr zuwinkte und ihr bedeutete, sich zu ihnen zu gesellen.

„Ich hatte schon gefürchtet, du hättest es vergessen", sagte er ihr entgegengehend. Seine Freunde bemerkten eine gewisse Nervosität, die gar untypisch für ihn war und die er zu überspielen versuchte. Sie sahen, wie ihm die Röte ins Gesicht stieg und hänselten ihn.

„Ja!!? Wie könnte ich, wo es doch so köstlich bis in mein Zimmer duftet!", sagte sie so gelassen wie möglich, doch war ihre Aufregung nicht zu übersehen.

Sie war rot bis über beide Ohren und es kostete ihr Mühe, natürlich zu bleiben.

Sherif war Mitte zwanzig, mit seinen dunklen Augen wirkte er intelligent, er sah freundlich aus und hatte gute Manieren. Er trug eine abgewetzte Jeans und ein weißes T-Shirt, wodurch seine Bräune noch unterstrichen wurde.

Mit einer freundschaftlichen Geste fasste er sie an der Hand und manövrierte sie über die Terrasse.

Sie tauchten ein in die Menge. Es war eine bunt zusammengewürfelte Gruppe lässig gekleideter junger Menschen ihres Alters, mit rutschenden Hosen und neumodischen Undercut-Frisuren, die in ausgelassener Stimmung und guter Laune bei Tanz, Musik und Essen zusammengedrängt standen, einander umarmten, Selfies machten und mit zusammensteckten Köpfen Youtube-Videos anschauten, kommentierten, lachten und lebhaft und ungezwungen diskutierten.

Laura wunderte sich, wie offen und unbeschwert locker sie alle waren, voller enthusiastischer Zukunftspläne und vor neuen Ideen und Selbstvertrauen strotzend, als könnte ihnen nichts und niemand etwas anhaben.

Nur einer saß verdächtig still und vollkommen abseits, wie von seiner Umwelt abgeschnitten, allein in einer unauffälligen Ecke vor dem eingeschalteten kleinen Fernseher. Mit seinem strengen Gesicht saß er da in schlecht sitzender Kleidung. Unter seinem abgetragenen beigen Mantel lugte ein verwaschenes Gewand hervor, dazu trug er abgelatschte Sandalen.

Er wirkte fehl am Platz.

Er schien etwas in sich zu tragen, das ihn auffraß und innerlich zerriss. Sein Gesicht trug Spuren eines inneren Traumas.

„Das ist Ramzi!", sagte Sherif im Flüsterton. Eine Sekunde lang dachte Laura, Sherif würde noch etwas sagen, doch er bremste sich, als hätte er sich die Zunge verbrannt.

Ein merkwürdiges Gefühl stieg in ihr hoch. Sie glaubte den Jungen mit dem zerschlissenen Mantel schon irgendwo gesehen zu haben.

Zu ihrer Überraschung erinnerte sie sich plötzlich, war das nicht der Junge, der am Freitagsgebet Spenden gesammelt hatte?

Es ist erstaunlich, wie ein Erlebnis von wenigen Augenblicken im Gedächtnis hängenbleibt.

Gedankenversunken wechselte Ramzi von einem Sender zum nächsten.

Die Bilder kamen zeitversetzt. Das, was man sah, war nicht identisch mit dem, was man hörte.

„Der Irak hat es schon wieder in die Nachrichten geschafft", bemerkte Sherif kurz.

Die Nachrichten lauteten so düster. Laura sah beiläufig in die Luft gesprengte Häuser, Feuerflammen und Aschenflocken, Menschen in Furcht, tote Kinder, schreiende Väter, brüllende Brüder, weinende Mütter. Ungezügelte Jugendliche zerrissen die amerikanische Flagge. Andere steckten sie an. Ein amerikanischer Regierungssprecher gab in zerkautem Amerikanisch mit eiskalter Miene ein Statement über einen erfolgreichen Luftangriff.

Der Junge mit dem abgetragenen beigen Mantel richtete die Fernbedienung auf den Bildschirm, drückte auf Aus und schaute zu, wie der amerikanische Politiker ruckartig verschwand. Dann stand er auf und ging mit starrem Blick niedergeschlagen in sein Zimmer, das sich in der letzten Ecke der Terrasse befand.

Er sah aus, wie jemand, der sich an etwas zurückerinnert, an das man sich nicht gern erinnert und das einen immer wieder aus der Fassung bringt.

Bevor er in sein Zimmer verschwand, fasste ihn sein bärtiger Zimmernachbar am Ellbogen und führte ein angeregtes Gespräch mit ihm, während er rasche finstere Blicke in die feiernde Runde warf. Im Halbdunkeln stand er im Türrahmen seines Zimmers und sah mit seinem langen Bart unsäglich streng aus.

„Sifou! Unser durchtriebener Chefideologe, der wieder seine Gehirnwäsche verpasst!", flüsterte Sherif.

„Das verheißt nichts Gutes", dachte sie.

„Spitzname?" Es muss ja wohl einer sein, denn sie kannte keinen arabischen Namen, der so klang. Hinter seinem Rücken hatten die Nachbarn ihn Sifou getauft. Sherif selbst hasste die Wendung, aber auf Saif passte sie. So heißt er in Wirklichkeit. Sifou, der endlos Wahnsinnige, der vor nichts zurückschreckte, war nur ein Spitzname, den man ihm gab wegen seiner Wutanfälle, seiner gefährlichen Stimmungsschwankungen und seinem bizarren Benehmen. Sifou war ein Mensch emotionaler Extreme. Viele meinten, dass er an einem Wahn litt. Seine ganze Welt, seine ganze Person ist ein einziges verdammtes Geheimnis. Undurchschaubar. Es war unmöglich zu erkennen, was in seinem Geist vorging. Seine Stimme wurde plötzlich scharf und ihn packte Zorn.

„Brennholz der Hölle und Satansbraten, Sodom und Gomorrha, Sittenlose Bagage!", schimpfte er, die anderen nicht aus den

Augen lassend, bevor er in seinem Zimmer verschwand und die Tür zuknallte.

Sherif blickte ihm wortlos nach. Er schüttelte bloß den Kopf. Laura konnte wegen der Akustik kein Wort aus dem Gespräch auffangen, aber sie konnte sehen, wie ein Schatten über Sherifs Gesicht glitt, es leicht verfinstern und alle Belustigung für einen Moment aus seinem Gesicht schwinden ließ. Was führten Saif und Ramzi im Schilde? Das hätte Sherif Laura gern ausführlich erklärt, aber er hielt lieber den Mund.

Als Laura sich den Feiernden auf Arabisch vorstellte, sahen sie sie mit erstaunter Neugier an. Kontaktfreudig zogen sie sie sofort ungezwungen in die Gruppe, umschwärmten sie und überschütteten sie mit unzähligen Fragen und viel Aufmerksamkeit. Im Halbkreis standen sie um sie herum und machten ihr Komplimente: Aus ihrem Mund klänge Arabisch besonders schön, melodiös wie ein Vogelzwitschern, ein Bulbul, eine Nachtigall also, wohltönender als manch pseudoblonde Fernsehsprecherin, von denen heutigentags die arabischen Sender wimmeln und die so vorlesen als hätten sie ihre Zunge samt Manuskript verschluckt.

„Wann wirst du eine Arabisch-Schule für unsere Abgeordneten aufmachen", fragte ein Junge scherzend.

Laura lächelte etwas verlegen und zeigte ihr Grübchen auf der linken Seite. Sie hatte gelesen, dass Ägypter schöne Worte lieben und umso großzügiger damit umgehen, wenn sie mit Gästen sprechen. Sherif meinte zwar, das sei ein ernstgemeintes Kompliment.

Die lockere Stimmung gefiel ihr besonders gut und die honigsüßen Lobsprüche erleichterten ihr den Umgang. Offenherzig, animiert durch die lockere Atmosphäre, glitten ihr die Worte leicht über die Lippen.

Sie saßen ungezwungen auf der Terrasse, erzählten unbefangen voneinander und bestürmten sie mit neugierigen Fragen, die Laura gerne beantwortete.

Auch Saadiya und Onkel Hany zogen sich einen Stuhl an den Tisch und hörten aufmerksam zu, wie Laura von ihrer Heimatstadt, ihrer Liebe zur Archäologie und Völkerkunde erzählte.

„Ich stand vor drei Optionen, entweder später eine Priesterin werden, einen Fahrradladen aufmachen, oder in die weite Welt flüchten. Da ich mich weit weg sehnte, ging ich der letzten Option nach, und ich bereue es nicht. Es war von Anfang an eine Sache des Herzens; ich wollte immer Entdeckungsreisende werden. Es gibt so viel auf der Welt zu entdecken, dass dafür zwei Leben nicht reichen. Die ganze Erdkugel ist eine Fundgrube und wir

Menschen sind Grabungsarbeiter." Ein Satz, den alle schön fanden.

Saadiya fragte Laura besorgt, ob sie Eltern hätte, ob sie noch am Leben seien und was sie davon hielten, dass ihre so hübsche blonde Tochter in so jungen Jahren alleine reiste.

„An dem Tag, an dem euer Onkel Hany mich geheiratet hatte", erzählte Saadiya voller Genugtuung, „konnte ich zum ersten Mal, den Fuß vor die Tür setzen. Davor hätten mir meine Eltern die Beine zerschmettert, wenn ich jemals bloß daran gedacht hätte, einen kleinen Mörser aus dem Nachbarhaus zu holen, geschweige denn einen Krug Wasser vom Nil", sagte sie fröhlich. Was von den anderen natürlich allusorisch verstanden wurde und ein brummiges Lachen hervorrief. Als Saadiya die Zweideutigkeit dieser Vorstellung bewusst wurde, wurde sie unwillkürlich rot.

„So selbstverständlich war das auch bei mir nicht", schaltete sich Laura mit erstaunter Stimme ein.

„Meine Eltern hatten etliche Anfälle bekommen, als sie erfuhren, dass ich nach Ägypten ziehen wollte", erzählte sie.

„Was? Allein nach Arabien? fragten sie fassungslos, als läge Ägypten am Ende der Welt und als hätte ich gerade eine höchst waghalsige Sindbad-Reise vor mir, nach *Zim-Zamalek*, der Insel in der ungezähmten Wildnis. Meine Entscheidung war ein furchtbarer Schock für die ganze Familie."

„Mädchen! Bist du dir im Klaren über die Tragweite deiner Entscheidung? Weißt du was du dir damit antust?", fragte mich meine Mutter unter Tränen.

„Bedenke den Weg, über den Frauen gehen müssen, bevor sie die Aussicht haben, ein Mensch zu werden!", warnte mich meine überängstlichste Tante Alice scharfzüngig. Ihr schlimmster Albtraum war schon immer eine Reise in den Orient gewesen, wo die armen Frauen beschnitten und dem finsteren Unheil der wilden orientalischen Männerwelt ausgeliefert werden. Sie würde sich lieber ans Kreuz nageln lassen, als sich in den Orient zu begeben. Der ganze Orient müsste, ihrer Meinung nach, in therapeutische Behandlung gehen und seine dunklen Seiten ausleuchten lassen.

„Lass dich bloß nicht radikalisieren, sagte sie als sie dann sah, dass ich meine Entscheidung nicht mehr revidieren würde und dass ihr urfreudianischer Quatsch nicht fruchtete."

„Genau wie Du, sind viele naive Mädchen dahin gereist und endeten gekleidet wie Fledermäuse im Harem der Salafisten oder als Sexgespielin auf den groben Bettmatten der gräulichen

Dschihadisten", warnte sie mich abschreckend mit ihrem lippenlosen Mund.

„Du wirst mich erst verstehen, wenn der erste Dschihadist dir mit einem eisernen Schwert entgegenstürmt und mit voller Wucht in deinen zarten Körper einfährt und ihn zersäbelt."

„Selbst meine Freunde halten mich für seltsam. Ja, für eine wirklichkeitsfremde Irre und eine Ausreißerin", flüsterte sie.

Onkel Hany starrte die ganze Zeit auf Laura während sie redete. Und wer ihn und seine Gestik kannte, wusste ganz genau, dass ihn bald wieder einer seiner Anfälle der übermütigen Heiterkeit überkommen würde.

„Wenn meine Nachbarn nichts mehr zu sagen hatten, zogen sie über mich her. Es wurde viel über mich gelästert und ich war Gegenstand des Spotts in jeder Runde. Sie sagten Dinge wie „Laura von Arabien". Um mich zu ärgern setzten sie noch einen drauf und nannten mich „Usama Ben Ladens neuer Schwarm."

Abwägend wackelte Onkel Hany mit den buschigen Augenbrauen, kratzte sich leicht an der Brust und setzte sein spöttisches Grinsen auf.

„Bruder Usama hätte sie ganz bestimmt nicht von der Bettkante gestoßen", witzelte er mit dieser besonderen Stimme, die er sich immer für Gelegenheiten aufhob, wenn er einen seiner absonderlichen Späße machen wollte. „Er hätte höchstselbst seinen weißen Turban und seinen langen schwarz gefärbten Bart ausgebreitet", sagte er frotzelnd und löffelte seine Bohnen. Alle lachten belustigt. Erst ein warnender Blick und ein Knuff in die Magengrube von seiner Frau brachten ihn zum Schweigen, zumindest für einen Moment, bevor er wieder seiner Zunge freien Lauf ließ.

„Wer könnte, bitte schön, solchen Augen widerstehen. Nur einer der keine im Kopf hat. Solchen Augen würde selbst der radikalste Dschihadist nicht widerstehen", sagte er weiter, seine Bohnen kauend, mit amüsierter Stimme und zwinkerte ihr anzüglich zu. Er flehte die Runde an, seinen Satz genau zu übersetzen. In der Runde wurde geflüstert, dann kicherten alle. Auch Sherif konnte ein Grinsen nur schwer verkneifen. Laura meinte, darin eine Spur der Belustigung zu sehen.

„Habe ich etwas verpasst?", wandte sie sich zu Sherif und warf ihm einen hilfesuchenden Blick zu.

Sie neigte den Kopf und wartete einen Moment auf eine Erklärung.

„Scherzen, darin seid ihr Ägypter unübertroffen", sagte sie dann mit einem enttäuschten Lächeln, als er nur eine wegwerfende Handbewegung machte und belustigt lachte.

Saadiya aber schlug sich neiderfüllt auf die Brust. Sie fuchtelte eifersüchtig mit einer Schöpfkelle ihrem Mann zu. Schließlich rannte er davon mit kehligem Lachen, während er mit einer Hand sein langes Gewand anhob, um zu verhindern, dass es sich zwischen seinen Beinen verfing, und mit der anderen Hand seinen dicken, bläulichen sich auflösenden Turban festhielt und um Gnade bettelte.

„Ich kenne dich! Du missratenes Wesen. Du schlimmster aller Männer. Er ist unersättlich wie kein anderer. Ich werde dir zeigen, wie es dir ergeht", sagte sie in gespielt strengem Tonfall, und ihre Augen verrieten, dass sie scherzte. Sie warf eine Sandale nach ihm und stemmte die Fäuste in ihre vollen Hüften. Die anderen krümmten sich vor Lachen und machten sich lustig: „Onkel Hany du bist und bleibst ein Lausebengel, den Kopf voller Flausen!" „Onkel Hany, du sexy-Biest, du Ladykiller und Frauenheld!", schrien sie mit gespielter Derbheit.

Die lustigen Hänseleien zwischen Onkel Hany und seiner Frau Saadiya begeisterten den Freundeskreis immer wieder aufs Neue. Das, was nach Zank und Streit aussah, war bloß Spaß. Ein herzlicher Spaß, der immer damit endete, dass Onkel Hany Saadiya tollpatschig umarmte, ihr versöhnlich einen Kuss auf die Stirn drückte und etwas reumütig sagte:

„Möge Gott uns unser Lachen vergeben! Kommt Kinder! Lasst uns wieder seriös werden."

Onkel Hany zog sich lautlos zurück, sein Ohr dem kleinen schwarzen Taschenradio, das einst bessere Zeiten gesehen hatte, zugeneigt. Seit Sherif denken konnte, sah er ihn sein über alles geliebtes Gerät ans Ohr gedrückt haltend. „Ohne mein Radio bin ich ein halber Mensch", betonte er immer wieder. Dauernd kochte und rührte er die alten Batterien in der rußgeschwärzten Kasserolle um, als würde er harte Eier fürs Sonntagsfrühstück kochen.

„Wie oft willst du sie noch kochen. Wo kein Saft ist, kann man auch keinen Saft herauspressen!", raunte Saadiya ihm zu und seufzte wie jemand, der es überdrüssig war, ständig dieselbe Bemerkung zu machen. Onkel Hany antwortete nichts, Saadiyas Worte schlicht ignorierend.

Er löffelte eifrig seine Saubohnen, wie ferngesteuert verfolgte er tief besorgt die Weltnachrichten, die aus dem kleinen Gerät dröhnten und rauschten, als kämen sie aus einem anderen Universum.

Onkel Hany war ein richtiger Newsaholic, ein echter Nachrichtensüchtiger. Er hörte, seit Sherif denken konnte, *BBC-Arabic*. Er schwor auf den Sender und kannte das ganze Team mit Namen, als wären sie alle seine Kollegen, mit denen er gerade die Morgensitzung geteilt hätte. Die Jungs in der Gasse nannten ihn spaßeshalber Mister Bean-BC. Alle amüsierten sich, wenn er die Eröffnungsmelodie sang und seine Stimme an und wieder abschwoll, um die sonore und volltönende Stimme der Sprecher nachzuahmen, sein oberägyptischer Akzent sich aber stärker durchschlug: „Huna London! Huna London! Hier ist London! Hier ist London!"

„Wenn er ….. (sie meinte, wenn er stirbt, sie sprach das aber nicht aus. Sie zeigte bloß mit dem Zeigefinger himmelwärts) wird er bestimmt seinem Willen gemäß sein heiliges Radio neben ihm begraben haben", sagte Saadiya. Am liebsten wäre es ihm wohl, wenn bei seinem Begräbnis das ganze BBC-Arabic-team anwesend wäre", sagte sie belustigt und flocht ihren grauen Zopf etwas nachdenklich.

-8-

Junge Blogger

Sherif hatte die ganze Zeit zugehört, aber nicht sonderlich viel gesagt. Man sah ihm an, dass er nicht gerne im Rampenlicht steht. Er war nicht der geschwätzige Typ, der zwei Wörter verschwendete, wenn eines genug war.

Laura und Sherif saßen einfach ruhig nebeneinander, als würden sie sich seit ewigen Zeiten kennen. Sie fühlte die Wärme seines Blickes, wenn er sie hin und wieder verstohlen anschaute, und die Wärme seiner Haut, die sich auf ihren Körper übertrug und in ihr ein Gefühl von Zuneigung auslöste. Und sie spürte, wie sein holzig-herber Duft wieder diese Welle von Hingezogenheit in ihr aufschäumen ließ.

Ihr Blick wanderte zu ihm, während sie genussvoll ihre Bohnen löffelte, deren warmer Duft und scharfer Geschmack sie verführerisch fand. Er war ein gelassener, gutaussehender junger Mann. Sein Alter, wie oft bei den Arabern, ließ sich schlecht erraten. Mitte zwanzig, schätzte sie gut und gerne. Seine glänzenden pechschwarzen Haare, die hohen Wangenknochen, das Grübchen an seinem kantigen Kinn und der exakt geschnittene

Schnurrbart gaben ihm einen eitlen Gesichtsausdruck, ja die stolze Ausstrahlung eines Omar Sherifs in seinen jungen Jahren. Ein schönes Arabergesicht. Laura lehnte sich träumerisch auf der Bank zurück und genoss die angenehme Brise, die gerade vom Nil herüberwehte, die Blätter der Pergola streifte und von überall ungedämpft laute Musik vermischt mit Verkehrsrauschen, krachendem Feuerwerk, weit entfernten Muezzinrufen und Glockengeläut herbeitrug. Das, was zuerst wie zusammengeflossenes schreiendes Chaos klang, ließ eine flippige ansteckende Hybridmusik entstehen, die die Frühlingsluft erfüllte, den Boden unter den Füssen erbeben ließ und für einen treibenden Rhythmus und ausgelassene Stimmung sorgte, die jeden erfasste.

Je später die Nacht, desto wilder und lauter wurde es.

Laura warf ihren blonden Schopf in den Nacken, hob das Gesicht in den Nachthimmel und sah wie die farbenfrohen Funken des Feuerwerks am Himmel zerstoben.

Sie hätte nichts dagegen, den ganzen Abend in genau dieser Haltung zu verbringen. Sie atmete langsam behaglich aus und gab sich dem angenehmen Wind hin, der vom Nil herüber wehte, und den sie wie zarte Küsse auf ihrer Haut spürte.

Sie kam erst wieder zu sich, als ihr Sherif zuflüsterte.

„Siehst du, wie Kairo sich auf dich freut und wie der Himmel leuchtet?", und auf die atemberaubenden Blumenkronen, die die Feuerwerkskörper am Himmel hinterließen, zeigte.

Die Worte schienen ihr Gesicht in ein leuchtendes Rot verwandelt zu haben. Er sah, wie ihre Augen immer größer wurden und wie ein wunderbares Lächeln ihr ganzes Gesicht erfasste.

„Heute scheint mein Glückstag zu sein", sagte sie und lachte. Ihr fröhliches Lachen schallte über die Terrasse und war wie der frische Nilwind, der den Staub der pessimistischen Gedanken, die Sherif in den letzten Jahren folterten, fortblies.

Ein Glücksgefühl, das ihnen nichts und niemand mehr nehmen konnte, überkam beide, während sie dasaßen und schweigsam die Feuerstreifen am Nachthimmel Kairos betrachteten.

…

„Was machst du so, beruflich?", fragte Laura, die ihre brennende Neugier nicht verbergen konnte und merkte, dass ihm ihre Frage zu abrupt war.

„Blogger…Influencer", sagte er, legte eine kleine Pause ein und rieb sich die Stirn, als würde er seine Gedanken sortieren, bevor er ihr von seinen Abenteuern als Blogger umfänglich berichtete.

Vor genau zwei Jahren begann Sherif mit der Umsetzung seiner Idee, Gedanken zu teilen und den Dialog mit Gleichaltrigen zu suchen, um gemeinsam über gewisse Probleme und Phänomene zu reflektieren, um Lösungswege zu suchen. Unter dem Motto „Junges Land, greise Regierung", lernte Sherif in sozialen Netzwerken immer mehr junge Menschen kennen, die das System nicht mehr aushalten konnten, dem ständigen Zusehen der Missstände überdrüssig waren und langsam den Drang verspürten, gegen die brackigen Zustände zu rebellieren und selbst etwas zu ändern. Sherif war klargeworden, dass der, der eine neue Gesellschaft gründen möchte, heutzutage keine Zeitungen und keine Bücher braucht, sondern die neuen Medien. Die meisten Zeitungen lieferten für Jugendliche nur einfallslose Berichterstattung. In ihrer miserablen Druckqualität verschmierten sie bloß alles, was mit ihnen in Kontakt kam, von den Händen bis in die Köpfe hinein. Mit den Büchern verhielt es sich auch nicht anders. Sie forderten weder den Verstand der Leser heraus, noch beruhigten sie ihn durch neue Erkenntnisse. Ein Teil war voller elitärem Unsinn, der keine zeitgemäßen Analysen und Lösungen bot, sondern altbewährte Inhalte. Die anderen Bücher gingen nach Gewicht; ihre Seiten waren gerade gut genug, um geröstete Nüsse, Sonnenblumen- und Kürbiskerne einzutüten.

Die Neuen Medien dagegen waren schnell, zeitlos, interaktiv und brachten Sichtweisen ein, die in den traditionellen regierungstreuen Medien nicht vorkamen. Blogs waren geradezu ideal, um ein breites Publikum zu erreichen.

Die neuen Informationsträger gaben Sherif ungemein Rückenwind, seine Vorhaben zu realisieren; er hatte mit ein paar mutigen Federn ein im Internet veröffentlichtes Onlinemagazin gegründet: *The groaning of the Nile. Das Ächzen des Nil.*

Sherif hatte darin seine eigene Rubrik *Fern von Kairo.* Hier dokumentierte er anhand seiner Fotos die Misere und das Leiden des ägyptischen Volkes in den vergessenen Gegenden des Landes: Schafkhana, Kharanqa, Fartusch, Tafnis, Hawawisch und und und.

Seine Freunde hingegen führten scharfe Federn und deckten energisch auf, welche verschleierten Skandale im Lande vonstatten gingen und sie fanden großen Zuspruch.

The Groaning blühte immer mehr und die Leserzahl nahm rapide zu. Der Einfluss auch.

„Sogar europäische Blätter sind auf unsere Beiträge erpicht", sagte Sherif mit scheuem Stolz während ein bescheidenes Lächeln flüchtig über sein Gesicht glitt.

„Was er vor die Linse bekommt ist unglaublich! Du sollst seine Fotoreportagen sehen", sagten seine Freunde. Ihre Stimmen waren von Stolz erfüllt. Lauras Blick schweifte über einige seiner Aufnahmen. Ein Bild beindruckender als das andere.

Es war ihm gelungen, in ihnen so viel Gefühl einzufangen, dass man beinahe den Eindruck hatte, vor Filmen zu stehen.

Er liebte die Kamera. Sie war seine Leidenschaft, für die er bereit war, jeden Preis zu bezahlen. Die verwegene Liebe zum Fotografieren trug ihm einige Auszeichnungen im Ausland ein, im Inland aber Verhaftung, einen Prozess und Freiheitsstrafe, die er im Gefängnis verbüßt hatte. Er wurde verhört, durchsucht und anderen entwürdigenden Prozeduren unterzogen.

Richtig meinungsfrei war eigentlich niemand. Anfangs ging es der Regierung lediglich darum, durch das Bloggen den sogenannten unzufriedenen *Jungs von Onkel Google* einen Raum zur Verfügung zu stellen, wo sie klönen und sich verlustieren konnten, und wo man sie besser im Auge behielt.

Als die Blogs der Regierung später ein dicker Dorn in ihrem eitrigen Auge wurde, versuchte sie, mit ständigen Rechtsstreitigkeiten dem Vorhaben einen Stock ins Rad zu stecken. Sie erhob in mehreren Punkten Anklage gegen die Web-Site: Verstellung der

Realität, Verstöße gegen das Landessicherheitsgesetz, Verschwörung und Aufruf zum zivilen Ungehorsam.

Die stetigen Abmahnungen und Drohungen konnten die Mitarbeiter weder aus der Ruhe bringen noch einschüchtern. Im Gegenteil, die Resonanz und die Wertschätzung wuchsen dadurch nur noch. Für sie war das ein nobles Ideal, für das sie den Kampf aufnehmen mussten, ohne die Konsequenzen zu fürchten. Sie waren jeder Zeit bereit gewesen, ihr Leben dafür zu opfern. Ihnen war klar, dass jeder Hauch der Freiheit hart erkämpft werden musste.

Je mehr Zuspruch die Blogs fanden, desto größer auch die Unterdrückungsmaßnahmen. Wer die rote Linie überschritt, wurde von der Dreschmaschine niedergedroschen wie Wildwuchs, der ihr den Weg versperrte.

Sherif erzählte tiefbetrübt von etlichen Kollegen und Kolleginnen, die von dubiosen Männern gepackt und in ein Auto bugsiert wurden. Entweder sie waren bis heute verschwunden oder wurden später am Rande der *Desert Road* aufgefunden, den Leib völlig entstellt, mit einem Gesicht, das wie ein Klumpen Hackfleisch aussah.

Schlüssige Hinweise über die Täter hatte keiner und gab es keine. Alles vollzog sich in Sekundenschnelle. Naheliegende Zusammenhänge verflüchtigten sich im Laufe der Zeit.

Diese repressiven Maßnahmen erschwerten die Aufgabe der Blogger. Die Kolleginnen und Kollegen mussten sich immer wieder neue Ideen einfallen lassen, um sich geschickt durch die Repressalien zu lavieren. Selbst als die Regierung beschlossen hatte, das gesamte Internetsystem im Lande einzustellen, probierten sie -nicht ohne Opfer- alle möglichen Zauberkunststücke, um ihre Artikel unzensiert an die Öffentlichkeit zu bringen.

„Das Bloggen ist das Beste, was mir in meinem Leben passieren konnte. Ich habe wunderbare Menschen aus allen Schichten und Konfessionen kennengelernt, die ich sonst nie hätte treffen können", sagte Sherif glücklich und deutete mit einer Kopfbewegung auf die vielen jungen Menschen auf der Terrasse. „Sie alle gehören jetzt zu meiner neuen großen Familie", setzte er fort und drückte ein kleines Mädchen mit auffällig wuscheligem schwarzem Haar, das die ganze Zeit nicht von seiner Seite gewichen war, fest an sich.

-9-

Die Tochter des Nil

Sie wirkte zerbrechlich und atmete schwer, jedoch funkelten in ihrem schönen, braunen Gesicht honigfarbene, wachsame und intelligente Augen, mit denen sie Laura offen ins Gesicht blickte und mit größter Neugier das ganze Treiben verfolgte.
Was für ein stolzes Gesicht sie hat, dachte sich Laura.

Sie fand es rührend, wie anhänglich die Kleine neben Sherif saß und seinen Hals umschlang während er das Kind fürsorglich verwöhnte. Gleichzeitig quälte sie eine gewisse Neugier zu erfahren, wer sie war und in welcher Beziehung die beiden zueinanderstanden. Sie konnte sich aber nicht dazu durchringen zu fragen.

Als hätte Sherif Lauras Gedanken gelesen, ging er daran und stellte sie voller Stolz vor:

„Rihan Schafiq Bint al-Nil, Tochter des Nil", so liebte er es, sie zu nennen, weil sie sich trotz ihrer zarten Jahre äußerst für Kinderrechtsfragen interessierte. Sie war stolz, dass man sie so nannte.

Rihan hatte große Träume. „Wenn sie groß ist, will sie Kinderrechtsaktivistin werden und wenn sie noch größer ist, will sie als erste Frau Präsidentin von Ägypten werden", sagte Sherif überzeugt.

Lauras Gesicht hellte sich auf. Sie hob zuversichtlich den Arm der *Tochter des Nil* hoch, als wäre sie eine Siegerin und gelobte mit einiger Feierlichkeit ganz offenherzig, die erste Gratulantin zu werden. Sie redete ihr mit vielen ermutigenden Worten zu und bestärkte sie in ihrem Traum. Es gab jede Menge Ausrufe: „Es lebe Rihan Bint al-Nil!" und „Es lebe die erste Präsidentin Ägyptens!"

Bemüht, sich nicht geschmeichelt zu fühlen, aber doch Lauras Kompliment zu würdigen, ließ sie ein dünnes Lächeln über ihr Gesicht gleiten.

Sherif sah Rihan für einen Moment in die Augen und hing Erinnerungen nach.

Mit Rihans Eltern verband ihn eine intuitive Sympathie. Vor einigen Jahren zogen sie in das Haus, besser gesagt in die hinteren Zimmer der Terrasse. Rihans Vater, Schafiq Hilal, besaß einen kleinen Lebensmittelladen an der Straßenecke. Sein Geschäft warf nicht viel ab, aber er verdiente das, was man für hiesige Verhältnisse brauchte, um eine kleine Familie rechtschaffen zu ernähren. Rihans Mutter, Maria Girgis, war Schneiderin. Sie flickte, kürzte und bügelte. Sie konnte sich von ihrer alten Nähmaschine nicht trennen und verbrachte die Tage in einer dunkeln Ecke des Lebensmittelladens. Ihr Traum war Designerin zu werden.

Unermüdlich entwarf sie Modelle, bastelte rote Bärchen und andere Kinderspielzeuge. Wenn Valentinstag kam, schnitt sie rote Herzchen für die Liebenden. Sie plagte und schindete sich ab, um niemanden mit ihren Nöten zu behelligen.

Als Nachbarn behielt Sherif die beiden so in Erinnerung, wie sie waren; zwei friedliche und freundliche Seelen, sehr hoffnungsvoll und zukunftsgläubig.

Bloß das Leben hatte ihnen das Glück, von dem sie beide träumten, nicht gegönnt. Sherif musste zusehen, wie sie beide einer nach dem anderen voller Leiden von dieser Welt Abschied nahmen.

Ihr Vater war bereits gestorben als Rihan geboren wurde. So wuchs sie die ersten Jahre ohne väterlichen Beistand in schwierigen Verhältnissen auf.

Ein Januartag sollte den Leuten in der Gasse *Rosengirlanden* lange in Erinnerung bleiben. Immer wieder schoss Sherif dieses furchtbare Bild durch den Kopf. Vor Rihans Vaters Laden drängten sich Scharen von Neugierigen. Sie klopften und riefen seinen Namen. Sie rüttelten an der Tür, nachdem die Nachbarn wegen Geruchs Verdacht schöpften und dann stießen sie sie mit Gewalt auf. Als die Männer in den Laden hineindrängten, kehrten sie kurz darauf mit enttäuschten Gesichtern zurück und schlugen die Hände schockiert vor die Augen.

Es war ein entsetzlicher Anblick. Rihans Vater lag regungslos auf dem Boden, sein alter Strohhut neben ihm. Blutiger Schaum säumte seine Lippen und die Augen quollen aus den Höhlen. Sein verzerrtes Gesicht zeugte von einem furchtbaren Todeskampf. Wie er genau starb, konnte keiner sagen. Die polizeilichen Ermittlungen liefen endlos. Erkundigungen wurden lang und breit und in alle Richtungen vorgenommen. Diese Vorgehensweise eröffnete Spekulationen Tür und Tor und ließ sie ins Kraut schießen.

Für die einen war es das Amt für Preiskontrolle, das Rihans Vater auf dem Gewissen hatte. Monatelang hatten sie ihn im Visier. Sie nahmen jeden in Strafe, so hieß es, der mit den Preisen spekulierte und somit Unfrieden im Land zu stiften versuchte. Dreimal in kürzester Zeit hatten sie ihn aufgesucht und dreimal saftiges Strafgeld verhängt. Und sie gingen ihm nicht von der

Pelle, bis sie ihn ruiniert hatten. Rihans Mutter musste ihre letzten Habseligkeiten, samt ihrer Nähmaschine verkaufen.

Als Rihans Eltern nichts mehr bezahlen konnten, konfiszierten sie den Laden und raubten ihnen somit ihre Existenzgrundlage. In Wahrheit war Rihans Vater bloß ein Sündenbock, und die um die Ordnung besorgten Beamten waren nichts anderes als skrupellose Diebe in einem skrupellosen System, in dem die großen Verbrecher karrenweise Dollars und Euros auf ihre Auslandskonten schaffen durften. Den kleinen Krämer aber schob man alles Mögliche in die Schuhe und machte ihn für die ganze Misere im Lande verantwortlich. Rihans Vater konnte diese Ungerechtigkeit und Demütigung einfach nicht mehr aushalten. Er nahm sich aus Wut und Protest das Leben.

Für die anderen sah es ganz so aus, als hätte er aus Liebeskummer Selbstmord begangen. Seine verbotene Liebesbeziehung zu Rihans Mutter, einer Koptin, war hoffnungslos, munkelte man. Rihans Vater konnte dem Kummer, der so schwer auf seinem Herzen lastete nicht standhalten. Dann wurde sie schwanger, was ihn total veränderte. Er wurde bedrückt, verschwiegen und krankhaft depressiv. Vor allem nachdem sie beide von ihren beiden starrköpfigen Familien ausgestoßen worden waren. Keine der beiden Familien war bereit, auch nur ein bisschen auf die andere zuzugehen, obgleich sie ja bald eine gemeinsame Enkelin und Nichte haben würden.

Jede Seite war rechthaberisch und sah sich als die überlegene.

Der Fall hatte Sherif eine lange Zeit keine Ruhe gelassen. Er fieberte vor Besorgnis zu erfahren, was hinter all dem steckte. Und je länger er darüber nachdachte, desto klarer wurde es ihm: Eigentlich konnte er sich eh nicht recht vorstellen, dass es Selbstmord war. Ein Racheakt war das auch nicht. Racheakte vollzogen sich nach altem Brauch durch Erschießen.

Für die Besucher der kleinen Nachbarschaftsmoschee in der Gasse *Rosengirlanden* war das ein mysteriöser Todesfall, ja wieder ein plumper Versuch, einen Mord als Selbstmord zu tarnen. Nun, es wäre nicht das erste Mal, dass man einen Mord wie Selbstmord aussehen lässt. „Muslime legen keinesfalls die Hand an sich", brummte argwöhnisch ein Bärtiger in seinen langen, welligen Bart, zumal ja einiges auf eine gewaltsame Auseinandersetzung hatte schließen lassen.

So stimmten sie alle darüber ein, dass er ein islamisches Begräbnis bekommen sollte. Sie riefen Gottes Zorn auf jenen herab, der die Schuld an all dem Elend in diesem Land hatte und übernahmen die Bestattungskosten und alles, worum die Behörden sich kümmern sollten, aber sich keinen Deut darum scherten. Diese

Unbekümmertheit der Behörden war nämlich Wasser auf die Mühlen der Bärtigen in der kleinen Moschee. Hilfe für die vielen Menschen, die in bitterer Armut lebten, tat - überall wo man hinschaute - dringend Not und sie wussten, diese Lücke für sich zu nutzen und die Rolle des Retters aller Notleidenden vorzüglich zu spielen. Sie zeigten sich als Menschen großer Prinzipien und ethischer Gesinnung. So kannte man die konstanten Besucher der kleinen Moschee in der Gasse *Rosengirlanden* als unermüdlich karitativ und mildtätig. Sie boten Dienstleistungen an und spendeten Gelder für wohltätige Zwecke, halfen kranken Menschen, bedürftigen Familien und überforderten alleinerziehenden Müttern, sie organisierten Eheschließungen und finanzierten sogar Hochzeiten für zahlungsunfähige Junggesellen, die dann später wie fleißige Bienen an den Bienenstöcken des großen Bruders und Imkers schafften. Keiner der Bewohner der Gasse *Rosengirlanden* ahnte, dass sich hinter ihrem scheinbar religiösen Gebaren brennender politischer Ehrgeiz und erbitterte Rivalität verbargen. Der Weg war für sie frei und die Zeit günstig, ihre Netze auszuspannen und ihre Angeln auszuwerfen. Und wenn die Fische hungrig sind, sehen sie bloß die Köter und übersehen den Angelhaken.

Nach dem Tod ihres Mannes war Maria Girgis mittellos, auf sich selbst angewiesen. Ihr Leben war voller Sorgen und Verzweiflung.

Es hatte Monate gedauert bis die Tränen versiegt waren.

Bei Saadiya und Onkel Hany hatte sie immer wieder Trost gefunden, wenn sie nicht mehr weiterwusste. Oft passten sie auf Rihan auf, wenn sie auf die Suche nach Arbeit ging. Von der Armut zermürbt, musste sie enttäuschende Erfahrungen der Subsistenzfrage innerhalb desolater Beschäftigungsstrukturen machen. Sie musste aus voller Verzweiflung sogar als Müllfrau in einer Müllsiedlung am Fuße des Muqattam-Hügels im Südosten Kairos schuften bis sie an einer schweren Lungeninfektion erkrankte. Alles, was in den ärztlichen Untersuchungsakten stand waren vage Vermutungen. Die Behörden hatten Verdacht auf Schweinegrippe, eine kostenlose Behandlung wurde ihr aber verweigert. Selbst als Sherif einen Krankenhausaufenthalt durchboxen konnte, gab es für sie keine echte Hilfe. Es war ein marodes Gesundheitssystem, in dem die Armen unsinnigerweise einen qualvollen und schrecklichen, langsamen Tod starben. Wenn sie erkrankten, blieben sie ihrem eigenen Schicksal ausgeliefert. Sie mussten schauen, dass sie sich zum Sterben leise stöhnend irgendwohin verkrochen, bis die Fliegen langsam um sie schwirrten und sie ihrer Krankheit qualvoll erlagen. Den Reichen und ihren Familien waren hingegen keine Kosten zu hoch. Sie hatten es verstanden, in die teuersten Kliniken der Welt zu fliegen, sogar wegen einer belanglosen kosmetischen Operation an Nase, Lidern oder Lippen...Fettabsaugung, Blutreinigung, etc. etc...

Sherif konnte aus nächster Nähe beobachten was Leiden und Verfall eines armen Menschen bedeutete. Er musste mit ansehen, wie die Krankheit immer mehr von Rihans Mutter Besitz ergriff. Er konnte beobachten, wie sich die Krankheit in ihren Körper einnistete, sich ausbreitete, ihre Lunge in Stücke riss und sie Woche für Woche schwächer wurde. Monatelang konnte sie weder leben noch sterben. Monatelang hatte sie gehustet und gespuckt bis sie eines elenden Todes gestorben war.

Als Maria Girgis im Sterben lag, hatte sie ihre Tochter Saadiya und Onkel Hany ans Herz gelegt. Niemand konnte auf Rihan besser aufpassen als diese beiden. Sie hatten von ihrem Kinderwunsch und ihren Gebeten um Kindersegen gewusst. Aber Sherif, der am Fußende ihres Bettes gesessen hatte und mit erstarrten Gesichtszügen schweigend ihrem Todeskampf zuschaute, hatte auch das Gefühl, für Rihans Wohlergehen verantwortlich zu sein. Nie wird er die durchdringenden Blicke vergessen können, die sie ihm an jenem Tag zuwarf als sie, nachdem sie einen inneren Kampf auszufechten schien, keuchte, die kleine Rihan in den

Händen haltend: „Auf das Gerede böser Zungen darf man nichts geben. In der wahren Liebe gibt es keine Sünde. Rihan ist kein Kind der Lust. Rihan ist ein Kind der Liebe." Während sie diese Worte sprach haftete ihr Blick auf den Eckschrank, auf dem ein Foto, ein Stapel alter Briefe und ein alter getrockneter Rosenstrauß lagen. Alt aber intakt, als könnte die Zeit ihnen nichts anhaben und als könnten sie jederzeit ihre eigene Geschichte erzählen.

Sherif sah sich betrüblich das Foto eines jungen Paares an, von dem eine tiefe Liebe auszugehen schien. Er hatte seinen Arm um ihren schwangeren Bauch gelegt, um die Bewegungen des Kindes zu spüren und es zu schützen. Beide lächelten glücklich in die Kamera, als wollten sie den Moment festhalten.

„Ich überlasse euch ein Juwel. Ich möchte in dem Bewusstsein sterben, dass ihr auf sie aufpasst und vor Verlust und Schaden bewahrt!", hauchte sie bevor ihre Stimme ganz wegkippte. Ihre Augen waren plötzlich feucht und voller Schmerz, als sie ihnen Rihan in die Arme legte.

Sherif konnte sich erinnern, wie sie alle drei, spontan wie aus einem Munde sprachen: „Solange wir leben!"
Der Gedanke, Rihan müsste in Zukunft elternlos aufwachsen, rührte einen geheimen Kummer in Sherifs Herz. Wie Rihans Va-

ter starb auch Sherifs Vater in jungen Jahren. Es wollte bloß keiner je darüber sprechen. Aber die Wände der Gasse *Rosengirlanden* hatten lange herabhängende Ohren. Hier wurde nichts geheim gehalten. Trotzdem waren es nur nebulöse Vermutungen, die in den Ermittlungsakten über den Tod von Sherifs Vater standen. Es war sehr schwierig, Beweise zu sammeln und das Wahre vom Falschen zu unterscheiden.

...

„Ist was?", fragte Laura und tippte Sherif sachte an die Schulter, als sie merkte, dass er tief in Gedanken versunken vor sich hinstarrte. Er versuchte sich beherrscht und gelassen zu zeigen, doch seine Augen verrieten einen anderen Gemütszustand.

„Das ist eine lange Geschichte. Zu lange für einen Abend", sagte er kaum hörbar, während der Rest seiner Worte im schallenden Gelächter und der ohrenbetäubenden Musik unterging, die das ganze Haus vom Keller bis zur Dachterrasse erzittern ließ.

„Komm!", sagte er, die betrüblichen Erinnerungen von sich abschüttelnd. Er ergriff sachte ihre freie Hand und ging voraus durch einen Pulk wilder und energiegeladen tanzender junger Menschen.

Cheb Khaled sang gerade mit fröhlicher Gelassenheit und ließ das junge Publikum schier durchdrehen. Seine tiefe sonore Stimme übertönte das Geplauder der übrigen Gesellschaft.

Jubelausbrüche und Begeisterungsrufe erschallten von allen Seiten und alle rannten wie wilde Fohlen auf die Tanzfläche. Um sie herum toste die Musik bis zum Himmel und alle sangen euphorisch mit.

„On va danser, on va s´aimer et c´est la vie, Lala Lala! ", tönte es aus sämtlichen Kehlen. Alle sangen mehr laut als wohlklingend mit. Sie schrien vor Freude und fielen sich in die Arme. Unter dem lautstarken Anfeuern und den Rufen der anderen tanzten sie sich schwindelig. Wer nicht tanzen konnte sprang, grölte einfach Arm in Arm mit den anderen und wirbelte über die ganze Terrasse hinweg. Sie überließen sich in einer zunehmend aufgeheizten Jubelstimmung voll und ganz dem Rhythmus.

Andere blieben abseits, flachsten herum und schauten zu. Auch das machte Spaß.

Sherif genoss es, zu sehen, wie Laura tanzte mit lächelndem Mund, strahlend blauen Augen und wie eine leichte Errötung ihr in die Wangen stieg. Ihr blondes, langes Haar wogte sich mit dem Rhythmus hin und her.

So verging der Abend unter munterem Geplauder, schwungvollem Tanzen und viel enthemmtem Gelächter wie im Flug. Sie merkten gar nicht wie die Zeit verging.

Nach und nach zogen sich alle zurück bis Sherif und Laura schließlich alleine auf der Terrasse waren. Die Nacht gehörte jetzt nur ihnen allein.

Schweigend genossen sie die Aussicht. Beide glühten vor lauter Verliebtsein, aber sie sprachen nicht, denn sie konnten keine Worte finden, um einander zu sagen, was für ein Glücksgefühl in ihnen gerade aufstieg. Sie wollten dieses schöne Gefühl, beieinander zu sein, nicht durch Worte stören. Nur ihre Finger verhakten sich ineinander und die Augen sprachen ihre eigene Sprache; die Sprache der Liebe. Aus einem der Fenster kam eine bezaubernde Musik herausgeströmt. Onkel Sobhy, der alte Mann mit dem lieben Gesicht auf der anderen Seite der Terrasse spielte gerade die Flöte. Die Klänge waren weich, magisch, romantisch und melancholisch. Die Stimme des Orients.

Um sie herum herrschten bunte Lichter. In der Ferne erhob sich der Kairo-Tower. Beleuchtete Minarette und Kirchentürme ragten friedlich nebeneinander in den Nachthimmel und boten ein impressionistisches Gemälde.

So standen sie eine Weile, bis ein beharrliches erstickungsartiges Husten aus den hinteren Zimmern ihrer vertieften Augenunterhaltung ein Ende machte.

„Rihan!? Sie hat wieder einen Hustenanfall", sagte er. Seine Stimme klang leicht verlegen, als wusste er nicht, was er sagen sollte. „Sie hat Asthma", sagte er flüsternd, um Laura ins Bild zu setzen.

„Stell dir mal vor, du willst atmen und deine Lungen sind wie abgeschnürt", sagte er von Mitleid erfüllt.

Die Pupillen Lauras vergrößerten sich. Allein der Gedanke, engte sie ein. Auf ihrem Gesicht las man die Rührung.

„Ich gehe jetzt, meine Märchenstunde hat begonnen!", sagte er verlegen.

Sie gaben sich die Hand, als er ging. Er wusste nicht warum, vielleicht nur als Vorwand, um sich noch einmal zu berühren.

„Ich gehe jetzt auch, bevor du mich vollends um den Verstand bringst", sagte sie verträumt.

Jeden Abend vor dem Zubettgehen pflegte Sherif Rihan mit gedämpfter Stimme ein neues Märchen zu erzählen. Jeden Abend erfand er etwas Interessantes, das er ihr erzählen konnte. Es waren alles Märchen, die er spontan erfand, um eine ihrer großen Fragen, um die er nicht herumkam, zu beantworten. Rihan war nicht an den abgedroschenen Liebesgeschichten zwischen Prinzen und Prinzessinnen interessiert, die die Mädchen in ihrem Alter zum Überdruss hörten, sondern an Geschichten, in denen es um mutige Helden und Heldinnen ging, die um Gerechtigkeit kämpften. Aus Prinzessinnen, die zu Ohnmachtsanfällen neigen sowie stummen und quietschenden Gummipuppen hatte sie sich nie viel gemacht.

Jedes Märchen, das er ihr erzählte war auch für ihn eine echte Herausforderung, denn er wusste selber nicht wie es endete, ob die Gerechtigkeit letztendlich siegte und wie viele Opfer sie erforderte. Oft ließ er die Gerechtigkeit einfach siegen. Das lenkte sie ab von ihren Asthmaanfällen, die ihre kleinen Lungen fast zu zersprengen drohten. Danach legte sie ihren kleinen Kopf auf das große Valentinsherz und das rote Bärchen, welche Maria ihr hinterlassen hatte und schlief tief.

So hatte Sherif auch am Erzählen Geschmack gefunden. Wenn die Geschichten gut gelungen waren, gab er sie an die zuständigen Kollegen der Redaktion in *The groaning of the Nile* weiter.

-10-

Das Märchen

Es war einmal im alten Arabien ein Herrscher, der einen Vogel besaß. Dieser Vogel erfüllte ihn voller Stolz, nicht nur, weil er die schönsten Federn hatte, die jemals ein Vogel besessen hatte, sondern weil er redegewandt war und mit der süßesten Stimme, die es in der Welt gab, gesegnet war. Die Kunde von seinen Fähigkeiten drang wie ein Dogma auch zu den anderen Wohlhabenden.

Wenn Könige und Prinzen aus fernen Ländern zu Besuch kamen, war der schöne Vogel, nachdem ihnen Speis und Trank auf goldenen Platten gereicht worden waren, der Höhepunkt der Feierlichkeiten. Der Herrscher, das goldene Zepter in der Hand, stellte ihn prahlerisch vor und ließ ihn großtuerisch singen. Wer sich an seinem Anblick ergötzte und seine bezaubernde Stimme hörte, wusste nicht mehr, ob es Wirklichkeit oder Phantasie war.

Der Vogel jedoch war gelangweilt vom luxuriösen Leben und dem blasierten Gehabe des Palastes und verspürte einen unwiderstehlichen Drang zu erfahren, was außerhalb der Palastmauer geschah. Mit wilden Flügelschlägen stieg er eines Tages zügig über die Mauer gen Himmel, höher, immer höher, wie nur Vögel es können. Bald ließ er den Palast hinter sich und wandte sich dem Weg zu, der ins Landesinnere führte.

Was er dann zu sehen bekam, war entsetzlich. Überall wohin er blickte war Elend. Für das Glück des Herrschers musste ein ganzes Volk Leid auf sich nehmen. Während er und sein Gefolge krankhaft verschwenderisch lebten und sich an auf goldenen Platten servierten exotischen Früchten und kulinarischen Genüssen labten, musste das Volk bittere Not leiden und schweigsam unter der Last der immer wieder erhöhten Steuern schuften. Macht und Reichtum hatten den Herrscher verblendet, er regierte mit eiserner Faust und unterdrückte seine Untertanen. Wer es wagte sich aufzulehnen, musste stillschweigend im Kerker schmachten. Die Gefängnisse waren zum Bersten voll, so dass er in der Wüste weitere Verliese bauen ließ. Durch den Tod und die Verhaftung seiner Widersacher sah er seine weitere Existenz gesichert. Das alles erfuhr der schöne Vogel während seines Ausflugs.

Von dem ganzen Elend schmerzlich berührt und vollkommen verwirrt, machte er sich auf den Weg zurück zum Palast und verirrte sich in dessen Pavillons mit den spiegelblanken Böden und goldenen Säulen und siehe da! Er entdeckte auch hier ein dunkles Verlies mit vielen schaurigen Folterkammern. Aus seinem Versteck beobachtete er entsetzt mit finsterem Auge die grässlichen Taten der hartherzigen Henker.

Seit diesem Tag fand der Vogel keinen Schlaf mehr. An seiner Seele nagte zehrender Ärger. Er konnte nicht bei sich behalten, was er gesehen hatte. Fieberhaft sann er lange danach, wie er seinen Zorn gegen das ruchlose Vergehen des Herrschers und die Missstände im prächtigen Palast äußern könne. Keinen Augenblick länger mehr wollte er dort verweilen.

Eines Abends, anlässlich einer großen Feierlichkeit, zu der alles was Rang und Namen hatte zusammenkam, ließ der Herrscher wie üblich seinen extravaganten Vogel zum Höhepunkt des Festes, das in ungestörter Fröhlichkeit rauschte, auftreten.

In diesem Moment, da alle sehnsüchtig nach ihm Ausschau hielten und aufmerksam zuhörten, besang er nicht wie sonst üblich die Heldentaten des Herrschers, sondern erging sich über ihn in einem Schmählied und rief das Volk dazu auf, sich aufzulehnen. Durch den Klang seiner schönen Stimme versuchte er, den armen Menschen Mut zu machen. Er sang so atemberaubend, dass sämtliche Gäste im ganzen Saal fassungslos zuhörten und über die Wörter des Liedes brüteten:

Oben Putz und Prunk

Prächtig vergoldet und mit Kristall verziert

Und Unten grabesähnlich, lichtlos

versunken in tiefschwarzer Finsternis und voller Trauer

Deine Geduld, Bruder, erniedrigt dich umso mehr

Und erhöht den Tyrannen

Nur Mut, Bruder, erhebe dich!

Erst gegen dich selbst

Und dann gegen den Tyrannen.

Erhebe dich und schlage die Schlange,

vielmehr den Kopf der Schlange.

Erst dann wird die Finsternis sich lichten,

und die Sonnenstrahlen werden bis in den tiefsten Graben

dringen.

Mit finsterer Miene und wutentbrannt ließ der Herrscher den Vogel das Singen abbrechen.

Es entstand Unruhe. Das Fest endete mit einem Missklang und das gesellige Beisammensein artete zum Wirrsal aus. Es folgte überhastetes Abschiednehmen und der festlich gestimmte Palast verwandelte sich in einen Hexenkessel.

Die Nachricht machte in Windeseile die Runde. Und bald war die ganze Stadt im Bilde. Das Flüstern war zu einem lauten Dröhnen angeschwollen. Eine Menschenmenge sammelte sich um die Mauern des Palastes und skandierte Worte der Auflehnung.

Der Herrscher fühlte sich zunehmend unbehaglich. Blind vor Zorn ließ er den Vogel, der sich erdreistet hatte, gegen ihn zu freveln, einfangen und in einen rostigen, miserablen Käfig einsperren. Er fesselte ihn, entzog ihm Futter und Wasser und drohte, ihm die Flügel zu stutzen und die Zunge herauszureißen.

Er hätte ohne Zweifel längst den Hungertod erlitten, wäre da nicht die Tochter der Köchin gewesen, eine kleine ganz Wagemutige, die ihn im Stillen bewunderte und von seinem Mut und seinen Leiden erfahren hatte. Sie brachte ihm unbemerkt meist eine Traube, eine Feige und Körner aus der Küche mit. Als sie davon erfuhr, dass der Herrscher bereits einen Tag bestimmt hatte, um ein abschreckendes Beispiel zu geben, befreite sie ihn beim ersten schwachen, rötlichen Lichtstrahl des Morgens. Als die Henker kamen um sich ihm zu entledigen, fanden sie den Käfig offen und leer vor. Von dem Vogel war nichts mehr zu sehen. Er hatte die Gefieder geschwungen und war davon geflogen. Monatelang. Über Land, Seen, Flüsse, Wälder und Berge bis er *das Land des Schnees* erreicht hatte, wo die Kälte wie ein Messer schnitt. Dort fand er einen Stock, worauf er sich mürbe niederließ. „Es ist ganz sicher nicht die richtige Landschaft für einen Vogel meiner Art. Doch hier werden die Tiere wenigstens menschlich behandelt, während bei uns die Menschen wie Tiere leben", dachte er, um sich Mut zuzusprechen und sog die kühle Luft in seine kleine müden Lungen.

Mit einer von unsäglichem Heimweh und Trauer durchgezogenen Stimme sang der Vogel in sich hinein „mein Heimatland, mein Heimatland, mein allerliebstes Heimatland!"

Er hörte wie sein Atem pfeifend aus seiner Lunge wich und spürte dabei wie sein Herz in seiner Brust raste und wie seine Augen in Tränen schwammen. Ein einsamer Vogel tief im kalten Norden.

Der eiskalte Wind ließ den Stock leicht hin und her wedeln. An seinem Fuß baumelte klirrend noch die Kette. Leicht wippte er hin und her im schwindenden Abendlicht… hin und her bis er einschlief.

Morgen wird er seine Kräfte noch brauchen.

-11-

Ayman

Die kleine Rihan war eingeschlafen, Sherif blieb noch eine Weile bei ihr und hörte bei schwachem Licht wie sie atmete. Es pfiff asthmatisch in ihrer Brust. Es war ihr kleines, müdes und schweres Atemholen, das ihm große Sorgen bereitete.

Eine Menge Dinge schossen ihm durch den Kopf. Das Bild des Vogels auf dem dünnen Stock im eiskalt wehenden Wind ließ ihn nicht los. Er dachte an Ayman und an die vielen anderen Kampfkameraden, die den Fuß des Regimes im Nacken spüren mussten.

Wer von ihnen Glück hatte, hatte es noch rechtzeitig ins Ausland geschafft.

Er sah sie alle deutlich vor sich. Jung, rebellisch und sie machten keinen Hehl daraus, dass sie jegliche Autorität verachteten. Sie kannten weder Grenzen noch Spielregeln. „Die Spielregeln machen wir", pflegte Ayman immer mit Nachdruck zu betonen. Medienaktivisten und Blogger kannten ihn als einen grundsoliden Journalisten, er hatte einen ausgezeichneten Ruf. Sie lernten ihn wegen seines Mutes und seiner Aufrichtigkeit sehr zu schätzen.

„Lügenzeremonien" waren ihm verhasst. Er weigerte sich, daran teilzunehmen. Er glaubte an den Enthüllungsjournalismus und hatte keine Mühe gescheut, wenn es darum ging, Fälle ans Licht zu zerren, die die Herrschaften lieber verschwiegen hätten. Nie hatte er seine Worte auf die Goldwaage gelegt. „Es passieren traurige Dinge in diesem Land, von denen die Menschen gar nichts erfahren. Was nützen die Medien, wenn Journalisten gefangen bleiben wie die Nachtigallen des chinesischen Kaisers", sagte er zunehmend wütend.

Sein Glaube an die Gerechtigkeit war unerschütterlich. Nichts konnte seinen Sinn für Freiheit dämpfen: „Man kann zwar die Hände auf dem Rücken fesseln, aber nicht die Gedanken im Kopf und den Willen in der Brust. Sie mögen uns vergraben, aber wir werden uns wie Maulwürfe dem Himmel entgegenwühlen", sagte er voller Überzeugung.

Aymans Ansichten wurden von den höchsten Regierungsstellen längst als zu gewagt und obrigkeitsbeleidigend gesehen. Seine Artikel heizten das öffentliche Interesse immer mehr auf, hieß es. In seiner Berichterstattung hätte er an etwas gerührt, das besser verborgen geblieben wäre und er hätte Fakten in übler Sensationsmache falsch und tendenziös ausgelegt, während Sherifs Bilder die Realität zudem verzerren würden.

Und das war schon irgendwie ein hinreichender Verdacht, der für eine Festnahme der beiden ohne Haftbefehl genügte.

Drastische Maßnahmen wurden umgehend gebilligt, um sich der Unruhestifter zu entledigen.

„Wir werden es nicht zulassen, dass pubertierende Hosenscheißer mit ihren tumultuösen Hassflugschriften Unwesen im Lande treiben und den ältesten Staat der Welt in Gefahr bringen und sich an unserer Autorität vergehen. Wir werden ihnen ihre den Hintern lässig runterrutschenden Hosen wie ein Korsett strammziehen", sagte ein hochrangiger Beamter herablassend und verzerrte sein Gesicht zu einem hässlichen Grinsen. Ein Grinsen, das nichts Gutes verhieß; dieses Grinsen galt in Ägypten als letzte Warnung: Wer sich erdreistet, sich der Autorität gegenüber ungebührlich zu verhalten, sollte ihren Zorn zu spüren bekommen. Ayman und Sherif wurde eine dubiose Zusammenarbeit mit ausländischen Stiftungen vorgeworfen.

Gleich nach einer Tagung, die eine deutsche Stiftung veranstaltete, erschien die Polizei ohne Vorankündigung und verhaftete die beiden.

Sie wurden wegen Unruhestiftung angeklagt, „weil sie angeblich falsche Informationen preisgegeben hatten, die das Vertrauen der Öffentlichkeit in die Glaubwürdigkeit der Regierung schwer erschütterte und ihren Ruf international schädigte", sagten zwei Zivilbullen.

Innerhalb einer Stunde wurden sie schuldig gesprochen und im Schnellverfahren zu zwei Jahren Haft verurteilt. Ayman wurde seiner Funktion enthoben und Sherifs Kamera wurde konfisziert. Nun darf er seine Tätigkeit als Fotojournalist nicht mehr ausüben. Bei der Urteilsverkündung war es den Anwälten und Angehörigen nicht erlaubt, anwesend zu sein. Dieser Fall wurde weit über seine Bedeutung hinaus aufgebauscht. Die Niederlassung der deutschen Stiftung wurde geschlossen, was großen Wirbel in den nationalen und internationalen Medien erzeugte. Kollegen der Weltpresse und Menschenrechtler kamen nach Kairo gereist. Der Medienrummel war groß.

Sherif erinnerte sich noch, wie die regierungsnahen Medien ihre Wut auf die Stiftung kaum bezähmen konnten. Man sprach von „Brain Storming", „Smart Power" und vom „Krieg der vierten Generation", der stellvertretend durch Handlanger durchgeführt wurde, um Chaos, Unruhe und Zerstörung zu verbreiten. Einer Zeitung war der Fall sogar eine Titelseite wert, mit der Schlagzeile: *Der getarnte Feind. Verräterring ausgehoben.* Ihrer Meinung nach sollten westliche Stiftungen generell in Zukunft mehr und mehr an die Kandare genommen werden. Sie wurden zu Sendboten feindlich gesinnter Mächte abgestempelt, die auf das Gedeihen einer revolutionären Gesinnung abzielten. Das ganze wissenschaftliche Gelaber sei ja nur eine Ablenkung, um den wahren Zweck der Einrichtung zu verschleiern: Jugendliche für sich dienstbar zu machen.

Ayman und Sherif mussten in einer finsteren, nach Verwesung, Erbrochenem, Urin und feuchtem Zement riechenden Gefängniszelle darben wie gewöhnliche Verbrecher. Die zwei wurden zusammengepfercht mit einer Horde von Dieben, Betrügern, Vagabunden, Mördern, Serienkillern, Psychopathen, Sexualverbrechern, Wiederholungstätern. So klopfte man die hartnäckigsten Intellektuellen weich. Man trieb sie wie Vieh hinein und quetschte sie „Schwanz an Po bis zum Klo" in kleine finstere Räume, um ihre sturen Gemüter, ihre Selbstachtung und Selbstbewusstsein systematisch zu zerstören und ihre Psyche zu zermürben.

Ayman und Sherif hatten viel in dieser Hinsicht erlebt. So wussten sie zu berichten, was sich hinter dicken Mauern, Wachttürmen und Stacheldraht abspielte, wo viel Willkür und brutale Haftbedingungen herrschten. Ihre Erzählungen waren voll von Folterungen, Erniedrigungen, Bedrängnissen, Erpressungen. Isolationshaft, Sprechverbot, derbe Fußtritte, Rippenstöße, Ohrfeigen und blutige Prügel waren an der Tagesordnung. Wer es wagte, sich aufzulehnen, der bekam die Knute zu spüren und wurde zu einem blutig-stummen Häuflein verdroschen.

Es herrschte das Recht des Stärkeren. Recht haben und Recht bekommen war zweierlei. „Vor Gericht und auf hoher See ist man in Gottes Hand."

Korruption war „monnaie courante", die gängige Währung innerhalb des Justizapparats. Wer zahlte, ging straffrei aus. Die Richter taten dir jeden Gefallen, du musstest nur die Mäuler mit Dollarscheinen vollstopfen. So warst du schneller wieder aus dem Knast, als man dich reinbrachte. Damit hatten sich korrupte Rechtsanwälte, käufliche Richter und Justizmakler auf dem Rücken des armen Volkes eine goldene Nase verdient. Der Begriff Rechtsstaat zum Schutz aller Staatsbürger war nur noch eine juristische Phrase, die der Form halber ausgesprochen und dann vergessen wird. Viele wurden zu Unrecht, stillschweigend, ohne faire Gerichtsverhandlung verurteilt oder fielen aufgrund schweren Irrtums fälschlicherweise der Justiz zum Opfer. Seit Jahren saßen sie somit unschuldig in Haft und hofften auf ihre Freilassung. Einige verzweifelten und wurden geistig-seelisch verwirrt.

-12-

Die Fischer am Nil

Wie jeden Abend kurz vor Sonnenuntergang schlenderten sie am Ufer des Nil entlang und liefen an den vielen Fischern vorbei, die dicht aneinandergereiht auf der Brücke standen und sich - ungeachtet des Verkehrsgetöses, das die Brücke zum Beben brachte - an ihren Angeln angespannt festklammerten und erwartungsvoll ins Wasser starrten, ganz so, als müsste jeden Augenblick einer der Nilgötter erscheinen und sie mit riesengroßen Fischen beglücken.

Sie bewunderte diese hoffnungsvollen Menschen und schaute ihnen gerne zu. Sie liebte es, dem ältesten Fischer bei seinem lauten Singen zuzuhören. Sein Lied, das sie mittlerweile auswendig gelernt hatte und auch sang, war ein regelrechter Ohrwurm. Seitdem sie es zum ersten Mal gehört hatte, bekam sie es nicht mehr aus dem Kopf. Laura hörte gern arabische Musik, daher glaubten einige, sie hätte eine arabische Ader. Vieles, was das europäische auditive Gedächtnis als eine Melodie des Grauens und an Körperverletzung grenzend empfinden würde, war für Laura ein Genuss. „A sticky song, un verre d´oreille, unfassbar geil!", sagte sie und lachte amüsiert. Sherif war kein Ohrwurm-

Spezialist, aber er behauptete scherzhaft, er habe das untrügliche Gefühl, dass wenn sich Laura mit diesem Lied beim Eurovision Song Contest bewerben würde, sie unter den *Top ten* sein würde, gar keine Frage.

Sherif lachte sich kaputt, wenn sie es sang, vor allem wie sie sich alle Mühe gab, die Tonhöhe, Tondauer, sowie Lautstärke und Klangfarbe des Oberägyptischen hinzukriegen. Wie sie unbekümmert mit den Hüften wackelte, ihm einen sanften Stoß versetzte und ungehemmt sang:

Fisch, Fisch, Fisch

Die Menschen gehen vorbei

Und gratulierten mir

Fisch, ich, dich

Sie sehen mich mit der Angel in den Händen

Und denken ein geschickter Fischer sei ich

Dessen Fischfang reichlich ist

Dich, fisch, ich

Doch meine Angel sei wirklich mein Zeuge

Das Fischen ist nur ein Vorwand

Um meine Sorgen zu vergessen

Ich, fisch, dich

Ich, ich, ich

Fisch, fisch, fisch

Dich, dich, dich

…

Unweit der Brücke glitt ein kleines Boot langsam am Ufer entlang und hielt direkt vor Sherif und Laura. Der Fischer, ein bekümmert dreinblickender Mann mit gegerbtem Gesicht ließ sein Netz ins Wasser gleiten und bereitete seine dünnen alten Angeln vor. Seine hochschwangere, hohlwangige und erschöpft wirkende Frau nutzte die Pause und spülte geschwind das Geschirr im Nil und wrang eine Schulschürze aus. Ihr Kleid war nass und schmutzig. Wie aus dem Nichts tauchte ein knochendürres Kind auf, das damit beschäftigt zu sein schien, irgendwie sowohl seine Schulaufgaben zu machen als auch seinem Vater zu helfen. Seine Augen wirkten müde und er brachte kein Lächeln über die Lippen.

Um sie herum Kairo, das sie mit betonter Gleichgültigkeit ignorierte.

„Für diejenigen, die ihr Brot im Schweiße ihres Antlitzes verdienen, ist die Stadt ein unberechenbares Haifischbecken. Hier muss jeder von klein auf lernen, die Krümel aus dem Haifischmaul zu stehlen", sagte Sherif, unbehaglich den Blick auf das Kind in dem kleinen Boot gerichtet.

Irgendwo am Ufer ertönte gerade im Radio die Melodie Umm Kalthums berühmten Liedes „El-Amal", „Die Hoffnung", füllte die gesamte Hörweite mit sentimentaler Nostalgie und ließ die Fischer in tränentreibendem Selbstmitleid zerfließen.

„Was hoffen Sie, heute zu fischen?", fragte Laura den Fischer scherzhaft, um Sherif über seine Verlegenheit hinwegzuhelfen und zu einem Gespräch zu animieren.

„Was fischen Sie so?", wiederholte sie betont neugierig, da niemand erwiderte. Später wurde ihr bewusst, dass sie sich diese Frage besser verkniffen hätte. Sie erfuhr, dass diese Menschen nicht zum Vergnügen fischten, sondern dass der Nil die einzige Quelle ihres Lebensunterhalts war.

Am meisten ärgerte sie sich darüber, dass sie das Gefühl vermittelte, keinen blassen Schimmer vom Schicksal dieser Menschen zu haben.

„Was so in den Fluss geworfen wird", seufzte einer der Fischer von nebenan, da er bemerkte, dass sein trübsinniger Kollege nicht in Gesprächslaune war. Dieser war gerade zeternd und schimpfend dabei, eine Plastiktüte vom Köder zu trennen und Palmenäste aus dem Netz zu entfernen.

Er schaute auf, blinzelte aus geschwollenen Augen in die untergehende Sonne und lächelte um Nachsicht bittend Laura zu, als wollte er seinen mürrischen Kumpel, der allen Grund hatte, bedrückt zu sein, in ein gutes Licht rücken. Ohne ins Detail gehen zu wollen zeigte er bloß mit einer Kopfbewegung auf die kleine Familie im Boot, den leeren Korb und die daneben liegenden rostigen Cola-Dosen und Plastikflaschen, Plastikteller, Plastikbesteck und Plastiktüten, Tüten und immer wieder Tüten.

Ungläubig schüttelte Laura den Kopf und kämpfte gegen das Entsetzen an, das sie beim Anblick des Mülls überfiel. Noch nie hatte sie erlebt, dass die Umwelt dermaßen missachtet wird wie hier; ihr stand vor Fassungslosigkeit der Mund offen.

„Eine Schande ist das!", sagte sie nur. „Wirklich empörend!"

„Früher waren die Fänge enorm. Im Nil konnte man viele Fische fangen, heute ist er für die Menschen nur noch eine Mülltonne. An manchen Stellen ist er ein grässlicher, unbesiegbarer Sumpf aus Schmutz", murmelte der frustrierte Fischer vor sich hin als wollte er sich bei Laura für diese Missachtung entschuldigen.

„Hier ist nichts mehr zu holen. Weder zu Land noch zu Wasser", wetterte er gedämpft hitzig und entblößte dabei schwarze, verrottete Zähne. Er winkte resigniert ab und warf das Netz wieder in den Fluss, in der Hoffnung, das Abendessen doch noch irgendwie herbeischaffen zu können.

Seine Frau wirkte betroffen, aber sie ignorierte die pessimistische Äußerung. Sie zwang sich zu einem freudlosen Lächeln. Mit Nachdruck sprach sie ihm Geduld zu und bat ihn einen neuen Versuch zu starten, obwohl sie das Gefühl zu haben schien, ihr Mann könnte durchaus recht haben. Sie warf ihm einen vielsagenden Blick zu und verbarg ihre Sorgen hinter einem schwachen Lächeln, während ihre rotgeweinten Augen Bände sprachen. Laura erkannte unschwer, dass die Frau ihrem Mann eine Botschaft zukommen ließ: Es wäre verhängnisvoll, wenn nichts ins Netz geht. Kein Fischfang. Kein Lebenserwerb. Keine Mahlzeit.

Er nippte lustlos an seinem trüben Tee, als schlürfte er Fußschweiß, spuckte dann die Krümel aus und zog die rostige Angelschnur ein. Er fummelte ein altes Stück Brot aus einer Tüte heraus, befestigte es als Köder am Haken und warf ihn wieder aus.

„Wenn ich ein Fisch wäre, würde ich mein Futter woanders suchen. Ich würde mir lieber einen anderen ruhigen und ergiebigen Ort aussuchen und nicht einen wie diesen, wo lauter rostige Fangköder nebeneinander aufgereiht warten", hörte sich Laura spaßen, um einen Funken Humor aufflackern zu lassen, der vielleicht die angespannte Stimmung auflockern könnte. Sie schlang sich die Arme um den Körper und unterdrückte ein Schaudern bei dem bloßen Gedanken an einen Haken.

Ein dritter Fischer, der nicht weit entfernt sein Glück versuchte, pflichtete ihr bei: „Wo sie recht hat, hat sie recht. Fischfang ist eine Kunst für sich. Heutzutage muss man die Psychologie der Fische, ihre Fressgewohnheiten und Köder-Vorlieben gut kennen. Je verlockender die Köderwahl ist, desto größer sind die Fänge. Man muss wissen, welche Fische welche Köder bevorzugen."

„Quatsch! Fische sind Fische. Ein Fisch denkt nicht. Ein Fisch schwimmt ziellos, folgt dem großen Schwarm", grummelte der trübsinnige Fischer postwendend gereizt und blies den Rauch seiner Zigarette aus dem Mundwinkel.

„Und wie sie halt so von Natur aus sind, haben sie ein kurzes Gedächtnis", sagte er und legte eine kleine Reflexionspause ein, um seinen Worten besonderes Gewicht zu verleihen. „Im Grunde sind wir geistig verwandt", sagte er philosophierend. „Nicht die

Affen, sondern die Fische sind unsere nächsten Verwandten. Wir beide haben etwas Gemeinsames. Wir lernen nie aus. Innerhalb von drei Sekunden vergisst ein Fisch, dass er einer Gefahr knapp entkommen ist. Er beißt dann wieder an, und vergisst, dass man ihm soeben erst einen Köder ausgelegt hatte", sagte er selbstüberzeugt.

„Schau uns an!", schloss sich Sherif gedämpft an und grinste schelmisch. „Seit dreißig Jahren wirft uns unser großer Fischer „Muba Dick" Jahr für Jahr denselben Köder zu und wir beißen immer wieder an. Wir sind leichte Beute. Wir lassen uns immer wieder mit den kleinsten Würmern und schönen Angelschnüren fangen. Oder wir schwimmen zielgenau in das gespannte Netz hinein, das unter dem Wasser ruht".

Die Fischer sahen sich gegenseitig einige Sekunden in die Augen und schwiegen versteinert.

„Wenn ich noch einmal auf die Welt komme, möchte ich kein Fisch sein", sagte das kleine Kind im Boot ohne die Augen von seinem Schulheft abzuwenden. „Sie ist zu verdammt kompliziert, diese Geschichte mit den Fischen, den Ködern und dem großen Fischer."

Seine Mutter wuschelte ihm durch die Locken um ihm Recht zu geben, dabei bemerkte sie, dass Laura voller Sympathie und Mitleid zu ihnen rüberstarrte.

Die Art, wie er das sagte, ohne eine Miene zu verziehen, deutete an, dass er mit dem Fischerhumor gut vertraut war. Sie lachten kurz, obwohl sie ganz offensichtlich alles andere als fröhlich waren. Hinter der gedrückten Stimmung schien sich etwas Humor zu verbergen. Diesen Galgenhumor brauchten sie auch.

„Humor ist der Knopf, der verhindert, dass uns der Kragen platzt. Der Ägypter lächelt tapfer, auch wenn ihm zum Heulen zumute ist", sagte der immer lauthals singende Fischer zu Laura.

Der Fischer in dem kleinen Boot zog an seiner Angel und holte sein Netz ein. Sein Gesicht verfinsterte sich und nichts konnte seine Enttäuschung dämpfen, als er sah, dass alles leer war. Es war herzerweichend zuzusehen, wie die Familie ihm erwartungsvoll dabei zuschaute und wie düster ihre Mienen wurden. Ratlos kratzte er sich am Kopf, wie einer, dem alle Mittel geraubt wurden. Er bemühte sich, sich gefasst zu zeigen und sich neu zu orientieren.

Er verabschiedete sich mit einem kurzen Gruß und paddelte langsam davon in die Mitte des Nil, wo er mit seiner kleinen Familie sein Glück erneut versuchen wollte.

„Wo kann man dich treffen, Onkel?", warf Sherif ihm hinterher, als ihm siedend heiß einfiel, dass er sich einen Fall wie diesen für *The groaning of the Nile* nicht entgehen lassen sollte.

Das aber quittierte der Fischer nur mit einem misstrauischen Grinsen. Vielleicht wollte er, wie viele andere, einfach keinen Ärger. Davon hatte er ja eh jede Menge. Wer gibt ihm die Garantie, dass man ihm nichts anhängen möchte, um ihn vom Nil zu verbannen. Er mochte und konnte es nicht darauf ankommen lassen. Man hatte ja bereits Pferde kotzen gesehen. Die oberste Garantie, keinen Ärger zu bekommen war immer, so etwas grinsend zur Kenntnis zu nehmen und zu ignorieren. In Sherifs Inneren war kein Platz für Verwunderung; Angst und Misstrauen waren hier den Menschen anerzogen. Das brachte das Leben hier mit sich. Die Menschen lernen von klein auf, im Umgang mit dem Staat misstrauisch zu sein. Die Staatspolizei lauert an jeder Ecke. Sie konnte stets und mehrfach unvorstellbare Formen und Farben annehmen. Verschiedenartig. Verschiedenfarbig.

Das Übel hier war, dass man niemandem trauen konnte.

„Deine Adresse? Onkel!", entschlüpfte Sherif die Frage erneut.

„Hier. Der Nil. Ägypten!", rief der Fischer ein paar Paddelschläge später, ohne sich umzudrehen, mit einer Tonlosigkeit, die sein Misstrauen, aber auch eine gewisse Sinnlosigkeit der Frage unüberhörbar ließ.

Am blaurosa Horizont ging die Sonne langsam unter. Es war ein betörender Anblick, aber dieser nützte den Fischern wenig, wenn die Herzen verkümmert dunkel blieben.

Auch Sherif wurde es schwer ums Herz. Er hatte Mühe, seiner Verärgerung nicht Luft zu machen. Sprachlos starrte er auf das tanzende Sonnenlicht im Nilwasser. Es packte ihn ein Gefühl, das sich schwer in Worte fassen ließ. Er verschränkte seine Arme und seine Augen schwammen leicht in Tränen. „Wir brauchen so dringend Freiheit, wie ein Ertrinkender Luft braucht", sagte er mit leiser Traurigkeit in der Stimme und gab einen kleinen Seufzer von sich. Laura hörte ihn fast innerlich weiter fluchen.

Es entstand minutenlanges Schweigen, das sich zu Stunden zu dehnen schien.

Es dauerte eine Weile, bis es ihm gelang, seine Emotionen wieder unter Kontrolle zu bekommen.

Laura legte den Kopf schief, zerzauste ihm tröstend die Haare und bugsierte ihn Richtung Innenstadt: „Komm! Dort ist viel Leben. Jeder Mensch ist eine wandelnde Geschichte. Je später der Abend desto mehr nimmt das Durcheinander zu und niemand achtet mehr auf irgendetwas. Vielleicht findest du eine unerhörte Geschichte für deine *Groaning*, sagte sie optimistisch, um seine Enttäuschung abzumildern und schenkte ihm ein gewinnendes Lächeln. Seine Stirnfalten glätteten sich langsam. Mit diesen positiven Gedanken machten sie sich auf den Weg.

-13-

Die vergessenen Gassen

Die Begegnung mit Laura hatte Sherif einen tieferen Einblick in das alltägliche Leben ermöglicht und machte ihm bewusst, wie er langsam stumpfsinnig wurde durch die tägliche turbulente Tretmühle. Durch sie sah er nun seine Umwelt mit anderen Augen. Dafür liebte er sie. Die Dinge, die er bisher peripher wahrgenommen hatte und an denen er unbemerkt flüchtig vorbeigerast war, machten ihn nun nachdenklich. Durch sie hatte er angefangen vieles zu hinterfragen, neu zu interpretieren und zu definieren, was seinen Alltag belebte und ihm schöne intensive Momente erleben ließ. So hatte Sherif eine neue Liebe für das quirlige Treiben der Innenstadt Kairos entdeckt, die Wohlgerüche der Restaurants und Frittierstuben, das hatte er nicht für möglich gehalten. Sie bummelten Seite an Seite durch die ruhelosen Gassen, die von geschäftigem Lärm erfüllt waren und in denen nachts mehr los war als tagsüber. Gerne scherzten sie mit den Fetir-Bäckern, die mit übertriebener Kunstfertigkeit und Gewandtheit den Teig in der Luft herumwirbeln ließen, um Laura zu beindrucken. Wohin sie auch kamen wurde sie hofiert. Unbefangen schäkerte sie herum, nahm die Komplimente und Albernheiten der Verkäufer entgegen, die trotz der späten Stunden guter Dinge waren: schwadronieren, labern, faseln, laut lachen, rauchen, Tee trinken, Karten spielen, Passantinnen mustern und aufs Korn nehmen. Wer nicht redete, ließ die Augen sprechen. Hier kannte man keine Einsamkeit. Hier konnte niemand einfach alleine sein, selbst wenn er sich dies heiß und innig wünschte.

Sherif nahm Lauras Hand und führte sie durch das Gedränge in die schmale verwinkelte Gasse mit den heiteren Trödelläden und Bouquinisten. Die verborgene Seite Kairos. „Kairo der Ghalaaba. Kairo der einfachen Menschen, wie es leibt und lebt". Hier waren viele Gassen namenlos und deren Einwohner statistisch inexistent, da nicht registriert. Sie selbst nannten sich ironisch auch so: „Die statistisch Unerfassten, die Inexistenten".

Laura und Sherif spazierten von Laden zu Laden, bis sie Onkel Hamada erreichten, den alten Bouquinisten, den Sherif seit seiner Kindheit kannte und seit langer Zeit nicht mehr besucht hatte. Als Kind hatte ihn Sherif mit den anderen Kindern der Gasse gehänselt und sich diebisch über seinen Namen gefreut. „Amm Hamada, Sukkar ziada!", „Onkel Hamada, du zuckersüßer!", schrien sie und verschwanden in den Gassen, natürlich nachdem sie ihm die Luft aus den Reifen seines alten Fahrrads gelassen hatten. Daraufhin machte Onkel Hamada Anstalten, sie zu verfolgen und ihnen hinterherzurennen. „Wartet mal, ihr kleinen Bengels, ich zeige es euch! Gleich versüße ich euch die Sohlen!", warf er ihnen hinterher halb im Spaß, halb im Ernst. Und sie streiften die Sandalen von den Füßen und rannten davon, die Gassen mit ihrem unschuldigen Lachen füllend.

Der Laden war nie sonderlich besucht. Sherif überlegte, wie Onkel Hamada sich über Wasser halten konnte. Mit ein paar Kunden, die einen ganzen Tag vor einer Tasse Tee und einer Wasserpfeife sitzen, kann man keinen Lebensunterhalt bestreiten. Onkel Hamada aber war genügsam. Er hatte seine treuen Stammgäste. Für die Einheimischen war er eine Oase, zu der man flüchten konnte, um aus den ansonsten engen tumultuösen vier Wänden zu kommen. Für englische Touristen und Veteranen war er ein Geheimtipp. Sie kamen, um nach alten Postkarten, Korrespondenzen und Briefmarken zu stöbern.

Onkel Hamda kannte Sherifs Großvater. Sie beide hatten im Krieg gegen England gekämpft. Wenn Sherif ihn traf schwelgte Onkel Hamda eifernd in seinen Erinnerungen, die sich unauslöslich in sein Gedächtnis gegraben hatten. Mit viel Stolz entrollte er die Geschichte vor Sherifs und Lauras Blicken und schmückte die Schilderungen mit ein paar grauslich entstellten englischen Brocken aus, die den vielen Jahrzehnten zum Trotz in seinem Hirn eingenistet geblieben waren. „Wo wir hinkamen, war es aus mit den Engländern. Wehe dem Engländer, den wir erwischten", wiederholte er, straffte heroisch seine Haltung und machte Bewegungen mit den Krücken, als spieße er noch immer den englischen Feind auf, während sein kantiges Kinn seinen störrischen Ausdruck wiedergewann.

„Wir beförderten und befördern jeden ins Jenseits, der sich traut, ein Sandkorn in unserem Land anzufassen", sagte er und bemühte sich zu zeigen, dass er nichts von dem Kampfgeist und seiner Beweglichkeit eingebüßt hatte.

„Wenn alle ägyptischen Politiker wie dein Opa wären", sagte Onkel Hamada ehrfurchtsvoll, „würde es mit unserem Land heute anders stehen. Solche Männer sind heutzutage leider Mangelware. Die gesamte politische Bühne wird bloß den Handpuppen, Marionetten und Zwergen überlassen, die unter Politik aalglatte Heuchelei, kriecherische Falschheit und hündische Ergebenheit verstehen". Wenn Onkel Hamada von der alten Zeit sprach und sich an die eindrucksvollen Einzelheiten aus seinem beispielhaften Leben erinnerte, dann wurden seine Augen feucht. Die Erinnerung an diese Zeit schien ihn melancholisch zu stimmen. Seine Geschichten waren faszinierend. Sherif und Laura hörten gerne zu, während sie ihren „Zucker mit Tee" schlürften und ihre Wasserpfeifen rauchten (die sauberste übrigens in ganz Kairo, meinte Onkel Hamada!).

Später stöberten sie in den alten Schallplatten und lasen alte Liebesbriefe, Postkarten und Tagebücher, die noch aus der englischen Zeit stammten. Gerade für diese Periode hatten Sherif und Laura eine wachsende Leidenschaft entwickelt. Schließlich schenkte Onkel Hamada Laura gerührt eine seiner Lieblingspostkarten, so dass sie sich immer an ihre glückliche Zeit in Ägypten erinnern würde. Die Karte hatte nichts Romantisches an sich. Aber was soll's. Allein die Geste zählte. Anscheinend hatte sie jemand geschrieben, der sich gerade über die unflexible Bürokratie und die menschliche Kälte der englischen Beamten, ärgerte. Mit einem spöttischen Seitenhieb las Onkel Hamada vor und verfolgte mit dem Finger Wort für Wort: *Hätte die Bibel Adams Ausweisung aus dem Paradies nicht ausführlich beschrieben, hätte ich gesagt, er wäre vor den Fragen eines englischen Paragraphenreiters geflüchtet.*

„Verrückt, diese Engländer! Immer verrückt gewesen!", wiederholte er. Seine Stimme verriet einen Anflug von Sympathie und Bewunderung.

Er steckte die anderen Postkarten in die Truhe und machte sie zu. Sie lachten, verabschiedeten sich von Onkel Hamada und wurden wieder von der Menge verschluckt.

Sie verließen die Gassen und schlenderten entlang der durch Reklametafeln erhellten Straßen und gingen an kleinen Kinos vorbei. Es lief hauptsächlich alles, was Hollywood zu bieten hatte: *Rambo, the Expendables, the Exterminator, Conan The Barbarian.* Sherif glaubte, darin die alte Botschaft der amerikanischen Filmindustrie zu erkennen: „Folie de grandeur" - Größenwahn. Amerika ist ein Berg von Muskeln gegen den sich niemand auflehnen kann. Amis fürchten nichts und niemanden. Sie haben sieben Leben - wie Katzen - und werden nie besiegt. Nichts kann sie aufhalten. Ihre Gewehre schießen schneller als ihre Schatten und ihre Munition wird nie aufgebraucht. Ein einzelner Soldat reicht, um ein Regiment zu vernichten, wenn dieses es wagt, sich ihm in den Weg zu stellen. Ist seine Mission beendet, zupft er sich die Jacke zurecht und zieht sich zurück. Als wäre alles ein einfacher Spaziergang gewesen und als wären die anderen Menschen bloß Ameisen, die man mit einem leichten Handstreich wegwischt. Früher war es Tarzan, der Herr des Dschungels, der mit Hilfe seiner aufgeweckten und gerissenen Tschita alle Tiere beherrschte. Heute sind es Rambo und Conan, die glauben, alle Menschen beherrschen zu können. Was für ein

Schwachsinn, lachten Sherif und Laura, aber das ist eben Hollywood!

Sie wechselten einen Blick und entschieden sich prompt für *Hassan und Marcus*, einen Film mit Omar Sherif und Adel Imam in den Hauptrollen. Sherif liebte Adel Imam, von dem er meinte er sei *der Charlie Chaplin der arabischen Welt*.

„Ein sprechender Charlie Chaplin dazu!", meinte Laura nach dem Film begeistert.

-14-

Laura und der Nil

Es war ein strahlend herrlicher Maimorgen, an dem man sich wohlfühlen und den man lieben musste. Die Sonne schien angenehm warm, verströmte ein besonders heiteres Licht und vertrieb beherzt die widerspenstige Kälte des späten Winters. Sherif hatte sich vorgenommen, Laura an diesem Tag eine andere Seite des Nil zu zeigen.

„Heute ist das Fest Sham el-Nessim! Wir machen einen kleinen Ausflug!", verkündete er mit einem Glanz in seinen schwarzen Augen während sie am Nil entlang schlenderten.

„Komm, setz dich ins Boot!", sagte er einladend. Dann packte er die Riemen und begann mit gleichmäßigen Schlägen zu rudern.

Mit angehaltenem Atem beobachtete sie, wie er das Boot manövrierte. Erst langsam, dann immer schneller, bis er den nötigen Rhythmus fand und sie die Stadt hinter sich ließen. Genüsslich vernahm sie, wie sich das Kairoer Verkehrschaos immer weiterentfernte, der Lärm langsam verklang, die Luft reiner wurde und der Nil das Auge mit klarem Wasser, in dem sich das Blau des Himmels spiegelte, grüßte. Sherif liebte diesen Anblick.

Langsam stellte er das Paddeln ein und sie ließen sich eine Zeit lang von der Strömung treiben.

Sie setzte sich neben ihn. Es war warm, aber die Wärme seines Körpers neben ihr und seine Haut, mit der sie in Berührung kam, jedes Mal, wenn das Boot leicht schwankte, waren anders. Seine war eine nie gekannte Wärme. Sie war wohltuend, rief ein angenehm sinnliches Gefühl in ihr hervor, raubte ihr den Atem und den Sinn.

Wenn sie gekonnt hätte, hätte sie Luftsprünge gemacht und einen Freudentanz aufgeführt. Sie begnügte sich jedoch damit, ein wenig nach hinten gebeugt ihre Hände in die Höhe zu strecken und in den Himmel zu jubeln wie es Leonardo De Caprio und Kate Winslet am Bug der *Titanic* getan hatten.

„Rieche den Wind!", „Rieche den Wind!", schrie Sherif vor Entzücken als er sah, wie der frische Wind ihre goldenen Haare flattern ließ. Sie lachten, alberten herum, umarmten sich. Laura lehnte den Kopf zurück und sog den sanften Wind in vollen Zügen ein. Sie riss die Augen groß auf, um die Schönheit dieses Flecken Erde und den Moment restlos zu genießen. Sherif ging es genauso. Die Luft in diesem Teil des Flusslaufs war rein und hatte etwas Magisches, Befreiendes an sich. Sie verstärkte das Gefühl, in der glücklichsten Stunde des Lebens zu schwelgen. Sherif spürte, wie das Leben und die Lebensfreude in ihm langsam aufstiegen. Laura war schön, aber noch nie hatte er diese Ausstrahlung bemerkt wie jetzt und hier in der Mitte des Nil. Laura und der Nil waren ein sinnlicher Anblick, als Einheit die Krönung der Schönheit.

Sie ankerten an einer kleinen Insel und legten sich unter einem schattenspendenden Baum. Der Ort war nicht nur schön, sondern strahlte einen besonderen Frieden aus. Sie war entzückt von der Aussicht: Um sie herum herrschte absolute Stille und über ihnen erstreckte sich ein endloser und wolkenloser Himmel. Laura beobachtete, wie gerade ein großer Schwarm grüner Vögel, eine Sittichart, über sie hinweg flog, hinauf in den Himmel, als wäre sie in einem Paradies. Überall wuchsen exotische Pflanzen von ungewöhnlicher Mannigfaltigkeit in üppiger Fülle und von Menschenhand unberührt. Nilblumen, Lotusblumen und Jasmin zeigten sich in ihrer duftenden Pracht und weckten in ihnen viele zarte und paradiesische Assoziationen.

„Hier erschaffen wir unser geheimes Reich! Hier wird nur Liebe und Frieden herrschen", sagte er verträumt.

„Unsere Kinder und die Kinder unserer Kinder werden universelle Menschen werden, unsere Identität wird fließend sein, wie der Nil!", sagte er schwärmerisch. Sie lachten wie kleine Kinder, die keine Angst vor Träumen haben und nicht wissen, was große Worte eigentlich bedeuten. Sie lachten mit einem Herz, das so weit war, dass es alle Menschen der Welt jeglicher Hautfarbe, Sprache, Rasse, Kultur und Religion beherbergen könnte.

Eine leichte Brise kam auf. Sherif streckte seinen Arm aus, um über ihr blondes Haar zu streichen. „Ich habe etwas für dich!", sagte er leise. Theatralisch setzte er ihr einen Kranz aus Blütenblättern auf. Freudig hielt sie den Atem an und machte große Augen. Sie sah wunderschön aus. „Oh! Das ist ja ein reizendes Geschenk!", sagte sie. „Wenn du mir eine kleine sentimentale Anwandlung gestattest, möchte ich dich zur Schönheitskönigin des Sham el-Nassim krönen", sagte er mit fröhlicher Stimme und versuchte, nicht belustigt zu wirken. Er blickte schmunzelnd auf den Kranz. Lauras Augen strahlten. Zwei hübsche Grübchen kamen in ihren Wangen zum Vorschein. Laura wünschte sich, dass dieser Tag nie enden würde. Sherif ging es nicht anders. Lange hatten sie sich nach diesem Moment gesehnt. Sie flüsterte ihm ins Ohr: „Ich liebe dich, Sherif." Da wurde etwas in ihm weich. Sein Name aus ihrem Mund hatte einen reizenden Klang. Noch niemand hat ihn so schön ausgesprochen wie sie. Sie schwiegen. In ihrem Schweigen lag die leise Andeutung einer Frage. „Und nun? Hast du auch Lust? Empfindest du was ich empfinde?"

Als sie seine Ungeduld merkte, löste sie ihre Haare. Sie zog ihr Kleid aus. Er sah ihre Brüste, ihren Bauch, ihren Schoß. Sie war schön. Sie stand vor ihm in der Blüte ihrer Weiblichkeit. Sie berührte ihn. Er sie. Ein wohliger Schauder durchlief ihn. Die zitternde Antwort ihres Körpers weckte seine Leidenschaft. Lange hatte sie die Freude, mit der sie an Sherif dachte, vor sich hergeschoben. Länger konnte sie nicht warten. Nun war es soweit. Sie rang nicht mehr mit sich, sondern ließ sich von ihrem entflammten Rausch und aufgestauten Begehren mitreißen. Ihr Atem ging schnell. „Komm!", sagte sie fieberhaft als sie innehielt, um nach Luft zu schnappen und zog ihn ganz nahe, dann fanden ihre Lippen seinen Mund. Sie schlossen die Augen und flossen ineinander und glitten genüsslich in die Welt der Wonnen, die das Frühlingsgefühl herrlich heizten. Wie zauberhaft körperliche Verschmelzung sein konnte, überwältigte sie. In seinen Armen fühlte sie sich weich. Sie atmeten schnell, damit sie nicht vor Glück ersticken. Fast gerieten sie außer sich. Sie wurden von der wahnsinnigen Lust gepackt, einfach zu schreien, um Ihre Glücksgefühle dem Himmel kundzutun. Hier durften sie laut sein. Hier war der Himmel hoch, hell und wolkenlos. Den ewig bedeckten, dunkelgrauen Himmel und die tiefhängenden Wolken über den

Dächern, die verschneiten schlafenden Straßen hatte sie hinter sich gelassen und nun wälzte sie sich am Ufer des Nil unter Blüten und viel Sonnenlicht. Sie machten die Augen zu und hielten einander mit einer Inbrunst umklammert, dass sie das Gefühl hatten, ihre Körper könnten nie mehr getrennt werden. Es war wunderbar, sich eins zu fühlen. „Ich wünschte, wir könnten für immer hierbleiben", flüsterte sie schwärmerisch.

Sherif lächelte strahlend, als gefiel ihm dieser Gedanke ganz und gar. Auch wenn es in Wirklichkeit illusorisch war. Das wussten sie beide.

Verträumt vergrub er sein Gesicht in ihren blonden Haaren. Sie kuschelten still und die Stille des Ortes bescherte ihnen ein großes Wohlbefinden und einen tiefen Kinderschlaf.

-15-

Ein Fest im „Paradiso"

„Dinner anlässlich des *Paradiso* Festes", stand auf der Einladung, die Laura Sherif unter die Türschwelle geschoben hatte, mit der Notiz: „eine illustre Kulturgesellschaft... lassen wir uns wieder überraschen!"

Von der Alexandria-Desert Road bogen viele Nebenstraßen ab, die zu luxuriösen Compounds führten. Dort gab es gepflegte Trottoire. Es waren schattige, kühle Straßen mit einer ungeahnten Vielfalt an Vegetation, gepflegten Gärten und weiten makellosen Grünflächen, die mit Nilwasser geschlämmt wurden. Überall plätscherten Springbrunnen vor sich hin und die exotischen Früchte und Pflanzen erfüllten die Luft mit wohlriechenden Düften.

Hier begann die sorgsame Ver(sch)wendung des kostbaren Nilwassers. Hinter den hochaufragenden Bäumen, die die Straßen säumten, konnte Laura imposante, luxuriös ausgestattete Villen in Gartenanlagen sehen, deren Anblick die Unterhaltung in dem schäbigen Minibus für einen Moment ersterben ließ.

„Was mochte wohl hinter den eleganten Fassaden liegen? Wie und wer konnte sich solche prachtvollen Burgen leisten ", glaubte Sherif in den staunenden Blicken der Insassen zu lesen, während der vollgestopfte Microbus langsam eine hübsche Allee im Compound *Paradiso* entlangfuhr.

„Keine holprigen Straßen, keine aufgewühlten Bürgersteige, keine Hundescheiße. Würden die Herren ein Glas auf die Straße stellen und es würde umkippen, dann sei Gott dem Bürgermeister gnädig", unterbrach der Fahrer die Stille im Minibus, um seine Fahrgäste aufzuheitern. „Ja, unwiderruflich würde er entlassen", drang eine dunkle Stimme aus den hinteren Rücksitzen lachend. „Und da wo ich herkomme sind die offenen Schächte der Kanalisation so tief wie Kriegsgräber, wer einmal hineinstolpert, der kommt nie wieder hoch. Gott sei ihm gnädig, den kriegt man nie wieder hoch bis zum Jüngsten Tag", fügte spöttisch ein vom harten Leben gezeichneter Mann hinzu. Die anderen lachten dröhnend. Sherifs Lippen bewegten sich schnell und zählten die vielen extravaganten Nobelkarossen, die beim Vorbeifahren seine Blicke einfangen konnten und die in den Garagen nebeneinander geparkt waren. Gelegentlich erhaschte man dort einen Blick auf eine Jacht, die nur so als Statussymbol für Reichtum und Luxus zur Schau gestellt war.

„Da scheint sich ja der halbe Geldadel des Landes versammelt zu haben!", sagte Laura staunend. „Ja! Hier residiert unsere Meritokratie", alberte Sherif augenzwinkernd und schnitt eine Grimasse. „Wie man sieht, lieben sie die Abgeschiedenheit", sagte Laura leicht maliziös, als das klobige Sicherheitspersonal in barschem Ton scheinbar aus Sicherheitsgründen dem alten Klapperkasten die Durchfahrt verwehrte und dessen Fahrer anherrschte, den Hintereingang an der Rückseite des Compounds zu nehmen. Dann machten sie sich übereifrig daran, mit geschmeidigen Bewegungen die Schranken für die nächsten Limousinen mit verspiegelten Scheiben hochzuheben. „Hier leben sie unter sich, hinter hocherrichteten Mauern und massiven, elektronisch gesteuerten Toren. Alles scheint bei ihnen hermetisch verriegelt zu sein. Sie leben nach der Devise, „Was ich nicht sehe, existiert nicht." So kennen sie keinen Dreck und sehen kein Elend. Sie kennen keine Stromausfälle, keine Wasserknappheit, keine Gehaltsverzögerung und keine Not. Sie leben in der Welt des Geldes, von der sie sich bezaubern lassen", sagte Sherif bedauernd mit einer Spur Bitterkeit.

Gleich hinter den Mauern ihrer prächtigen Villen dehnte sich, soweit das Auge reichte, ein wüster Slum aus, und bot eine Landschaft der Verwahrlosung an. Am Ortseingang erspähte Sherif ein dilettantisches, selbstgemachtes Schild, das mit einem rostigen

Drahtseil an einem alten Baum befestigt war: *Jenseits von Paradiso*. So nannte der Volksmund ironisch diesen Flecken Erde. Ein weiteres krakelig handgeschriebenes Schild warnte die Passanten: *Vorsicht! Ab hier nicht mehr in die Luft gucken!*

Langsam ratterte der schäbige Bus den schmalen gewundenen Weg entlang und schlingerte durch die morastigen Pfützen und Schmutzlachen.

Sherif und Laura stiegen nach einer Weile aus der ramponierten Blechkiste und mussten über den schlammigen engen Lehmpfad, der um den Compound herum zu dessen Rückeingang führte, gehen. Jeder Schritt war ein Pulsschlag voller Schmerz und Qual, aber sei es drum, sie stapften weiter.

„Es ist unfassbar. Wie launisch das Leben doch ist! Ein Unterschied wie Tag und Nacht!", sagte Laura die Stirn krausend. Sie sah sich um, als würde sie ihren Augen nicht glauben und lächelte ein wenig schmerzlich. Im Vergleich zum frühlingsgrünen *Paradiso* ähnelte der sinistere Slum der Szenerie eines Alptraums. Das saftige Grün verwandelte sich jäh in tristes Braun. Hier und da ragten schwarze Baumskelette aus dem Müll. Das Leben war gefüllt mit Trauer und drückendem Elend. Es war, als liege ein Fluch über dem Ort. Es gab nichts, was eine freundliche Note hätte bringen können. Hier gab es kein Vogelgezwitscher. Nur den intensiven Singsang der tag- und nachtschwärmenden Moskitos, das Zirpen von Ungeziefer, das Scheppern der Megaphone der ambulanten Pestizidverkäufer, das Ganze begleitet vom dröhnenden Trommelwirbel der Derwische, von den Tönen ihrer Blockflöten und dem Klagen der Ekstatiker wie auch den inbrünstigen Gebeten aus den zahlreichen Moscheen, die immer wieder den Namen des soeben Verstorbenen und den Termin seiner Beerdigung bekannt gaben. Wer mit diesen armen Menschen nicht in Berührung gekommen war, konnte und würde sich wohl nie vorstellen, wie sie lebten. Während die Herrschaften nach Herzenslust in Luxus schwelgten, sich an den köstlichsten Speisen und Getränken labten und der eine oder andere einen Reitstall und privat saftig grüne Golfplätze unterhielt, lebte das sozial und finanziell abgebrannte Volk von nebenan in einer Agonie von Groll, Entbehrung und depressiver Enge, zwischen zugemülltem Chaos und den unterschiedlichsten ekelerregenden Gerüchen der Armut, wie Schmeißfliegen auf einem blutigen Fell.

Sherif erzählte von millionenschweren Herren, die sich wertvolle Ländereien aus Staatseigentum ohne jegliche notarielle Abwicklung unter die Nägel gerissen hatten und weit unter Preis an Unternehmer verkauften. Er erklärte, wie sie Währungen horteten und Gelder haufenweise und in aller Ruhe auf Konten in aller Herren Länder wegzauberten und dort riesige Vermögen deponierten. Immense Summen wurden mit raffinierter Tarnung und mit aller Schläue und Kreativität gewaschen. Jeder, der Zeitung las, wusste darüber Bescheid. Darüber hatten Sherif und seine Kameraden unablässig und ausführlich im *The groaning of the Nile* berichtet, bloß war dieses Delikt bedauerlicherweise zu einer bedenkenlosen Selbstverständlichkeit geworden. Es wurde oft nur mit einem Schulterzucken abgetan. Einiges wurde in den Mond geschrieben und Vieles verschwiegen. „Schweigen ist Gold", hieß die Redensart. Schließlich waren die Herren eine Macht im Staate und es herrschte ein Selbstbedienungssystem, dessen Gesetze sie sich selber in aller Ruhe mit allen Raffinessen zurecht geschnitzt hatten und das nur Ausbeuter und Ausgebeutete kannte. Macht und Selbstbedienung waren miteinander verwoben. Wer Macht hatte, füllte sich skrupellos mit hemmungsloser Dreistigkeit die Taschen und lachte dabei über diejenigen, die es nicht taten. Wer sich nicht auf Kosten des alles erduldenden Volkes bereicherte, war in ihren Augen selber schuld. „Fällt der Apfel reif ins Maul, dann beiß zu und sei nicht faul!", war ihr Motto. „Was wären bloß manche Banken und Steueroasen ohne die Gelder der armen Völker?", fragte Sherif mit kranker Stimme. Naiv spekulierten sie vor sich hin.

„Von Schokolade allein wird ein Land nicht reich. Oder?" Sie mussten beide lachen. Grimmig.

…

Hier, in *Jenseits von Paradiso,* konnte man das Elend in seiner vollen Ausdehnung sehen. Verhutzelte alte Männer und Frauen hockten in sengender Hitze unter den Schilfhütten und scheuchten die Fliegen weg, die um ihre triefenden Augen und die angefaulten Gemüsestücke summten, die sie zwischen den Füßen der Passanten den noch Ärmeren darboten. Ein paar junge Männer lungerten herum, zerlumpte Bettler, mit zerfurchten Gesichtern, kauerten an die Wände gelehnt und streckten die Hände aus. Nicht weit von ihnen versuchten Derwische vergeblich eine Ekstase anzuregen und flatterten durcheinander wie geköpfte Hühner, in der Hoffnung das Netz des Elends zu zerreißen. Dieses aber war so schreiend, dass selbst der schnellste Kreistanz es nicht übersehen konnte: Kinder von schwächlicher Natur wateten knöcheltief im Schlamm, Frauen wuschen sich in dem kleinen Nilarm, der früher durch das Slumviertel floss und heute bloß stillstand und den Ort in einen stinkenden trostlosen Morast verwandelt hatte. Nirgendwo konnte man sich trockenen Fußes bewegen.

„Dieser Ort gehört definitiv zu den Orten, in die die Regierung nie im Leben einen Fuß setzen würde, weil man sich dort die auf Hochglanz polierten Schuhe schmutzig machen könnte", sagte Sherif zerstreut und lächelte wehmütig.

„Ganz schön trostlos das Ganze!", stellte Laura fest, als würde sie mit dem Ausmaß dieser Ungerechtigkeit nicht fertig. Ihr Lächeln verlor sich. Auch Sherifs Lächeln erlosch und sein Gesicht durchlief eine seltsame Veränderung. Er sah Laura kurz aufmerksam an, dann wandte er sich ab, um seine Beschämung zu verbergen. Die Herren sollten das hier sehen, dachte er. Es müsste öffentlich gemacht werden. Er starrte ein paar Sekunden ins Leere und sie schwiegen beide einen Moment. Ihr Schweigen war sehr inhaltsreich. „Sie hat recht! Eine Leinwand des Leides", musste sich Sherif schließlich, wenn auch widerwillig, eingestehen. Er war zu intelligent und selbstkritisch -manchmal überkritisch- um sich Illusionen über die Zustände in seinem Land zu machen. „Das Elend ist noch viel größer, als du oder ich sehen können", dachte Sherif mit abgewandtem Gesicht. „Viele haben nicht einmal eine Toilette und mussten in leeren Flaschen ihre strapazierten Blasen erleichtern, für die größeren Bedürfnisse müssen sie noch erfinderischer sein", dachte er sich mit einem Anflug von Bitterkeit. Ein schauriger Gedanke, wenn man bedenkt, dass die einzige Senkgrube, die es glücklicherweise gab, eine Viertelstunde weiter draußen neben dem Friedhof lag.

...

Laura hörte klägliches Schmerzwimmern. Sie stand reglos da und starrte trüb auf eine bekümmerte Frau, die zwei Kinder mit schweren Brandwunden in ihrem Schoß hielt. Sie pustete liebevoll und inständig auf ihre Brandverletzungen, um irgendwie die Schmerzen ihrer beiden Kinder zu lindern. Bloß kann das Pusten allein nicht heilen. „Wenn das Pusten helfen könnte, hätten wir längst vieles ins Pfefferland gepustet", dachte Sherif bei sich. Laura bedeckte vor Entsetzen die Augen mit den Händen, als könnte sie nicht realisieren, was sie sah: die Körper der beiden Kinder waren eine einzige Brandblase. Beim Anblick der hässlichen Wunden und der sich streifenweise lösenden Haut empfand sie einen unerklärbaren Schmerz in ihrer Brust und hatte ein verdammt flaues Gefühl im Magen, da sie nicht helfen konnte. Und selbst wenn sie es könnte, wo will sie anfangen, wo will sie aufhören?!

Sie hielt die Hand vor den Mund, kniff die Augen zusammen und blieb stehen.

Ein Schwall wüster Schimpfwörter wurde ihnen von allen Seiten zugerufen. Sherif merkte, wie sich die Gemüter der Menschen hier langsam erhitzten, sich ihre Gesichter verdüsterten und ihnen zornige Blicke zugeworfen wurden. „Sind wir etwa im Zoo?", wurden sie von einer erschreckend hageren Frau mit eingefallenen Wangen angefunkelt. „Wir sind keine Affen! Machen Sie, dass Sie verschwinden!", zischte sie barsch. Ihre Worte kamen schneidend und quollen giftig aus ihrem Mund. Schuldbewusstsein und Mitleid ergriffen erneut von Laura Besitz. Sie fühlte sich so grässlich und empfand ein schmerzliches Bedürfnis, sich zu entschuldigen. Eine Frau, die gerade mit einem Läusekamm durch ihr Haar fuhr, brummte energisch: „Hauen sie ab, wir brauchen kein Mitleid! Mit unserer Misere müssen wir allein fertig werden!" Aus ihrem Ton sprach hartnäckiges Misstrauen.

Ein Strom unflätiger Schimpfwörter ergoss sich aus allen Richtungen über sie. Die Stimmen steigerten sich schlagartig und machten ihrer Wut Luft. Laura blickte einen Moment verständnislos drein. Sie hatte eine Weile gebraucht, bis ihr klar geworden war, dass man sie damit gemeint hatte. Farbe stieg ihr ins Gesicht. Sichtlich verlegen geworden, stammelte sie indigniert mit brüchiger Stimme etwas von einem Missverständnis. „Asifa! Asifa giddan! Es tut mir leid! Es tut mir sehr leid!", würgte sie fassungslos auf Arabisch heraus, bevor ihre Stimme versagte.

Es entstand eine kurze Stille. Sie schien mit dem, was sie gerade zu sehen bekam nicht fertig werden zu können. „Komm Laura! Mit Reden und Selbstvorwürfen ist hier nichts getan, lass uns weiter gehen!", flüsterte Sherif mit vor Kummer belegter Stimme und verzog in wortloser Entschuldigung das Gesicht, als er ihren verwirrten Gesichtsausdruck sah. Er spürte, dass sie ihre Verlegenheit nicht mehr verbergen konnte, und sie hatte es nun sehr eilig von hier wegzukommen.

…

Zügig und ohne sich umzudrehen bewegten sie sich auf die Villenanlage zurück. Bereits von weit her hallte die Musik, begleitet vom heiteren Stimmengewirr der Gäste, die zu ihnen und *Jenseits von Paradiso* hinüberschallten. Das ganze Leben schien übertrieben ungerecht. Sobald das Tor aufschwang und man die Schwelle zum *Paradiso-Compound* überschritt, betrat man ein kleines Paradies, atmete eine andere Atmosphäre und roch den wohltuenden Duft von Jasmin und Mandelblüten. Besucher empfing eine prächtige, zwischen üppigen Bougainvillea-, Palmen- und Mango-Hainen eingebettete, mehrstöckige Villa, die sich auf einer Aussichtsterrasse erhob und deren Herzstück ein großer mit Mosaik verzierter Swimming-Pool und ein breiter Whirlpool bildeten. Um die Poolanlage waren verschiedene Luftkühler, Luftbefeuchter und Sprühnebel-Standventilatoren mit Anti-Mücken-Funktionen platziert, um eine angenehme Atmosphäre zu schaffen.

Sherifs Augen flammten vor Empörung und er spürte, wie ihn eine Spannung erfasste, als er mit durchweichten Schuhen den mit kostbaren Teppichen bedeckten Boden betrat und die unverschämt luxuriöse Villa mit den erbärmlichen Hütten der Armen von nebenan verglich. Der bloße Anblick schmetterte ihn nieder und erfüllte ihn mit Schmerz. Einem tiefschneidenden seelischen Schmerz.

Gleich im Vorhof der Villa herrschte große Aufregung, hier wurden eisgekühlter Champagner ausgeschenkt und Cocktails geschüttelt. Gäste schürzten die Lippen und markierten Luftküsschen. Sie tauschten die üblichen Höflichkeiten miteinander aus in dem nasalen, salbungsvollen Bühnenenglisch der Schickeria. Kellner und Kellnerinnen bewegten sich unter ihnen geschmeidig und still. Sie huschten auf die Neuankömmlinge zu und nahmen ihre Mitbringsel entgegen, verbeugten sich förmlich aus der Hüfte heraus und hielten dann mit niedergeschlagenen Augen respektvollen Abstand. Das Buffet war zum Bersten voll mit den rarsten Gaumenfreuden und allem, wonach es dem verwöhnten Magen gelüsten könnte. Es gab alles im Überfluss, vor allem

Fleisch, Lahma. Und was schmeckte den Menschen hier besser als Fleisch? Lahma war aber das, was in erster Linie den Unterschied zwischen „wohlhabend" und „arm" ausmachte. Fleischkonsum wurde zum Statussymbol erhoben. Reihenweise wurden Lämmer und alle Fleischsorten über offenem Feuern gebraten. Der appetitliche Geruch drang bis auf die Straße hinaus. Sherifs Gedanken waren sofort bei dem Volk vom *Jenseits*, das vom Fleisch seit Ewigkeiten nur den Rauch und den verlockenden Geruch mitbekam und dem das Wasser im Mund zusammenlaufen musste.

…

„Ein Land. Zwei Welten! Eine Summe von Widersprüchen!", seufzte Laura und schenkte Sherif ein flüchtiges bitteres Lächeln. „Wenn die Reichtümer nur gerecht verteilt wären, wäre es möglich aus ganz Ägypten *ein Paradiso* zu schaffen. Alles hängt nur von der Freigiebigkeit der Herren ab, die sie aber nicht haben", räsonierte Sherif tief beschämt und untröstlich. Dass er einen Zorn auf die Reichen hatte, war kaum zu übersehen. Er konnte partout nicht seine Abneigung verhehlen. Schon immer konnte er diese Klasse und ihre Ausdünstungen nicht ertragen und schon immer stand er ihr konträr gegenüber. Denn sie waren für ihn die Ursache aller Miseren der *Umm ed-Dunia*, der Mutter der Welt.

„Ein gebefreudiges Volk, aber eine mistige reiche Klasse. Hol sie der Teufel! Voll und ganz!", giftete Sherif und schluckte. Das Wort *Klasse* lag in seinem Mund, wie ein Kieselstein, der ihn würgte. Er tat sich schwer mit Leuten dieser Schicht. Reiche und er vertrugen sich nicht. Seine Aversion ihnen gegenüber war innerlich und instinktiv. Das wollte er Laura sagen, als sie ihm die Einladung unter die Tür geschoben hatte. Aber ihre Neugier auf die Kulturgesellschaft *Paradiso* schien immens gewesen zu sein. Außerdem wollte sie ihm Professor Sander einmal vorgestellt haben.

Nun merkte er, wie Abneigung und Befremden in ihm hochstiegen und von seiner Seele rasch Besitz ergriffen. Allein der Anblick ihrer Visagen, die vor Arroganz und Wichtigtuerei triefften und ihr affektierter Plauderton machten ihn wahnsinnig, würgten ihn und ließen sein Gesicht vor Widerwillen erstarren.

„Sind Sie zum ersten Mal bei uns?", fragte eine aufgedonnerte alternde Kleopatra am Eingang mit einem eingeübten Empfangsdamenlächeln, nachlässig, ohne sonderliches Interesse. Sie musterte Sherif von oben bis unten mit erhabener Verachtung, ließ ein arrogantes Lächeln aufblitzen und verwarf ihn nach einem Blick. Eine Antwort schien -selbstverständlich- nicht erwartet. Die Hand hatte sie ihm nicht gereicht.

„Are you American?", wandte sich der Mann neben ihr - eine schwergewichtige, kugelförmige Gestalt von unbestimmter Substanz in sommerlichem Miami-Beach-Schmiss- an Laura im Plauderton, mit schwerer Zunge und einem trägen Lächeln, die Eiswürfel in seinem Glas kreisend und die Zigarre in seinem Mund wippend. Seine Blicke bezogen Sherif nicht ins Gespräch mit ein.

Die weißen Schuhe, eine enge, weiße leicht durchsichtige Hose und die auberginefarbenen Haare sollten vom wahren Alter ablenken.

„No! I'm from Germany! Not every blond person is American!", erklärte sie, die blauen Augen etwas belustigt, vorsichtig, mit so wenig Spott wie möglich.

„Really!", sagte er gedehnt. „I love German products. My dog is a German Shepherd!", fuhr er fort und blies mit jedem Wort Rauch von sich.

„A faithful watchdog! Where is it, Where is it?", sagte er mit einer behäbigen Handbewegung, deutete mit der Schulter ins Ungewisse und wiegte sich hinein ins Haus. Keuchend tupfte er sich den Schweiß von Stirn und Nacken.

Sherif erfasste auf den ersten Blick, dass die beiden die Gastgeber waren. Ihr Verhalten war kalt und distanziert und ließ nicht die geringste Spur von wahrer Gastfreundschaft erkennen.

Sie schienen an einem weiteren Gespräch überhaupt nicht interessiert zu sein und gaben sich auch keine Mühe, dies zu verbergen. Alles war nur Formsache und Fassade. Die Haltung des beleibten Gastgebers verriet die Sorte Mann, die glaubte, sie täte dir einen großen Gefallen, wenn sie in deine Richtung schauen oder wenn sie dich mit einem laschen teigigen Händedruck begrüßen. Er lächelte müde, sprach mit unbeweglichen Lippen und monotoner Stimme, die Abstand signalisieren sollten.

Laura, die Sherifs Miene gefolgt war und spürte, wie die Abneigung in seinem Gesicht gärte, fing seinen flehenden Blick auf. Der Arme! Er sah gequält und fluchtbereit aus, verloren wie ein kleiner Fisch in einem zu groß geratenen Teich. Wenn er nur endlich hier wieder raus könnte! Es fiel ihm schwer, sich in der schwülstigen Atmosphäre gesellschaftlicher Steifheit zu bewegen.

Sherif wusste nicht, wie er den Abend in dieser Gesellschaft überstehen sollte. Er war eingekeilt zwischen schnodderigen Geld-Snobs, Familien-Snobs mit steifen Hälsen und Kultur-Snobs mit ihren federnden Schritten. Wenn sie liefen, schien es, als wollten sie den Boden nicht berühren und erhaben hoheitsvoll zwei Zoll darüber schweben. Selbstherrlich glitten sie von einer Gruppe zu der anderen. Einer selbstherrlicher als der andere.

...

Als hätte Laura seine Gedanken gelesen, nahm sie ihn an der Hand und steuerte ihn durch eine Gasse von Gästen bis sie vor Professor Sander standen.

„Das ist Sherif!", verkündete sie fröhlich als hätte sie lange auf diesen Moment gewartet.

„Ah! Der reizende Junge vom *Nile View*!", sagte er und schüttelte ihm die Hand mit einem offenen, warmen Lächeln. Seine funkelnden blauen Augen verrieten Bewunderung für Sherif und Laura, die ein junges reizendes Paar abgaben. Sherifs dunkle Locken, die in einem schönen Kontrast zu Lauras hellblonden Haaren standen, schienen den Professor zu faszinieren.

Gemächlich begleitete er sie durch verschiedene Räume, die ineinanderflossen, bis sie einen geräumigen Salon erreichten, der mit Luftreiniger und Ventilatoren ausgestattet war. Das ganze Interieur war mit luxuriösen orientalischen Kostbarkeiten eingerichtet. Auf viktorianischen Couchen, lederbezogenen Sofas und Sesseln -saßen nicht- thronten bereits einige vornehme und renommierte Gäste. Ihre unnahbaren Damen nippten an ihren Drinks und fächelten sich mit schlaffen Bewegungen etwas kühlere Luft zu. Zigarrendunst vermischt mit starken Parfümemissionen hing so schwer in der Luft, dass selbst der hochwertigste Luftreiniger der Welt dies nicht neutralisieren konnte.

Professor Sander schloss sich wieder seiner Studentengruppe an und nahm mit Bedacht den Faden seiner Rede mit ihnen wieder auf. Er erwies sich als sehr geschickt, sachkundig, belesen und vor allem als netter Mensch ohne blasierte Allüren. „Ein Mann mit Charme und Niveau", sagte Laura mit einem Anflug von Hochachtung und Bewunderung in der Stimme, wenn sie immer wieder auf ihn zu sprechen kam. Beides Eigenschaften, die sie besonders an ihm schätze.

Seine Augen waren friedlich und ruhig. Sein Lächeln war sanft, voller Zuneigung. Sherif empfand Respekt vor ihm.

…

Nicht weit von Professor Sander stand ein stämmiger, von Verehrern umschwärmter Mann, dem alle gebannt zuhörten und voller Bewunderung zu ihm aufblickten. Er sprach gerade von einer Revolution, die sich in der Archäologie anbahnte, von neuen Erkenntnissen und Entdeckungen, die die bisherigen weit übertreffen.

Er besaß ein ausgeprägtes Talent, die Aufmerksamkeit auf sich zu ziehen, sich in Szene zu setzen und zeigte sich beharrlich in seinem Bemühen, seine Gelehrsamkeit und sein kostbares Wissen, das sonst niemand besaß, zur Schau zu stellen.

„Dein Problem „Wüstling" - so nannte er Professor Sander -, ist, dass du das Benehmen des alten Experten zeigst, der zu lange im Orient gelebt und es immer unter seiner Würde gehalten hat, etwas von uns Einheimischen zu lernen. Du willst ein Maßstab dafür sein, wie wir zu denken und zu handeln haben. Als wüsstest du immer alles besser. Es wird nichts zwischen uns, es wird nichts aus uns solange du so denkst....", sagte er zu Professor Sander zwischen Spaß und Vorwurf mit einem angestrengten Lächeln.

In seinen Jeans mit einer messerscharfen Bügelfalte, seinem weißen, kantig gebügelten Hemd und dem breitkrempigen Hut, umgab ihn die Aura des unbezähmbaren Abenteuers, wie man das aus amerikanischen Filmen kennt. Die Boxernase ließ ihn unnahbar erscheinen, ein Eindruck, den sein schmaler Mund, sein breites entschlossenes Kinn und sein zerfurchtes Gesicht verstärkten. Für viele war er das stolze Gesicht der ägyptischen Archäologie, das man niemals vergessen wird. Andere mieden seine Nähe, für sie war er ein alberner Schwätzer, ein arroganter Wichtigtuer, der abweisend war, gegenüber all denen, die ihm nicht nutzen konnten.

Professor Sander jedenfalls, stellte ihn vor, als einen der einflussreichsten Archäologen in ganz Ägypten mit einem Ruf für Ausdauer aber auch Sensationen. „Unserer *Texas-Man*! In seiner Forschung unermüdlich akribisch und mit seinem Wissen unvergleichlich. Ein archäologisches Wunderkind", sagte er mit einem leicht überschatteten Lächeln und machte eine vorstellende Gebärde in Richtung *Texas-Man*.

Sherif beobachtete wie *Texas-Man* Laura unmerklich forschend beäugte, als ob er plötzlich vor einem neuen, besonders raren Kunststück stünde.

Seine verstohlenen Blicke wanderten ihren Körper hinab und wieder hoch zu ihrem hübschen Gesicht.

Er schenkte ihr ein strahlendes Lächeln und deutete eine Verneigung an. Seine Blicke waren die eines Kunstkenners, der vor einem raren, preziösen Kunststück stand, das das Auge des Kenners zu erfreuen schien und den habgierigen Sammler um den Verstand brachte.

Er konnte es sich nicht verkneifen, seine üblichen blumigen Schmeicheleien an den Tag zu legen.

„Quelle silouhette! Perle ist kein Ausdruck für so eine Schönheit. Es ist eine ganze Halskette aus Diamanten. Eine Sternschnuppe mit ihrem Feuerschweif. Selbst Kleopatra würde vor Neid erblassen! Für so eine Schönheit würden alle Mumien aus den Sarkophagen auferstehen ", seufzte er theatralisch und rieb sich die Hände wie jemand, der sich auf ein exquisites Vergnügen freute. Dann schickte er seinen eigenen Worten ein schallendes Lachen hinterher. Der ganze Klüngel um ihn herum, der seinen Humor kannte, brach in wildes Gelächter aus, als hätten sie die ganze Zeit lediglich auf irgendeinen kleinen Anlass gewartet.

„Du unverbesserlicher Charmeur! Du orientalischer Casanova!", sagte Sander einfach und die beiden zogen sich in eine Ecke zurück, als hätten sie dringende Dinge zu besprechen.

Laura gab sich unbeeindruckt. Sherif hingegen gingen die Liebeleien auf den Keks, aber irgendwie gab er dem *Texas-Man* Recht. Auch er fand, dass sie hinreißend aussah, mit ihren leuchtend blauen Augen. Er konnte sich vorstellen, was der *Texas-Man* bei sich gedacht hatte:

„Großer Gott! Warum, um alles in der Welt, verirren sich solche Schönheiten, nicht öfters in meine Ruinen!"

Laura war eine Mischung aus Eleganz, Intelligenz und bescheidenem, aber feinem Geschmack. Einfach aber geschmackvoll. Sie war eine der Frauen, die keinen Schminkspiegel hatte und auch nicht brauchte. Es fiel ihm auch auf, dass sie keinen Lippenstift auflegte und keinen Schmuck trug. Trotzdem oder gerade deshalb sah sie reizend und bezaubernd aus. Er mochte ihr reines Gesicht und ihre einfachen Kleider. Sie bildete einen Kontrast zu den übertrieben aufgeputzten reichen weiblichen Wesen, die mit Perlenketten schlafen, eine atemnehmende Parfümwolke hinter sich herzogen und deren stark geschminkte Gesichter an die Masken im Museum erinnerten.

Sherif versuchte sich abzulenken. Er machte einen Schritt seitwärts und beobachtete die Gäste weiter. Rastlos ließ er den Blick durch den Raum schweifen. Er sah von einem zum anderen. Dann schlängelte er sich durch die Masse und konnte einiges von dem Geschwätz und Geschwafel aufschnappen. Das Gehörte und Gesehene reichte ihm, um sich ein Bild zu machen. Die Gäste strotzten vor arroganter Selbstgefälligkeit. Sie lebten in einer vollkommen anderen Hemisphäre und waren penibel darauf bedacht, die Aura der Aristokratie zu verkörpern.

Sie wichen jeglicher Berührung aus und blieben unter ihresgleichen. Keiner stand alleine. Mit ihnen ins Gespräch zu kommen war ein müßiges Unterfangen. Nichts lockte sie aus der Reserve. Wenn sie befürchteten, dass man ein fremder Körper sei, der irgendwie in ihrem Kreis eine Bresche zu schlagen versuchte, erkundigten sie sich mit einem maskenhaft gespannten Gesicht nach der Herkunft, während sie träge und gelangweilt ihre Zigarette wedelten.

„Sagen Sie mal, wie sind Sie mit dem Gastgeber bekannt? Wer ist denn Ihr Vater?", fragten sie mit einem blassen Lächeln und süffisant überheblichem Ton. Stellten sie fest, dass man ihnen in irgendeiner Art nützlich sein könnte, streckten sie die Fühler aus und krochen behutsam vorfühlend wie Schnecken aus dem Gehäuse, um sich dann festzukleben.

Zweifelten sie aber an deiner Herkunft, warst du ihnen etwa nicht nobel genug oder war dein Teint viel zu sonnenverbrannt oder nicht glatt genug, fiel langsam ein Schatten über das dir zugewandte Lächeln und ihre Augen glitten über deine hinweg. So bedeuteten sie einander an, das Gespräch zu beenden. Akkurat rückten sie dann ihre Krawatte zurecht, wandten dir grußlos mitten im Satz den Rücken zu und gingen, ohne mit der Wimper zu zucken, als wärst du einfach Luft. Übergangslos dirigierte zum Beispiel die Gastgeberin ihr Nilpferd von Sherif weg, als er versuchte mit ihm ins Gespräch zu kommen. Er war ja schließlich der Vorsitzende der *Paradiso*-Kulturgesellschaft. Man redete nicht einfach so mit ihm.

„Wir schauen mal, was das Buffet zu bieten hat! Komm Schatz! Du hast den ganzen Tag nichts gegessen! Diese Kulturgesellschaft tut dir und deiner Gesundheit nichts Gutes. Es ist Zeit für ein Häppchen!", hätschelte sie ihn und tätschelte leicht die schwabbeligen Wölbungen seines Bauches.

„Danke, Schatz! Du bist der einzige Mensch, der mein Wohl im Auge behält!" Und schon verschwanden sie mit hoch gerecktem Hals.

Als Sherif sie im Laufe des Abends nochmal traf, glitten ihre flatterigen Blicke übervorsichtig an ihm vorüber ins Leere. Die Dame fächelte sich die schwüle Hitze aus dem Gesicht und ließ ihre kostbaren Gold-Reifen als Insignien der Oberschicht an ihren Armen klimpern.

So wichen sie jeglicher Berührung aus, die irgendwie an ihrer Reinheit nagen könnte.

Hier galt ihre eigene Spruchweisheit: „Die Herkunft ist wie Milch, das Geringste könnte ihre weiße Farbe trüben."

…

Erst als Champagner und Wein in Strömen flossen und die Zungen lösten, erst dann wurde die Stimmung feuchtfröhlich, das Plappern lauter und die Prahlerei deftiger. Sie sagten Dinge, die sie nüchtern nie sagen würden. Sie schwangen ohne Punkt und Komma große Reden und ereiferten sich in eindringlichen genealogischen Zischlauten über ihre Ahnen. Hochtrabend und affektiert rühmte sich jeder seiner Herkunft und prahlte unverfroren mit den erstaunlichen Heldentaten und Meriten seiner illustren Vorfahren. Selbst Legenden wurden so ausgeschmückt bis sie fast Märchen wurden.

Sie liebten Titel und hegten Wahnbilder über ihren Platz auf der Weltbühne. So sprachen sie mit Überheblichkeit von historischen Ereignissen, die sie nach Belieben stark frisiert wiedergaben.

Ein blässlicher, geschniegelter und gestriegelter Graf Rotz mit blitzendem Kläppchenkragen, glatt gescheitelter Frisur und einem goldenen Brillengestell, der in Sherifs Nähe war, wagte gar die freche Bemerkung, Ägypten sei nur zu dem geworden, was es ist, dank der Aufopferung seiner erhabenen Großväter, die er mit einer Reinheit ausstattete, wie sie sie in Wirklichkeit vielleicht nicht alle besaßen. „Als leuchtende Gestirne am Himmel der Geschichte", verherrlichte er sie.

„Ja, Ja! Alle so tugendhaft. Was sie machten, das machten sie aus purer uneigennütziger Liebe zur *Mutter der Welt*", murmelte belustigt der alte Kellner, der an Sherifs Tisch herangetreten war.

„Lass dich bloß nicht blenden von ihrem Gerede über eine bessere Abstammung! Alles Aufschneiderei! Diese Gesellschaft ist ein Nest für Klatschsüchtige und entsetzliche Snobs!", warnte er Sherif. Der Kellner schien die Szene gut zu kennen und alles über sie, ihre Macken und Intrigen zu wissen. In seiner Stimme lag Geringschätzung, die an Missachtung grenzte.

Für ihn sei die Geschichtsschreibung immer klassenbedingt und selektiv gewesen. Den wahren Helden - oder zumindest einer großen Zahl von ihnen - blieb der Zugang in die Geschichtsbücher verwehrt. „Wer über die wahre Geschichte spricht, dem wird ein Maulkorb umgelegt. Wer kennt noch Aziz al-Masri? Eine Frage, die euch junge Intellektuelle beschäftigen sollte", sagte er zu Sherif und gab ihm einen leichten Klaps auf die Schulter.

„Ich bediene seit zwanzig Jahren. Manche „großen Tiere" kenne ich, seit sie noch klein, klitzeklein waren", sagte er und presste den Zeigefinger und den Daumen zusammen. Seine Geste sollte die Geringfügigkeit „der großen Tiere nobler Herkunft" ausdrücken.

„Kein einziger von ihnen war mit einem Vermögen auf die Welt gekommen, alle waren mager und hässlich. Das Geld hat die Schrunden ihrer eitrigen Pickelgesichter geglättet. Echt, alles gerissene Emporkömmlinge, die sich darauf verstehen, geschickt in den trügerischen Gewässern wirtschaftlicher und politischer Machtspiele zu navigieren!!", fuhr er fort und machte dabei eine Handbewegung, als würde er nach etwas greifen und es dann in die eigene Tasche verschwinden lassen.

„Es gibt hier heute Abend sogenannte „Kulturmenschen", doch sie haben mit Kultur nichts am Hut, auch gibt es Spitzenfunktionäre, die nie eine Schule von innen gesehen haben. Solche Leute gibt es?! Manche von ihnen können nicht mal unterschreiben. Sie benutzen den rechten Daumen für die Unterschrift", spöttelte der Kellner mit gedämpfter Stimme und deutete kurz mit dem Kinn auf einen Mann mit einem massigen Körperbau, Stummelbeinchen und einem mächtigen Quadratschädel.

„Ich sehe in diesem Menschenschlag immer Nilpferde. Ich weiß auch nicht warum", sagte er immer noch im Flüsterton und verzog seinen Mund zu einem höhnischen Lächeln.

Sherif fand die Beschreibung treffend. In der Tat hatte der Mann mit der Leibesfülle diese Wirkung.

„Wissen Sie was mich wundert und was ich nicht verstehe - wie so vieles nicht -? Dass sie, obwohl sie schlechte Schwimmer sind, nicht irgendwann mal ertrinken!", vertraute er Sherif in seiner schadenfrohen jovialen Art an.

„Sie verstehen, worauf es ankommt!", erwiderte Sherif einfach achselzuckend „Sie lassen sich lediglich vom morastigen Wasser tragen."

Der Gedanke belustigte den alten Kellner, der die spöttische Bildersprache Sherifs mochte. Er musste sich das Lachen verkneifen. Er lächelte innerlich und hoffte, es würde sich nicht in seinem Gesicht zeigen. Sherif aber konnte nicht anders, er lachte sarkastisch. Für einen Moment hatte er die Nilpferde, die Füchse, die Hyänen und die Giraffen um sich vergessen, bis ein plötzliches wiederholtes Klopfen an ein Glas ihn wieder in die Realität zurückholte.

Der Gastgeber fand es nämlich an der Zeit, ein bisschen Raum für Kultur einzuräumen. Kultur als Pflichtaufgabe. Er klatschte sich auf die Taille und gab der Bedienung einen Wink. Auf sein Zeichen hin polterte plötzlich die Melodie eines Bauchtanzes aus allen Lautsprecherboxen. Wie Pfeile schoss die Bedienung über die Tanzfläche, um sie frei zu machen.

Kultur auf höchstem Niveau.

Eine herausgeputzte osteuropäische Blondine in hochhackigen Schuhen, umgeben von weiteren sexy gekleideten Tänzern und Tänzerinnen im Stil orientalischer Diener und Haremsmädchen fegten in eine von Licht überflutete Szene unter dem staunenden

„Oh!" der Gäste und übertriebenem Beifall. Sie musste dreißig Lenze zählen, um die Augen stark geschminkt, falsche Wimpern, viel Puder, viel Make-up, zu viel Rouge und viel zu viel Haut.

Besonders gut tanzen konnte sie nicht, aber ihre blauen Augen und ihre seidig fallenden blonden Haare, die aufgeblähte Taille und die zarte milchweiße Haut gaben dem Ganzen einen exotischen Hauch. In den Golfstaaten hatte sie deshalb Furore gemacht. Dort war sie berühmt und wurde frenetisch gefeiert von den Scheichs und ihren Söhnen. Die Kritiken hatten immer den gleichen Tenor und die gleiche Substanz: elektrisierend, lichterloh brennend, glühend von erotischer Spannung.

Der Gastgeber nahm einen tiefen Zug, stieß den Rauch aus und zerquetschte die Zigarre im Aschenbecher. Sein Hund leckte ihm ein paarmal über den Mund. Er zog den Kopf weg und schnitt eine Grimasse. Er schaute sich verzückt um und grunzte laut vor Wohlbehagen, während sein Doppelkinn bebte. Er schien zu genießen, dass alles um ihn rotierte.

Feierlich nahm er sein Glas und trank wieder einen großen Schluck, dann verlagerte er sein Gewicht und sank behaglich zurück in den Sessel, der unter seinem Gewicht knarrte und schmauchte eine neue Zigarre.

Schnell umschwärmten die Gäste heftig die Tänzerin, als wären sie von einer Magnetkraft angezogen, und versuchten so viel wie möglich von dem Schauspiel aufzusaugen. Blicke der Männer wanderten den Körper der Blondine mit ihren üppigen Rundungen rauf und runter. Sie waren erfüllt von einer Gier, die ihre Zunge aus dem Mund heraushängen ließ, wie ein Aufschnitt aus gepökeltem Rindfleisch.

„Mein Herz tut sooo einen Satz und mein Brustkorb brennt, jedes Mal wenn ich sie sehe!", sagte ein glühender Verehrer vom Nebentisch, der wie versteinert da saß und sie gierig aus günstiger Entfernung beobachtete. Er presste die Augen zusammen, rückte seine Brille zurecht, seufzte und schluckte krampfhaft. Die Aufführung ließ vielen den Mund austrocknen.

Wie eine durstige Tierhorde, die sich an einer Wasserstelle eingefunden hatte, lagerten sie nach der wollüstigen Tanznummer auf den samtenen Chaiselonguen um den Swimmingpool. Wüst stillten sie ihren Durst. Immer wieder hielten sie die Gläser in die Höhe und baten um Nachschub an Getränken, die sie schnell mit gluckernden Schlucken hinter die Binde kippten. Als weiterer Höhepunkt wurde über sie für einige Hundert Dollar Feuerwerk in die Luft gejagt.

Am Ende des Abends gingen sie vollgestopft und voll bis an die Kiemen. Sie tauschten liebenswürdige Belanglosigkeiten, geheuchelte Herzlichkeiten und fette Schmatzer aus. Was für ein aufregender Kulturabend war dies doch gewesen, man müsse ihn bald wiederholen!

Professor Sander und der *Texas-Man* gingen, ohne sich voneinander zu verabschieden, sehr bemüht die Selbstbeherrschung zu bewahren. Es sah aus, als seien sie in Streit geraten, denn ihre gute Laune war allemal hin und alles Freundliche war aus ihren Gesichtern gewichen, als wäre ein Stöpsel gezogen worden. Ihr Gesichtsausdruck und ihre Gesten hatten sich vollkommen verändert und drückten Ärger aus.

Sherif hörte Gesprächsfetzen, ohne ein Wort zu verstehen. Er versuchte etwas zu entschlüsseln. Es hagelte nur noch gereizte Wörter und Gebärden.

Wenn er gut Lippen lesen konnte und ihren Tonfall richtig deutete, so müsste es kriseln. Professor Sander blickte enttäuscht drein und der *Texas-Man* wirkte nachdenklich.

Sherif bewegte der Gedanke, dass er Laura fragen sollte, was plötzlich los war. Sie versuchte, gegen den Krach der Abschiedsmusik anzuschreien. Er beugte sich vor, um zu verstehen, was sie sagte und hörte sie mit besorgter Miene antworten, „heikles Thema! Eine lange Geschichte". Den Rest konnte er aber nicht genau verstehen. Er verstand bloß, dass eine erbitterte Auseinandersetzung mit *Texas-Man* stattgefunden hatte. Sie wechselte das Thema und ließ Sherifs Spekulationen freien Lauf. Verständnislos sah er sie an.

Richtig geantwortet hatte sie nicht. Darüber war er ein wenig enttäuscht. Aber das war auch gar nicht nötig, denn er wusste sehr wohl, was ein ägyptischer und ein deutscher Archäologe sich zu sagen haben, wenn sie sich zusammenfinden.

Auf der Heimfahrt im Minibus war Sherifs Kopf voller Gedanken und Verwicklungen. Es war ihm, als wären sie in einem fernen Land gewesen, das ihm fremder war als ein Planet im All.

Durch das Busfenster sah er zurück. Er blickte zu dem Slum hinüber, der im Dunkeln lag, jenseits der beleuchteten Mauern des *Paradiso* Compounds. Ihn beschäftigte vor allem der Gedanke, wie extreme Formen von Armut und Reichtum, herzzerreißendem Elend und Prunksucht auf engstem Raum nebeneinander existierten. Das animalische Schmerzgewinsel der Armen und das laute Lachen der sorglosen Reichen waren wie die zwei Seiten einer Medaille. Ihm kam auch wieder in den Sinn, was der alte Kellner über die Revidierung der Geschichtschreibung sagte und er fand daran Gefallen: „Wenn die Vergangenheit einer Revision unterzogen wird, wird sie in Zukunft nicht mehr das sein, was sie war."

Vom Slum tönten mit unermüdlicher Beharrlichkeit immer noch die Trommellaute der Derwische herüber, begleitet von zum Himmel schreiende, vielstimmige durcheinander purzelnde Gebete, die sich zu einem unverständlichen Wortbrei vermengten und sich wie ein Ausbruch des Wahnsinns anhörte.

Kairo! Eine Stadt, in der viele Welten beheimatet und vereint sind!

-16-
SAIF

Sherif spürte, wie Laura in letzter Zeit immer mehr in ein mürrisches Schweigen verfiel. Er meinte, in ihren Augen zu erkennen, dass ihr etwas auf der Zunge brannte, das sie enorm quälte, sie sich jedoch immer wieder bremste. Er hatte nicht den Mut, sie darauf anzusprechen. Doch Sherif war klar, dass sich die Stimmung im Hause *Nile View* seit ihrer Ankunft gewandelt hatte. Er konnte deutlich spüren, dass Lauras Anwesenheit auf der Terrasse in manchen Gemütern böses Blut ausgelöst hatte. Es gab den einen oder anderen grimmigen Blick. Hin und wieder kam es zu anstrengenden Disputen, die hässliche Formen annahmen.

Teils eskalierte die Spannung und das gesellige Beisammen artete in hitzige Gespräche, wütende Streitereien oder verbalen Schlagabtausch aus. Und oft musste Sherif einschreiten, um zu schlichten. Alle unverhohlenen Bemühungen, die ständigen Fehden zu unterbinden, blieben fruchtlos.

Es war einfach unmöglich, alle Köpfe unter einen Hut zu bringen und es jedem recht zu machen! Vor allem Saif machte Sherif besonders zu schaffen, in seinen Augen war er die Ursache des ganzen Unfriedens.

Als Laura einzog, hatte er sich ohne ersichtlichen Grund um hundertachtzig Grad gedreht.

Es reichte Saif, Laura zu sehen, und der Groll stieg in ihm hoch.

Mehr als alles andere waren es seine unverhüllte feindselige Haltung ihr gegenüber, die Sherif zu denken gab. Seine Blicke, Bemerkungen, Anspielungen und seine Miene, mit der er ihr oft begegnete und die förmlich vor Herablassung trieften.

Manchmal schien es Saif eine große Genugtuung, sie zum Objekt seines gereizten Missfallens erkoren zu haben, sie absichtlich zu verletzen und zu erniedrigen. Er ließ keine Gelegenheit aus, seine Verachtung zu zeigen, die er ihr, ihrem freizügigen Lebensstil und ihrem Verhalten gegenüber empfand.

Das hatte im Laufe der Zeit viel zu große Ausmaße angenommen, so dass er ihr zum Beispiel die Hand nicht mehr reichte. Wenn er ihr begegnete, verzog er angewidert den Mund, schnaubte verächtlich und machte demonstrativ einen großen Bogen um sie, um sie auf Abstand zu halten, als strahlte sie etwas Krankes aus oder als wäre sie unrein. Er war der Überzeugung, dass Körperlichkeit sich nicht mit Frömmigkeit vertrug: „Körperlichkeit besudelt und verführt die fromme Seele", predigte er unaufhörlich während er auf der Terrasse hin und herlief.

Vor ein paar Wochen hatte sich auf der Terrasse eine merkwürdige Szene abgespielt, die Sherif niemals vergessen wird. Saif hatte einmal Ramzi Bagdadi verboten, sich auf Lauras Stuhl zu setzen, solange dieser noch warm war. Er dürfe auf keinen Fall die Wärme ihres Fleisches spüren, denn diese würde erbarmungslos die niedrigen Regungen und die Begierde in ihm entfachen und ihn nicht mehr Herr seiner eigenen Sinne sein lassen. Und das allein gereichte zur Sünde. Missbilligend schnipste er mit seinen haarigen Fingern, schnalzte demonstrativ mit der Zunge, machte missbilligende Geräusche, irgendwo tief in der Kehle und klopfte zurechtweisend auf einen freien Platz neben sich. Eilfertig schlug er eines seiner abgegriffenen und vergilbten Bücher auf, feuchtete sich den Finger an, wühlte sich durch die zerfledderten Seiten und blätterte gelehrig darin. Vertieft in dem, was er las bewegten sich seine Lippen schnell und dann schrie er: „Ah! Da haben wir es!" Apodiktisch klappte er das verstaubte Buch zu, nahm eine nachdenkliche Haltung ein, befingerte seinen Bart und ließ dann verlauten, was es dazu sagte. Frauen seien die Wesen, die keine andere Funktion im Leben hätten, als die charakterlosen und schwachen Gläubigen zur Sünde zu verführen. Sie seien die

Alliierten des Satans, warnte er. „Ihretwegen sind wir alle aus dem Paradies vertrieben worden. Wer ihnen folgt, findet nie wieder dorthin zurück", zürnte er und hielt warnend einen Zeigefinger in die Höhe.

Er nutzte umgehend die Gelegenheit, über die Spuren des Sittenverfalls zu wettern, die die Ankunft der „blonden Dämonin" und ihr ausschweifendes Leben verursachten. Voller Zorn hatte er jedem in Hörweite durch lautes wiederholtes Ermahnen wissen lassen, wie diese liederliche Lebensweise bald das ganze Haus in tiefste Lasterhaftigkeit absinken lassen wird.

„Bald wird die Terrasse nicht mehr wiederzuerkennen sein. Bald gibt es keinen Halt mehr. Vor quietschenden Betten, Schmatzen und Wonnegestöhne wird man kaum mehr beten können", ermahnte er, von einer seltsamen Phobie erfasst. Außer sich vor Wut ließ er seiner inneren Empörung über das nächtliche Treiben freien Lauf und schwor, gegen diesen Schandfleck im Hause *Nile View*, Himmel und Hölle in Bewegung zu setzen, um das Unheil der moralischen Laxheit, die über das ganze Haus eingebrochen sei, möglichst bald abzuwenden.

Er hoffte, Laura aus dem Leben der *Nile View*-Terrasse voll und ganz vergraulen zu können.

Wenn sie ausspannen wollte, sich manchmal in einer Ecke vor ihrem Zimmer sonnte, war es Grund genug für Saif einen Wutausbruch zu bekommen, denn bereits dieser flüchtige Anblick drohte ihm, die Sinne zu rauben. Den Blick zum Himmel erhoben, summte er inbrünstig religiöse Phrasen, die seine Seele vor Verführung schützen sollten.

„Führe uns nicht in Versuchung, Gott schütze uns vor der Verführung einer nackten Ungläubigen! Gott, lass nicht zu, was wir nicht ertragen können", seufzte er, die Hände himmelwärts streckend. Wie ein Tiger im Käfig lief er qualvoll auf der Terrasse schweratmend hin und her und fuhr mit den haarigen Händen über seinen struppigen Vollbart, beschämt des unzüchtigen Blicks auf ihre nackten beinahe durchscheinend weißen Beine und entblößten Körperteile. Warum er das Gesicht angewidert verzog und so einen Wind machte, war vor allem Onkel Hany nicht klar. „Vielleicht war er bloß peinlich berührt, dass sie ihn dabei ertappt hatte, wie er ihre samtigen alabasterweißen Beine mit seinen Glubschaugen durchbohrte", flüsterte belustigt Onkel Hany in Saadiyas Ohr als sie die Szene voller Neugier verfolgten und seine Empörung nach wie vor nicht nachvollziehen konnten.

Stundenlang schimpfte er verächtlich und machte sich empört über die Europäer her, die er bar jeder Moral und liederlich nannte, und ließ an ihnen kein einziges gutes Haar.

„Wie weise ist Gott, dass er euch mit eiskaltem Wetter abserviert hat", faselte er in überheblich moralisierendem Ton. Ihn erschreckte der Gedanke, dass sich wohl in nicht allzu ferner Zukunft alle Frauen auf der Terrasse vor den sich ständig bewegenden Augen der Männer sonnen würden, anstatt Teppiche zu klopfen, zu waschen, zu kochen und auf die Rückkehr ihrer Männer nach Sonnenuntergang zu warten.

Schon seit einiger Zeit hatte er bemerkt, dass einige Frauen des Hauses es ihm regelrecht an Respekt fehlen ließen, dass sie nicht mehr auf seine männlichen Hustenzeichen achteten und ihm huschend den Weg räumten, wenn er mit seinem weiten Gewand über die Terrasse segelte. Das brachte ihn in Wallungen.

Die ganze Situation betrübte Sherif. Lang sann er nach einer Möglichkeit, die Unstimmigkeiten, zwischen den beiden mit Anstand und Würde beizulegen. Er wünschte sich nichts so sehr, als dass die alte vertraute Alltäglichkeit wiederkehrte. Dazu müssten sie einander gegenübersitzen und Zeit haben. Er glaubte, wenn Laura sich Saif gegenüber öffnete, sie sich annäherten, gemeinsam aßen und ausgiebig redeten, würde die Aussöhnung von selbst ihren Lauf nehmen. Wie oft hatte er vor allem Saif gebeten, sie möchten sich aussöhnen.

„Wollt ihr euch nicht endlich mal vertragen? Man kann das nicht mehr aushalten. Es gibt keinen Grund, so fest im Trog des Hasses zu verharren. Hass und Abschottung haben nie Probleme gelöst", redete er in einem ruhigen Unterton auf ihn ein wie auf ein krankes Pferd. „Man kann nicht sein ganzes Leben mit dem Gedanken an Kampf und Überlegenheit verbringen. Ein angenehmes Zusammenleben tut allen Bewohnern dieser Terrasse gut", wandte er sich salbungsvoll oft an Saif. Aber die Abneigung war wie vorbestimmt. Das wurde ihm im Laufe der Zeit immer klarer. Es war, als wären zwei Welten aufeinandergeprallt oder zwei Magnete, die einander abstießen. Saif war der Überzeugung, Lauras Präsenz gefährde die althergebrachte Lebensweise auf der Terrasse. Und wenn er andererseits, in ihrem Gesichtsfeld auftauchte, verschwand ihr Lächeln, und es senkte sich eine abweisende Stille über den Raum.

Jeder Versuch, diese Wogen zu glätten und Saif zur Besinnung zu bringen, ließen sein Benehmen noch herzloser und schroffer werden. Keine noch so versöhnlichen Worte konnten seinen dicken Panzer durchdringen. Im Gegenteil versetzten sie ihn noch mehr in Wut und er bekam Zornesausbrüche, deren Funken immer höher sprühten und niemanden mehr verschonen. Selbst auf Sherif wuchs sein Groll in letzter Zeit.

„Was ist bloß aus dir geworden, Sherif Nabhan! Man erkennt dich ja kaum noch. Du bist wie ausgewechselt. Deine Blondine hat dir den Kopf verdreht und die letzten Zellen deines Gehirns erobert, du armes Bisschen!", höhnte er mit einer flammenwerfenden Zunge und kreiste ihn mit vorwurfsvollem Blick ein.

Doch Sherif bemühte sich, die Kommentare und Anspielungen zu ignorieren und sich nichts daraus zu machen. Er sagte nichts und behielt seine Ruhe. Er reagierte weder auf die Worte noch auf den strafenden, verächtlichen Unterton, der in ihnen schwang.

Gerade deshalb bekam Saif schließlich einen Wutanfall und konnte seinen Zorn nicht mehr bändigen. Er packte Sherif steifarmig an den Schultern und brüllte wutentbrannt: „Diese Untugend führt dich ins Verderben. Du rennst mit offenen Augen ins Unglück."

Saif hielt inne als würde er eine höhere mathematische Gleichung austüfteln, die ihn überforderte und murmelte dann voller Überzeugung töricht: „Wisse, Gott schütze uns, wer eine Ungläubige begehrt, der steht schon mit einem Fuß in der Hölle." Nach einer kleinen Pause, sprach er seine Fatwa aus und deutete dabei mit einer vagen Kopfbewegung auf Laura. Die letzten Worte presste er gedehnt aus der Kehle, dann umspielte ein unangenehmes Lächeln seinen Mund, wie immer, wenn er eine seiner irrsinnigen religiösen Rechtsurteile kundtat.

„Am Schamhaar wird er ins Fegefeuer geschleift und bis zum Hals in der Lava der Hölle versinken", fügte er düster und drohend hinzu, ganz der Jenseitserfahrene.

Alle verstummten augenblicklich und sahen einander groß und fragend an. Überall schauerliches Stirnrunzeln, als fänden sie das schiere Ausmaß dieses Wahnsinns ungeheuer.

Vor allem Laura verschlug es den Atem. Sie rollte die Augen gen Himmel, schüttelte den Kopf erstaunt über diese abstrusen Worte und starrte Saif einen Augenblick an. Sie wunderte sich nur noch. Maßlos.

Er war keinen Meter von ihr entfernt, und doch lag eine Kluft von tausend Jahren zwischen ihnen.

„Er spinnt… Er ist nicht ganz dicht… Er hat buchstäblich einen Dachschaden!", flüsterte sie fassungslos. Blick und Tonfall zeigten, wie verblüfft sie darüber war, dass ein so junger Mensch, einfach so einen Unsinn verzapfte.

Saadiya erstarrte. Sie grub die Zähne in die Unterlippe und verzog bange den Mund. Ihr Blick flog zu Sherif und haftete unverwandt auf seinem Gesicht. Ihre Augen wurden immer größer.

Onkel Hany nahm es von der scherzhaften Seite. Die ganze Situation schien ihn zu amüsieren. Er zog eine Grimasse und grinste, wie er das oft macht, einfältig, sarkastisch.

„Junge, Junge, die gelben Bücher haben es wirklich in sich! Kümmere dich lieber um etwas Sinnvolles", mischte er sich ein. „Schon mal so was Irres gehört?", flüsterte Onkel Hany mit ironischem Unterton in Richtung Laura. Er mimte ihn nach und schüttelte sich. Die Situation war spannungsgeladen, reizte jedoch zum Lachen. Auf einmal bekamen alle einen Lachanfall. Das missfiel Saif gewaltig, dessen Kiefermuskeln hinter seinem strubbligen Bart zu arbeiten begannen. Vollkommen aus der Fassung raffte er mit abschließender Geste sein sackartiges Gewand zusammen und stürmte dröhnenden Schrittes davon. Das machte er immer, wenn er wegen seiner mysteriösen Ansichten sein Fett abkriegte und er schnell einem unerfreulichen Gespräch ein Ende setzen wollte. Wie ein kleines Kind, das man in seiner zarten Empfindlichkeit gekränkt hatte, verließ er die Terrasse mit wütenden Schwüren und hochheiligen Flüchen, das ganze Haus in die Hölle schickend. Die anderen freuten sich diebisch. „Ach, geht doch alle zum Teufel! An dem Tag, an dem ihr in der Hölle landet, werde ich eigenhändig Kohle ins Feuer werfen. Ihr wollt es nicht anders", hörten sie ihn aus seinem Zimmer laut brummen.

Die Worte waren offenbar an Sherif und Laura gerichtet. Wie immer ertrug Sherif Saifs Eskapaden mit Engelsgeduld. Mit bedachter Ruhe duldete er die Launen Saifs, seine Zornesausbrüche, deren Flammen beständig loderten. Das war jedoch nicht einfach. Er wusste ganz genau, Saif war immer eigen gewesen, ein reichlich kurioser Mensch und ein impulsiver religiöser Wirrkopf mit verschrobenen Manieren und haarspalterischen, eindimensionalen Ansichten. Er hatte die pedantische Gewohnheit und den übertriebenen Hang, Menschen zu verurteilen und alles in Augenschein zu nehmen. Er trippelte tatsächlich Nacht für Nacht geräuschlos auf Zehenspitzen in der Dunkelheit über die Terrasse, blieb vor jedem Fenster und vor jeder Tür stehen und lauschte. Beim geringsten Verstoß gegen die strengen Normen tadellosen Anstands, kreuzte er plötzlich wie der Blitz aus heiterem Himmel auf, polterte los mit irritierter Stimme und steigerte sich in Wutanfälle hinein bis das ganze Haus aufwachte. Mit schaumtriefendem Mund und argwöhnischem Blick mahnte er dröhnend.

Seine Meinung war Gesetz. Wer sie teilte, den ließ er ins Paradies eingehen und auf Rosen und Brokat betten. Die anderen waren seiner Meinung nach vom rechten Weg abgekommen und er stempelte sie als abtrünnig und ungläubig ab.

Der unermessliche Segen, so behauptete er, wurde ihm zugeteilt von übermenschlichen, leuchtenden Wesen, die ihm im Traum erschienen oder die er sogar manchmal mit offenen Augen zu sehen bekam, wie sie vom Himmel herniederfuhren und auf der Terrasse landeten.

In der Vergangenheit war Sherif oft unfreiwillig Zeuge vieler wirrer halluzinierender Selbstgespräche seines Nachbars geworden. Es war vorgekommen, dass er unbeweglich dastand, sein Blick beharrlich für ein paar Stunden auf die Satellitenschüssel gerichtet - Satan-Schüsseln nannte er sie - und diese verfluchte.

„Gnade, Gnade! Nimm das gleißende Übel von uns!", flehte er, während er seine Hände himmelwärts streckte. „Sie versperren nicht nur den Blick in den Himmel, sondern sie verseuchen die Köpfe, entweihen unsere Religion und schänden die guten Sitten. Sie verderben die Kinder, verdrehen den Frauen den Kopf und hetzen sie gegen uns Männer. Alles hat sich durch sie geändert. Gott möge sich an denjenigen rächen, die sie erfunden und installiert haben!", fluchte er laut und starrte zum Himmel.

In seinem Fieberwahn schimpfte er, schlug furios um sich und stampfte mit den Füßen. Er schwur, blutige Rache zu nehmen. Er würde nicht ruhen, bis er sie mit Schwertschlägen zertrümmerte. Er würde sie alle vernichten, Schüssel für Schüssel.

Er war sich bewusst, dass noch viel Arbeit vor ihm läge, aber bald käme der Tag, an dem wieder sittsame Ordnung auf sämtlichen Terrassen herrschen würde. Terrassen ohne Satan-Schüsseln, ohne nächtliches Stöhnen und mit gehorsamen Frauen.

Den Blick zum Himmel gerichtet, grummelte er religiöse Sprüche in seinen Bart: „Seine Pflicht muss einer tun! Das versteht sich!". Dann hing er abwesend seinen obskuren Gedanken nach, während eine dicke Vene auf seiner Stirn pulsierte und seine Lippen sich hysterisch in Bewegung setzten.

-17-

Vom Euphrat zum Nil

Laura konnte die schrullige Art und heftige Abneigung Sifous, wenn auch etwas mühevoll, verstehen und auch damit leben. Alle Bewohner im Haus *Nile View* wie auch die angrenzende Nachbarschaft wussten, dass er spann. Jedoch gab ihr Ramzis ablehnendes Verhalten ein Rätsel auf. Es war ihr unerklärlich, woher diese Animosität herrührte.

Er hatte auch nie zu erkennen gegeben, warum er sich ihr gegenüber so abweisend verhielt. Er wich lediglich immer ihrem Blick aus. Trotzdem drängte sie diese Frage, die ihr auf der Seele brannte, immer wieder zurück. Sherif merkte den starken Aufruhr in ihrem Inneren. Auch entging ihm nicht, dass es Ramzi sichtlich Unbehagen bereitete, mit Laura zu sprechen. Oft wurden ihre Meinungen mit kaltem Schweigen bestraft, und wenn er antwortete, dann mit zunehmender Verachtung, die er früher nie gezeigt hatte.

Sherif, der die Spannungen mitbekam, litt darunter. Er fühlte sich wie zwischen zwei Stühlen. Auf dem einen Stuhl die arabische Bruderliebe und auf dem anderen die neuentdeckte Liebe.

Lang sann er darüber nach, wie er die Angelegenheit anpacken könnte und versuchte eine Annäherung in die Wege zu leiten. Aber es gelang ihm nicht mal, einen Zugang zu seinem „Bruder" zu finden, der erstaunlich geringes Interesse an einer Aussöhnung zeigte und sich ihm gegenüber befremdlich verhielt. Ihre brüderliche Beziehung schien einen Bruch bekommen zu haben.

Einmal nahm Sherif seinen ganzen Mut zusammen und brachte die Sache zur Sprache. Dass er sich damit etwas Ärger einhandeln würde, nahm er in Kauf.

Laura saß gerade auf der Terrasse und las. Sie sah bedrückt aus. Vorsichtig rückte er seinen Stuhl näher an sie heran und versuchte behutsam ein Gespräch anzubahnen:

„Hast du Probleme mit Ramzi?", fragte er direkt, um das Schweigen zu brechen und sie aus ihren mürrischen Gedanken zu reißen. Er merkte selbst, wie einfallslos sein Versuch klang. Einen Augenblick lang zierte sie sich ein wenig. Sie schien mit sich zu ringen, wie sie antworten sollte.

Aber seine Worte waren so ruhig und sanft, dass sie sie schließlich aus ihrer Starre rissen. Langsam schaute sie von ihrem Buch auf und blinzelte mit ihren blauen Augen in die Sonnenstrahlen. Sacht legte sie das Buch auf den kleinen Tisch neben ihr und drehte sich mit einem erstaunten Blick zu ihm.

„Der hasst mich!", erwiderte sie kurz nach einer Weile schnippisch und verbarg damit nicht länger, dass sie verärgert war. Das ungehaltene Timbre ihrer Stimme und ihr mürrischer Gesichtsausdruck verrieten ihm, wie genervt sie war und wie schwer es ihr fiel, überhaupt darüber zu sprechen, obwohl sie sich größte Mühe gab, gelassen zu scheinen.

„Das ist nicht war. Nein, tut er nicht", sagte er beschwichtigend. „Wer kann dich hassen? Welchen Grund hätte er dich zu hassen?", fügte er mit einem aufmunternden Lächeln hinzu.

Darauf erwiderte sie nichts und hob lediglich die Augenbrauen. Eine unangenehme Stille breitete sich aus.

Er wusste nicht, warum er auf einmal den diffusen Drang verspürte, Ramzi zu verteidigen. In ihm machte sich ein seltsames Gefühl der Solidarität breit. Vielleicht wurzelte diese Zuneigung darin, dass er Ramzis entbehrungsreichen und schrecklichen Leidensweg kannte. Er spürte, wie gerne er ihr darüber erzählt hätte.

„Hast du versucht seine Freundschaft und sein Vertrauen zu gewinnen? Ohne Vertrauen dringt man in keinen Menschen", insistierte er, einem inneren Impuls folgend.

„Sind nicht immer zwei schuld, wenn es kriselt?", entwich es ihm, ohne dass er es hätte aufhalten können.

Sie erwiderte wieder nichts und zog bloß die Stirn kraus, offensichtlich verärgert über seine Äußerungen.

„Mit Ramzi zu kommunizieren ist nicht gerade leicht, er ist nicht der Gesprächigste ", räumte er ein, als bereute er für einen Moment seine Bemerkungen.

„Aber mit dem Nussknacker öffnet man keine überreife Kaktusfeige", verpackte er dann versöhnlich seine Worte in eine Art zerstreuter Heiterkeit, um Laura etwas zu besänftigen, was sie mit einem matten Lächeln quittierte. Verlegen überlegte sie, was sie sagen könnte, dann sprach sie rasch, um den Knoten platzen zu lassen: Sie hätte keine Mühen und Wege gescheut, ihn auf ihr schlechtes Verhältnis anzusprechen, aber es hätte alles nichts gefruchtet. Immer wieder prallte sie an der unüberwindlichen Mauer seiner Ablehnung und seines Schweigens ab. Nichts änderte sich an ihm, nicht sein Schweigen, nicht seine Zurückweisung.

„Immer, wenn ich mit ihm gesprochen habe, ist er danach noch ablehnender gewesen", wehrte sie ab und ließ eine bedrückende Stille entstehen.

„Ich kann um alles in der Welt die beschuldigende Art, mit der er mich behandelt, nicht verstehen", sprudelte es aus ihr heraus, dann strich sie sich das Haar hinter die Ohren, als würde sie sich zwingen, ihre Fassung wiederzugewinnen.

Sie seufzte aus tiefster Seele und sagte schließlich leise, ihre Verärgerung hinunterschluckend in der Hoffnung, mehr über Ramzis Vergangenheit zu erfahren: „Du kennst ihn. Wie ist er so geworden?"

Sherif dachte einen Moment nach. Er blickte perplex drein, über ihre Frage scheinbar überrascht. Er erhob sich, ging einige Schritte, trat ans Terrassen-Geländer und schaute eine Weile in die Weite. Sie bemerkte, wie ernst sein Gesicht wurde und wie entfernt er in Gedanken war. Er hielt den Atem an, strich sich wiederholt leicht über die Stirn, als würde er versuchen, die in seinem Kopf schwirrenden Gedanken zu ordnen. Leise stieß er einen gequälten Seufzer aus und sagte dann etwas nachdenklich, wie zu sich selbst: „Wo anfangen? Wo aufhören?"

„Ich finde, du musst es wissen. Denn wer ihn sowie das Problem in seiner Gesamtheit begreifen möchte, muss seine Vergangenheit kennen, sich in all das zurückversetzen, was vor Jahren geschehen war", fügte er entschlossen hinzu.

Laura lehnte sich an die Wand und verschränkte geduldig die Arme. Sherif meinte ein Glitzern in ihren Augen zu entdecken.

Ihre Pupillen wurden etwas grösser vor Spannung und ihre ganze Haltung sagte: Wenn du reden willst, dann höre ich zu.

Jetzt musste Sherif das Geheimnis Ramzis preisgeben, über das er bisher mit niemandem ein Wort verloren hatte: „Ja, ich weiß noch, wie er zu uns kam", begann er vage und seufzte leise.

Bei diesen Worten trat ihm Ramzis Antlitz vor seine Augen und über sein Gesicht zog fast ein Schatten von Melancholie, als er an den Tag zurückdachte, an dem Ramzi in *Nile View* eingezogen war, mit seinen wenigen Habseligkeiten, die in einer an den vier Zipfeln verknoteten Wolldecke steckten.

Wer dem Jungen damals begegnete, dem stockte der Atem, so erschreckend sah er aus und so bedenklich war sein Zustand. Sein schleppender Gang und die gebückte verletzliche Haltung zeugten von dem Martyrium vieler qualvoller Jahre, die seinem Aussehen fürchterlich zugesetzt hatten. Trotz seines jungen Alters, sah er aus wie einer der bereits die Blüte seiner Jugend weit hinter sich gelassen hatte. Sein Körper glich einem Leichnam, dürr, ausgemergelt beinahe, die Knochen stachen aus seinen Schultern und seinem Hinterteil heraus.

„Mein Haus sei dein Haus", war der schönste Satz, den Sherif je empfunden hatte, als er mit Ramzi durch den Eingangsflur des *Nil View* ging und dieser ihn vor Freude umarmte. Er konnte sich noch entsinnen, wie ihm die Augen nass vor Rührung wurden, als er Ramzi in die Augen sah.

....

Ramzi Bagdadi war der Sohn einer irakischen Mutter und eines syrischen Vaters, er wurde in einem idyllischen Dorf zwischen Euphrat und Tigris geboren. Dort wuchs er mit seinen drei Brüdern geliebt, behütet und umsorgt auf und verbrachte eine glückliche Kindheit. Später zog er mit der ganzen Familie nach Bagdad, die Stadt die er über alles lieben lernte. Bis der „dumme Krieg" ausbrach und alles veränderte. Im Handumdrehen hatte dieser ihm alles genommen, was ihm im Leben teuer war: die Kindheit, die Familie und die Heimat. Anstatt dessen musste er alle Gesichter der Entbehrungen und die Tiefen des Lebens kennenlernen. Die bittere Flucht vom Tigris zum Nil war lang und schmerzreich, gezeichnet von Durst, Hunger, Verachtung und der Verzweiflung der Nächte. Drei Jahre seines Lebens hatte er mit seiner Familie darauf verschwendet, nach einer Bleibe zu suchen. Drei Jahre lang lebten sie ein heimatloses Leben, mit dem Hunger auf ihren Fersen. Er stellte fest, dass sie nicht allein unterwegs waren, es waren viele Familien oder einzelnen Personen, die dieses beschwerliche Wanderleben führten, sich auf der Flucht in kleinen Gruppen zusammentaten und zusammenhielten. Geteiltes

Leid ist halbes Leid, hieß die Devise. Sie vagabundierten rastlos von einem Ort zum anderen und zogen auf der langen Route über hohe Berge und durch Wüstenebenen. Wo sie die Nacht überfiel, legten sie sich nieder. Oft wurden sie deshalb verschmäht, als Flüchtling hatte man es in den reichen Bruderländern ganz schön schwer. Was sie dort zu hören bekamen, war weder für sie noch für seine Landsleute schmeichelhaft. Ramzi hatte auf bittere und schmerzhafte Weise lernen müssen, dass Flüchtlinge nirgendwo willkommen waren. Wenn es um Flüchtlinge geht, hört die Brüderlichkeit auf. Fortan war Ramzis Dasein ein nicht enden wollender Kampf gegen die schmerzliche Erfahrung, unerwünscht zu sein.

Doch damit nicht genug, auf dem Fluchtweg hatte er zwei seiner Brüder aus den Augen verloren. Der älteste Bruder wurde bereits im Golfkrieg von den alliierten Soldaten brutal umgebracht. Es verging kein Tag, an dem er nicht voller Sehnsucht an sie denken musste.

Als er nach Ägypten kam, wollte Ramzi, trotz der Schläge, die ihm das Schicksal versetzt hatte, am Ufer des Nil wieder Fuß fassen. Er dachte allen Ernstes an einen Neuanfang. Er hatte Schlimmes durchgemacht. Es konnte nur noch besser werden.

Die Menschen hatten zwar selbst ihre schweren Bündel zu tragen, aber sie hatten ein großes Herz und waren friedliebend. Sie solidarisierten sich generell mit den Pechvögeln und verkrachten Existenzen und teilten mit ihnen, was sie so hatten. „Wir haben nichts, aber wir teilen alles. Was einer essen kann, wird auch für zwei oder drei reichen", sagte ihm einmal ein Junge an einem Teestand am Straßenrand mit breiter Freundlichkeit und viel Stolz, während er das kleine warme Bohnengericht zwischen sie schob. „Hier ist Brot, greif zu, möchtest du einen Tee? Abu Yasmina, zwei Tee bitte!", bestellte er gastlich laut. Mehr brauchte er auch nicht in diesem Moment. Diese gastfreundlichen Worte werden immer und ewig in seinem Kopf nachhallen. Aus dem Mund eines Ägypters hätte er ehrlich gesagt nichts anderes erwartet.

Als aber innerhalb eines Jahr seine beiden Eltern infolge der langen Fluchtstrapazen und anderen Beschwernissen des Alters gestorben waren, schien ihm alles sinnlos. Von seinen beiden Brüdern hatte er nichts mehr gehört, bis er durch Zufall, von anderen Flüchtlingen erfahren hatte, dass sein mittlerer Bruder in den Irak zurückgekehrt und im Krieg gefallen war. Sein jüngster Bruder hielt sich irgendwo im Jemen auf, er wusste jedoch nicht, was ihn dahin gebracht hatte und was aus ihm geworden war, er war der einzige, der ihm von seiner Familie noch geblieben war.

Der Verlust seiner Familie hatte Ramzi vollkommen aus der Bahn geworfen. In ihm lebten nur noch Tränen. Er weinte viel aus heiterem Himmel. Noch nie zuvor hatte Sherif einen Erwachsenen so sehr weinen sehen.

Er fiel in ein tiefes Loch, in dessen bodenloser Schwärze kein Notausgang mehr zu sehen war. Eine Zeit lang lebte er planlos in den Tag hinein. Kümmerlich musste er sich durchs Kairoer Leben bringen. Kein Heim, keine Familie und kein Geld. Das Schlimmste, was einem Flüchtling fernab der Heimat passieren konnte. Wie der Zufall es wollte, fand er einen kleinen Job in der Cafeteria der Kairoer Universität, wo er auch so halbwegs studierte. Er putzte, räumte auf und besorgte den Abwasch. Damit hielt er sich mehr schlecht als recht über Wasser und lernte viele Studenten kennen.

Auf Grund seines Flüchtlingsschicksals war er in die politischen Kreise innerhalb der Universität geraten. Es gab viele kleine Gruppierung von Studenten, die sich einmal in der Woche in der Cafeteria trafen, um sich politisch auszutauschen. Seine ruhige und gebildete Redensweise und seine vollendeten Manieren machten ihn bei allen Studierenden beliebt. Hier lernte er auch Sherif kennen. Er war ihm auf Anhieb sympathisch, obwohl er eigentlich nichts über ihn wusste. Sherif war der einzige, mit dem er sprach und zu dem er so etwas wie Nähe und Zuneigung empfand. Mehr und mehr erfuhr Sherif über Ramzis Geschichte und die Gräuel des Golfkrieges. Als Sherif mitbekam, dass Ramzi wegen seiner verzweifelten Lage die Universität an den Nagel hängen und das Wohnheim verlassen musste, besorgte er ihm eine Unterkunft auf der Terrasse des *Nile View*. Das festigte das zwischen ihnen geknüpfte Band. Ramzi war dankbar, dass Sherif ihm in diesen bitteren Stunden half. Ohne ihn hätte er nicht gewusst, wie er es in Kairo länger hätte aushalten können. Sherif war in Ramzis Augen der edelste Freund auf Gottes Erdboden, der Retter in der Not, der ihm nicht nur ein Dach überm Kopf schenkte, sondern auch ein offenes Ohr und Herz.

Er war nicht nur ein arabischer Bruder, sondern auch ein naher Freund, mit dem er schwerwiegende Sorgen teilen konnte und dem er sein Herz ausschütten durfte. Er hatte ihm sein Herz geöffnet und sein Innerstes preisgegeben. Er verheimlichte ihm keine Gedanken, obwohl er von sehr verschlossener Natur war. Er zog ihn in sein Vertrauen und gab alles preis, was ihn seit Jahren so schmerzlich verfolgte. Wenn er niedergeschmettert war, wenn ihn in schweren Nächten der Kummer um die Vergangenheit übermannte, unerwartet in Tränen ausbrach oder Wutausbrüche erlitt, wenn seine Sehnsucht nach Trost und Nähe wuchs, hatte Sherif ihn getröstet und ermutigende Gespräche mit ihm geführt, die ihm über die deprimierenden Momente hinweggeholfen hatten und neue Hoffnung in ihm keimen ließen.

Oft saßen sie bis tief in die Nacht auf der Terrasse, hörten die leidenschaftlichen Liebeslieder des irakischen Sängers Nazim el-Ghazali und unterhielten sich. „Es ist schwer nicht nostalgisch zu werden, wenn man als Iraker el-Ghazalis Lieder in der Fremde hört", pflegte Ramzi zu sagen bevor er in Erinnerungen schwelgte und über die gute alte Zeit sinnierte, als die Welt noch sehr einfach schien. Es verging kein Tag, an dem er sich nicht nach dem alten Bagdad zurücksehnte. Ihn erfasste schwere Wehmut, jedes Mal wenn er daran zurückdachte. Oft wünschte er sich zurück in das friedvolle Familienleben, die sorgenlose Welt der Nachbarskinder, die nächtlichen Unterhaltungen der Männer und die sanften und warmherzigen Stimmen der Frauen, die duftenden Gerüche des Zweistromlandes. Was hätte er gegeben, die Zeit zurückdrehen zu können und einfach wieder der kleine Ramzi am Ufer Tigris zu sein, mit seinen kleinen Träumen und Geheimnissen. Aber er wusste natürlich, das ging nicht. Der Krieg hatte sein altes Leben gestohlen.

Sherif erinnerte sich an etwas, das Ramzi oft voller Bedauern und Nostalgie zu sagen pflegte, wenn er am Ende seiner Nerven war: „Die bitterste Frucht meines Landes ist mir lieber als der süßeste Honig fremder Länder."

„Unsere Herrscher waren weiß Gott keine Engel, aber die Teufel, die man kennt, sind besser als die, die man noch kennenzulernen hat", betonte er oft mit einem verzweifelten Ton, ohne sich über das Gewicht seiner erschreckenden Worte im Klaren zu sein.

Mit der Zeit begann Sherif zu erahnen, wie es in Ramzi aussah. Zumindest glaubte er, es zu tun, wenn er von den grausamen Momenten der Kriegsjahre erzählte. Wenn er haarklein, mit allen dramatischen Einzelheiten seine Erlebnisse beschrieb, die ihn in eine grauenvolle Welt sperrten, aus der es kein Entrinnen mehr gab.

Die Erkenntnis dessen, was Ramzi damals geschehen war, versetzten Sherif einen Schock. Immer wenn er anfing zu erzählen, fühlte sich Sherif um Jahre zurückversetzt, in jene Tage als die Alliierten in Bagdad einmarschierten, um angeblich die Menschheit von dem wahnsinnigen Diktator zu befreien, ohne zu wissen, dass es eigentlich der Anfang einer fatalen Geschichte war, die das Gesicht der Welt für immer verändern würde.

Er erinnerte sich an alles, als hätte es sich erst gestern ereignet. Erinnerungen an eine entsetzliche Zeit, die schon weit zurücklag aber die er nie vergessen wird.

„La mémoire fait l'homme". Das Gedächtnis macht uns zu Menschen.

Die Szenen entfalteten sich vor seinem inneren Auge und stimmten ihn sehr traurig. Wie gelähmt saß er oft da, gequält von den einzelnen Momenten und Bildern, die hinter seiner Stirn aufblitzten. Erniedrigende, aufs frechste verhöhnende Bilder von gefangenen irakischen Soldaten in ihren flattrigen knielangen Khakihosen kamen wieder hoch. Das Bild des bärtigen Saddam, der zum baumelnden Hanfseil am Galgen schritt und den sein Schicksal merkwürdigerweise unberührt zu lassen schien. Die Menschen, die vor Entsetzen schreiend bei verheerenden Luft- und Bombenangriffen auf grausige Weise aneinandergeklammert starben. Bagdad glich der Kulisse eines apokalyptischen Untergangs, alles wurde systematisch verwüstet und bombardiert. Nichts wurde verschont. Alles was zerstört werden konnte, wurde zerstört. Von den tausend Jahre alten Kulturdenkmälern waren innerhalb von ein paar Tagen nur noch Trümmer übrig. Die Medien machten damals mit der Welt, was sie wollten. Mechanisch lügend berichteten sie dreist von Kollateralschäden. *Die Wahrheit stirbt zuerst.* Das stimmte Ramzi traurig, noch trauriger stimmte ihn allerdings der Gedanke an manche renommierte Weltpolitiker, die, von Erdölrausch und Gier erfasst, unverfroren der Welt etwas vorlogen. Viel Grütze brauchte man allerdings nicht, um zu kapieren, dass das Ganze doch hirnrissig war und himmelschreiend nach Wahrheitsfälschung roch. Doch wenn scherte es?

Eine Frage in diesem Zusammenhang ging Ramzi ständig durch den Kopf, ließ ihm keine Ruhe mehr: War der Tod seines älteren Bruders etwa auch Kollateralschaden? Und seine eigene grauenhafte Zeit im Gefängnis *Abu Gharib*?

Die Erfahrung dort war höllisch. Jedes Mal, wenn Ramzi daran dachte, stieg eine Welle der Verbitterung in ihm hoch und es packte ihn solch unsägliches Entsetzen, dass er seinen Zorn und Schmerz hinaus brüllen wollte. Jedes Mal, wenn er meinte, langsam einen Strich unter die Vergangenheit zu machen, Abschied von seiner Rachelust zu nehmen, einfach verzeihen zu können, wurde er von Erinnerungen eingeholt. Dann bäumte sich alles in ihm auf: seine grauenhafte Vergangenheit, die Erlebnisse während der endlosen alptraumhaften Tage, an die er sich immer mit grausiger Klarheit erinnerte und die Augenblicke des Schreckens und der Erniedrigung, die jeden ungerührten Menschen erschaudern lassen würden.

„Manchmal geschehen schreckliche Dinge und die Erinnerung daran wird man ein Lebtag nicht mehr los. Sie verfolgen einen ständig und bestimmen den Rest deines Lebens", sagte er resigniert.

Wenn er von den Ereignissen sprach, stand ihm die Panik ins Gesicht geschrieben. Heiße Wogen der Entrüstung stiegen in ihm hoch. Ramzi berichtete, er hätte mit eigenen Augen gesehen, wie die alliierten Soldaten seinem ältesten Bruder präzise Schläge auf den Kopf versetzten, bis er tot zu Boden sank.

Er erzählte von seiner eigenen Gefangennahme und von den schrecklichsten Szenen ungezügelter Brutalität im Gefängnis. Und wie er lange darum kämpfen musste, lebend dieser Hölle zu entkommen. Zu seinen schlimmsten Erinnerungen gehörte eine, die ihm noch heute die Schamesröte ins Gesicht trieb, so dass er es in den Händen vergrub, wenn er davon erzählte. Die alliierten Soldaten hatten sich eines Zimmernachbarn Ramzis bemächtigt, ihn unter höllischen Schreikrämpfen mit nacktem Hintern auf einer Flasche Cola sitzen lassen, vor den Augen seiner Zellenkompagnons, nachdem sie ihm lachend die Hose auszogen hatten und sich über ihn mokierten. Der junge Soldat hielt zunächst tapfer durch, dann entglitt ihm ein gellender Schrei. Er brüllte vor Schmerz und schrie so laut, bis die Lippen blau wurden. Ramzi dachte an das dreckige Gelächter und die fürchterlichen Schreie. Eine schreckliche Szene. Dazu das Bild der blonden Soldatin, die hysterisch lachte, vor Genugtuung brüllte, stolzierend neben ihm posierte und sich vor Selbstgefälligkeit strotzend photographieren ließ, als würden die Demütigung und die Quälerei sie antörnen. Er konnte noch immer ihre Stimme hören.

„Great, Great! Geil, Geil! Weiter, Weiter!"

Die Kräfte des jungen Soldaten schwanden plötzlich, ohnmächtig brach er vor Schmerz und Scham zusammen. Ramzi vernahm immer noch die neurotische Stimme der Quälerin und ihr Lachen, das in seinem Inneren unaufhörlich nachhallte. Diese Bilder werden ihn für den Rest seines Lebens verfolgen.

Als Sherif zu Ende gesprochen hatte, herrschte Schweigen. Er blickte auf und sah, dass Laura jetzt mit gesenktem Kopf wie erstarrt dasaß. Ihr Groll war verflogen und sie fühlte nur noch Mitleid für diesen gequälten jungen Mann, dessen Geschichten ihr sehr nahe gingen und sie in ihren Grundfesten erschütterten.

Sie war augenscheinlich berührt, denn sie konnte den Schmerz erahnen, den Ramzi Bagdadi all die Jahre mit sich herumtrug.

„Das sind schauderhafte Geschichten, die du da erzählst. Es muss, weiß Gott, eine schreckliche Zeit für ihn gewesen sein", brach es aus ihr heraus, benebelt von all dem, was gerade alles auf sie einstürzte. Sie dachte eine Weile darüber nach. Abwesend kopfschüttelnd sagte sie immer wieder in die Stille hinein: „schrecklich, entsetzlich!", als wäre ihr auf einmal klar geworden, dass Ramzis Ablehnung eigentlich nichts weiter war, als eine reflexhafte Zurückweisung der traumatischen Ereignisse.

Wenn Laura die Erlebnisse mit Ramzis Augen zu sehen versuchte, erkannte sie unweigerlich, dass es sich um einen ungerechten Krieg handelte.

„Es war in der Tat ein unglücklicher und ungerechter Krieg", sagte sie dünn als wollte sie Bilanz ziehen. In ihrer Stimme schwang aufrichtiges Bedauern. Ihr kam nichts anderes in den Sinn, das sie hätte sagen können.

„Ein Krieg ist immer unglücklich. Jeder Krieg bringt Elend, Leid und Verlust mit sich. Jeder Krieg hat seine Opfer, auf welcher Seite auch immer", gab Sherif im Brustton der Überzeugung zurück.

„Wer glaubt mit Hilfe eines Krieges, die Fäden der Zukunft in den Händen zu halten, der irrt sich, denn schnell laufen die Fäden auseinander und werden zu einem Wirrwarr, das sie nicht mehr entwirren können", schob er nach.

Laura fühlte sich zeitlich zurückversetzt. Ihre Gedanken sprangen zurück, als versuche sie die Zeit zu beschwören. Sie kniff die Augen zusammen und versuchte, sich die Grauen dieses „dummen Krieges der drei Weisen aus dem Abendland" in Erinnerung zu rufen und plötzlich war ihr die Vergangenheit ganz nahe. Sie griff endlich danach. Ihr kam als erstes das Bild des deutschen Kanzlers Schröder ins Gedächtnis: „Rechnet nicht damit, dass Deutschland einer den Krieg legitimierenden Resolution zustimmt, rechnet nicht damit" lauteten seine berühmten Worte, die damals in der arabischen Welt grenzenlose Euphorie auslösten.

Lauras Schweigen wurde erst von Rihans heftigem Husten auf der anderen Seite der Terrasse unterbrochen. Von her weit wurde sie in die Realität zurückgeholt. Sherif machte Anstalten aufzustehen und Laura fuhr zusammen. „Deine Märchenstunde!?", flüsterte sie ausweichend. Ihre Stimme überschlug sich fast.

Mit einem kurzen Lächeln ging sie in ihr Zimmer. Sherif war offenkundig froh, in ihren Augen wieder eine gewisse Freude und Erleichterung aufschimmern zu sehen und genoss das befriedigende Gefühl, geschlichtet oder zumindest die Befriedung in die Wege geleitet zu haben.

…

Leider währte ihr Lächeln nicht lange, die momentane Erleichterung verflüchtigte und ihre Miene verfinsterte sich wieder. Sie war so schnell verschwunden wie sie gekommen war, wie eine Schwalbe, die in den Himmel schoss. Denn ein paar Stunden später, noch in derselben Nacht, kam es erneut zu einem heftigen Wortgefecht. Sie musste eingeschlummert sein, denn als sie aufwachte, hörte sie, wie Sherif, Sifou und Ramzi sich heftig stritten. Sie lauschte und versuchte zu verstehen, worum es in dem Streit ging. Ihr wurde langsam bewusst, dass sie wieder der Stein des Anstoßes war. Es war eine lange, scharfe und spannungsgeladene Auseinandersetzung, von der alle drei völlig gefangen waren und die durch das ganze *Nile View* hallte. Auch Sherif war ungewöhnlich laut geworden. Wenngleich er nicht schnell aufbrauste, war er unerbittlich, wenn sich sein Zorn entfachte. Das ganze Haus war durch die laute nächtliche Konferenz aufgewacht. Nachbarn mussten intervenieren, als die Wut Oberhand gewann und sie die Streithähne trennen mussten. Es dauerte lange bis die letzten Lichter endlich erloschen. Laura lag wach bis in die frühen Morgenstunden. Sie war entsetzt. Sie war Auseinandersetzungen dieser Art nicht gewohnt. Noch nie hatte sie Sherif so aufgebracht gehört.

Voller widersprüchlicher Gefühle und schlechtem Gewissen ging sie durch die nächsten Tage. Ihre Gedanken kreisten immer wieder um die Frage, wie sie zukünftig auf der Terrasse des *Nile View* zusammenleben konnten und ob sie Sherif darauf ansprechen sollte, was eigentlich in dieser Nacht passiert war. Seine Miene ließ sie aber zögern. Er sah trübsinnig aus und seine Augen gaben preis, wie bekümmert er war. Selbst seine getönten Brillengläser konnten seinen Ärger nicht verhehlen.

Auf der Terrasse lastete dumpfes Schweigen. Geblieben waren nur noch die hageren Tauben und ein paar schleichende Katzen mit angeknabberten Ohren, die quer über die Terrasse Katz und Maus spielten.

-18-

Die Disputation

Was Sherif und Laura an diesem Abend erlebten, war ein untrügliches Zeichen für den beklagenswerten Niedergang einer der vitalsten Institutionen, die ein klägliches Denkmal einer jahrzehntelangen Vernachlässigung durch die Politik war. Die Universität. Früher, in ihrer goldenen Zeit, eine nie versiegende Quelle, die Fackel, die in der arabischen Welt leuchtete und unbeschränkte Helligkeit zur Bekämpfung der Düsternis brachte, verwandelte sie sich nun im wahrsten Sinne des Wortes in eine Kampfarena.

„Womit man hereinkommt, damit geht man auch wieder hinaus. Nämlich mit Nichts. Man muss froh sein, wenn man mit dem Kopf zwischen den Schultern und nicht unterm Arm nach Hause zurückgeht.... Aber an manchen Dingen rührt man besser nicht....", höhnte ein älterer Herr, der neben ihnen stand und mit Laura kurz ins Gespräch kam. Sherif nickte bloß, er wusste wovon der Mann sprach. Davon konnte er ein Lied singen.

Der ältere Herr blickte prüfend in die Runde und versuchte mit gedämpfter Stimme den Satz zu beenden, als würde der Hörsaal engmaschig überwacht: „Wir möchten ja schließlich heute zuhause übernachten! Vorsicht ist geraten!" Er wechselte befangene und vieldeutige Blicke mit Sherif und ahmte andeutungsweise die Figur der drei Affen, die sich Augen, Ohren und Mund zuhielten nach. Als sich aber eine Unterhaltung zwischen ihnen entspann, ließ der mitteilungsbedürftige alte Herr kein gutes Haar an der Regierung, die er als jämmerlich und unwürdig bezeichnete und allein für den kläglichen Rückstand im Lande schuldig hielt. „Kein Wunder, dass unsere Jugend heutzutage in den Westen flüchtet, wo die Wissenschaft es bereits weit gebracht hat, anstatt hier herumzulungern und das Studium mit größtem Widerwillen zu absolvieren", fügte er mit wütender Handbewegung hinzu, sichtlich erregt. Er goss mit heftiger Redelust weiter die Lauge seiner Kritik über sie, wieder und wieder, unaufhaltsam sprudelte aus ihm heraus, was ihm auf der Zunge brannte.

Eigentlich vermittelte er einen friedlichen und freundlichen Eindruck.

„Welcome to the club! Sit down and kindly fasten your seatbelt!! Willkommen im Club! Nehmen Sie Platz und schnallen Sie sich an!", sagte er spöttisch grinsend zu Laura und versuchte schmunzelnd, die Unterhaltung in ein anderes Fahrwasser zu lenken. Sherif verstand. Es war klar, was der ältere Herr in dem safranfarbigen, bereits altmodischen Sakko und der orange-karierten Krawatte meinte. Sie lachten.

Als Sherif an diesem Abend seinen Blick durch den Saal schweifen ließ und das Publikum im Hörsaal sah, überschattete ein ungutes Gefühl seine Gedanken. Es war ein dunkles, baufälliges Gebäude aus schlechten alten Ziegeln, die auf die Köpfe zu purzeln drohten. Hier und da wurden Stellen abgedichtet um dem üblen Zustand abzuhelfen. Überall vergitterte Fenster, deren Scheiben kaputt waren. Die Stühle und die anderen Möbel waren alt und wackelig. Den Fußboden bedeckten ausgespuckte Schalen von Erdnüssen und Sonnenblumenkernen. Chipstüten und Dosen türmten sich in der Ecke. Ein jämmerlicher Anblick.

Je mehr Studenten sich hereinquetschten, desto schwerer fiel es Sherif, sein Unbehagen abzuschütteln. Nach einem Blick in die Runde ahnte er, dass heute Abend wieder alles schief gehen würde und dass die Fronten es nicht bei den gewöhnlichen Wortgefechten bewenden lassen würden. Es herrschte dicke Luft und die Animosität im Hörsaal war greifbar.

Er witterte eine Rauferei. Die Zusammensetzung des Publikums war alarmierend und verhieß nichts Gutes.

„Auch ich spüre es in der Luft", sagte der alte Mann und hielt die hohle Hand an die Ohrmuschel.

Sämtliche Stühle und Bänke waren besetzt. Es waren nirgendwo sonst Plätze frei. Es gab nur noch Stehplätze, und die Gäste standen bis vor der Türe oder quetschten sich in jede beliebige Lücke.

Sherif hielt Abstand.

„Bärtige" waren in erdrückender Überzahl, sie blickten nicht gerade freundlich und vermochten nicht, eine düstere Laune zu verbergen.

Wie oft, wenn die „Bärtigen" erscheinen, waren abfällige Bemerkungen und freche Spötteleien unüberhörbar.

„Da sind ja heute wieder die Bärtigen auf dem Kriegspfad, was!", stichelte ein Student scharfzüngig und grölte vor Lachen.

„Ein seltsames Volk, diese Bärtigen!", foppte eine Studentin unter gellenden Lachsalven. „Hast du gesehen? Sie rasieren den Schnurrbart und den Kopf aber nicht das Kinn. Ihr Kinn ist in ihrem Kopf und ihr Kopf in ihrem Kinn."

„Selbst aus dem Kragen wachsen ihnen Haare! Wie den Höhlenmenschen!", höhnte eine andere ihrer Kommilitonin ins Ohr. Sie rümpften amüsiert und etwas angewidert darüber die Nase, stießen sich leicht Ellenbogen in die Rippen und kamen aus dem

Lachen nicht heraus. Sie kauten Sonnenblumenkerne und spuckten die Schalen in alle Richtungen.

Und wie so oft, wenn diese beiden Fronten sich begegneten, gab es keinen Platz für einen ruhigen und vernünftigen Dialog. Jedes Gespräch mündete in einen Interessenkonflikt. Es herrschte absolute Meinungsstarre. Jeder huldigte seine eigene Ideologie und hielt sie für tonangebend und unverrückbar. Die einen kommunistischer als Karl Marx und Mao Zedong zusammen. Wenn es, wie man so oft sagte, in Moskau oder Peking regnete, spannten sie hier die Regenschirme auf. Und die anderen wortgetreuen Puristen, sie wichen keinen Deut von der in ihren Schriften festgelegten Schwarzweißmalerei ab. Bei wieder anderen tollten die Gedanken grenzen- und hemmungslos frei in den Köpfen. In ihren Augen waren alle anderen der Inbegriff des historischen Immobilismus: Sie verbreiteten den Mistgeruch geistiger Stumpfheit in der Luft, ihre Köpfe nichts weiter als ein Ort undurchdringlicher Finsternis. Sie verharrten in altherkömmlichen und erstarrten Denkstrukturen, die die Entwicklung eines knospenden Verstandes verhinderten. Die Wissenschaft, um die es in einer Universität gehen sollte, blieb somit auf der Strecke und die Vernunft hatte keine Stimme.

„Ideologien beschränken die Weltansichten und schränken die freie Vernunft, den wissenschaftlichen und kritischen Geist ein. Ideologien machen blind und benebeln den Verstand!", fasste es der alte Mann in Worte. „Wo Vernunft und Besonnenheit fehlten, ist bekanntlich nichts Gutes zu erwarten."

Das hatte man mit staunendem Entsetzen an diesem Abend konkret aus der nächsten Nähe erleben müssen. Anlass dieser Veranstaltung war die Verteidigung einer Dissertation eines jungen Studenten zum Thema „Die arabische Erbtheorie im Lichte des deutschen Philosophen Martin Heideggers."

Die Veranstaltung wäre an jeder anderen Universität dieser Welt klanglos, ja unbemerkt verlaufen, aber nicht hier!! Solche Themen sorgten für Zündstoff und zogen seltsamerweise das Publikum an wie ein starker Magnet.

Vorne stand der junge Doktorand kalkweiß im Gesicht, schweißgebadet hielt er sich mit beiden Händen am Stehpult fest. Man hatte das Gefühl, er würde jeden Moment in Ohnmacht fallen. Direkt ihm gegenüber saßen die weißhaarigen Jury-Mitglieder. Sie blickten streng und finster drein, und wirkten durch ihre dienstlichen Gesichter unnahbar. Immer wieder wischte der Doktorand sich mit dem Ärmel den Schweiß von der Stirn. Sein Mund war trocken. Mit zittriger Stimme begann er das akademische Begrüßungsritual. Er verbeugte sich sehr höflich und würdigte ausdrücklich den Doktorvater mit der blumenreichsten und die Jury mit den wohlklingendsten Wendungen seiner Redekunst. Anschließend bedankte er sich herzlichst bei seiner Familie und senkte sein Haupt tief, bis eine gereizte Stimme böswillig von hinten brummte: „Wann gedenkt unser Hochgelehrter die Schatztruhe seines Wissens zu öffnen? Wird das heute noch was?"

Über die Zuhörer legte sich kurz eine Totenstille.

Mit halberstickter Stimme schwankte er einen Augenblick konfus, dann wünschte er dem Publikum schließlich einen schönen späten Nachmittag voller duftender Blumensträuße und versuchte mit größtmöglicher Behutsamkeit und unerschöpflicher Ausdauer die Erklärung seiner These in Angriff zu nehmen. Alle Blicke hingen an seinem verschwitzten Mund. Er zitierte lang und ausführlich. Sherif hörte zu. Sein Stift kam kaum zur Ruhe. Er fand die Thesen bemerkenswert, jedoch merkte er, wie jeder Satz mit einem Tuscheln, oder gar Raunen und Murmeln begleitet wurde. Die einen schüttelten bedenklich den Kopf, die anderen billigten die Gedanken und nickten energisch übereinstimmend. Mit jedem Satz wuchs die Unruhe im Hörsaal:

„Wir müssen uns das Erbe aneignen und nicht umgekehrt, es darf nicht von uns Besitz ergreifen....Wir müssen es motorisch auffassen. Unser Erbe soll uns den Anschluss an die Zukunft verschaffen und nicht in die Vergangenheit zurückwerfen. Alles Starre ist zum Untergang verdammt und jeder Stillstand bewirkt Versteinerung... Das Erbe ist diskutabel und neu interpretierbar. Nur die Rationalität ist der Garant, die Schwelle zum Fortschritt zu überschreiten.... Das wortgetreue Festhalten an unserer Tradition, hat ganze Teile unseres Intellekts abmagern lassen."

Das war der Tropfen, der das Fass zum Überlaufen brachte. Dieser Satz versetzte einen Teil der Zuhörer in Rage und brachte ihre Herzen zum Lodern. Ein Murmeln der Empörung wurde laut und Augen funkelten. Ein Raunen ging durch den Hörsaal.

Plötzlich erhob sich ein bärtiger Student und unterbrach den Vortrag. Er brüllte mit seiner mächtigen Stimme und fuchtelte drohend mit den Armen. Er sah nämlich in der Gesinnung des Vortragenden einen Verrat an den religiösen Prinzipien und einen Versuch die eigene Identität auszuhöhlen. Die lautesten Mahnungen der Jury-Kommission konnten seine schäumende Wut nicht zügeln.

„Hören Sie endlich mal auf, irre Gotteslästerungen zu geifern!", polterte er mit seiner Predigerstimme grollend los, fast vor Ärger erstickt.

„Es gibt nichts, was unser Intellekt abmagern lässt, außer der Modernität. Es gibt nichts Primitiveres, Aggressiveres und Brutaleres als eure Modernität. Modernisierungsversuche sind moderne, geistige Kreuzzüge, die man gegen unsere Welt führt", setzte er apodiktisch seine Predigt fort und verzog dabei geringschätzig seinen Mund.

„Was hat denn die Modernität hervorgebracht außer Hingabe an die Genüsse des Lebens und die niederen tierischen und gewissenlosen Instinkte. Die moralische Verkommenheit. Schaut euch den Westen an mit der tiefgründigen spirituellen Leere, dem Zusammenbruch der Moraltheorien. Der Westen ist nur noch Sündenpfuhl und Brutstätte allen Lasters. Bald wird er am Moralvakuum scheitern", schrie er und schlug laut mit einem Fausthieb auf den Tisch, dass die Becher, Hefte und Stifte durch die Luft flogen und die Zuhörer um ihn herum zurücksprangen. Herumfuchtelnd beschimpfte er die Jury-Kommission. Er hieß sie Satanspartei und den Doktoranden Satansknecht und schmetterte ihnen religiöse Argumente an den Kopf.

Man kannte das Gerede.

Im Hörsaal brach plötzlich Chaos aus. Es erhob sich ein lautes Protestgeschrei. Die Anwesenden ergingen sich in wirren Auslegungen, denen Laura ein Weilchen sichtlich fassungslos folgte. Sie starrte Sherif ungläubig an, als hätte sie nicht ganz verstanden, worum es ging. Auch er schien nicht erfreut über das, was sich hier gerade ereignete. Übertriebene Streitsucht und unbeugsame Einstellungen erschwerten jede Diskussion. Es herrschten nur noch Gegröle, tobsüchtiges Gekreische und wütende Gesten.

Alle redeten durcheinander und keiner hörte zu, weil Zuhören für sie Schwäche bedeutete. Keiner ließ mit sich reden, damit man sich in seinem zähen Gedankengang ja gar nicht beeinflussen lassen musste. Alles wurde erregt niedergeschrien. Wer am lautesten war, hatte das Wort. Die Stimmung heizte sich immer mehr auf, bis sie voll und ganz außer Kontrolle geriet. Keiner war mehr Herr seiner Emotionen und seiner Zunge. Der Hörsaal hallte nur noch von kräftigen Stimmen und lauten schäumenden Beschimpfungen. Grollend, mit Blut unterlaufenen Augen und mit geballten Fäusten gestikulierend, drohten sie einander und fügten die kräftigsten Flüche hinzu:

„Das wirst du teuer bezahlen, du Satanskerl!"

„Dir werde ich es beibringen. Dein Grab wartet auf dich! Du Ignorant!"

„Lärmt nur! Bald werdet ihr ganz still sein. Mucksmäuschen still!"

„Pass auf, dass du nicht deinen Bart schluckst."

„Der Bart erschwert das Denken!"

„Ja! Lass ihn dir rasieren, so bekommst du einen leichten und klaren Kopf!"

„Wenn du nicht aufhörst, werde ich dir meinen Bart in den Mund stopfen!"

„Die Knochen im Leib werde ich dir kaputtschlagen! Dass sich eine lange Konvaleszenz in deinem Paradies lohnt!"

Das waren die allersanftesten aus dem Vorrat ihrer Beschimpfungen, die sie sich an den Kopf warfen. Die Stimmung wurde sehr ungemütlich, aber gemütlich war es im Hörsaal ohnehin von Anfang an nicht gewesen.

Die einen seien bloß verweichlichte, ja feminisierte Männer und Handlanger ihrer Herren in den Denkfabriken Moskaus, Washingtons und Londons. Die anderen hingegen seien das Erzeugnis der arabischen spendablen Nachbarn. Alle seien sie scheinheilige Heuchler. Sie ließen ihre Rosenkränze durch die Finger gleiten während in den Köpfen sündhafte Gedanken tobten. Sie seien ein Haufen Burkafetischisten.

Das versetzte die Bärtigen wiederum in Raserei. Die Fäuste wurden schneller als die Zungen. Anstatt Gedanken auszutauschen wurden nun blutige Fausthiebe ausgetauscht. Und wer auf den verwerflichen Gedanken kam sich auszusöhnen, dem trat man die Nase breit.

Der alte Mann konnte seinen Unmut über diesen Irrsinn nicht verhehlen. Mehr als alles andere missfiel ihm die garstige und törichte Angewohnheit, ins Wort zu fallen, zu unterbrechen, nur um sich selbst zu hören und mit einem möglichst schnellen und vor allem lauten Konter Stärke zu demonstrieren. Er drängte sich durch das tobende Publikum und sprach sanft und versöhnend, klopfte hier und da jemanden auf die Schulter und versuchte um des lieben Friedens willen die Wogen zu glätten: „Bitte meine Herrn! Lasst uns wie kultivierte Menschen diskutieren, und nicht wie ein ungeschliffener Mob."

Er ging zum Mikrophon.

„Zuhören! Achtsames Zuhören!", rief er konziliant und zupfte an seinem Ohrläppchen. „Wir brauchen eine Kultur des Zuhörens. Zuhören ist der Schlüssel zum Erfolg in allen zwischenmenschlichen Beziehungen. Beherzigen Sie das, meine Damen und Herren! Wenn es einen Grundsatz gibt, auf dem wir unsere

Gesellschaft aufbauen wollen, dann ist dies tiefes Zuhören!", wiederholte er mit salbungsvollem Respekt am Mikrophon.

Auch der Leiter der Jury-Kommission war nicht weniger verärgert und fuhr aus der Haut. Er war durchaus der Ansicht, dass hierher Respekt gehörte. Er richtete sich auf, schlug mit der flachen Hand entrüstet auf den Tisch und bat mit dröhnender Stimme um Ruhe im Hörsaal. Er verlangte Gehorsam von den polternden und aufgebrachten Anwesenden. Sie sollten sich am Riemen reißen, schließlich trugen alle etwas Schuld an diesem Chaos. Es ärgerte ihn sehr, dass es ihm nicht gelang in dieses Durcheinander Ordnung zu bringen. Wie auch? Wenn alle gleichzeitig aufeinander einschrien und keiner zuhörte. Er warnte scharf und drohte mit der rechten Hand, die Veranstaltung zu beenden und die Sitzung zu vertagen, empört über dieses rüpelhafte Verhalten.

„Welche Ausdrucksweise, Allmächtiger! Jetzt ist Schluss!", rief er als letzte Warnung brummend ärgerlich mit verbissenem Gesicht, während er sein dünnes Haar irritiert über die kahlen Stellen zu streichen versuchte. Demonstrativ klemmte er die Dissertation unter den linken Arm, verschränkte die Arme und lehnte sich an die alte schwarze Tafel. Er zuckte bedauernd die Achseln. Er wollte erst weiter machen, wenn Ruhe und gegenseitiger Respekt wiederhergestellt waren.

Kaum hatte er den Satz beendet, da flog die Tür auf und ein hagerer bärtiger Student stürzte in den Hörsaal und ergriff mit bebender Hand das Mikrofon. Keuchend stieß er mit erblassenden Lippen hervor: „Zu Hilfe! Es droht ein großes Unheil. In diesem Moment will die niederträchtige Höllenbrut einen unserer Brüder töten!!"

Ein zweiter trat auf die Schwelle und rief in den Saal, es seien alle Glaubensbrüder angehalten, sich umgehend auf das Unigelände zu begeben.

Draußen hörte man das widerliche Geräusch eines menschlichen Kopfes, der immer wieder gegen etwas Hartes schlug. Jemand schrie mit einer vor Panik zitternden Stimme in einem drolligen und altmodischen Hocharabisch nach einem „Fotoapparat". Einige Studenten brachen in tolles Gelächter aus und machten sich über die mittelalterliche Note in seinem Arabisch lustig.

Sie lachten noch lauter als von draußen die verzweifelten Schreie ertönten.

Laura verstand nicht, was hier eigentlich vor sich ging. Sie schüttelte den Kopf. Plötzlich überfiel sie ein unerklärliches Unbehagen. Sherif fühlte ihre zunehmende Beunruhigung und überlegte, wie sie sich am besten aus dem Staub machen könnten.

Die weißhaarigen Jury-Mitglieder und einige der ranghöchsten Beamten der Universität, die unnahbar in der ersten Reihe saßen und sich die Ehre gegeben hatten, der Thesenverteidigung beizuwohnen, hatten sich bereits auf die Beine gemacht. Sie schlichen einer nach dem anderen flotten Schritts aus dem Saal, dringende dienstliche Pflichten gedämpft vorschützend. Andere suchten klammheimlich die Weite. Mit einer akademischen Institution hatte das nichts mehr zu tun. Man war seines Lebens nicht mehr sicher.

Die Nachricht von dem Tötungsversuch verbreitete sich binnen kurzem wie ein Lauffeuer und rief eine ungeheure Erregung im Hörsaal hervor.

Viele verließen panisch den Hörsaal und mit großen Sprüngen kehrte einer bestürzt zurück und schrie leichenblass: „Auf dem Gelände sieht es aus wie in einem Horrorfilm. Blut, überall Blut!"

„Mein Gott, haben sie ihn übel zugerichtet. Sie sind in der Tat von allen Geistern verlassen!", rief eine entsetzte, völlig verstörte Stimme.

Sherif bahnte sich einen Weg durch die unruhige Menge, um zu erfahren, was dieser Wirbel zu bedeuten hatte, obwohl er ja ahnte, was sich dort zugetragen hatte.

Die Studenten aus dem Hörsaal wichen nach draußen und verfolgten das grässliche Schauspiel mit vor Entsetzen weit aufgerissenen Augen. Für einen Augenblick lähmte der Anblick sie alle. Verstummt schlugen sie sich die Hand vor den Mund.

Eine Gruppe von Studenten kam hechelnd gerannt mit einer alten Kamera in der Hand. Andere rasten in wildem Zorn wie Tollwütige blindlings über den großen Hof und schrien mit wild funkelnden Augen nach Rache. Dann folgte Gegröle mit wutverzerrten Gesichtern: „Tod den Ungläubigen! Sie sollen im Höllenfeuer brennen, in der Höllenglut rösten! Mögen sie alle elendig verrecken... die Satanskerle! Hol euch alle der Teufel!"

Auf dem Unigelände herrschte für eine Weile vollkommenes Durcheinander. Stühle zerbrachen, einige Studentinnen rannten davon, sie stießen hier und da an, kreischten, an allen Gliedern zitternd, andere sackten zusammen. Studenten kippten Tische um und suchten dahinter Deckung. Wie Gladiatoren vor der Entscheidungsschlacht hatten die beiden Fronten Kampfstellung bezogen und stampften sich warm. Aus ihren Augen schrien Rache und Hass.

Die Körper zitterten vor Wut und Mordlust. Jegliche Vernunft war fortgeblasen. Ein tödlicher Kampf ging vonstatten. Es folgten Szenen von unerhörter, abstoßender Brutalität.

Sie gingen aufeinander los und schlugen in ihrer Wut blindlings und erbarmungslos um sich.

Zwei Studenten rollten am Boden umher wie gereizte Kampfhunde, die sich ineinander verbissen hatten und von ihren Herren gehetzt werden. Daneben warfen zwei bärtige Studenten einen anderen zu Boden und fielen über ihn her. Sie traten auf ihm herum. Unter obszönen Flüchen und Todesdrohungen, schlugen sie auf ihn ein, bis sein Schreien unmenschlich wurde.

„Lasst mich los! Ich schlachte den Feind Gottes. Ich reiße ihn in Stücke, ich schneide ihm die Kehle durch, ich trenne ihm den Kopf vom Rumpf! ", brüllte einer der beiden bärtigen Studenten, mit schäumendem Mund und einer Stimme, die ihm nicht mehr gehorchte.

Einige in der Menge tobten unbeherrscht: „Mach den Feind Gottes kalt! Na los!"

Andere klammerten sich unter irrem Gebrüll an seine Arme, versuchten ihm die Machete zu entringen. Sie flehten ihn an, nichts zu tun, was ihm später leidtun würde. Mit aller Kraft nahmen sie ihm die Machete aus der Faust wie einem widerspenstigen unberechenbaren Kleinkind. Sherif konnte an nichts anderes denken, als den Ort umgehend zu verlassen und Laura in Sicherheit zu bringen. Er war beunruhigt und hatte Angst, ihr könnte etwas zustoßen.

…

Langsam begann es zu dämmern. Draußen flackerten die Laternen düster wie Kerzen in ihren letzten Zügen.

Am Ausgang der Uni herrschte immer noch hektisches Treiben. Einige verstörte Studenten humpelten davon so rasch sie konnten. Andere wirkten froh, dass sie glimpflich und ungeschoren davonkamen. Sherif versuchte seine Gedanken zu ordnen und war völlig versunken, als ihm der alte Mann auf die Schulter tippte.

Der Arme! Er hatte sich tiefe Kopfwunden zugezogen. Dennoch hatte sein Gesicht einen sanften Ausdruck. Er sei infolge der Rangelei über irgendetwas gestolpert, erklärte er. Er sah Sherif über den Brillenrand an und legte etwas beschämt den Kopf schief.

„Was für ein tragischer Anblick! Ich habe im Laufe meines langen Lebens allerlei gesehen. Unsere Universität ist erst in den letzten Jahren so tief gesunken! Vom Höchst- zum Tiefstpunkt gefallen!", meinte der ältere Mann mit einem Ausdruck des Bedauerns, eine Hand an der Stirn, von einem vagen Schamgefühl ergriffen, das wie ihm ein Schatten über sein Gesicht glitt. Bekümmert wiegte er den Kopf.

„Wie unergiebig und karg der Verstand eines Menschen sein kann, wenn er in einer vergifteten und bedrückenden Atmosphäre lebt. Ein derartig erstickendes Umfeld lässt mit Sicherheit keine Samenkörner der Erkenntnis pflanzen und keine Wissenschaftler keimen, sondern Zerstörer und Knochenzermalmer."

Er zögerte, wägte seinen nächsten Gedanken scheinbar einen Moment ab, ehe er den nächsten Satz emotionsbekämpfend aussprach, den Blick auf das Gebäude heftend: „In diesem Moment, und mag es auch noch so überspitzt klingen, fühle ich, wenn man so sagen darf, dass die Wände unserer Universität weinen".

„Statt Befriedigung hatte der Abend nur Trauer in meinem Herzen ausgelöst", sprach er mühevoll die Worte, die ihm schwer auf der Seele brannten.

„Ich bin sprachlos, einfach sprachlos. Aber eines kann ich Ihnen mit Sicherheit sagen: Anstatt mit Heften, Stiften und Computern sollte man mit einer stählernen Armatur, Helmvisieren, Brustharnischen, Panzerhemden, Beinschienen und Beilen ausgestattet sein, bewahre!"

Er ließ wehmütig den Blick über die Universität schweifen, als würde er das Bild ein letztes Mal in sich aufnehmen. Die senkrechte Furche zwischen seinen Augen sprach nur zu deutlich den Vorsatz, nie wieder das Gelände einer Universität zu betreten, solange die Machete den Stift ersetze.

Sie standen einen Moment nebeneinander, perplex, sprachlos und schockiert über das, was sie heute sehen und erleben mussten. Die Schritte der letzten Studenten, die wie aufgescheuchte Hühner die Universität verließen, riefen Sherif in die Wirklichkeit zurück. Alle übel zugerichtet, die Haare zerrauft, schleppten sie sich die Straße entlang. Bedauernd sah Sherif, wie sie im Straßenverkehr versickerten und wie die Straßenlaternen ein düsteres Licht auf das alte Gebäude warfen und ihre Schatten wie Schreckensgespenster an der Wand der Universität riesig und verzerrt forthuschen ließen. Die Szene beklemmte das Herz.

Enttäuscht machte sich langsam auch der alte Mann auf den Heimweg.

Sherif sah ihm nach, wie er sich im Dunkeln, die Hände im Rücken verschränkt, mit steifen Schritten, gesenktem Kopf und hängenden Schultern entfernte.

„Gott schenke uns Licht, das die pechschwarze Dunkelheit um uns herum erhellen kann!", flüsterte er wiederholt vor sich hin bis seine Worte in dem Verkehrslärm und dem ununterbrochenen Hupkonzert der Stadt versanken.

…

In sein kleines Kabäuschen eingequetscht, winkte der Wächter mit seinem großen Schlüsselbund und gab das Zeichen das Gebäude zu verlassen. Witzelnd gab er auch mit einigem Gähnen zur Kenntnis, das Jahr sei lang und diese Universität würde es ewig geben.

Es seien noch eine ganze Reihe Vorlesungen und Vorträge geplant, möchte man sich in das Meer des Wissens vertiefen, versicherte er.

Er schien befriedigt, seine Arbeitszeit beendet zu haben. Diensteifrig drehte er in dem schweren eingerosteten Schloss den großen Schlüssel um und schloss das massive quietschende Portal, als sei nichts geschehen, ja beinahe als zöge man einfach die schmierigen Vorhänge zu, nach einem sehr schlecht inszenierten Theaterstück. Dann schaltete er die Bühnenlichter murmelnd aus.

Man konnte sich ja denken, was er gesagt hatte.

-19-

Das Café im Viertel

Alle paar Abende verzog sich Sherif mit ein paar anderen Jugendlichen in eines der kleinen Cafés des Viertels, das versteckt in dem Gewirr von Gässchen, die vom Tahrir-Platz abgingen, lag. Ein „geheimer" Tipp und Treffpunkt für Verfechter und Sympathisanten der *Kifaya-Bewegung*, einer militanten Bewegung, die zu politischen und sozialen Reformen aufrief.

Der Café-Besitzer, Rifaat el-Schafkhnawi, selbst ein Aktivist, hatte die Hälfte seines Lebens in den Gefängnissen des Landes verbracht. Es gab kein Gefängnis, das er nicht kannte, hatte Sherif zufällig erfahren. Die Jahre im Kerker hatten ihn sehr geschwächt und ihre Spuren hinterlassen. Er sah lungenkrank aus und war etwas gehbehindert. An seinen Hand- und Fußgelenken zeugten die tiefen Abdrücke der Ketten und Handschellen sowie Vernarbungen von seinen Qualen. Wenn er bediente, waren sie nicht zu übersehen. Seine alten Kampfkameraden waren alle irgendwann verschwunden. Wenn man ihn heute nach ihnen fragte, verfiel er in tiefen Trübsinn. Er ahmte dann bedauernd bloß das Geräusch des mehrfachen Zellenschließens nach. Bis zu Haftstrafen von 20 Jahren wurden einige verurteilt, so wurde es in engeren Kreisen erzählt. Trotz des ständigen Risikos jederzeit wieder eingekerkert zu werden, trotz seines Alters und seiner gesundheitlichen Probleme, widmete Rifaat el-Schafkhanawi sich mit derselben Inbrunst dem Kampf, den er heilig nannte. Auf dem Fenstersims thronte ein großes altes Radio, aus dem schmissig nationale Lieder ertönten, welche seine Gedanken in die Vergangenheit zogen und sein Herz schwellen ließen. Er hatte sein Leben nur einem Ziel und einer Erfüllung gewidmet: dem Vaterland zu dienen. „Dem Vaterland dienen ist Anbetung, ja ein himmlisches Vergnügen", sagte er aus purer Höflichkeit ausweichend, wenn die Jugendlichen ihn interessiert nach den Jahren der furchtsteigernden Torturen fragten.

„Irgendwann Mal verliert man den Respekt vor den Gefängnissen. Irgendwann Mal, machen sie einem keine Angst mehr", erklärte er verharmlosend, zuckte die Achseln und verteilte die dampfenden Teegläser weiter, als wären die Jahre im Gefängnis, die er erlitten hatte, die belangloseste Sache der Welt. Seinem Ton war anzuhören, dass er die Jugendlichen nicht gleich in Furcht und Schrecken versetzen wollte. „So schlimm sind unsere Gefängnisse auch wieder nicht", entgegnete er spaßhaft, sarkastisch. „Schlimm sind nicht die Gefängnisse da draußen, sondern die inneren", sagte er und klopfte mit der Faust auf seine schmale Brust und seinen geäderten Kopf. „Aus denen da draußen kann man flüchten, sich befreien. Das innere Gefängnis hingegen ist hermetisch verschlossen und lichtundurchlässig."

Nichts quälte Rifaat el-Schafkhnawi mehr als die Hände in den Schoß zu legen und zu warten. „Lieber die Hände in Handschellen, als sie in den Schoß zu legen und die Scham bis an das Lebensende mit sich herumzuschleppen", war sein berühmter Spruch. Alles in seinem Café spiegelte den trotzigen Freiheitskämpfer wider. Die drei Wände waren mit aufgesprühten Schablonenporträts bemalt: Gandhi, Martin Luther King, Mandela und Mohamed Ali in Boxerpose. Eine Ecke war mit schwarzweißen Postern tapeziert: Che Guevara mit seiner revolutionären Strahlkraft auf der einen und auf der andere Seite Albert Einstein mit seiner lebensbejahenden frohlustigen Miene, seiner ausgefallenen Frisur und seiner provokativ herausgestreckten Zunge. Jedes Mal wenn Sherif das Lokal betrat, machten seine Gedanken ein paar rasende Sprünge darüber, welche Botschaft die Portraits übermitteln sollten. Er lächelte nachdenklich, beflügelt von den Assoziationen, die die ausgestreckte Zunge bei ihm hervorrief. Es war, als machte sich Albert lustig, über diejenigen, die eine Stimme haben und sich dessen nicht bewusst waren. Es war, als möchte er sagen, und was ist mit deiner Zunge? Wo ist sie? Hast du überhaupt eine? Also hole sie raus. Wozu hast du sie? Benutze sie!

Sherif ließ seinen Gedanken freien Lauf. Ganz sicher eine klare Botschaft an die zum Verstummen gebrachten Zungen, an das Volk der stumm Leidenden, die die Widerwärtigkeiten dieses Jammertals seit Jahrzehnten wortlos hinnahmen.

Im Café wurde viel geredet und diskutiert.

Es war ein bescheidenes, unauffälliges kleines Café, das bei Tageslicht schäbig und nichtssagend wirkte, abends aber eine gewisse Atmosphäre ausstrahlte, die die Jugendlichen mit der Zeit liebgewonnen hatten.

Man freute sich darauf, dort Freunde zu treffen. Man hatte jemanden, dem man in die Arme fiel, ihm die Sorgen anvertraute, der einem auf die Schulter klopfte, mit seiner Nähe Kraft und Sicherheit spendete.

Man lernte auch interessante Leute kennen. Die Zahl der sympathisierenden Jugendlichen, die das Lokal frequentierten, wurde bei jedem Treffen größer. Immer wieder gab es Begegnungen, die starke Eindrücke hinterließen, Menschen mit denen man sich über den Stand der Dinge austauschte. Mit Genugtuung zählte Sherif die neuen Gesichter. Er war erstaunt darüber, wie grenzenlos ihre Vitalität war und wie leidenschaftlich politisch sie waren. Unter den Umständen der letzten Jahre war es fast unmöglich, unpolitisch zu bleiben. Besonders unter Jugendlichen herrschten immer mehr aufwieglerische und aktivistische Bestrebungen, die es wagten die Regierung und ihr System scharf zu kritisieren. Seit einigen Jahren musste man vom Kopf über den Nacken bis zu den großen Zehen zittern vor Angst und Schrecken, wenn man auch nur ansatzweise an Politik dachte. Irgendetwas im Wesen der Erziehung gab jedem, der Dinge hinterfragte und sein Recht verlangte, das Gefühl, etwas Verbotenes zu tun. Jeder Versuch etwas zu ändern war Zeitvergeudung, ein Herumstochern im Nebel, ja im Heiligen.

„Steck deine Nase, wohin du willst, bloß nicht in die Politik und hänge dir ein Schloss an die Lippen! Hüte deine Zunge! Schweigen ist Weisheit! Reden ist Silber, Schweigen ist Gold! Die menschliche Sicherheit liegt im Hüten der Zunge! Deine Zunge ist dein ärgster Feind! Deine Zunge ist eine giftige Schlange in deinem Mund, hüte dich vor ihr! Der Schwächste ist derjenigen, der seine Zunge nicht im Zaum halten kann!", so wird es einem von Kindheit an eingebläut. Doch jetzt waren es abgegriffene Worte, die nur noch Empörung und Zorn unter den Jugendlichen hervorriefen. Voller Kraft und Tatendurst mischten sie sich ein und lehnten sich dagegen auf.

„Kifaya! Es reicht! Wir wollen nicht mehr schweigen. Schluss mit dieser *Hüte deine Zunge-Mentalität!* Wer eine Zunge hat, der möge jetzt sprechen oder für immer schweigen!", das war die Devise.

Die jungen Besucher des Cafés nahmen Anstoß an den großspurigen Versprechungen und waren gegen alles pathetische Gehabe und das schwungvolle rednerische Pathos. Eine Generation, die die Schönrednerei nicht kannte, Verzierungen, hochtrabende Begriffe, Redeschwall missachtete. Sie entheiligten und verkniffen sich hochtrabende Worte. Sie waren die junge Digital-Generation. In Windeseile verbreiteten sie ihre Ideen. In dem Bestreben gezielt und schnell die Öffentlichkeit zu sensibilisieren, machten sie sich die sozialen Medien zunutze, über Handys, Tablets und andere elektronische Geräte. Ohne Umschweife und in knappen Formulierungen konnten sie komplexe Zusammenhänge erklären und ihrem Frust Luft machen.

Die ältere Generation war anders. Sie ähnelte dozierenden Lehrern, die ihre Bildungsbeflissenheit demonstrieren wollen und sich daher gewählt und gehoben ausdrücken. Diese genierten sich, auch wenn sie es nicht zugeben wollten, wie schlecht sie sich mit den Medien auskannten. Sie hassten diese, da sie für sie „Geräte mit sieben Siegeln" waren. Sie schienen mit den Abkürzungen, die wie Pilze aus dem Boden schossen, nicht klar zu kommen.

Einige störten sich daran, dass die Jugend langsam das Kommando übernahm. Sie machten keinen Hehl aus ihrem Unmut und drohten, in Zukunft dem Café fernzubleiben.

„Militante Arbeit ist keine Unterhaltung", meinte ein älterer Mann ungnädig und kritisierte damit die Anwendung der sozialen Medien. Er war so in Fahrt, dass er sich durch nichts aufhalten ließ. „Handysklaven! Handyanbeter!"

Wie es seine Art war, nahm el-Schafkhanawi die Jugendlichen sofort in Schutz und erging sich in Lobreden. An die Jugend knüpfte er riesige Hoffnungen. Auf sie war er mächtig stolz. Das war nicht zu überhören.

„Klar sind sie aus ganz anderem Holz geschnitzt. Handys sind ihre Gebetsketten", warf er behutsam ein, um mögliche Empfindlichkeiten zu entschärfen. „Wir sollten sie nicht nach deren Alter und Aussehen beurteilen, sondern nach ihren Taten! Auch wir sind mit der Zeit und unseren Aufgaben gewachsen", warf er ein und machte eine beschwichtigende Handbewegung.

„Bis wir, die Gruftis und Generation der Flugblätter, den Stift zucken, haben sie schon längst den hintersten Flecken des Erdballs in Kenntnis gesetzt", erklärte er und gab seinem Satz damit einen höhnischen Ton.

„Es ist Zeit für eine Neubesinnung, meine Herren!", setzte er schlichtend hinzu. „In ein paar Jahren werden wir alle zum alten Eisen gehören. Aber sie sind die Hoffnung! Ihnen gehört die Zukunft!"

Auch Sherif stellte begeistert fest, dass die ägyptische Jugend ein munteres, selbstbewusstes und festes Engagement zeigte. Ihm wurde leicht ums Herz, da er feststellte, dass sie nicht mehr nur zuguckten, sondern ihre Stärke und ihre Fähigkeit erkannten und versuchten, Dinge zu ändern. Sie saßen zusammen und beschäftigten sich voller Zuversicht mir der Frage der Reformen. Gemeinsam dachten sie über neue praktikable Lösungen nach. Sie beratschlagten lange und überlegten fieberhaft, wie der demokratische Prozess zu bewerkstelligen sei. Sie suchten nach durchschlagenden Argumenten. Mal disputierten sie darüber, wie man der Korruption ein Ende setzen konnte. Mal darüber, mit welchen Mitteln man die himmelschreiende soziale Ungleichheit und die Günstlingswirtschaft bekämpfen könnte.

Sie forderten eine neue Gesellschaft, welche auf dem Prinzip der sozialen Gerechtigkeit, auf Grundlage von Intelligenz und Kompetenz fußte anstatt ererbter, unverdienter Privilegien. „Nicht der Name der Familie soll zählen, sondern das hier!!!", sagte einer von ihnen und tippte sich energisch an die Stirn.

Immer wieder kehrte das Gespräch zu den Wurzeln allen Übels: verfehlte Politik, mangelnde Meinungsfreiheit, beschränkter Zugang zu Bildung und Gesundheitswesen und die Missstände, die zu den ständig steigenden Lebenshaltungskosten führten.

…

Jetzt war es das Pfeifen seines Handys, das Sherif aus seinen Gedanken riss.

„Heute Abend liest A. A.", kündigte es die Initialen des heutigen Redners an.

Es war erstaunlich, wie schnell die Nachricht die Runde gemacht hatte.

Wie aus dem Boden gewachsen tauchte der Redner auf, niemand hatte ihn kommen sehen oder hören. Er durfte nicht auffallen an diesem Abend. Auch die Gäste sollten einzeln oder in kleinen Schüben kommen, so wollte es die Regel. Eine Sicherheitsmaßnahme.

Er war einfach da. Sherif hatte allerhand von ihm gehört und gelesen. Viele hielten große Stücke auf ihn und sahen in ihm eine Hoffnung für die ägyptische Literatur und für die Meinungsfreiheit. Im Gegensatz zu einigen seiner Kollegen, die so bequem geworden und auf Ruhe und Harmonie bedacht waren, engagierte er sich und ergriff Initiativen. Seine letzte Tournee durch das Land hatte ihre Spuren hinterlassen. Er wirkte fast verwahrlost und war zerknittert. Sein Gesicht zeugte von Sorge und Betrübnis und die Augen blickten kummervoll drein. Er sah nach schlaflosen Nächten aus. Unter seinen müden und verbrauchten Augen hatten sich dunkle Ringe gebildet.

In flüssigen Worten umriss er die Grundlagen der Bewegung. Er begann mit faktenreichen Ausführungen den Zustand im Lande zu skizzieren, bezog Stellung zur Lage und führte unverzichtbare Kenntnisse ins Feld. Er berichtete über viele Missstände. Nicht in populistischem Ton und mit verschwommenen Worten wurde das Publikum in die Einzelheiten eingeweiht, sondern nüchtern, schneidend und unter Nennung von Tatsachen, die er mit Statistiken untermauerte.

„Im Land herrscht viel Zorn" erklärte er, „und allerorts begegnet man Anzeichen tiefer Unzufriedenheit". Er redete von Zuständen, die die Grenzen der Würde und der Vorstellungskraft überschritten und die man nur als Katastrophe bezeichnen konnte. Die Reichen schreckten vor nichts zurück und setzten sich über jegliche gesellschaftlichen und moralischen Normen hinweg. Er sprach von Selbstkolonisierung. „Die Reichen leben wie Kolonialherren, die sich über das Volk erheben", sagte er bedauernd.

„Die Zeiten aber beginnen sich zu ändern. Es wird zu Unruhen und einer Menge Widerstand kommen."

Es wird bald einen „Erdrutsch" geben, den zu verhindern, wie er betonte, es nicht mehr möglich sei. Jedermann habe einen Grund zum Widerstand. Er forderte, die Jugendlichen im ganzen Land zu einer engagierten Lebenshaltung, zum Schulterschluss, zur Revolte und zum zivilen Ungehorsam auf.

„Empört euch! Nichts tut sich, wenn ihr nichts tut!", rief er ermunternd.

„Niemand kann auf deinem Rücken reiten, wenn du nicht gebeugt bist", wetterte er, kniff ein Auge zu und deutete mit einem Kopfnicken auf das Schablonenbild Martin Luther Kings.

„Und wir haben uns zu tiefst gebeugt!" Es waren diese Worte und kernige Ideen, die die jungen Menschen bewegten und in ihnen brennenden Ehrgeiz entfachten. Sie fielen auf fruchtbaren Boden und ernteten schallenden Applaus.

Sherif gefiel seine Art zu sprechen und die Sicherheit und Entschlossenheit, die in jedem seiner Worte lag. Berührt von der Leidenschaft seiner Ansprache schauderte er.

„Der Tag von dem wir alle seit einer Ewigkeit träumten, steht kurz bevor….", abrupt brach er, mitten im Satz, ab.

Abgehetzt tauchte ein junger Bursche auf und flüsterte fiebrig dem Café-Besitzer, der mit schiefgeneigtem Kopf dastand, etwas ins Ohr, dann tuschelten sie eine Weile. Rifaat el-Schafkhanawi winkte wild, man müsste alles abbrechen und das Lokal geschwind verlassen. Sein Mund formte stumm: „Po-li-zei." Und er gab ein Zeichen zum unverzüglichen Losziehen, ehe er rief:

„Ihr müsst fort, ehe sie kommen. Rennt um euer Leben und um unser Vaterland! Es braucht euch noch!", rief er hinterher, reckte den Hals und spähte nach allen Seiten.

„Ihr wisst nicht, was sie euch antun werden, Kinder, wenn sie euch erwischen. Aber ich weiß es!" warnte Rifaat el-Schafkhanawi.

Die Gäste schnellten hastig hoch, als sie von allen Seiten die Sirenen näherkommen hörten. Gerenne setzte ein. Die Jungs verständigten sich in kurzen Worten. Sie verschwanden mit trommelnden Herzen in rasender Eile in dem Geschiebe und Gedränge der umliegenden Gassen. Der Schriftsteller schwand dahin wie er aufgetaucht war. Alle waren in aller Schnelle über alle Berge und …. es blieb lediglich Rifaat el-Schafkhanawi stehen, mit einem pflichtgetreuen Ausdruck auf seinem Gesicht.

Ein dunkelblauer verbeulter Wagen mit inzwischen abgeblätterter Schrift hielt abrupt vor dem Café. Eine irrsinnige Minute des Schreckens folgte. Von allen Seiten hörte man knarrende und knirschende Schuhe. Männer mit massigen Schultern, in Lederjacken und weiten Hemden waren aus dem Wagen gesprungen und mit langen und energischen Schritten zum Caféeingang gestürmt. Andere mit Funkgeräten ausgerüstete Polizisten postierten sich vor dem Café. Ihre Hunde bellten gereizt. Ihre schrillen Stimmen hallten von den Wänden der Gasse wider. Ihre Mienen verrieten Missfallen und ihre Augen funkelten voller Zorn. Verschreckt machten die Menschen, die sich zusammengeklumpt hatten, Platz, damit sie vorbeigehen konnten. Suchend ließen die Polizisten den Blick durch das Café wandern, sie sondierten das Lokal. Dann kamen sie mit großen Schritten auf ihn zu.

Es herrschte eine aufdringliche Stille vor dem Café. Die dort versammelte Menschenmenge hielt den Atem an, wie gelähmt. Entsetzt und verängstigt.

„Mitkommen!" keifte einer der Politzisten im Befehlston und mit strenger Ungeduld, so laut, als spräche er mit einem Schwerhörigen. Es klang wie eine Drohung, die nichts Gutes verhieß.

„Wohin?", fragte Rifaat el-Schafkhanawi süffisant und tat ahnungslos, leistete dann aber mit entwaffnender Gemütlichkeit Folge. Zwei Polizisten bahnten ihm den Weg zum Wagen. Mit kurzen, schleifenden Schritten, ohne die Füße je richtig vom Boden zu heben, ging er. Völlig unberührt von der Drohung. Er sah nicht nach einem gebrochenen Mann aus, eher glaubte man, er schritt stolz dahin.

In seinem Gesicht zeichnete sich ein leichtes Lächeln ab, eine sonderbare Mischung aus Kummer und Stolz, als erlebe er einen durchaus nicht unerheblichen Triumph!

Ehrgefühl schwoll in seinem bronchitischen schmalen Brustkorb und löste ein trockenes Husten aus.

Vor dem Wagen stand der Kommissar, mit düsterem Gesicht. Die Schläfen dick und die Stirn rot. Er sah dem Café-Besitzer wütend und unverwandt in die Augen.

„Immer musst du dich aufspielen!", schienen seine Blicke zu sagen. Dann nahm er ihm die Brille von der Nase und zertrampelte sie langsam mit gepresster Wut.

Die Brille knirschte unter den Sohlen des Kommissars: „Mach dich auf etwas gefasst! Du willst es ja nicht anders!", flüsterte er tonlos, den Kopf mit dem wulstigen Nacken vorgeschoben wie ein Tier. Mit einer erniedrigenden Geste spuckte er seinen Zigarettenrest, der ihm zu schmecken aufgehört hatte, aus. „Aus der Nummer kommst du nicht mehr raus. Ordne das endlich mal in deinen Eselskopf ein!", sagte er harsch, packte und schüttelte ihn mit geballten Fäusten hin und her wie ein Bündel und machte Anstalten, ihn in den Polizeiwagen zu schieben.

Die Menschenmenge erstarrte. Einige traten zögerlich aber mutig auf ihn zu und schüttelten ihm die Hand. Die Polizisten rissen die Autotür auf, klemmten ihre Backenzähne fest aufeinander und schoben ihn mit grober Gewalt hinein, als würden sie einen Sack Müll von sich schieben. Schweigen senkte sich über die Menschenmenge. Sie standen herum und schauten verängstigt zu. Eine Welle des Zorns stieg in ihnen hoch, da sie nichts unternehmen konnten. Er hörte die unausgesprochene Solidarität und spürte ihre teilnahmsvollen Blicke, die den Ausdruck einer grenzenlosen Bewunderung annahmen. Für viele war er in der Tat erstaunlich. „Zäh. Unverbesserlich. Ein Charakter, dieser Rifaat el-Schafkhanawi", sagte jemand irgendwo.

Alles an ihm war für sie der Inbegriff der Selbstlosigkeit.

Rifaat el-Schafkhanawi lächelte in ihre Richtung, er hob die gefesselten Hände und zeigte kurz das Victory-Zeichen, während seine Lippen sich stumm bewegten. Auf seinem Gesicht konnten sie lesen, was er dachte.

„Haltet durch! Wir sind dicht vor dem Ziel!"

Er bot einen schmerzlichen Anblick, wie er ihnen ein möglicherweise letztes unwiderrufliches Adieu zuwinkte.

Ihre Herzen lagen wie Steine in ihrer Brust und Tränen der Fassungslosigkeit standen in ihren Augen, als das Rattern der Polizeiwagen um die Gassenecke langsam erstarb und nur noch aus dem Radio im Café-Innern huldvoll und frenetisch das alte Lied tönte: *Masr, Masr, habibti ya Masr. Ägypten, Ägypten, mein geliebtes Ägypten!*

Noch lange danach musste die Nachbarschaft immer wieder daran denken, wie Rifaat el-Schafkhanawi den Menschen hier beigebracht hatte, was Vaterlandsliebe bedeutete. Sie erinnerten sich, wie viel sie ihm schuldeten.

-20-

Der Odem des Nordens

Seitdem sein Sohn mit seinen Schicksalsgenossen über Nacht verschwunden war, setzte sich Onkel Hamdy, der Rosenhändler von Zamalek, unter die durchhängende Decke seines handtuchschmalen Blumengeschäfts nur noch vor seinen alten Fernseher und schaute sich mit sorgenvollen Blicken die neuesten Nachrichten an, die die europäischen Fernsehkanäle im Stundentakt brachten.

Das was er sah, erschreckte ihn. Das Mittelmeer offenbarte seine kalte, tödliche Natur.

Man konnte die blanke Angst in seinen Augen sehen.

Grauenvolle Bilder. Gestrandete, zerschellte Wrackteile von Holzbooten. Wieder hatten junge Menschen ihr Leben verloren. Viele Leichen waren zu sehen - grässlich verunstaltete Leichen, die die schäumenden Meereswellen an den Strand gespült hatten.

Politiker jeder Couleur gaben ihre Meinungen preis, Sitzungen wurden abgehalten. Immer nur ging es um den Kampf gegen die Flut der Migranten, die nach Europa schwappte. Ein Kampf, der in Wahrheit einer gegen Windmühlen war, denn mit jeder Welle landete ein von Migranten überfülltes Boot an den Küsten Europas und man hatte nicht den Eindruck, dass es nachließ.

Kein Ende war in Sicht.

„Welcher Teufel hat ihn wieder geritten?! Warum lässt er sich immer wieder zu diesen Verrücktheiten hinreißen?! Ist er lebensmüde?", stammelte Onkel Hamdy vor sich hin, das Herz um seinen Sohn Hassanin schwer betrübt.

Das war ja nicht das erste Mal, dass er jäh verschwunden war.

Mehrmals hatte Hassanin versucht, sich illegal ins Ausland durchzuschlängeln. Jedes Mal aber waren seine Träume zerplatzt und er kehrte mit leeren Händen zurück. Und aus war es mit dem Phantasiegebilde von einer rosigen Zukunft in Europa, und aus war es auch mit den von seinem Vater mühsam angesparten Kröten. Das letzte Mal war er gleich an der griechischen Grenze zurückgewiesen worden. Der Schmerz über diese Enttäuschung wallte lange in ihm hoch, doch der Gedanke daran, es erneut zu versuchen, verließ ihn nie, geisterte unablässig durch seinen Kopf.

Tagtäglich kämpfte Onkel Hamdy gegen die wachsende Unruhe und betete in seiner Herzensangst. Mit in Tränen schwimmenden Augen schickte er stille Stoßgebete zum Himmel. Er wollte nicht an all die schlimmen Dinge denken, die seinem Sohn zugestoßen sein konnten, jedoch beschlichen ihn böse Ahnungen.

„Barmherziger! Lass Gnade walten und gib, dass er heil wiederkommt! Gib, dass meine Ahnungen sich täuschen! Ich will nicht, dass ihm Schreckliches widerfährt, ich will ihn nicht an fremden Ufern, fernab seiner Heimat begraben wissen. Ich will nicht eines Morgens seinen jungen Körper aschfahl, leb- und tonlos auf dem kalten Stahltisch des muffigen Leichenschauhauses sehen", betete er immer wieder voller Inbrunst, hörbar den Tränen nahe, überwältigt von Melancholie und Angst um Hassanin. Wenn er die grausamen Bilder im Fernseher sah, konnte er die Tränen der Verzweiflung nicht länger zurückhalten. Wie gewundene Gerinne liefen sie über seine eingefallenen Wangen.

Früher war Onkel Hamdy ein heiteres Gemüt, immer scherzend, lachend, singend und stets flirtend mit seinen Rosen, die er sorgfältig mit der Schere pflegte. Heute lasteten nur noch böse Sorgen auf ihm. Sein langer weißer Bart, sein nach allen Seiten wirr stehendes Haar und die hängenden Tränensäcke unter seinen tränengeröteten Augen sprachen Bände. Seine ganze friedliche Rosenwelt schien, als wäre sie in sich zusammengestürzt. Jeden Tag tapste er zum städtischen Leichenschauhaus, um sich zu erkundigen, ob das Rote Kreuz dem Roten Halbmond mildtätig die

Leiche seines Sohnes überliefert hatte. Es betrübte ihn, dass weder Rotes Kreuz noch Roter Halbmond etwas in Erfahrungen bringen konnten und er in Ungewissheit mit seinen Befürchtungen leben musste.

Onkel Hamdy hatte es nie leicht mit Hassanin gehabt. Er war immer ein quirliger Junge gewesen. Aber seitdem er in Griechenland zurückgewiesen worden war, war er restlos vom Drang nach Gewalt und Selbstzerstörung ergriffen. Sein ganzes Leben geriet aus den Fugen. So war er entweder zugedröhnt, zugekokst oder betrunken. Er schmiss die Schule, da er deren Nutzen nicht erkannte. Schule führe bei ihm bloß zu qualvollen Depressionen und zu niederschmetternden Enttäuschungen. War sie früher ein Hoffnungsstrahl, der die Zukunft eventuell erleuchten konnte, wurde sie nur noch zu einem Symbol der Perspektivlosigkeit. Sie tötete den Ehrgeiz und verschliss die Seele. „Nur ein Narr geht in die Schule. Mit oder ohne Schule, hier gibt es für die Kinder der kleinen Leute keine lebensfähige Zukunft mehr", so Hassanins Rechtfertigung.

Wenn er berauscht war, offenbarte er sein abscheuliches Wesen. Sein Ton war ungemessen und sein Zorn ungezügelt. Ärgerte ihn jemand, rannte er ihm einfach ohne an die Konsequenzen zu denken, die Haustür ein. Es verging kein Tag, ohne eine Prügelei.

Oft hatte Onkel Hamdy versucht, ihn zur Vernunft zu bringen, freilich ohne Erfolg. Er hatte sich einfach nichts sagen lassen. Ständig stand die Polizei bei ihm vor der Tür oder suchte ihn in seinem Blumenladen auf, wo Hassanin sich oft nach seinen Eskapaden versteckte.

Er war bereits ein Jahr wegen Körperverletzung im Gefängnis gesessen und man konnte von Glück sagen, dass es nicht länger war.

Irgendwann einmal hatte er ihn als hoffnungslosen Fall aufgegeben. Junkie, Diebstahl, sexuelle Belästigung, Schlägerei, das Register war lang und schwarz.

Wie oft waren sie sich deswegen in die Haare geraten und hatten gestritten, dass die Fetzen flogen. Und so waren Vater und Sohn in den letzten Jahren nicht gut miteinander zurechtgekommen. So hatten die Nachbarn die beiden in Erinnerung. Monatelang hatten sie kein Wort miteinander gesprochen. Aber als Hassanin im Gefängnis saß, verzieh Onkel Hamdy ihm alles, vergaß sämtliche unliebsamen Torheiten, bezahlte Anwälte und Strafverteidiger und jeden, der in irgendeiner Art vermittelt hatte.

Immer wieder versuchte er die Scherben, die sein Sohn verursacht hatte, zu kitten. Auf die Dauer ging das an die Substanz, zumal ja der Laden nicht mehr so viel abwarf wie früher. Die vornehmen Ladies von Zamalek, die früher exklusiv zu ihm chauffiert kamen, machten nun einen großen Bogen um ihn. Zum Schluss sah man ihn oft, wie er mit verwahrlostem Bart und zerschlissener Kleidung seine kleinen verwelkten Sträuße an der Verkehrsampel an den Mann zu bringen versuchte, um sich über Wasser zu halten.

Anfangs fand Onkel Hamdy generell den Gedanken, ins Ausland zu gehen, töricht.

Die Leidenschaft dafür hatte er nie geteilt. Genauso wie er nie verstanden hatte, was die Jugend daran toll fand, sich immer wieder in neue Abenteuer zu katapultieren, deren Ausgang in höchstem Maße ungewiss war.

„Ins Ausland zieht es nur den, der zuhause nichts taugt", hieß es früher. Und damals war das Wort *Ausland* durchwegs verpönt. Nie wären die Leute seiner Generation auf die Idee gekommen, der Heimat den Rücken zu kehren, weder für Europa noch für Amerika noch für sonst einen anderen Ort auf der Welt. Gleichwohl wie reich und schön es dort war. Es sträubte sich alles in ihnen gegen das Ausland. Dabei kannte die Welt damals noch kein restriktives Visasystem.

„Die Heimat liebt man. Die Heimat verlässt man nie. Sie ist Schauplatz des Lebens und die letzte Ruhestätte."

Damals.

Heute glich die Heimat vielen wie ein erbarmungsloser Moloch, der die eigenen Kinder zu verschlingen drohte. „Rette sich wer kann!", so lautet die Devise. „Bringt euren Kindern das Schwimmen bei, die Heimat ist nur für die Reichen, das Meer für das arme Volk!!!", heißt es im Volksmund.

Nach und nach hatte sich Onkel Hamdy mit dem Gedanken abgefunden und er war nicht ganz von dem Gedanken abgeneigt, dass sich Hassanin, wie seine Gleichaltrigen, auf den Weg nach Norden machte.

„Gib ihm eine Chance! Hier wird man alt, bevor man jemals wirklich jung gewesen war! Lass den Jungen die Luft des Nordens atmen!", sagte ihm mit strengem Tadel jedes Mal „Taha der Pfiffikus", der junge Mann vom Geschäft nebenan, mit dem er sich oft unterhielt und der für alle Fragen in dieser Welt eine Antwort zu haben schien.

„Hätten die Vorfahren Obamas nicht Afrika verlassen, wäre Barack nicht der mächtigste Mann der Welt geworden. Auch unsere ägyptischen Superhirne Baradei und Zawil würden sich weiterhin in den hiesigen muffigen und kärglichen Laboren und Werkstätten abplacken und abfretten, bis ihre letzten Gehirnzellen aufhören zu funktionieren", redete er auf ihn ein.

Das letzte Mal als Sherif Hassanin gesehen hatte, das war auf dem Treppenabsatz des kleinen Cafés an der Straßenecke, „al-Rakmugi", „Der Wellenreiter".

Er trug Kopfhörer und starrte ins Leere. Er schien nicht ganz Herr seiner Sinne zu sein.

Seitdem er zurückgewiesen worden war, verbrachte er die meiste Zeit dort, nur um im Morgengrauen vollgepumpt wieder bei seinem Vater hereinzutorkeln.

Und er war beileibe nicht der einzige. Wer dem lebensunwerten Dasein entfliehen und sich ein wenig Ablenkung verschaffen mochte, suchte Zuflucht in diesem kleinen, unscheinbaren, schäbig eingerichteten Café.

Jeden Tag wenn Sherif am „Wellenreiter" vorbeilief, huschten seine Blicke aus schlichter Neugier einen Moment über die lebendige Szene, die sich ihm bot. Mit einer Mischung aus Argwohn und Staunen nahm er das eifrige Treiben in dem Lokal, in dem es ja wie in einem Bienenstock zuging, in Augenschein.

Als erstes schlug einem der Rauch entgegen; eine Dunstwolke aus Cannabis, die einem schnurstracks den Geruchsinn benebelte und in hilflose Benommenheit verfallen ließ. Hinter den schmutzigen und teils kaputten Fenstern saßen junge Menschen und ertränkten ihren Kummer mit allen möglichen Rauschmitteln. Sie zogen an allem, was qualmte und schluckten alles, was die Gehirnmaschine irgendwie ausschalten konnte. So ließ es sich dem Rest des Tages mit Gelassenheit entgegensehen. In ihren umnebelten Gehirnen spannen sie ihre Tagträume und brüteten heimliche Routen in den erlösenden Norden aus.

Von Zeit zu Zeit drangen Gesangschöre und Gegröle heraus, bis die Gläser auf den Tischen schepperten. Höhepunkt war jedes Mal, wenn aus den Lautsprechern die atmosphärischen Klagewelten der Musik Edith Piafs ertönten und sie dann versuchten im Chor, ganz verloren in der Musik, zeilenweise mitzukrakeelen:

Ma chambre a la forme d'une cage....

Les chasseurs à ma porte

Comme des petits soldats

Qui veulent me prendre

Je ne veux pas travailler

Je ne veux pas déjeuner

Je veux seulement oublier

Et puis je fume....

Vor dem Eingang *des Wellenreiters* lauerten zwielichtige Gestalten. Allesamt raue Kerle, denen man nicht über den Weg trauen mochte. Wie Jäger auf der Suche nach der nächsten wehrlosen Beute, ließen sie ihre geübten Blicke schweifen. Und hier frequentierten weiß Gott genug Opfer, die besonders begierig waren fortzukommen und hofften, über gut organisierte Seilschaften nach Europa zu gelangen.

Eigentlich sollte Hassanin die Erfahrung gelehrt haben, äußerste Vorsicht walten zu lassen und alles, was die Kerle vorgaukelten mit größtem Argwohn zu betrachten. Er sollte ganz genau wissen, dass alles Rauch und Schall war, was sie da auftischten. Und er musste froh darüber sein, das letzte Mal so glimpflich davongekommen zu sein.

Doch er schien die Geschichten, die sie tagtäglich fabulierten, zu genießen, sie fesselten ihn.

„Lass dich nicht erneut beschwindeln! Vermassle dein Leben nicht!", suchte Sherif mit ehrlicher Besorgnis das Gespräch.

Hilflos zog Hassanin einen Ohrstöpsel heraus, als er sah, dass Sherif ihn ansprach. Er starrte ihn an, als sähe er ihn zum ersten Mal im Leben.

„Du beliebst wohl zu scherzen!", erwiderte er spitz und ließ ein Geräusch vernehmen, das halb freudloses Lachen und halb verächtliches Schnieben war.

„Was für ein Leben denn?", fragte er barsch, in einem Ton, der einen mühseligen inneren Kampf gegen monatelangen Drogengenuss erahnen ließ.

„Nennst du das etwa Leben? Lass hören!", entgegnete er dann abwehrend schnippisch, die Zunge wie einen Klumpen in seinem Mund liegend.

„Ein scheußlicher Albtraum ist das! Alles Albtraum in Albtraum", fuhr er bissig fort.

Benebelt versuchte er zu sprechen, bevor ihn seine Stimme im Stich ließ und er ins Stocken geriet. „Ich will atmen, doch fühlt sich meine Lunge an, als wäre sie mit eisernen Ketten zusammengeschnürt. Mein Brustkorb ist so eng als wäre er in schwer beengendes Blei getaucht. Mir graust es vor diesem Leben. Je mehr ich mir die Sache überlege, desto grausiger ist mir der Gedanke, länger hier zu bleiben."

Hassanin war unerschütterlich in seinem Glauben, dass sein Seelenheil in Europa zu finden war. Es gab nichts anderes wonach er sich im Grunde seines Herzens sehnte. Diese Sehnsucht hatte er nie aufgegeben. „Eine Gefängniszelle in Europa ist mir beileibe lieber als dieser erstickende Käfig!", beharrte er stammelnd, die Lider geschlossen und die Zunge kiloschwer, als spräche er im Delirium.

Der Tag, an dem er es schaffen würde, dorthin zu kommen, sei sein erster Tag auf der Welt. Seine Geburtsstunde sozusagen. Das war eine Art Wahnvorstellung, die immer mehr Macht über ihn gewann.

Sherif hörte zu und überlegte, was er sagen könnte.

„Geh heim und schlaf deinen Rausch aus. Morgen sieht die Welt anders aus!", entfuhr es ihm mit ehrlichem Bedauern und mit dem Bemühen, das Gespräch in andere Bahnen zu lenken.

„Morgen sieht die Welt anders aus, Morgen sieht die Welt anders aus!", stammelte Hassanin und blickte ihn zweifelnd an.

„Soll das ein Witz sein?", erging er sich in freudlosem Gelächter.

„Das ist doch das größte Problem, morgen sieht die Welt nämlich nicht anders aus, sondern genauso wie heute und gestern und letztes Jahr und vorletztes Jahr, … Das Schicksal ist bereits ir-re-ver-si-bel besiegelt. Unausweichlich jämmerlich, ja hundsmiserabel", platzte es aus ihm heraus.

„Sieh nur, was aus mir geworden ist! Ist das ein Leben", fuhr er mit brüchiger Stimme fort.

Sherif erkannte an seinen Augen, dass er nicht bereit war für die Art von Gespräch, die er im Sinn hatte. Er sagte auch nichts. Er wusste, dass eine Antwort nicht nötig war. Hassanins Worte klangen mehr wie eine Feststellung, weniger wie eine Frage.

Er zog die Taschenriemen über der Schulter zurecht, hielt Sherif auf Armeslänge von sich weg und schob ihn in einer unbeholfenen Bewegung und in kindischem Trotz beiseite, als würde er einen störenden Ast aus seinem Weg räumen. Einen Vogel im freien Himmel nachahmend, schwang er die Arme in die Höhe, wandte sich ab und schwebte dem Lockruf der Freiheit folgend in das Café zurück, als ob eine magische Auftriebskraft seine Schritte beflügelte und ihn fortzöge.

„Gib auf dich Acht! Sei auf der Hut, Hassanin!", versuchte Sherif ihn zur Räson zu rufen.

Im hinteren Teil des Cafés thronte Hammuda al-Bahiri, umringt von seinen Kumpanen und vielen Jugendlichen, die im Bann seiner Erzählungen standen.

Hammuda war sehr redegewandt und mit übermäßiger Phantasie gesegnet. Seine Erzählungen hatten eine ungeheure, fast magische Kraft, die jedes Mal ein kollektives Stöhnen durch die Runde gehen ließ. Er verstand es wie kein Zweiter, die Jungs zum Träumen zu bringen und ihre Phantasie anzuregen. Wenn er anfing zu erzählen, formierte sich ein großer Ring um ihn herum. Sie saßen ihm zu Füßen im Kreis und lauschten seinen exaltierten Geschichten, staunend und atemlos wie Kinder im Puppentheater.

Sie liebten seine ausgeprägte Neigung zur Phantasterei, wenn er schmauchend an seinem Joint zog, ihn gütig in der Runde weiterreichte und sie in den atemberaubenden Welttraumbahnhof und die Weite des Kosmos entführte, wo Wach- und Traumzustand nicht voneinander zu lösen waren. Mit jedem Zug sprudelten seine Worte ohne zu zögern aus ihm heraus und es wurde immer phantastischer. Das ließ in ihnen eine unbeschreibliche freudige Erregung aufsteigen.

Hammuda seinerseits liebte sein Publikum. Besser gesagt, er genoss seine Macht, die bewundernden Blicke, seine Wirkung auf die Jugendlichen, die ihn offen anhimmelten.

Er erzählte mit verrauchter Stimme von seinen heldenhaften Abenteuern, wie groß die Opfer waren, die er erbracht hatte und wie oft er dem sicheren Tod ins Auge hatte blicken müssen, um andere zu retten. Er erzählte von Jungs, denen er zum Fortkommen verholfen hatte und den Weg zu Reichtum und Lebensglück gebahnt hatte. Sie alle schwammen heute in Geld und Ruhm. Ehe sie dorthin gegangen seien, hätten sie nichts gehabt, bloß das, was sie am Körper trugen. Mit süßem Nichtstun, umgeben von lauter feschen und zauberhaft schönen Mädchen, führten sie das pralle Leben. „Dolce far niente! Dolce far niente!", sagte er in einem melodiösen Italienisch. Er zeichnete ihnen mit seinen beringten Händen die Taillen und gab augenzwinkernd genießerische Laute von sich, dass die Armen zusammenzuckten und fasziniert mit den Zungen schnalzten.

„So weiß wie Marmor, fein und rein, dass du Fingerabdrücke, wie Reifenspuren hinterlässt, wenn du sie kurz berührt", sagte er mit einem höhnischen Lächeln zu einem in der Runde, dem vor Verblüffung der Mund offen blieb.

Sie lachten lauthals spöttisch über den Scherz, den sich Hammuda auf Kosten ihres Kumpels erlaubt hatte.

Hier kannten sie fast alle seine Geschichten in- und auswendig. Jedoch war er immer für eine Überraschung gut, wenn die Joints ihre volle Wirkung vollbracht hatten.

Es gab aber einiges an Hammuda, was viele Jugendliche nicht wussten. Hammuda war ein gut vernetzter Schleuser. Er hatte einen Teil seines Lebens in Europa verbracht und sein Strafregister in Italien war lang. Deshalb wurde er ausgewiesen, so erzählte man im Café *Rakmugi*. Daher auch sein glühender Zorn und die unbändige Wut auf die Beamten jenseits des Mittelmeers und insbesondere an den italienischen Grenzen.

Jedes Mal, wenn er darauf zu sprechen kam, verschwand das Lächeln aus seinem Gesicht und seine Züge wurden ernst und streng. Er gab dann wüste Verwünschungen von sich und lästerte, die Hände zu Fäusten geballt, über die „kleinen Berlusconis und nimmersatten Mafiosi", die die Träume der Jugend des Südens zum Platzen brachten, sie mit der Stiefelspitze von Italien mit einem Vollspannschuss auf die südliche Seite des Mittelmeers zurückkatapultierten.

Aber Hammuda war begabt, den hässlichen Verdacht von sich zu weisen und den jungen Menschen weiszumachen, dass er ein ehrenwerter Patriot oder wie er zu nennen pflegte, „ein Patriot der Tat" sei, der es als seine Pflicht sah, der Jugend und seinen Landsleuten eine bessere Zukunft zu bieten, und sie aus dem Elend zu erlösen, das inzwischen das Volk gefangen hielt.

„Wenn unsere unbekümmerten Politiker in klimatisierten Räumen und an polierten Tischen hockend sich nicht darum scheren, dann ist es an der Zeit, dass „ehrenwerte Patrioten" das übernehmen", sagte er gravitätisch. Dabei lag es keineswegs in seiner Absicht, sich zu bereichern. Er persönlich warnte vor den ruchlosen, unberechenbaren Schleusern und kaltblütigen Verbrecherbanden, die weder Gnade noch Skrupel kannten. Solche, die sich auf schamlose Weise an der Not und Verzweiflung der Menschen bereicherten. Deren Gier und Skrupellosigkeit galt es Einhalt zu gebieten. So erzählte er.

Die Summen, die er selbst dafür kassierte, reichten gerade, um korrupte europäische Grenzpolizisten und Beamte zu schmieren. Ein Teil davon komme einer wohltätigen Einrichtung zugute, die sich um die Kinder der Ertrunkenen und Vermissten kümmerte.

„Wer mir nicht glaubt, soll hingehen, und sich von der Wahrheit meiner Worte überzeugen", verkündete er seelenruhig, die Augen vom Banjo, dem Haschisch, benebelt.

Hammuda schaffte es sogar, den Eindruck zu erwecken, als kämpfe er um die historische Gerechtigkeit.

„Mit den Leichen werden wir unsere Brücke über das Mittelmeer bauen. Selbst wenn die Grenzen engmaschig wie Mückenschutzgitter und mit Infrarotsensoren ausgestattet wären, würden wir mit hoch erhobenem Haupt alle Zäune, Tore und Mauern erstürmen", zischelte er mit triumphierendem Blick.

„Wofür sollten wir uns schämen? Wir tun nichts Unrechtes!"

Er zog feste an der Schischapfeife neben sich und sprach wie jemand, der sich seiner legitimen Rechte bewusst geworden ist. „Früher hatten die arroganten Herren der Welt unseren Kontinent blutleer gesaugt. Nun rächt sich die Vergangenheit bitter", sagte er beschwingt. „Die Saat, die sie in der Vergangenheit gestreut hatten, schießt jetzt hoch", fuhr er fort.

Wenn die Jungs genug geraucht hatten, verstummten sie, zogen sie sich in die Welt der Träume zurück und versanken in Gedanken an ihre bevorstehende Reise. Heftige Anspannung machte sich unter ihnen breit.

Hammuda aber ließ es gar nicht zu, böse Vorahnungen aufkommen zu lassen. Er und seine „Kameraden" würden sie fürsorglich an die Hand nehmen.

„Noch stehen die Winde zu schlecht, um in See zu stechen", beruhigte Hammuda sie und vertrieb mit seinen beringten Händen leicht hüstelnd die dicke graue Dunstwolke, die ihn einhüllte. Er tröstete sie und erzählte vom bevorstehenden Frühling, wenn ein leuchtender Himmel auf das Mittelmeer herabblickt und das Meer ruhig, die Wellen sanft und einladend werden ließ. Dann würden sie ihre Fahrt in den gelobten Norden antreten. Der Frühling wird eine günstige Wendung ihres Schicksals mit sich bringen. Hammuda hatte nicht den geringsten Zweifel.

Bald geht der große Traum in Erfüllung. Sie werden das Elend zurücklassen, den Jahren und Monaten der Qual und den Nächten des Kummers endgültig den Rücken kehren.

Wenn sie seine Worte hörten und an den Moment dachten, verwandelte sich ihre große Anspannung und lange Trübsal in unübertreffliche Freude. All ihre Ängste und Verzweiflung wichen plötzlich einer Euphorie. In den Augen blitzte die Vorfreude auf den kommenden Frühling, die Jahreszeit des Paradieses.

Träumerisch warteten sie auf das schöne Wetter und den günstigen Wind, der die Segel schwellen und die Boote flott zu den gegenüber liegenden Ufern treiben würde. Neben Hammuda saß Hassanin, die Mütze tief ins Gesicht gezogen, er zog gierig den Rauch des restlichen Joints ein. Der Blick in seinen Augen schien als würde er bereits fröhlich dahinsegeln.

Das war das letzte Mal, dass Sherif Hassanin gesehen hatte.

Die Erinnerung erfüllte ihn mit Entsetzen und schnürte ihm die Kehle zu, jedes Mal, wenn er am „Wellenreiter" vorbeilief. Wirre Geschichten überfielen ihn oft und drängten sich in seinen Traum. Dann erwachte er mitten in der Nacht mit einem Ruck, schweißgebadet und versuchte, sich den bestürzenden Traum in seinen Einzelheiten zu vergegenwärtigen.

-21-

Der Apfel Europas

Plötzlich wurde er von einer lauten rostigen Stimme, die aus einem Lautsprecher ertönte, geweckt. Sie ließ ihn wieder gewahr werden, wo er sich befand. Er lag auf einem riesigen verwahrlosten Platz, schlafend zwischen flatternden Plastiktüten, Zeitungsfetzen, streunenden räudigen Hunden, unzählige endlos wartende Menschen. Zelte soweit das Auge reichte. Wohin man auch blickte.

Hassanin fuhr mit klammen Händen über seinen von Hunger geschwächten Körper, betastete seinen Kopf und fühlte tiefe Furchen, die sich in sein Gesicht gegraben hatten. Er hatte das Gefühl, sehr lange, unendlich lange Zeit auf diesem Platz gewartet zu haben. Seine Augen taumelten von einem zu anderen, alles zerfallene leidgequälte blutlose Gesichter. Bleich bis in die Augen, die unverwandt gen Norden starrten.

„Nummer 333!!", plärrte eine Stimme ungeduldig aus dem großen scheppernden Lautsprecher und verstärkte in Hassanin den Eindruck seiner eigenen Bedeutungslosigkeit.

Köpfe hoben sich, hunderte Augenpaare hingen an ihm. Ihm war ganz unbehaglich. Er musste sich erst mal kurz finden und wusste gar nicht mehr, wie ihm gerade geschah. Mit krummem Rücken versuchte er aufzustehen. Er zog seinen grünen Pass unter seinen gebündelten Habseligkeiten hervor und steckte ihn behutsam in seine Brusttasche. Er warf einen letzten Blick auf die verhärmten Antlitze und wünschte sich von Herzen, diese nie mehr wiedersehen zu müssen.

Plump drehte er sich um und ging hölzernen Schrittes davon. Hinter sich spürte er die brennenden Augen, die ihm nachstarrten und den Rücken sengten. Er hörte spöttische Ovationen, langgedehntes blökendes Lachen, das im Lärm des Lautsprechers schauerlich hohl verhallte.

Aus weiter Entfernung und mit verklingender Stimme hörte er sagen:

„Der Palast macht bald dicht. Er platzt aus allen Nähten!"

Er wurde panisch aufgeregt. Wie gelähmt blieb er stehen.

Von weitem war ein kolossaler Palast zu sehen, mit einer fatamorganischen Fassade, umgeben von einem rätselhaft anmutenden dunklen Tannenwald, in dessen Hintergrund schneebedeckte Gipfel hervorleuchteten. Alles funkelte und glitzerte. Zwischen den Tannen verlief ein schmaler Pfad. Aber das Hauptportal war verschlossen.

„Letzter Aufruf für Nummer 333! Ich wiederhole: Letzter Aufruf für Nummer 333…!" drohte die Stimme aus dem Lautbrüller.

Panik stieg in ihm auf.

Schnell, schnell in Richtung Palast.

Plötzlich ein höllisches Geräusch. Verstört blickte er um sich und suchte Deckung. Da. Eine unendlich lange Stacheldrahtwolke toste aus dem Nichts vor seinen Augen nieder und knallte donnernd direkt vor ihm auf die Erde. Gigantische futuristisch anmutende Maschinen versuchten die letzten Lücken zu schließen. Und schon war der Palast zu seinem Entsetzen von Stacheldraht lückenlos umzingelt.

Alle Wege waren versperrt.

Er raffte all sein Mut zusammen. Windend versuchte er, sich durch eine Zaunlücke zu quetschen, aber der Stacheldraht grub sich in sein Fleisch, riss klaffende Wunden. Sein Körper glühte vor Schmerz. Er aber wand sich verbissen weiter. Ein eisiger Wind fegte ihm entgegen und drückte ihm gegen die Brust, wie eine riesige Hand, die ihn am Weitergehen hindern wollte. Der

Wunsch, den Traumpalast zu erreichen war stark, stärker als die Qualen.

In seinem Schmerz raste er im Kreis umher. Das Herz krallte sich zusammen. Mit der Hand immer wieder über die Augen wischen, klarsehen, was das ist, die Bilder verzerren sich, verschwimmen immer mehr. Mit jedem Schritt entfernte sich der Palast immer weiter hinter dicken Nebelschwaden. Kämpfen gegen den Nebel, der immer dichter und erstickender wurde.

In Richtung des Palastes glaubte er nun einen reißenden Strom, der über alle Ufer getreten war, zu erkennen. Qualvolle Aufschreie erhoben sich von allen Seiten. Mit weit ausholenden Schritten folgte er den Schreien. Plötzlich befand er sich vor einem schäumenden Fluss, der in einem weiten Umkreis zu schwellen begann, immer höher wogte und immer näher kam.

Weinend und klagend kreischten die Menschen und baten Mitleid erwartend um Rettung. Immer wieder durchstießen ihre Köpfe die Wasseroberfläche und versanken wieder.

Tief in ihm zerplatzte die Angst. Der Wahnsinn.

Im Wasser schwammen aufgedunsene Körper, mit aufgeschlitztem Unterleib, verstümmelten Gliedern und ausgestochenen Augen, halb zerfressenen Eingeweiden. Ein scharfer Gestank durchwaberte die Luft. Starker Ekel erfüllte ihn. Überall aufgeweichte, zerfetzte und zerrissene Pässe und die Planken auseinandergebrochener Boote, die langsam in den Fluten verschwanden. Diese Stunde war die bitterste seines Lebens.

Ein Glockenspiel vom Palast gab das Stundenzeichen, hell und fein, und brach ab.

„Du wirst es nie schaffen, herüberzukommen", raunte es.

Totenstille.

Seine Augen stierten in den Fluss. Vollendete Ratlosigkeit gefror sein Gesicht.

Aber da nahm er eine übermenschliche Kraft in seinem Körper wahr, die sich in ihm ausbreitete. Sein Gesicht zerriss in krampfhaften Zuckungen, ein Schmerz, ein nie gekannter Schmerz durchfuhr ihn und sein ausgemergelter Körper blähte sich auf, wurde zunehmend aufgedunsener, immer aufgedunsener. Die Haut platzte überall. Darunter kam eine gräuliche, ekelhafte glitschige dicke Haut heraus. Er ekelte sich. Vor sich selbst, vor diesem monströs schleimigen Körper. Immer schwerer und immer schwerer werden. Das unheilvolle Gewicht zwang ihn, sich auf alle Viere zu wälzen. Er blickte in das unergründliche Wasser und was er sah, ging weit über jedes Grauen hinaus, das er sich hätte ausmalen können. Er hatte sich in ein Nilpferd verwandelt. Ein Gefühl der Demütigung würgte ihm die Kehle. Wie oft hatte er sich diese Reise ausgemalt. Dass sie so menschenunwürdig sein könnte, hätte er sich nicht träumen lassen. Ein Teil von ihm hasste sich für diese Erniedrigung. Er brannte vor Scham. Wenn man vor Scham sterben könnte, wäre er in diesem Moment tot umgefallen.

Nie hatte er sich vorstellen können, dass ein Mensch zum Tier wird. Befangen sank er in die Flusstiefe und sah wie Kadaver langsam um ihn herum in die Tiefe sackten. Tierhaft schlich er auf allen Vieren zwischen halb verwesten Körpern, Gerippen von Kindern, geborstenen Booten und zersplitterten Rudern. Es war nicht auszuhalten. Mit ungeheurer Anspannung raffte er alle seine Kräfte zusammen und schwamm so gut er konnte davon. Die Entfernung bis zum Palast kam ihm unüberwindbar vor.

Er würde den Palast erreichen!

...

Am anderen Ufer suchte er ungeschickt, aber mit verbissener Anstrengung nach festem Boden. Er blickte bange und hilfesuchend um sich. Der Platz vor dem stählernen Palastportal war öde. Eisig fegte der Nordwind, dessen Heulen immer ungeheurer wurde und ihm große Schneekugeln entgegenwirbeln ließ.

Mühevoll versuchte er sich hoch aufzurichten, um seine menschliche Haltung wieder einzunehmen. Eine breite Hautfläche an ihm war blutverquollen. Überall waren hässliche Flecken zu sehen. Graue Hautfetzen hingen an vielen klaffenden Körperstellen herunter. Auf seiner Haut wuchsen knollenartige Geschwülste, die teuflisch weh taten. Schmerzgekrümmt biss er die Zähne zusammen, spannte seine Muskeln und drückte auf den Klingelknopf. Er rüttelte an dem eisernen Tor, das aber keinen Millimeter nachgab. Es war fest verschlossen und mit einem dicken eisernen Riegel abgesichert. Einen Augenblick lang geschah nichts. Doch dann vernahm er ein surrendes Schaltgeräusch. Das stählerne Portal öffnete sich elektronisch, spaltbreit. Die Gegensprechanlage summte. Seine Stimme versagte ihm.

Auf einem dicken, vollgesogenen und quatschenden Abtretteppich stand in Großbuchstaben geschrieben: Welcome. Willkommen. Bienvenue. Bienvenidos. Benvenuto. Bem-vindo. Ahlan wa sahlan!

Er putzte sich die Füße ab.

Eine Frau von auffallender Größe, blasswangig, mit nahezu lippenlosem Mund und breiigem Gesicht empfing ihn mit kaltem Lächeln und produzierte glazial und mit spürbarem Widerwillen eine einladende Geste. Er machte eine vollendete Verbeugung.

Mit schwerer Zunge bedankte er sich, holte den grünen Pass hervor und präsentierte ihn der bleichen Frau. Sein Herz hämmerte, seine Füße waren eiskalt und sein Körper brannte. Zwei Fingerspitzen der Frau griffen mit größter Vorsicht nach dem Papier. Sie beäugte den Pass mit abgrundtiefem Misstrauen. Das erfüllte ihn mit banger Vorahnung.

Sie gab ihm das Papier zurück, verächtlich. Er merkte, dass es mittlerweile recht vermodert und von Würmern zerfressen war. Er schwieg, ertrinkend in Scham. Fassungslos verfolgte er die mechanischen Bewegungen dieser leichenblassen Frau, die zu ihrer Aktenmappe griff und darin zu blättern begann.

„Sie sind mit dem Apfel Europas verabredet, nicht?", erklang ihre schroffe Stimme unerwartet in die Stille hinein. Er war überrascht und seine Kehle schnürte sich so sehr zusammen, dass er nicht mehr atmen konnte. Sein Herz pochte so heftig, dass er Angst hatte, seine Brust würde in Fetzen zerreißen.

Er vergaß die Worte, die er sich zurechtgelegt hatte und nickte stumm, langsam. Sie zog ein Gesicht, als erwarte sie eine vollständige Erklärung.

„Komm hierher, ganz nah hierher!", sagte sie lauernd und streckte ihre rechte Hand aus. Ihre Stimme war gespenstisch und hallend, als käme sie aus einem endlosen Schacht.

Ein heftiger Schauder durchlief ihn innerlich, während sie ihn mit ihren kalten Augen musterte. Sie trat jetzt ganz nah an ihn heran und riss mit einer plötzlichen ruckartigen Bewegung ihm behänd und schwungvoll mit messerscharfer Genauigkeit sein Herz aus dem Leib. Ein stechender Schmerz raubte ihm den Atem. Sein Körper krümmte und wandte sich, seine Augen quollen hervor. Sie zuckte mit keiner Wimper. Ihr Gesicht blieb verschlossen, ausdruckslos und sterbenskalt, als wäre das Ganze nichts Ungewöhnliches und als hätte sie ihr Leben lang nichts anderes getan.

Eine beklemmende Stille trat ein.

Er hielt den Atem an und ein fahler, blutiger Geschmack stieg ihm in den Mund. Sein Kopf schnellte herum, alles um ihn verschwamm, zerfloss und verlor die Konturen und war ein Gewirr von vagen Schatten und Figuren, als würde er in einen Zerrspiegel blicken.

In Todesangst folgte er einem entsetzlichen Schauspiel. Mit weit aufgerissenen Augen und von höllischen Schmerzen gepeinigt sah er, wie sein Herz zwischen ihren langfingrigen knorrigen Händen wild zuckte und hüpfte. Sie zog eine furnierte Schublade auf, in welcher sich schon viele schlagende Herzen befanden und schmiss seines dazu hinein. Dann stieß sie die aus fast allen Fugen krachende Schublade wieder zu.

Er litt Höllenschmerzen und wollte laut schreien, aber seine Stimme brach.

„Nur stark bleiben!", redete er sich zu.

Sie blickte über seine Schulter zum Hauptgebäude hinüber. Mit den Augen machte sie ihm deutlich, ihr zu folgen und eilte mit langen Schritten davon. Er atmete schwer durch und hinkte ihr hinterher. Mühsam versuchte er, seine Schmerzen zu unterdrücken. Er taumelte, um seinen Halt zu finden und mit ihr Schritt halten zu können.

Er konnte kaum noch atmen, aber er war überrascht, dass ihn seine steifen Füße durch die vielen Windungen der Gänge führten. Stöhnend folgte er dem Klacken ihrer Absätze, das in seinen Ohren ein hallendes Geräusch verursachte.

Sie gingen durch düstere, modrig riechende unterirdische Gänge, die immer enger wurden und in einem gedrängten betonierten und spärlich beleuchteten Hof endeten, aus dem ein Schwall übereinander hinwegredender Stimmen drang. Er reckte den Kopf und sah verschwommenen Blicks über all die Köpfe hinweg Türen, viele Türen. Alle waren verschlossen.

Nach langem aufgeregtem Geplapper mit den Wächtern, schob sie ihn widerwillig in den Hof hinein.

Die Luft war schwer und roch nach brennendem Teer. Das schwache Licht, das die Dunkelheit durchdrang, fiel auf die Umrisse massiger Gestalten, die um einen einsamen alten kahlen gestorbenen Baum saßen.

Menschengroße Affen, die langen quastigen Pudelschwänze nach vorne gewachsen, lagen reglos auf dem kalten Boden. An der Stelle ihres Herzens starrte eine offene eiternde Wunde. Andere kauerten dicht zusammengedrängt im schattenhaften Dämmerlicht, als erwarteten sie einen tödlichen Schlag.

All diese furchtsamen ungewöhnlichen Wesen.

Da war eine Bühne.

In der Mitte der Bühne stand in gleißendem Scheinwerferlicht ein Pult mit Mikrophon.

Eine bezaubernde Musik spielte im Hintergrund.

Er reckte den Hals, stellte sich auf die Zehenspitzen und drängte sich mit großem Unbehagen durch das Gewühl der Affenmenge ganz nach vorne, um sich ein weites Blickfeld zu verschaffen.

Die Affen fingen an zu fauchen und an den rasselnden Ketten zu zerren. Ihre Gesichter verfinsterten sich noch mehr. Aus allen Ecken des Hofes tönte raues misstönendes Stimmengewirr, das fast nach Meuterei klang.

Die bleiche Frau von auffallender Größe pochte missfällig dreimal mit dem Hammer auf das Pult und bat scharf um Ruhe und Aufmerksamkeit. Sie gab ihrer Stimme einen bedrohlichen Ton. Wie ein Blitzschlag ging ihr Befehl auf die Affen nieder. Sofort erstarben das Geraune und das gurgelnde Gebrüll. Die Pudelschwänze blieben erstarrt.

Totenstille trat ein. Die Frau trat ab.

Es flirrte und flimmerte vor seinen Augen, es bot sich ein Bild von einzigartiger Pracht: ein großer Glanz erschien, ein Stern, ein Komet, ein Meteor. Beim Herannahen sah er, wie eine grellblonde elegante mondgesichtige Dame von überirdisch-ätherischer Schönheit, eine gealterte Marilyn Monroe, die Szene betrat. Es erhob sich frenetischer Jubel. Die schönste Frau, die er jemals gesehen hatte, trat ins Licht.

Majestätisch stolzierte sie lächelnd, nach allen Seiten winkend, die Bühne auf und ab. Er beobachtete alles aus der Ferne und sah, wie die unförmigen Gestalten alles versuchten, um einen Blick auf sie zu erhaschen. Sämtliche Augen hingen gebannt an der Weißblonden. Auch er konnte sich von ihrem Anblick nicht losreißen. Sie war von einem Liebreiz, der jenseits allem Vorstellbaren lag. Ihre Gesichtszüge waren von vollkommenem Ebenmaß. Ein geheimnisvoller, immer heller aufleuchtender Glanz umstrahlte sie. Sie war sich ihrer Aura bewusst. Hastig und mit marionettenhaften Bewegungen kletterten Affen keckernd mit Rückenkörben auf die Bühne. Mit einem lauten Jubelschrei schossen sie voran und warfen ihr höchst zeremoniell mit vollem Einsatz Blütenblätter vor die Füße und blieben in wirrer Verehrung in geduckter Haltung sitzen.

Plötzlich stand er vor ihr, sie blickte auf ihn herab und ließ sogar für einen Moment ihren Blick auf ihm ruhen. Ihre strahlend blauen Augen glitten verstohlen über die offene Wunde auf seiner Brust hinweg. Gemessenen Schrittes ging sie selbstgefällig auf ihn zu, maß ihn von Kopf bis Fuß und fasste seinen Hemdknopf mit zwei spitzen, sorgfältig manikürten Fingern. Seine Wangen glühten, eine gewisse Zärtlichkeit überfiel ihn heftig. Es überkam ihn der unwiderstehliche Drang sich an ihr anzulehnen und seinen Kopf in ihrem Hals zu begraben. Für einen Augenblick schwelgte er in der Wonne ihrer Gegenwart. In der klaffenden Wunde an der Stelle seines Herzens wurde er eines Kribbelns gewahr, als hätte sich ein kleiner fröhlicher und verspielter Singvogel gerade eingenistet, dessen Flattern wohltuend, ja atemberaubend war.

Noch nie hatte er ein solches Glücksgefühl in seinem Inneren verspürt. Er schloss die Augen für eine Weile und wünschte sehnlichst, dieser Augenblick würde ewig andauern, ihn ins Unwiederbringliche schwinden lassen.

Vom inneren Raum erhob sich nun jemandes Gesang und flirrte federleicht durch die Luft zu ihm herüber. Die Töne flackerten auf wie eine ferne Melodie. Sie klang sanft, Silben drangen sinnhaft in seine Ohren. Nie hatten auf ihn Worte einen solchen Eindruck gemacht wie in diesem Moment. Wie viel Zärtlichkeit klang aus ihnen, wie viel Verheißung. Der Gesang erscholl immer prächtiger. Er fühlte wie das Lied ihm die Kehle zuschnürte. Langsam fand er auch die Tonlage und sang leise mit. Er sang freudig und klagend zugleich, um seine Trauer und Verwirrung zu überwinden.

Die blauen Wellen in deinen Augen

ziehen mich in die Tiefe des Meeres

Ich habe keine Erfahrung

Ich habe kein Boot

Ich habe keine Wahl

„Sprechen Sie etwa Mandarin?", fragte sie mit leicht gesenkten Wimpern und lispelte ein wenig, mit Absicht. Ihre Stimme klang weich und ihre Worte flossen wie Honig durch seinen galligen Körper, auch wenn die Frage für ihn keinen Sinn ergab.

„Mandarin!? Mandarin!? Wollen Sie Mandarinen? In meinem Land gibt es die besten Mandarinen der Welt ... An beiden Ufern des Nil wachsen die schmackhaftesten Früchte der Welt. Wollen Sie?", erwiderte er keuchend, hoffnungsfroh jäh, dass seine Worte verwirrt übereinander stolperten.

Sie lächelte verächtlich in sich hinein.

„Von der Welt verstehst du wohl überhaupt nichts, was? Mandarin... das ist Hoch=chi=ne=sich... weißt du denn das nicht, du kleiner Affe?", antwortete sie mit einem spielerischen Ton und einer leichten Belustigung in ihrer Stimme. Verführerisch mit den Augen klimpernd, strich sie ihm mit den Fingersitzen sacht über die Wange und verzog ihre Lippen zu einer Monroe-Schnute.

Er fand sie atemberaubend attraktiv. Das machte ihn verlegen und ließ seinen Puls noch etliche Gänge höher schalten. Er wollte sprechen, aber aus seinem Mund sprudelten formlose Wimmerlaute und ein sonderbares Zirpen. Ihm fehlten selbst die wenigen Worte, mit denen er annähernd hätte ausdrücken können, was er empfand. Sein Verstand hatte sich bis zum Stillstand verlangsamt, als würde dieses Wortspielchen sein Begriffsvermögen übersteigen.

Sie kicherte wieder glucksend, warf das blonde Haar in den Nacken mit einer Mischung aus Eitelkeit und Amüsement und deutete eine Verbeugung nach allen Seiten des Publikums an. Mit einem beiläufigen Winken verabschiedete sie sich und stolzierte mit triumphierendem Lächeln gleitenden Schrittes davon. Ein wirres Gedränge rings um sie setzte ein.

Wie eine Sternschnuppe entschwand sie und zog mit sich Lichtstrahlen und verglühende Schweifspuren, die am pechschwarzen Himmel aufblitzten und nachleuchteten. Es war so, als hätte sie das ganze Licht mit sich genommen. Vor seinen Augen bildeten sich nun große dunkle Schatten und Lichtblasen, ganz so als würde man die Augen schließen, nachdem man für einen Moment in die Sonne geblickt hatte.

Eine hektische Bewegung entstand. Es herrschte ein furchtbares Durcheinander. Das Stimmengemurmel nahm allmählich wieder Fahrt auf.

Die Affen stießen langgezogene Schreie aus, stürmten die Bühne und rannten im Gewühl taumelnd der Weißblonden hinterher.

Sein Leben lang wird er diesen Anblick nicht vergessen, denn das, was das rückenfreie Kleid entblößte, ging über seinen Verstand: Der Rücken Marilyns war ein geöffnetes Uhrwerk und an der Stelle des Herzens hing ein von Spinnweben bedeckter Briefkasten!!

„Das…. Das war… das war der Apfel Europas…!" tuschelte es. Getrappel verschlang die Worte. Ein Schmerz in der Brust durchfuhr ihn. Auf der Zunge lag ein schaler Geschmack, in ihm herrschten Verwirrung und ein Gefühl der Lächerlichkeit. Starr vor Schreck befingerte er die scheußlich klaffende Wunde an der Stelle seines Herzens, quälte ein bitteres indigniertes Lächeln hervor…. Und blieb tief in Gedanken versunken stehen.

-22-

Brief aus Berlin (1)

Aus Berlin kam endlich ein Lebenzeichen von Ayman in Form eines Briefes.

Sherif las den Brief gierig und freute sich, von seinem alten Kameraden zu hören. Er konnte eine gewisse Verwunderung nicht unterdrücken, da er eine Spur von Mattheit und Labilität entdeckte in den Zeilen des Mannes, den er als außerordentlich kühn und standhaft kannte. Wer hätte es gedacht, der furchtlose, risikofreudige und kampflustige Ayman, der Schrecknisse aller Art aushielt, klagte nun über Heimweh und Orientierungslosigkeit. Ergriffenheit und Wankelmut in seinen Zeilen waren unüberhörbar.

Sherif setzte sich und las Aymans Zeilen:

Liebster Freund Sherif,

sechs Monate sind nun verstrichen, ohne dass wir voneinander gehört haben. Eine Zeit, die mir unerträglich lang und schwer vorkommt, in der ich aber viel, sehr viel erlebt und gelernt habe. Sie verging in einem Wirbel von bürokratischem Papierkrieg und ständiger Suche nach einer Bleibe und Arbeit. Der Lebensrhythmus hier ist wahnsinnig schnell. Mir war, als ich ankam schwindlig, ganz so als würde man sich auf die Beine raffen, nachdem man lange Zeit in der Hocke verbracht hatte. Das Leben hier lässt dir keine Zeit... wie die U-Bahn wartet es auch nicht auf dich... fährt unfehlbar pünktlich einfach fort ohne dich. (Bei uns sagt man - fällt mir gerade auf - der Zug hat mich verpasst und nicht ich habe den Zug verpasst, was eigentlich viel bedeutungsvoller klingt, da wir unfehlbar unpünktlich sind. Unsere Alltagsprache ist voller Konstruktionen, die merkwürdig klingen!!!).

…. Und das schmerzende Gefühl, fernab der Heimat zu sein, versetzte mir den letzten Schlag. Du kannst dir nicht vorstellen, wie schmerzhaft der Abschied war.

Es ist mir doch schwerer gefallen als ich dachte, mich von der Heimat loszureißen. Es war sicherlich der härteste Entschluss, den ich je in meinem Leben zu fassen hatte. Das Schicksal, das mich hierher geführt hat, wie du weißt, war ungerecht.

Anfangs, wenn mich das Heimweh überkam und ich von Melancholie überwältigt war, fasste ich mein hüpfendes Herz und ermahnte es „Ruhig bleiben, ganz ruhig! bleib da wo du bist!" „Es ist weder der richtige Zeitpunkt noch der rechte Ort dafür", rügte ich es.

Jetzt beginne ich zu begreifen, was die Leute meinen, wenn sie sagen, dass Heimweh die härtesten aller Männer niederringt, die Tollkühnsten mürbe macht und die aufrechterhaltene Mauer ihrer Fassung zum Bröckeln bringt.

Ich gestehe, ich kann mein Heimweh nicht mehr unterdrücken. Ich fühle mich recht fremd und lebe in dem ständigen quälenden Gefühl der abgrundtiefen Einsamkeit. Es waren Wochen vergangen, ohne dass mir jemand das übliche *Guten Tag* bot. Es können Tage oder Wochen vergehen, ohne dass man ein Wort gesprochen und ohne, dass man die Hand eines anderen Menschen berührt hat. Die Deutschen sind keine ständigen Handschüttler. Sie reichen Dir einmal die Hand und zwar, wenn Du sie zum ersten Mal siehst. Und eine feste Umarmung gehört nicht zu der alltäglichen Begrüßung. Nicht wie bei uns, wo man bis zum Ersticken umarmt wird.

Die Deutschen sind an sich schon sehr höflich, wenn nicht reich an zärtlichen Worten, und ihre Augen blicken nicht warm. (Sogar die Polizisten sind höflich!!). Gefühlsausbrüche gehören nicht zu den Dingen, die die Deutschen gut können. Dafür bleibt ihnen keine Zeit oder sie nehmen sich keine. Ihre Gefühle behalten sie für sich und verbergen sie hinter ihren ausdruckslosen Gesichtern. Jeder hat sein Päckchen zu tragen. Stillschweigend.

In der tristen U-Bahn sitzen sie misslaunig, kontaktscheu, schweigsam und kühl. Keiner gönnt mir auch nur den flüchtigsten Blick. Ihre Indifferenz ist wie eine unüberwindbare Mauer. In ihren blauen Augen liegt etwas Verschlossenes, eine gewisse Unerreichbarkeit. Ihre Blicke gelangen nicht bis zu den Augen des Gegenübersitzenden, um nicht in irgendeine Konversation verstrickt zu werden. Jugendliche hören reglos irgendeinen Sound aus ihren Kopfhörern, der Blick fixiert auf die Handys als wären sie in einer Jogameditation versunken, die Männer halten spröde die Köpfe in den bunten Zeitungen vergraben, blättern die Seiten um und schauen nicht auf. Die Frauen klemmen sich die Einkaufstüten zwischen die Beine und halten ihre Taschen an sich gedrückt, die Blicke zur Decke gewandt. Jeder in seiner undurchdringlichen Welt versunken. Drum herum rutschen die Bilder schnell vorbei, filmisch. Wenn sich die Türen öffnen, kommt der Befreiungsschlag, sie steigen Reihe um Reihe aus, einfädelnd, verhalten, richtiggehend, systematisch, ordentlich, und jagen dann wie in einem Zeitraffer geräuschlos aneinander vorbei. Kein Gedrängel, kein Geschrei, kein Körperabtasten, kein Grabschen, kein Ran-riechen, keine Belästigung, abstandhaltend, sittenrein!!

Deutschland ist ja ein beeindruckend schönes Land, ich verstehe, dass man es begehrt. Es ist ein freies Land. Hier wird niemand gefoltert. Wer zu viel weiß wird sogar geehrt, mit Preisen belohnt und nicht gleich glatt gewalzt.

Alles wirkt ordentlich, geregelt, frauenfreundlich und tierlieb. Auch die Tiere sind menschenlieb, stell dir das mal vor! Ein Hund darf einen Mensch nicht anbellen. Und der, der das tut wird getadelt. Neulich knurrte ein Hund, legte sich auf die Hinterpfoten und bellte einen Farbigen (une personne de couleur!! nennen das die Franzosen, sind die anderen etwa farblos?) auf dem gegenüberliegenden Bürgersteig an. Sein Herrchen (oder Frauchen, ich konnte nicht unterscheiden) zog ihn sanft an der Leine, hielt den Zeigefinger vor die Schnauze, zupfte sanft an seinen Schlappohren und sagte mit gespitzten Lippen in belehrendem Tonfall verblüffend sacht als würde er ein Kind aufklären:

„Schön da bleiben! Auch Er hat ein Recht hier zu sein. Wie Du und Ich. Verstehst Du das?" Dann gab er ihm einen lieb gedachten Klaps, als wäre er ein Pferd, das seine Lektion gelernt hat. „So ist fein!" Der Hund schnüffelte kurz herum und lief dann winselnd, gezähmt und schlappohrig weiter.

Die Deutschen leben in großer Harmonie mit ihrer Umwelt und lieben die Ordnung. Jedwede Unordnung wird von deinen Mitmenschen geahndet. Mir geht jedes Mal das Herz auf, wenn ich beim Vorbeilaufen sehe, mit welcher unglaublichen Akkuratesse sie das gesammelte Brennholz zu mauerartigen Haufen schichten!

Ich sehe überall grüne Wiesen, staub- und müllfreie Parks, endlose Wälder und bildhübsche Landschaften und betrachte lange saubere Flüsse, aber sie erwecken in mir nicht das flatternde Gefühl unter meinen Rippen, wie dies der Nil erweckt. Alles erscheint mir bloß wie die Kulisse eines Filmes, fern, fremd, kalt, glasig und leblos. Unecht schön.

Ich fühle mich so fremd, dass ich nirgendwo anders hinmöchte, außer in meine Heimat. Wenn mich das Heimweh überfällt, fliegen meine Gedanken wie eine Schar aufgescheuchter Vögel zurück in die Heimat. Gleichgültig, woran ich denke, ein Teil meiner Gedanken ist immer bei ihr.

Meine Gedanken gleiten immer wieder nach Hause, zu der Familie und zu der Gasse, die ich zunehmend schmerzlich vermisse. Meine Heimat ist mein ein und alles. Sie ist in mir. Sie gehört zu mir wie der Schlag meines Herzens. Ich liebe sie mehr als mein eigenes Leben. Ohne sie haben Zeit und Sein keine Bedeutung. Ohne sie gibt es keine Welt. Ohne sie, bin ich auf eine grauenhafte Weise allein, leer, vom Leben abgeschnitten. Mein Körper ist in Berlin und meine Seele in Kairo.

Das angestrebte Freiheitsgefühl entpuppt sich als trügerisch, wenn man an einem Ort lebt, an dem man sich fremd und nicht willkommen fühlt, stelle ich gerade fest. Mir fehlt ehrlich gesagt die spontane Menschlichkeit, die Akzeptanz und Warmherzigkeit. Der Deutsche an sich ist ein sehr höflicher Mensch, wenn nicht reich an zärtlichen und warmen Worten, wie bereits gesagt. Niemand kann aus seiner Haut heraus. Ich auch nicht. Mir geht es, denke ich manchmal, wie einer kleinen zaghaften Palme, die sich nach seinem alten Palmenhain sehnt, denn nur darin spürt sie die Wärme und nur dort kann sie Wurzeln schlagen, Früchte geben und Schatten spenden. Vollgesogen mit Sonne und hoheitsvoll, von oben stolz herabblickend.

Wir Ägypter, denke ich mir, sind irgendwie alle gleich. Wenn wir daheim sind, stinkt uns alles und wir sehnen uns danach wegzugehen, so weit wie nur möglich. Zeit und Entfernung. Einmal in der Fremde, überschwemmt uns die Nostalgie und wir heulen wie ein kleines Kind, das seine Mutter im Menschengewühl vermisst. Ich muss zugeben, heute habe ich geheult. Ich stürzte in einen schwarzen Strudel der Traurigkeit. Die Last der Einsamkeit wuchs. Während ich frühstückte, spürte ich eine Klammer eisiger Einsamkeit um mein Herz. Mir fehlte meine Welt. Die Welt des Zusammenhalts, in der das laute Lachen, Reden und Umarmen sich mit dem duftenden Geruch von Taameya, ägyptischem Falafel, Brot und Kaffee vermischt.

Wohlig sehne ich mich nach dem Brot meiner Mutter und ihrem Kaffee! (Marcel Khalifa wusste, wovon er sang).

Nachts wache ich schweißgebadet auf und fühle die Sehnsucht nach der Heimat wie eine Glut in meinem Innersten. Oft träume ich von ihr. Ich wünsche, ich könnte für einen Herzschlag, ein Augenzwinkern lang einen Blick auf ihr Gesicht erhaschen. Wenn ich die Augen schließe, sehe ich nur sie und es ist, als schlüge unter meinen Rippen ein Flügel. Ach, wie ich mich nach ihr sehne! Ein tiefes Verlangen nach ihr verbrennt meine Seele. Mein Herz, meine Seele, mein Körper sehnen sich nach ihr.

Meine Nachbarin, Frau Eisberg, klingelte gestern bei mir und bat mich mit schmallippiger Missbilligung unwirsch, den islamischen Singsang auszuschalten, nachdem ich, in einem Anfall von Heimweh, mehrmals dieses Lied, von dem ich nicht genug bekommen konnte, gehört hatte:

Jedes Mal, wenn ich sage, nie wieder!
versetzt mir das Schicksal den nächsten Schlag
Ich vermisse ihre schwarzen Augen
Ich vergehe vor Sehnsucht

„Schluss mit dem Singsang!", schnitt plötzlich ihre mürrische Stimme in meine nostalgischen Tagträume. „Man kann dieses Wimmern ja nicht mehr aushalten. Es macht mich ganz kribbelig", brüllte sie mich an. Ihr Mund wurde spitzer und die Naseflügel kleiner.

„Du kannst von Glück sagen, dass ich nicht die Polizei rufe!", intonierte sie verärgert und schwenkte streng und giftig ihren knöchrigen Zeigefinger vor meiner Nase. Über ihr Gesicht huschte ein Anflug von Misstrauen. Sie ist misstrauisch wie nur was. Ja, sie misstraut mir, das kann ich sehen. Irgendetwas in ihren Augen verrät mir dies. Ich konnte ihr Misstrauen förmlich mit beiden Händen greifen. Wir wissen genau, wer uns liebt und wer nicht. So etwas entgeht uns nicht.

Als ich ihr mit einem verlegenen Grinsen erklärte, dass ich nur Liebesmusik von Abdel-Halim Hafez höre, und ihre ständig durchs Haus scheppernde Volksmusik auch kein Ohrenschmaus eines Beethovens oder Schumanns sei, wurde sie starr wie Eis und erwiderte trocken, während ihre Augen mit durchdringendem blauem Blick auf mir ruhten: „Pass nur auf, dass es mir nicht einfällt, dich anzuzeigen. Bei euch weiß man nie!! Man kann nicht in euch hineinsehen!! Eure Köpfe sind eine bange Düsternis."

Sie kam näher, die Hände in die Seiten gestemmt, schürzte die Lippen und kniff die Augen zusammen, um mir prüfend ins Gesicht zu sehen. Ihre blauen Augen bekamen hinter ihren Brillengläsern etwas Stechendes.

Sie zuckte mit ihren zerbrechlichen Schultern, schüttelte ihre im Haarnetz und mit Lockenwicklern aufgewickelten Haare. „Man kann euch nicht über den Weg trauen", sagte sie argwöhnisch.

„Ich warte noch auf den Tag, an dem ich die Zeitung aufschlage und dein Gesicht wiedererkenne… Lügen haben kurze Beine…. einen dreitägigen Bart hast du ja schon! Ich seh´es schon kommen, Ich seh´es schon kommen!", raunte sie mir zu. Und mit diesen Worten torkelte sie in ihre abgedunkelte Wohnung. In meinem Inneren gärte aber die Wut und ich spürte einen dicken Kloß in meiner Kehle, den ich zwangsweise hinunterwürgte. Ich biss die Kiefer zusammen, um nichts Böses zu entgegnen. Schließlich respektiert man alte Leute bei uns, egal wie grob sie zu uns sind. Sie schimpfte in ihrer Wohnung weiter, zum Glück übertönte der Staubsauger ihre Stimme, so dass ich ihr Geplapper nicht verstehen konnte.

Damit hatte sie den magischen Bann des Augenblicks, den mir Abdel-Halim Hafez geschenkt hatte zerstört und mich aus diesen sehnsuchtsvollen Gedanken in die Gegenwart zurückgerissen.

Was gab es in ihrem Leben, das sie so misstrauisch gegen uns gemacht hat, grübelte ich.

„Ich kenne euch - oh ja, ich kenne euch wie niemand sonst auf der Welt!", zischte sie immer wieder, wenn sie mir im Treppenhaus begegnete, mit sprühenden Funken in den Augen, die mir das Blut in den Adern gerinnen ließ. Dann wrang sie den Putzlappen aus und machte eine Bewegung, als würde sie einem Huhn den Hals umdrehen.

Es ist heutzutage schwer, ein Araber in Europa zu sein.
Es wird schon genug auf ihm herumgehackt. Der Araber wird mit allen Mitteln diffamiert. Die Europäer denken immer, der Araber sei ein Monstrum, das nur ein Ziel im Leben hat, nämlich ihre Welt und Werte in den Abgrund zu reißen.

Ganz Europa bekommt eine Angstneurose. Vielleicht sucht sich jede Generation ihr eigenes Angstobjekt aus, denke ich mir manchmal.
Die Angst vor dem Araber ist größer geworden als vor Atomkrieg, Waffenhandel, Tsunami und Ozonloch zusammen. Der Araber wird axiomatisiert als unablässig höchstdrohendes Unheil.

Kein Winkel Europas ist mehr sicher. Und die überängstlichen Medien gießen Öl in das Feuer, das in den Seelen ihrer Zuschauer brennt. So was schlägt mir auf die Stimmung! So schlimm wie er immer hingestellt wird, ist der Araber doch auch wieder nicht.

Mich befällt manchmal ein Unbehagen, wenn ich am U-Bahn-Kiosk die Zeitschriften überfliege: Eine holländische Zeitung berichtete über nordafrikanische Muslime, die dem *Hölle-Land* den Krieg erklären, eine französische schrieb über der Kampf der Familie „Les Peines" gegen die Eroberung durch die Araber. Eine osteuropäische Zeitschrift rief dazu auf, die Grenzen dicht zu machen, aufgrund der „Darm- und Wirtschaftsparasiten und Schmarotzervölker jenseits des Mittelmeers. *Einen Zaun rings um den Hof errichten, bevor die Wölfe die Gänse gefressen haben,* betitelte die erste Seite. Eine spanische Zeitung sprach von *Retorno del Moro,* „der Rückkehr der Mauren." So transferiert man die mythologische Vergangenheit der Mauren in die Gegenwart und schürt neue Ängste.

Mich beschleichen der Verdacht und ein unheimlicher Schauder bei der Vorstellung, dass es nicht lange dauern wird, bis eines Tages gewisse europäische Parteien zu einer zweiten Reconquista aufrufen! Das würde mich keinesfalls wundern.

Noch schlimmer ist das Fernsehen. Sogar Sender, die in der Regel für ihre Seriosität und Sachlichkeit bekannt sind tragen zu dick auf, als würde sich jeder Araber in Europa Sprengstoff umbinden und beim Anblick eines Europäers einen gellenden und triumphierenden Dschihadschrei ausstoßen und todesmutig die Zündschnur ziehen. Als würde der Westen eines Tages überflutet werden von langbärtigen Männern mit Turban und ihren unterworfenen, bis auf einen schmalen Sehschlitz verschleierten Frauen.

„Nicht jeder Araber ist Terrorist, aber jeder Terrorist ist ein Araber", beruhigte neulich ein renommierter deutscher Kabarettist sein Publikum mit vor Perfidität triefender Stimme und erhielt einen Beifallsturm für seine geistreiche Gleichung.

Bevor er mit seinem debilen Lächeln zu dem nächsten Witz überging:

„Weißt du, dass Marine Le Pen arabisches Blut hat?"

„Nein!!!", bekundete sein möchte-gern gewitzter Partner überschwänglich seine Überraschung.

„Aber natürlich! Unter der Motorhaube ihres Wagens", erzählt der geniale Kabarettist mit geheucheltem Bedauern und schickte seinen eigenen Worten ein lautes Lachen hinterher und das Publikum lachte aus vollem Halse. Es applaudierte frenetisch. Das ist der Höhepunkt der kränkenden Verachtung. Es machte mich zornig und trieb mich fast in den Wahnsinn. Mein Innerstes empörte sich gegen diese Imbezillität. Wie sagt mein neuer türkischer Zimmerkumpel: die Deutschen brauchen zwei Kompendien, einen um den Witz zu verstehen und einen um zu wissen, ob sie über den Witz lachen dürfen. Über uns mokieren sie sich auf jeden Fall hemmungslos. Das hat mit Kunst nichts mehr zu tun. Das ist verleumderische Propaganda. Das Kabarett wird hier als „Ideologie soft" benutzt.

Auch manche sozusagen kultivierten Männer agitieren die Bevölkerung. Trunken vor Sendungsbewusstsein weisen sie sich einen kulturmissionarischen Auftrag zu.
Serkan erzählte mir neulich von einem gewissen Autor namens Sarrazin, dessen Buch er zu Ende gelesen hat. So aufgebracht habe ich ihn selten erlebt.
„Ist er Deutscher?", fragte ich arglos. Den Namen hörte ich zum ersten Mal.
„Wer??", gab er scharf zurück, in etwas überraschtem Ton.
„Saladin oder Aladin, oder wie er immer heißt!?", entfuhr es mir ohne besondere Absicht.
Serkan lachte und ich lachte mit.

„Es ist höchst gefährlich, was der Mann von sich gibt! Damit regt er den gierigen Appetit der rechten Szene an. Solche Äußerungen erwecken langsam alte Erinnerungen zum Leben. Weißt du?", kommentierte er mit einer gewissen Dringlichkeit in seinem türkischen Akzent. Und er war nicht mehr zu bremsen. (Apropos Serkan, er ist ein junger türkischer Dichter und Journalist, den ich hier kennengelernt habe und der ein ähnliches Schicksal hat wie ich. Mit ihm teile ich alles, das Zimmer, die Ängste, die Träume und die Hoffnungen. Serkan lebt seit zwanzig Jahren in Deutschland und veröffentlicht seine Gedichte und seine Artikel in Schweden. Sein Status ist noch immer nicht geregelt. Jeden Tag wacht er mit der Angst auf, ausgewiesen zu werden.)

Was ich dann von ihm hörte, erinnerte mich stark an Bernard Lewis Theorie. Es war die Rede von der Notwendigkeit der Ablehnung und Abschiebung des Arabers, um das Land vor dem Verfall zu schützen. Der Araber sei höchst problematisch, anarchistisch, schwer zivilisierbar, schwer erziehbar, schwer integrierbar, somit gut abschiebbar. Er geht in unserer Beurteilung so ethnozentrisch vor! Und so ist es generell mit dem Westen, er schwingt sein richterliches Hämmerchen, wie es ihm gerade passt. Dieser Wahrnehmungsmechanismus hat bis heute seine Gültigkeit nicht eingebüßt. Serkan hat mir diesbezüglich eine witzige Anekdote von Hodscha und dem Gouverneur erzählt. Hodscha ist, wenn du willst, der Guha der arabischen Welt. Ich erzähle sie dir das nächste Mal. (Ich kann mir deine Reaktion jetzt schon so gut vorstellen. „Lachen löst die Knoten im Herzen und befreit die strapazierte Seele! Und weiß Gott, unsere ist strapaziert genug!", würdest du sagen.)

Um auf das Thema zurückzukommen: In die Ecke, in die Bernard Lewis oder Sarrazin uns verweist, lass ich mich nicht stellen. Ich lasse mich nicht brandmarken! Genauso wie ich nicht akzeptiere, dass man alle Deutsche über einen Kamm schert und in eine Kategorie einordnet! Sie alle seien schräg drauf und lernen bereits in der Kita ihren ersten Hitlergruß und Nazilieder. Auf den Straßen würden nur noch kahlgeschorene Rotzlöffel herumlaufen. Hakenkreuze und Fahnen sollen in großen Mengen im hintersten Winkel des Kellers versteckt sein. Solche und viele andere Bilder, die über Jahrzehnte hinweg das Bild Deutschlands geprägt haben.

Die Deutschen von heute sind ein friedliebendes und humanes Volk, das aus den monströsen Fehlern der Vergangenheit und den hässlichen Brandflecken der Geschichte gelernt hat. Kein Volk der Welt hat sich mit den dunkeln Seiten seiner Vergangenheit, so sehr, mutig und offen auseinandergesetzt wie die Deutschen. Das deutsche Volk von heute hat nichts mit den Verbrechern der Vergangenheit zu tun.

Nach Serkans heimlicher Überzeugung aber, sei noch viel Feuer unter der Asche. Er glaubt vollen Ernstes, dass der Nationalsozialismus immer noch latent lebendig ist. Er erzählte von Männern mit glattrasierten Schädeln und Springerstiefeln mit ausgestreckten Fackeln, die am Geburtstag Adolf Hitlers durch so manche Stadt in Ost-Deutschland paradierten.

-23-

Brief aus Berlin (2)

Ich komme gerade von der Nachtschicht. Abwesend, schweigsam, allein und frierend, von Kopf bis Fuß mumienhaft eingepackt. Alles ist frostig und gespenstisch still. Die Bäume stehen kahl und reglos und ächzen unter Massen von Schnee. Die Kälte greift nach mir, sie packt mich, und ich sehne mich nach Wärme. Wenn ich mich nicht beeile, werde ich bald erfrieren oder mich in einen Schneemann verwandeln. Meine Fußabdrücke sind die einzigen in der dicken Schneedecke und man hört nichts, außer dem rhythmischen Rasseln des eigenen Atems. Die Last der Einsamkeit wächst. Ich bin erfüllt von Glück, wenn ich manchmal Stimmen höre. Das Dröhnen der Mülllaster in der Früh ist mir eine köstliche Abwechslung und eine Wohltat, das Tirilieren eines Besoffenen oder die Querelen der Obdachlosen und Zänkereien der ausländischen Jugendlichen, die unter der Brücke herumlungern und die Schuhe, die sie hierher brachten, vollkotzen.

Mich frappiert die immer steigende Zahl der arabischen Jugendlichen, die unter der Brücke stranden.

„Die Zeit der Wanderung des Juden ist vorbei, jetzt fängt die Zeit der Wanderung des Arabers an", sagte mir Serkan, als ich ihm das erzählte.

Serkan hat irgendwie recht, dachte ich mir, der Jude flüchtete damals vor einem verbrecherischen Regime und der Araber flüchtet heute vor seinem ruchlosen Herrscher. Der arabische Herrscher kann sein ganzes Volk in den Tod schicken, nur um starrsinnig seine Gier nach Macht zu befriedigen. Die arabischen Staaten sind nur noch zu *Nichts-wie-weg-Staaten* geworden.

Serkan hat mir jetzt einen Job besorgt, nachdem sein Landsmann an Lungenkrebs erkrankte.

„Wir asphaltieren die Straßen in Berlin, damit die Deutschen glatt und bequem fahren können", sagt er immer scherzend. Die Arbeit ist nicht nur schlecht bezahlt, sondern die Bedingungen sind hart und unzumutbar.

Durch meinen Job bin ich nun zu der Überzeugung gekommen, dass Europa nicht der Kontinent ist, in dem Milch und Honig fließen und zusammengeschnürte Bündel voller Euros wie reife Äpfel von den Bäumen fallen, die man nur schnell und beidhändig aufheben muss, bevor sie auf dem Erdboden vermodern. Im Gegenteil, um hier zu leben, musst du wie ein Büffel rackern, bis dir das Gedärm aus dem Leib hängt.

Abends rieche ich nach Asphalt, spucke Asphalt und rede über Asphalt. So sehr ich meine Augen auch zusammenpresse, ich sehe nur schwarz. Alles asphaltschwarz. Ich spüre, wie sich die Beschaffenheit meiner Lungen verändert. Mein Herz fühlt sich nun in meinem Brustkorb an wie ein Asphaltbrocken, starr und ranzig.

Der Weg vom Intellektuellen zum Arbeiter ist hart und fällt mir schwer, und es erfordert eine kräftige Portion Selbstbeherrschung, will man ihn überhaupt ertragen. Es geht einem an die Ehre, dass man sich gegen die eigene Ausbeutung nicht wehren kann. Wie Serkan und mir ergeht es vielen. Aber ohne den Job wüsste ich nicht, wie ich über die Runden kommen sollte. Serkan sagte mir heute etwas, das mir gut gefiel: „Kollege! Vergiss es! Hier sind wir keine Intellektuellen, hier sind wir wie die Lasttiere, die beim Bau einer Moschee benutzt werden. Sie rackern Tag und Nacht, ist die Moschee fertig, dürfen sie sie nicht mehr betreten. Wie dem armen Lasttier, werden sie uns einen Tritt in den Arsch versetzen, ohne Tschüss und ohne Danke!"

Manchmal gibt es auch tröstliche Momente. Eine etwas ältere deutsche Dame, die in der Nähe der Baustelle wohnt, kam gestern auf uns zu, und brachte uns eine frische Cola. Sie wunderte sich, dass „so bildhübsche Männer in der Blüte ihrer Jugend" so hart arbeiten müssen. Ihr Lächeln hatte eine Spur Bewunderung. In ihren Augen habe ich mehr entdeckt als nur Mitleid mit den „jungen Migranten", die aus einem dieser elenden Länder der Welt in Europa eingeschlichen sind, denn sie hat Bilder, viele Bilder von uns gemacht. Wenn du demnächst im Internet einen jungen Mann mit einer zerrissenen Jeans und einer dicken Schaufel in der Hand siehst, dann bin ich das. Wundere dich nicht, voller Asphaltflecken wirst du vielleicht mein Gesicht schwer erkennen. Gut so. Ich schäme mich. Aber was macht man nicht alles um überleben zu dürfen! Das Schicksal, das mich hierhergeführt hat, ist ungerecht. Ich werde demjenigen, der mich hierher geführt hat, nie verzeihen.

Soviel für heute aus der „Europlantage", in der die Euros auf den Bäumen einfach so wachsen und wenn sie auf den Boden fallen nicht verfaulen, sondern sich vermehren.

Bis bald und sei herzlichst umarmt von deinem Ayman, dem Asphaltierer.

(Ich gedenke in der Tat ein Tagebuch darüber zu schreiben. „Tagebuch eines Asphaltierers!!" Klingt vielversprechend. Würdest du das veröffentlichen?).

-24-

Brief aus Berlin (3)

Heute möchte ich dir noch die versprochene Geschichte *Hodscha Nassreddin und der Gouverneur* zusenden:

Man erzählt, einmal ging Hodscha Nassreddin zum Gouverneur und erhob folgende Anklage:
Gnädigster Gouverneur! Soviel ich weiß hat eure Hoheit einen roten Stier. Daraufhin antwortete der Gouverneur: „Ja, richtig, was ist mit ihm?"
„Er hat halt meine Kuh mit seinen Hörnern gestoßen und den Bauch aufgeschlitzt, daraufhin ist sie gestorben", sagte Hodscha.
„Und was hat ein Gouverneur bitte schön damit zu tun und welche Macht habe ich über ein Tier", antwortete der Gouverneur mürrisch. „Soll ich etwa jetzt einen Stier bestrafen wegen seiner Tat? Weißt du nicht, dass das Blut von Tieren wertlos ist!"
Hodscha sagte: „Verzeihung werter Herr und seien Sie mir nicht böse; vor lauter Eile und Verlegenheit habe ich Ihnen den Fall verkehrt erzählt. Es ist eigentlich meine Kuh, die Ihren Stier gestoßen und getötet hat!"

Der Gouverneur schluckte und sagte dann: „Tja! Aha! Das geht gar nicht, dann sieht der Fall ganz anders aus. Erzähl mir den Fall nochmal, damit ich ihn erneut prüfe! Das wirft ein ganz neues Licht auf die Geschichte. Ich werde die Einzelheiten des Falles erneut durchgehen müssen."

Die Moral der Geschichte?

Jeder betrachtet die Welt auf die Weise, wie er am besten dabei wegkommt. Das trifft für jeden von uns zu.

-25-

Sandsturm

Für viele kam der Sturm dieses Mal unangekündigt; es wurden nicht die leisesten Warnzeichen von der Zentralanstalt für Meteorologie und Geodynamik angekündigt. Wie vieles hierzulande wurde auch das unterschätzt, mit einem ignorierenden „Maalisch! Misch Muschkila" quittiert, alles halb so schlimm. Man brauchte aber kein großer Meteorologe oder Klimatologe zu sein, um zu verstehen, dass ein großer Sturm längst im Anmarsch war. Wer nur ein bisschen von den hiesigen Wetterlaunen verstand, konnte sehen, dass sich etwas Dickes zusammenbraute. Alles deutete auf das Hereinbrechen eines Sandsturms hin. Über dem Horizont lauerte eine anschwellende Sandwolke, die immer wieder die Sonne verdunkelte. Der Himmel färbte sich schwefelgelb bis ziegelrot. Über Kairo lag eine bleierne Hitze. Seit einigen Tagen lastete diese feinstaubige stickige Luft über der ganzen Stadt, die nach Sand roch. Man konnte schlecht atmen und daher schlecht schlafen. Die Kehle war staubtrocken und ausgedörrt. Staub ätzte arg in den Augen, kribbelte in der Nase und knirschte zwischen den Zähnen. Es müssten wirklich alle Sinneswahrnehmungen stumpf sein, um das alles nicht bemerkt zu haben.

Heute nahm der Wind weiter zu und drängte grobe sandbauchige Wolken über die Stadt.

Die Beschaffenheit des Nil veränderte sich und wurde immer rauer. Seine Farbe ockergelb. Über ihm schimpften die Reiher wild durcheinander und schlugen kraftlos mit ihren mageren Flügeln zwischen den Plastiktüten, Zeitungsfetzen, trockenen Blättern, die durch die Luft schwebten. Die großen Fische hatten flott in tieferen Flussgewässern Schutz gesucht und ließen die Fischer in völliger Verzweiflung zappeln.

Laura beschloss daheim zu bleiben. Professor Sander hatte ihr telefonisch eingeschärft, nicht das Haus zu verlassen. Draußen heulte der Sturm in allen Tonarten und wisperte gegen die Fensterscheiben, die langsam von Sandgüssen zugeweht wurden. Sie verschlangen alles Licht und ließen jegliche Konturen verschwinden, als würde sich ein Schatten über die Stadt legen und sie seltsam düster machen.

„Von so etwas habe ich bisher lediglich gelesen, jetzt erlebe ich es buchstäblich!", entfuhr es Laura, das Schauspiel, das der Sandsturm bot verfolgend. Sie schien der Faszination des Augenblicks zu erliegen und kam aus dem Staunen nicht mehr heraus. „Unglaublich!!", hauchte sie immer wieder, wenn das Aneinanderreiben der Sandkörnchen die elektrischen Entladungen hervorriefen und ein ungewöhnliches Farbenspektakel am Himmel verursachte.

„Das ist erst der Anfang. Warte bis der Sturm zunimmt!", warnte Saadiya Laura voller Besorgnis und beeilte sich, den Rest der Wäsche von der Leine auf der Terrasse zu nehmen.

Ihre Gedanken waren bei Onkel Hany. „Wo bleibt er denn nur, wo bleibt er!!", fragte sie sich bange. Seit Stunden erwartete sie vergeblich seine Rückkehr von der Stadt.

Wie aufgedreht sprach sie dann vom „Blutregen", der vom Himmel auf die Erde niederprasseln wird und vom starken Wind, der manchmal die ganze Nacht über anhielt.

„Wen immer er dann erwischt, der wird ins Unwiederbringliche fortgerissen!", sagte sie schaudervoll.

Laura schaute sie an und versuchte ein beruhigendes, trostspendendes Lächeln, dann horchte sie schweigsam auf das starke Heulen und Sausen, das der über die Stadt brausende Sturm verursachte, gefolgt vom tosenden Donnergrollen. Es stürmte als wollte es nie mehr aufhören. Der Sandsturm war nicht mit dem leisen rieselnden Schneesturm, den sie von klein auf kannte, zu vergleichen. Sein Anblick war eher sonderbar. Er ließ sich nicht mit Worten beschreiben. Er hatte etwas Unberechenbares, Atemberaubendes, Erstickendes, Bedrohliches und Undurchdringliches.

Als Sherif etwas später eintraf, sprach auch er von einem ziegelroten Schatten, der sich über die Stadt legte und sie verschlang. Man konnte weder den Himmel noch den Nil sehen. Gelber Dunst hing über dem Fluss, so dass man das Wasser nur schwer erahnte. Überall waren nur sandige Schattengestalten zu sehen, die einem aus dem Sandnebel entgegengerannt kamen, aber von dem Weg selbst sah man nichts. Er erzählte außer Fassung, wie der rasende Sturm tobte und die stämmigen jahrzehntealten Bäume fast bis zur Erde biegen ließ. Der Sand senkte sich wie ein gelber Vorhang und legte das Leben lahm. Selbst die starken Maultiere, die die Kaleschen zogen, hatten Mühe, sich auf den Beinen zu halten. Der Sturm blies so stark, dass selbst der cleverste Kompass nichts geholfen hätte. Die Menschen waren verwirrt. Man hörte nur die von Panik gezeichneten Stimmen: „Yalla, Yalla! Komm! Schnell!" Bloß schien keiner recht zu wissen wohin. Wer in den Norden wollte, schlug die südliche Richtung ein und wer in den Süden wollte ging in Norden. Manche waren vollkommen verloren und hatten sich zu vorübergleitenden lautlosen Schatten verwandelt. Der Sturm blies und blies und es war kein Ende in Sicht.

Unter den Wüstenbeduinen gab es eine alte bewährte Weisheit, die sich Sherif immer wieder vergegenwärtigt, wenn es um ihn eng wird: „Nach dem Sturm lichtet sich die Dunkelheit. Es folgt ein ordentliches Gewitter, das den Staub auswäscht und dann für ein leuchtendes Frühlicht und schöne Sonnenaufgänge sorgt."

„Wenn es nicht regnet, wird unsere Stadt anfangen erbärmlich zu stinken, wie eine Fischfabrik", sagte Saadiya und setzte eine mitleidige Miene auf.

„Bald wird es regnen! Bald soll es aufklaren. Bald haben wir einen blauen Horizont und wir dürfen wieder reine Luft atmen", gab Sherif nach kurzem Schweigen zurück, träumerisch, den Blick dem ziegelroten Himmel zugewandt.

Sherif liebte Gewitter. Schon als Kind hatte er davon geträumt, jedes Mal wenn eines tobte, dass es alles ins Unwiederbringliche wegpusten würde, was ihm verhasst war: den autoritären gemütskalten glatzköpfigen Schulleiter, den schmächtigen sadistisch veranlagten Lehrer mit samt seiner langen Rute, die er und seine Kameraden jeden Morgen ungerechterweise zu spüren bekommen hatten. Den Sohn des dicken Polizisten, der die Einwohner der Gasse terrorisierte und die Eltern eines jeden Kindes ins Gefängnis zu stecken drohte, der ihn ärgerte. Und die cholerische Frau des feisten Richters, die den Fußball mit dem Messer aufschlitzte und ihnen über die Hecke ihres üppigen Gartens postwendend zurückschleuderte, jedes Mal, wenn er auf ihrem hermetisch versperrten Grundstück landete. Sherif dachte gern an diese Zeiten und wünschte diese Augenblicke herbei. Traumversunken rief er sich mit einem kleinen Lächeln die Verrücktheiten seiner Kindheit zurück. In Gedanken sah er die arglistigen Streiche, die er und die anderen Bengel seiner Gasse mit quietschender Freude „den Mistkerlen" spielten, um sich zu rächen, bevor sie in Windeseile im Gewirr der kleinen Gässchen verschwanden. Wenn sich das Rad der Zeit zurückdrehen ließe, würde er sie nochmal genauso ärgern. „Non, je ne regrette rien!", dachte er bei sich und schmunzelte in sich hinein, bis die dröhnende und freudige Begrüßungstirade eines Nachbars zu ihm drang und ihn aus diesen träumerischen Gedanken in die Gegenwart zurückriss. Sie war so kräftig, als würde man jemanden beglückwünschen, der gerade von einer langen abenteuerlichen Expedition zurückgekehrt war. Als Sherif Onkel Hany sah, verstand er, dass die warmherzige Begrüßungssalve und das ganze Aufheben ihm gegolten hatten. Plötzlich und aus dem Nichts stand er vor ihnen, atemlos, buchstäblich kreidebleich. Seine helle Gallabiya und sein Tuch, das er um den Kopf geschlungen trug, waren von Staub und Blutregen durchsetzt und bedeckt. Er blieb unbewegt stehen. Seine Augen waren weit aufgerissen, der Blick glasig und sein Antlitz reglos. In seiner linken Hand hielt er behutsam sein kleines Radio, als wäre es ein kleiner Vogel, der gerade aus seinem Nest gefallen war und den er bemitleidete und zu trösten versuchte.

Die Terrassenbewohner, die sich Sorgen um ihn gemacht hatten, kamen langsam aus ihren Zimmern. Die Erleichterung brach darüber Bahn, dass er bei so einem Wetter unversehrt heimgekommen war.

Sie schauten ihn an, gestikulierend, als würden sie eine Erklärung von ihm erwarten.

„In Tunesien sind Unruhen ausgebrochen", stieß er tonlos hervor und zeigte auf sein überbehütetes Radio. Seine Stimme versagte ihm und er würgte mehr an der Fassungslosigkeit als am Sand, den er geschluckt hatte. Es herrschte zunächst eine Weile betretenes Schweigen. Dann brachen alle in Gelächter aus. Es fiel ihnen bei seinem Anblick einfach schwer, ernst zu bleiben. Sie dachten, entweder er habe eine Gehirnschädigung aus Sauerstoffmangel erlitten oder ihn habe in der Tat eine der ominösen elektrischen Entladungen erwischt und ihm den Verstand voll und ganz geraubt.

Als Onkel Hany sich beeilte, das kleine Radio einzuschalten, und sie die ersten Nachrichten hörten, rannten sie eilends zu dem alten Fernseher in der Ecke und scharten sich um ihn. Sherif zielte mit der alten Fernbedienung, und das Gerät ging an. Zögerlich. Die Heiterkeit verschwand plötzlich aus ihren Gesichtern, alle starrten nur noch ungläubig fassungslos auf den Fernseher. Sie trauten ihren Augen und Ohren nicht. Der tunesische Machthaber sei geflüchtet, hieß es in einem der renommierten Sender der Golfstaaten. Es folgten haarsträubende Berichte über die Reichtümer, die er während seiner Amtszeit angehäuft hatte, die widerrechtlichen Machenschaften seiner Entourage sowie die brutalen Menschenrechtsverletzungen.

Junge Studenten, die vor der Universität protestierten, zeigten das Victory-Zeichen vor der Kamera: „Wahnsinn! Es ist alles unfassbar!", echote einer von ihnen beharrlich.

„Das Regime der Schurken, das uns jahrelang die Seele aus dem Leib geprügelt hat, ist beendet. Das Inferno ist zu Ende. Du hast es beendet Buazizi!", jubelte einer außer sich. Er dehnte die Worte genüsslich und sprach jede Silbe überdeutlich, als wollte er sie verewigen.

Eine junge Tunesierin, eingewickelt in die tunesische Flagge trillierte mit feuchten Augen wie eine Lerche im Frühlingsblau des Himmels: „Ich fühle mich heute leichter, noch leichter als der erfrischende Duft des Jasmins in der Frühlingsluft! Es gibt nichts Schöneres als die Frühlingsluft zu atmen!"

Hinter ihr hoben und sanken sich die Stimmen der aus Leibeskraft singenden Menge wie eine wogende Welle:

Wenn das Volk eines Tages das Leben einfordert,

Dann muss das Schicksal das gewähren

Die Nacht muss weichen

Die Ketten müssen gesprengt werden.

Die Nachricht breitete sich aus wie ein Lauffeuer und erreichte die ganze Welt. Und in fast allen Ländern der arabischen Welt gab es daraufhin aufrührerische Umtriebe. An allen Ecken und Enden begann es zu brennen und im Gebälk zu knistern. Auch die stabilsten Monarchien und verwöhntesten Ölscheichtümer blieben davon nicht verschont. Die unnahbaren Mauern der Paläste, die man sonst nur aus kilometerweiter Entfernung sehen konnte, kamen immer näher.

Es durfte wahrhaftig nicht überraschen, dass überall die ersten Funken stoben. Was einen aber wunderte war, dass das Volk in diesen Ländern nicht schon früher revoltiert hatte, obwohl alles dafür gesprochen hatte; die arabische Volksseele glich seit Jahrzehnten einem kochenden Kessel, der nun überlief.

Der libysche Machthaber Qaddafi reckte in unverhohlenem Stolz das Kinn vor und warnte erbost den Westen vor jeglicher Einmischung. Dieser Weg würde für Europa an einer Klippe enden, die in abgründige, unwägbare Tiefen führen und ihm zum Verhängnis werden würde. „Die Unruhen seien das Werk westlicher Geheimdienstler und prowestlicher Kräfte, die für die Neokolonialisten, Faschisten und Imperialisten arbeiteten. Diese ganzen elenden Scheusale gehören auf den Müllhaufen der Geschichte", ließ er kategorisch verlauten, mit schweren Lidern, etwas schwerzüngig. In seiner Miene war Übernächtigung unübersehbar.

„Wir haben es hier mit einer minutiös geplanten und zielgenauen Verschwörung zu tun", kommentierte im nächsten Beitrag stockend und in behäbigem Ton ein Ölscheich, umgeben von einer Schwadron seiner ergebenen Diener.

„All dieses importierte Gerede von Demokratie und Menschenrechte ist in Wahrheit nicht um der Schönheit unserer Augenwillen. Alles was interessiert ist unser Öl", brachte der Wüstenprinz den Satz schleppend zu Ende.

Das Prinzip der niederträchtigen Gesinnung des Westens wurde von fast allen arabischen Medien zu Tode geritten. Man bekam den Eindruck, das Morgenland würde felsenfest glauben, dass nichts zufällig geschehe. Seit jeher habe das Abendland seine langen und geschmeidigen Finger im Spiel und trage die Schuld an dem, was dem Orient, dem Nahen Osten, den arabischen und muslimischen Ländern widerfährt.

Verschwörungstheorie hin, Verschwörungstheorie her, die Menschen - von Bagdad bis Casablanca - stellten jedenfalls eine Tatsache fest: ihre Machthaber waren nicht mehr heilig und unberührbar. Einen arabischen Herrscher in die Flucht zu jagen, das musste man sich erst mal vorstellen! Daran hatte man nicht mal im Traum gedacht.

An diesem Abend verfielen die Terrassenbewohner des *Nile View* in ein großes Schweigen. Ihre Stille wirkte im Angesicht des tosenden Sturms unnatürlich. Ihre fiebrige Neugier hatte sich auf einen Schlag in unumkehrbare stille Besorgnis verwandelt. Ein dunkler Schatten legte sich über ihre Züge. Man schaltete von einem Kanal zum anderen und stierte auf den Fernseher. Man wartete irgendwie auf irgendetwas.

„Wird auch bald hier der Funke überspringen?", wollten die unruhigen, fiebrigen Blicke, die am Bildschirm hingen, wissen und schienen sich fast vor der Antwort zu fürchten. Sherif spürte dies mit großem Unbehagen.

Von der Neugier getrieben schaltete er auf einen der Nationalsender um. Es lief gerade die Wettervorhersage. Die adrette Wettermoderatorin sprach von einer weiteren, herannahenden Sturmfront, die sich mit atemberaubender Geschwindigkeit auf die restlichen Teile des Landes zubewegte.

„Die Wetteraussichten lassen in den kommenden Tagen, landesweit starke Stürme und Sturmböen erwarten. Die Situation wird laufend beobachtet und gegebenenfalls neu beurteilt. Die Behörden mahnen zur Vorsicht", kommentierte die Wetterfee etwas verspannter als sonst.

-26-

Exzess

„Immer diese scheußlichen Grausamkeiten! Hört das denn nie auf! Das kann man nicht mehr sehen und hören! In welchen Zeiten leben wir eigentlich?", fragte Saadiyya und klopfte genervt auf der Fernbedienung herum. Die Batterien waren erschöpft. Sooft wie in den letzten Tagen waren sie schon lange nicht mehr zusammengehockt vor der alten Flimmerkiste, die an der zerschürften und aufgerauhten Terrassenwand hing und wie eine schwarze bösartige Hautbeule an einer eitrig entzündeten Hautfläche wirkte. Es war als wäre die Welt aus allen Fugen geraten und als hätten die Völker der Welt einander nichts anderes zu bieten als fürchterliche Kriege, Hass, Zorn und Rache. Und es war als wäre Tragik-Voyeurismus eine neue Ware, die die Medien entdeckt hatten und nun nichts unversucht ließen, um dieses glühende Verlangen der Menschen zufriedenzustellen. Man hatte den Eindruck, dass sie bloß den Graben vertieften, feindselige Stimmung und Misstrauen zwischen den Völkern erzeugten. Nichts verkauft sich besser als der Krieg der Kulturen. Die Kraft zum Lieben, Frieden und harmonischen Zusammenleben blieb auf der Strecke. Man fragte sich finstern Sinnes, wie viele qualvolle Jahrzehnte oder gar Jahrhunderte noch erforderlich sein würden, bevor die Völker den Weg zueinander finden können und dieses Selbstzerstörungssystem, das die Herzen und Seelen der Menschen erstarren ließ, außer Gefecht gesetzt werden wird.

„Die Hoffnung stirbt zuletzt", sagen die im Westen. „Wie eng wäre das Leben, wenn nicht die Hoffnung da wäre", sagen die Weisen des Abendlandes.

Saadiya zappte durch die Kanäle und blieb zufällig bei einem europäischen Sender hängen.

Ein amerikanisches Gericht verurteilte mit Stimmenmehrheit die Sadistin von *Abu Gharib* für ihre widerwärtigen Schandtaten, Körperverletzung, Freiheitsberaubung und sexuelle Nötigung. Der Beitrag berichtete über den Prozess und zeigte, wie die Angeklagte begleitet von zwei Riesen in den Gerichtssaal trottete. Die blonde Soldatin sagte nichts. Sie zeigte keine Gefühlsregung. Kein Wort des Bedauerns. Keine Reue. Sie blickte mit ausdrucksloser Miene vor sich hin. Ihr Gesicht war reglos wie kalter Marmor.

Es folgten Archivbilder, die viele Wunden des Golfkrieges aufrissen und böse Erinnerungen hervorriefen. Einige Bilder zeigten, wie die junge Soldatin den Gefangenen misshandelte und erniedrigte. Auf anderen Bildern lächelte sie mit verführerischem

Augenaufschlag in die Kamera und posierte stolz mit dem Daumen nach oben wie eine blonde Hollywood-Darstellerin. Unter ihrem Stiefel lag der nackte, wehrlose arabische Soldat und blickte voller Scham drein.

…

„Das müsst ihr euch ansehen! Gibt es noch grauenerregende Gräuel als diese? Mein Gott, hat man je etwas Ähnliches gesehen?", rief Onkel Hany fassungslos als er den Sender wechselte. Dieses Mal waren ihm die Witze vergangen. Sein gewöhnliches Lächeln erlosch. Auch in den Mienen um ihn herum lagen Entsetzen und Grauen.

Ein schneller Blick auf die bestürzten Gesichter verriet Sherif, dass allen der gleiche Gedanke durch den Kopf ging, wenn auch etwas anders formuliert:

„Nicht in den wildesten Exzessen einer Alptraumphantasie kann man sich vorstellen was sich hier ereignet!"

„So ein Wahnsinn! Etwas Grauenvolleres habe ich noch nie gesehen!"

„Kein Mensch mit gesundem Verstand könnte wohl so etwas tun!"

„So etwas anzustellen, das kann nur jemand, der dem Wahn verfallen war!"

„Diese Leute gehören in eine geschlossene Anstalt!"

„Gott bewahre uns! Das neue finstere Zeitalter hat begonnen!"

Das waren die Worte, die die Bewohner des *Nile View* noch mit Mühe fanden, um ihr Entsetzen auszudrücken.

Tief erschüttert und entsetzt über das Ausmaß dessen, was sie nun sahen, saßen sie alle wirr dreinblickend da. Es fiel ihnen schwer zu glauben, dass solche Dinge wirklich passieren können. Niemand hätte so eine unmenschliche Grausamkeit von Bürgern einer „zivilisierten" Welt erwartet. Die Szenerie hatte etwas Infernales. Ein junger Mann mit Militärstiefeln erschien, ein blondes bluttriefendes Haupt in der Hand. Andere posierten an durchgeschnittenen Kehlen voller Stolz und mit Siegergebärden blutbefleckte Schweizer Armeemesser triumphierend in die Höhe haltend. Um sie herum waren bis zur Unkenntlichkeit verstümmelte Leichen zu sehen. Einige von ihnen waren regelrecht geschlachtet worden, so wie man Lämmer schlachtet. Furchteinflößende Männer in Tarnuniformen verwüsteten alte Denkmäler und zerfetzten vor blinder Zerstörungswut, was ihnen in die Finger kam. Es folgte Triumphgeschrei. Wildes Gegröle und Kriegsrufe gellten von allen Seiten und versprachen mehrmals, hoch und heilig, ein grauenhaftes Blutbad unter den Ungläubigen zu verrichten, ganz egal wo sie sich aufhalten.

Mehrmals wurde das Programm unterbrochen, um die Bürger um strenge Wachsamkeit und enge Zusammenarbeit mit den Behörden zu bitten. Durch alle möglichen Sender geisterten nun Fahndungsbilder der Tatverdächtigen. Die Nachrichten sprachen von einem neuen Terrornetzwerk namens „Unsichtbares Schwert", das die Gründung eines Kalifats groß auf seine Fahne schrieb. Die Bilder waren unscharf, die Gesichtszüge undeutlich. Die verschwommenen Konturen verliehen den Gesichtern einen bedrohlichen Anstrich.

„Die Identität wird demnächst aufgedeckt", hieß es vielversprechend. In kurzen Abständen wurden der Öffentlichkeit Neuigkeiten präsentiert und wie immer von allwissenden Terrorexperten und Islamwissenschaftlern kommentiert. Immer wieder wurden dunkle Andeutungen über „überraschende Entdeckungen" angekündigt. Die Fahndungen liefen auf Hochtouren und die Staatsbehörden seien den Tätern mit großem Polizeiaufgebot dicht auf den Fersen, verlauteten die ununterbrochen aufeinander folgenden Meldungen.

„Näheres gleich auf unserem Sender! Kein Sender bringt Sie so nah an das Geschehen wie der unsere!", verkündete die Werbung spannungsvoll, als handle es sich um eine Unterhaltungssendung am Samstagnachmittag.

Es folgte eine Fernsehsondersendung über den grausigen Anschlag, sie wurde immer wieder unterbrochen durch Werbespots. Am liebsten hätte er die Fernbedienung an die Wand geschmettert. Doch dann kam die Nachricht wie ein Donnerschlag: der Polizei sei ein Schlag gegen die Terrorzelle gelungen. Sie habe das Versteck endlich geortet, das Anlaufpunkt und Anbahnungsort für die Terroristenrekrutierung fungierte.

Mehrmals fiel der Name *Nile View*, konkrete Hinweise hätten direkt dorthin geführt.

Wieso *Nile View*?

Die Nachricht hatte zunächst allen Einwohnern des Hauses einen großen Schlag versetzt. Und als sie die Konturen einer der Täter erkannten war es, als würde auf einmal ihr Blut in den Adern gefrieren. Man konnte sehen, wie die Überraschung Farbe und Ausdruck aus ihren Gesichtern verjagte. Konsterniert warfen sie einander fragende Blicke zu, die die volle Bedeutung des Ganzen zu erfassen versuchten.

Sherifs Gesichtszüge erstarrten als er das Bild sah. Die Nachricht hatte ihn so schwindelig gemacht, dass alle Bilder vor seinen Augen zu tanzen begannen.

„In welchen Höllenschlund bist Du geraten, O Ramzi! Ist das dein neues Leben von dem du träumtest?", stammelte er.

„Ein Leben aus tötendem Hass und blindwütigem Mord?", fragte er sich. In seiner Stimme war Enttäuschung gemischt mit bitterem Bedauern.

Ramzis Bild machte schnell die Runde. Auf allen Sendern und Internetportalen wurde es ständig veröffentlicht. Auf dem Bildschirm sah er ganz anders aus, als man ihn in Erinnerung hatte. Vollkommen fremd. Und je öfter man sein Bild ansah, desto fremder und furchteinflößender wirkte sein Anblick.

Es dauerte nicht länger als ein paar Minuten bis eine zehnköpfige Anti-Terror Spezialeinheit begleitet von scharfen Hunden wie eine tosende Woge das Treppenhaus nach oben stürmte und sämtliche Türen zu den Zimmern auf der Dachterrasse aufstieß. Diensteifrig durchwühlten sie die Zimmer und stellten alles auf den Kopf. Ihre Durchsuchungsaktion erstreckte sich bis auf die hintersten Ecken der benachbarten Terrassen. Keiner blieb verschont. Ob Kind, ob Greis, alle wurden einzeln eingehend befragt und anschließend ausnahmslos ins Präsidium beordert, um ihre ausführlichen Aussagen zu Protokoll zu geben. Allen voran Sherif. Seine Vernehmung musste noch einmal offiziell und in aller Form stattfinden. Schließlich hatte er Ramzi ein Zimmer vermietet. Darüber hinaus ließ seine Vergangenheit aufhorchen. Ruppig sammelten die borstigen Beamten sämtliche Personalausweise ein und zogen sich zurück mit dem, was sie richtungsweisendes und hochbrisantes Material nannten. Die Ausbeute sollte reichlich gewesen sein.

Kaum war die Polizei weg, ging der Medienzirkus erst richtig los. Heerscharen von Fernsehjournalisten und Reportern nahmen sich der Sache an und eroberten das ganze Haus. Es wimmelte von Regenbogenjournalisten und Fotografen. Die einen überschlugen sich mit Lobeshymnen und priesen das bienenfleißige Bemühen und die Arbeit der Regierung im Kampf gegen den Terror. Sie sprachen von äußerst explosiven und erstaunlichen Ergebnissen, die diese minutiös geplante Operation gebracht hatte. Die anderen sahen in der ganzen Sache die Möglichkeit einer lukrativen Sensation. Sie zimmerten unglaubliche Geschichten zusammen, um die voyeuristische Gier des Boulevards zu befriedigen und die Nachbarschaft nahm die Gelegenheit wahr, sich wichtig zu tun. Sherif hörte einen Mann zu einem bekannten Journalisten sagen: „Ich habe etwas gesehen, das euch interessieren könnte! Euch werde ich das erzählen, sonst keinem. Wie sieht es aus mit einer Belohnung?"

„Ich weiß Sachen, die kein anderer weiß. Keiner hat gesehen, was ich gesehen habe. Komme ich dran?", überbot ein anderer, wie ein kleines Kind, das auf einmal ein neues Spiel entdeckt hatte.

Viele der Nachbarn hatten bereits den Verdacht gehegt, dass Ramzi nicht das war, was er zu sein vorgab. In seinem Verhalten hatte etwas Unergründliches gelegen. Sie erzählten, wie ihnen das erste Mal der Verdacht kam, über Vorfälle, die sie als unwichtig abgetan hatten und von denen sie kaum Notiz nahmen, an die sie sich jetzt aber erinnern. Sie versuchten sich Einzelheiten ins Gedächtnis zu rufen, solche, die für ihre schlimmen Vorahnungen sprächen. Sie alle waren in frappierender Weise Zeuge ominöser Wortwechsel und seltsamen Stimmengemurmels und Tuscheleien in den pechschwarzen Nächten auf der obskuren Terrasse des *Nile View*.

„Wer waren diese Männer? Und was taten sie um die Zeit bei ihm? Worüber sprachen sie?", warf ein Journalist näselnd sensationslüstern ein.

Die Nachbarn erzählten von schattenhaften Gestalten, die sie zwar nur schemenhaft sehen konnten, sie aber erkannten, dass alle einen Bart trugen. Das war keine Sinnestäuschung und kein Spiel der Phantasie. Tief in ihren Innersten hätten sie gefühlt, dass sie etwas aushecken und nichts Gutes im Schilde führten, jedoch konnten sie sich nicht vorstellen, was dies sein sollte.

Sherif hörte die Aussagen mit wachsendem Erstaunen. Lange wagte er nicht zu glauben, was seine Ohren über den Täter hörten. Dass Ramzi zu all diesem fähig sein sollte, dieser Gedanke hatte ihn nie gestreift. Brunnenbohrprojekte in Somalia, Sudan, Jemen und Mali, Dschihad, Rekrutierungsgespräche, Trainingslager, geheime Tunnels, Dschihad-Bräute, Kalifat.... Das Ganze hörte sich an wie ein Albtraum und lag jenseits seines Fassungsvermögens, vor allem wenn man zurückblickte und wenn man wusste, dass man mit einem Menschen wie Ramzi unter einem Dach lebte.

Sherif fragte sich düster, warum Ramzi bloß so tief gesunken war. Er fragte sich dunkel, ob und wie er ihn von diesem Weg hätte abbringen können. Fragen, die an diesem Abend niemanden interessierten und die Medien leider am wenigsten.

Er ließ Szenen und Gespräche Revue passieren, in der Hoffnung eine Erklärung zu finden.

Viele Gedanken wirbelten durch seinen Kopf, wie die Tauben auf der Terrasse, wenn sie in wilder Flucht auseinanderstoben, sobald die ungezügelten Nachbarskinder sich ihnen näherten.

-27-

Die verratene Taube

In dieser Nacht schlief Sherif sehr schlecht und hatte fürchterliche Albträume. Das Holzfeuer brannte noch, dichter erstickender Rauch stieg in die Höhe und biss in den Augen. Es roch stark nach verbranntem Fleisch. Sherif legte die Hand schützend über Nase und Augen und tastete sich behutsam durch das rauchige Dunkel. Mit jedem Schritt schien der verkohlte Gestank beißender zu werden und so plötzlich wie unerwartet sah er Ramzi. Er konnte ihn durch den dichten Rauchnebel erahnen, seine Miene aber konnte er nicht sehen. „Ich brauche sie auch nicht zu sehen", dachte er sich. Er kannte ihn gut. Sie waren einander jahrelang in inniger Bruderschaft zugetan. Sherif konnte sozusagen bis auf den Boden seiner Seele blicken wie auf ein offenes Buch.

Jetzt stand er direkt vor ihm. Sein Gesicht wirkte noch hagerer und wilder als sonst. Die Augen waren blutunterlaufen. Sein Haar war verschmutzt und fettig und sein Bart lang und ungepflegt. Sein Hemd war offen und gab den Blick auf seine behaarte Brust frei. Plötzlich stockte ihm der Atem und sein Herz zog sich zusammen, denn das, was Sherif in diesem Moment zu sehen bekam, übertraf all seine Vorstellungen. Unglaublich verfolgte er, wie Ramzi eine fast noch rohe Taube mit bloßen Händen zerfetzte und gierig mit den Zähnen auseinanderzureißen und auseinanderzubrechen versuchte. Sherif sah entsetzt zu, wie er zu essen begann. Das Fleisch war zum Teil noch roh und manche Stücke waren rußgeschwärzt. Blut vermischte sich mit Ruß und lief ihm übers Gesicht wie in einem Gruselfilm. Von seinen Ellbogen tropfte Blut auf den Boden. Er hörte, wie seine Zähne die Knöchel abscheulich zermalmten und wie er geräuschvoll sein Essen verschlang. Immer wieder kamen sonderbare Laute aus seiner Kehle, wie die eines Tieres, dem man sich beim Fressen näherte. Sein Anblick war ekelerregend und furchteinflößend zugleich.

Sie standen wie erstarrt einander gegenüber und es entstand ein betretenes misstrauisches Schweigen.

Ramzi machte den Eindruck eines Menschen, der sich nicht mehr zurechtfand. Er erzählte zusammenhanglos, alles, was ihm in den Sinn kam. Seine Stimme klang matt und schleppend.

„Du hast den Verstand verloren!", sagte Sherif leise, als hätte er etwas festgestellt, womit er nie gerechnet hätte.

„Sie waren doch deine Passion. Du hast sie gefüttert und sie haben dir aus der Hand gefressen. Wie kann ein passionierter Taubenliebhaber seine Tauben herzlos und brutal roh essen?", fragte er fassungslos. Die Stimme klang bitter enttäuscht. Nicht weit entfernt beäugten die Zuchttauben die zwei mit leicht zur Seite geneigten Köpfen, als würden sie eine Antwort erwarten. Ramzi schwieg erstarrt, denn es gab nichts, was er dazu hätte sagen können.

„Zu viele ....unverheilte Wunden, tiefe Narben....zu vieles.... worüber ich ....nicht.... hinwegkomme!", brabbelte er dann unter qualvollem Japsen dumpf hervor. Die Worte kamen langsam, undeutlich, in weiten Abständen.

Sherif verfolgte seine Geste und erschrak bis ins Mark über das, was er zu sehen bekam. Er hätte nie gedacht, dass so etwas möglich ist. Ramzis Finger vergruben sich tief, immer tiefer unter sichtlichen Qualen, in seiner Brust, wie in einem alten gegorenen Teig.

„Sie.... haben....den Engel....hier drinnen ge....!", brummelte er und deutete erneut auf seine knochige Brust, während der dichte Rauch die Worte in die Ferne zog.

Sherif drehte sich hastig um. Er rannte nach draußen und versuchte die scheußlichen Bilder aus seinen Gedanken zu vertreiben. Ramzi rappelte sich hoch, rannte dicht ihm hinter ihm her. Er brüllte ihm nach und streckte die Hand aus, um ihn bei der Schulter zu packen. Er versuchte es ein paarmal und griff immer wieder ins Leere. Sherif rannte, was die Beine hielten. Er spürte

Ramzis hastigen und geräuschvollen, keuchenden Atem im Nacken. Als ihm die Puste ausging, gab er auf und blieb stehen. Unter großen Schmerzen machte Ramzi seine Brust auf, als wollte er die Tür eines Ofens zum Lüften öffnen. Er wandte sich ab und ging, ohne sich noch einmal umzudrehen. Mit ausgestreckten Armen tappte er in die fürchterliche Dunkelheit wie ein Mensch, der plötzlich das Augenlicht verloren hatte. Er torkelte, stolperte und fiel laut. Erschreckt strebten die Tauben mit kraftvollen Flügelschlägen gen rauchigen Himmel und stiegen hoch. Ihr Flattern durchbrach die Stille und er erwachte mit zappelnden Beinen. Verschwitzt und atemlos.

-28-

Im Polizeipräsidium

Sein erster Weg führte Sherif an diesem Morgen zum Polizeipräsidium, wo er endlose Fragen über sich ergehen lassen musste. Dass er nicht allzu erfreut darüber war, verstand sich. Eine stickige Luft erschwerte das Atmen und die Füße wurden ihm schwer, als wäre die Straße steil. Träge setzte er einen Fuß vor den anderen. Je mehr er sich dem Gebäude näherte, desto stärker wurde das bedrückende Gefühl, das ihn bereits damals, als er mit Ayman hierher beordert wurde, begleitet hatte. Und als er endlich vor dem Gebäude stand, hatte er ein flaues Gefühl im Magen und eiskalter Schweiß drang aus seinen Poren.

Plötzlich blitzten Alpträume in seinem Geist auf, die fast ein Jahrzehnt an ihm genagt hatten. Er hatte das Gefühl, als würde ihm die Luft zum Atmen genommen. Sein Herz begann zu rasen, sein Atem ging in Stößen und kein Lufthauch regte sich.

Das Gebäude war baufällig und der Verputz blätterte ab. Die Wände waren geborsten und dick mit Staub bedeckt. Die Mauern und Säulen mit Feuchtigkeit behaftet. Das Gebäude hatte in den letzten Jahren bestimmt keinen Anstrich bekommen.

Er atmete tief ein, nahm allen Mut zusammen und wagte sich - mit großem Zaudern - vor bis zum Eingangstor.

Es dauerte eine Weile bis sich das Schwindelgefühl legte.

Er durchschritt einen alten, dunklen Flur und ließ den Blick langsam schweifen. Auch hier bot sich ihm ein desolates Bild. Der Fussboden war eingesackt. Die Decke hing beklemmend niedrig durch, überall bröckelnder Putz und verbogene rissige Balken, die von der Feuchtigkeit bereits stark angegriffen waren. Von den Säulen rieselten Staub und Kalk. Im Gebäude war es stickig. Die Luft stand, war muffig und lastete zusätzlich auf den Augenzeugen, die an diesem Morgen zahlreich und wahrscheinlich aus demselben Anlass zu erscheinen hatten. Er spürte wie sein Mund trocken wurde und der Schweiß an ihm heruntertropfte. Auf dem Flur standen in kleinen Abständen Wasserspender, die entweder leer oder außer Betrieb waren.

An der Decke heulte ein kleiner Ventilator und brachte mehr Hitze und Staub als kühle Luft. Der große Ventilator in der Eingangshalle schien längst seinen Geist aufgegeben zu haben.

Es war nichts zu hören außer den Stimmen der Polizisten, die in rasendem Zorn die Leute mit einem Schwall von Flüchen, groben Worten, Verwünschungen und Zurechtweisungen überhäuften.

Mit grimmigen Mienen hingen andere an ihren Funkgeräten, aus denen in blechernen Funksprüchen die unterschiedlichsten Direktiven rauschten und krächzten. Mehr als „Aywa ya Bascha! Hader ya Bascha!, „Jawohl Chef! Stets zu Diensten, Chef!" war nicht zu verstehen.

Sein Blick glitt weiter und verharrte einen Moment auf einem Schild an der Tür eines Büros. „Vernehmungsbüro", las er im Flüsterton und fuhr sich mit der Hand übers Gesicht.

„Sie müssen warten", befahl ihm der Polizist, der an der Tür stand, mit einer herrischen Handbewegung. Schweigend nahm er Platz und wartete wortlos.

Rundum wurde es auf einmal still. Beklemmend still, nur Polizeischritte schallten im Flur wie Schläge auf einem Amboss und dienten dazu, die schwer herrschende Stille zu unterstreichen und zu vertiefen.

In den Augen der Menschen glaubte er eine höllische, nicht in Worte zu fassende unterdrückte Angst zu erkennen. Manche waren totenbleich. Keiner sah den anderen mehr an, geschweige denn, dass sie noch ein Wort wechselten.

Polizisten mit eiskalten Dienstgesichtern zerrten eine Gruppe barfüßiger Jugendlicher mit verwundeten Gesichtern, Händen und Füßen aus dem Büro, die Treppe hinunter in den Keller.

„Wir werden euch schon die ganzen Flausen von der Universität austreiben...", quetschte einer der Beamten aus seinem Mundwinkel. Seine Stimme klang gepresst als käme sie aus dem schweren Gummistiefel.

„...das westliche Geschwätz aus dem Leib prügeln", schimpfte der andere weiter vor sich hin, einen Fluch nach dem anderen ausspuckend.

Sherifs Augen folgten ihnen gequält, bis im schwindenden Licht ein altes quietschendes Tor im Keller knallte und alle Geräusche verstummten.

In der dichten Düsternis der Kellertreppen war nichts mehr zu erkennen, außer einer langen, dicken Blutspur, die sich die Treppe hinunterzog. Beim Anblick dieser Szene zuckten in ihm blitzartig alle bösen Erinnerungen wieder auf und versetzten ihn um Jahre zurück. Die Monate im Gefängnis zusammen mit Ayman waren sehr schmerzhaft und sie haben ihre Spuren hinterlassen.

Je länger er wartete, desto höher schraubten sich seine Gedanken. Mit Unbehagen rutschte er auf seinem Platz hin und her. Der

Gedanke, die Polizei könne ihn jederzeit verhaften, erfüllte ihn mit Beklemmung. Sherif saß schweigend da und grübelte, was ihm angelastet wurde. Hoffentlich lag nicht wieder ein Haftbefehl vor. Was, wenn sie ihn wieder einlochen? Einfach so. Er probte in Gedanken das Gespräch, das er hinterher mit dem Kommissar führen würde. Alte Bilder schossen ihm plötzlich durch den Kopf. Er dachte an die nach Urin stinkenden und ungezieferverseuchten Zellen, an die seelischen und körperlichen Folterungen.

Als Laura sich von ihm heute Morgen vor dem *Nile View* verabschiedete, redete sie warnend auf ihn ein, er solle sich über seine Rechte aufklären lassen. „Welche Rechte denn? Aufklären lassen?", antwortete er wie aus der Pistole geschossen. Seine Gedanken kreisten blitzschnell. Vor seiner Seele entstand das alte Bild. Er dachte daran, wie der fette glatzköpfige Richter damals sein Urteil verlas, während er sich arrogant seine dickgläserne Brille mit seinem wurstigen Zeigefinger zurechtrückte und sagte: „Aufgrund der vorgebrachten Tatsachen wird festgestellt, dass die Indizien den hinreichenden Verdacht begründen, dass der Angeklagte mit seinem Komplizen gezielt geplant hat, den Ruf der Regierung mit Hilfe ausländischer Kräfte zu schaden. Das Gericht befindet den Angeklagten als eine Gefahr für die Allgemeinheit, das Vaterland und die Staatssicherheit... und es besteht Fluchtgefahr."

„Und diese Kamera gehört ein für alle Mal zerstört. Sie ist die Wurzel allen Übels!" Der Richter hob sie hoch und zeigte sie der Öffentlichkeit mit seinen wurstigen Fingern.

„Nicht die Kamera ist schuld, Euer Ehren, sondern die Realität", wehrte sich Sherif. Allein diese Antwort war ein hinreichender Grund, ihn zu verurteilen.

„Reden Sie kein dummes Zeug, das sie bereuen werden!", fiel ihm der dicke Richter ins Wort, um dann das Richterpodium zu verlassen nach rechts und links seine überflüssigen Pfunde wiegend.

„Ändert die Realität, dann wird sich das Bild ganz gewiss ändern!", warf ihm Sherif hinterher.

Kaum hatte Sherif seine frühere Erfahrung mit dem Gericht zu Ende gegruselt, wurde er durch eine messerscharfe Stimme in die Realität zurückgeholt: „Der beschuldigte Sherif Nabhan!", rief der Hilfspolizist in strammer Haltung. Das Gemurmel der wartenden Menge verstummte. Sherif zuckte voller bedrückender Vorahnungen zusammen, als hätte er einen elektrischen Schlag bekommen. Ihm wurde flau im Magen. Er versuchte soweit es ging ruhig zu wirken und keine Unterwürfigkeit zu zeigen, als der Polizist träge in seinem wiegenden Gang auf ihn zukam, wie eine

Schildkröte, die schlurfte als erfordere jeder Schritt die gesamte Willenskraft.

Aus dem Büroinneren ertönte die Stimme des Kommissars, ungeduldig und schärfer werdend.

Mit einer knappen Zeigefingerbewegung bedeutete der finster dreinblickende Polizist ihn ins Büro, das etwas Höhlenhaftes hatte, mit einem kleinen Fenster in der Ecke. Es war dunkel, erstickend heiß und roch nach kaltem Zigarettenrauch. In einem zum Aschenbecher umfunktionierten Teeglas schwammen die Stummel in einer ekligen, braunen Brühe.

Mit unbewegter Miene winkte der Kommissar ihn zu sich heran. „Setz dich!", forderte er Sherif befehlerisch auf. „Hinsetzen!", herrschte er ihn wiederholt an.

Die Stille war beklemmend. Man hörte nur das Rascheln der Seiten und das Klappern des elektrischen Ventilators, der auf dem von mit durchnummerierten Unterlagen vollgestapelten Tisch des Kommissars stand. Der Kommissar richtete sich hoch auf, kramte schweigend in einem Regal herum und fischte eine dicke Mappe hervor. Nachdem er seine angelaufene Brille aufs gründlichste geputzt hatte, zog er eine Packung Zigaretten aus der Brusttasche, klopfte eine Zigarette heraus und zündete sie an. Dann löste er die schwarze Schnur der Mappe und schlug sie auf.

Er richtete sich in seinem Stuhl auf, rückte seine Pistole in seinem Schulterhalfter zurecht und legte die Handschellen auf den Tisch.

Während ihm der Rauch aus Mund und Nasenlöchern quoll, murmelte der Kommissar: „Mal sehen … Mal sehen …. Verdacht auf hm…hm…hm…, gemeldet von der Polizei im Distrikt hm….hm….‟

Er drehte die Mappe voller Fotos, schob sie zu Sherif hinüber und stand von seinem Stuhl auf.

Er warf die Kippe auf den Boden und trat sie energisch aus, dann fing er an, den Raum mit seinen gewundenen Sätzen zu füllen. „Uns sind Tatsachen bekannt geworden, dass sie jahrelang einen Terroristen beherbergt haben. Sie haben sich strafbar gemacht. Diesbezüglich ist das Gesetz klar!‟ Die Stimme klang so als wäre das Urteil bereits gefallen.

„Der Staat beschuldigt Sie der Unterstützung einer Terrorzelle und Anstiftung zur Gewalt. Wie bekennen Sie sich zu diesen Anschuldigungen? Worauf gedenken Sie Ihre Verteidigung aufzubauen?‟, brauste der Kommissar auf. Sherif hatte es die Sprache verschlagen.

„Was fällt ihnen sonst noch zu diesem Mann ein?", fragte er aufdringlicher artikulierend und klopfte mit dem Zeigefinger mehrmals energisch auf ein Bild.

In der Ecke tippte ein junger Protokollant fleißig auf einer vorsintflutlichen Schreibmaschine. Es zählte jeder Satz. Jedes einzelne Wort.

Sherif lugte über das Foto hinweg. Sein Herz schlug schneller, auf einmal verschwamm alles vor seinen Augen. Der Mensch auf dem Bild war ihm fremd, so völlig verschieden von dem Menschen, der in seiner Erinnerung fortlebte. Er hatte sich bis ins Unkenntliche verändert. In seiner Tarnuniform mit Sturmgewehr, sowie verdächtigen Vorrichtungen am Körper wirkte er ganz anders und schien zu allem entschlossen. Er trug einen langen Bart und Militärkleidung im Camouflage-Muster. Neben ihm standen große, schwarze offene Geländewagen, aus denen junge Kerle siegessicher jubelten.

Sherif war perplex.

Der Kommissar blätterte in der Fahndungsliste und versuchte, seine Ungeduld zu kaschieren.

„Wie lange kennen Sie sich? In welchem Verhältnis stehen Sie denn zueinander?", zischte er gereizt.

„Wen hat er sonst noch in seine Pläne eingebunden?"

„Die Fische hüpfen nicht von allein in die Becken! Der Spruch dürfte Ihnen doch geläufig sein!", donnerte der Kommissar missmutig und knallte mit dem Glas voller Kippen auf den Tisch.

„Reden Sie endlich! Sagen Sie die Wahrheit!", warnte er und versuchte in einem völlig zerknautschten Päckchen die letzte Zigarette zu angeln, als er seine Wut auf Sherif nicht mehr bezähmen konnte.

„Die Wahrheit ist, dass ich geschockt bin, Herr Kommissar!", entfuhr es Sherif und er war selbst erstaunt, wie glatt ihm die Phrase über die Lippen ging. Der Kommissar schien nicht recht überzeugt.

„Weiter!!", drängte er.

Es herrschte eine kleine nachdenkliche Stille, bevor Sherif scharf Luft holte, Mut schöpfte und nach Worten rang.

„Ich gebe hiermit zu Protokoll, dass die Bewohner des *Nile View* in allererster Linie gute friedfertige Menschen sind ... Hass ist uns unbekannt und der Gedanke daran völlig fremd. Wir alle sehnen uns nach einem friedlichen Leben. Uns ist im tiefsten Inneren Fanatismus zuwider".

Der Kommissar musterte ihn, als ob er für einen kurzen Moment mit sich rang und ihm etwas Vertrauen schenken sollte.

„Was mit Ramzi geschehen ist, konnte keiner ahnen. Vom Standpunkt des gesunden Menschenverstandes, passt so eine Tat gar nicht zu seinem Charakter. Ramzi, den wir kannten war nie brutal, mordgierig oder Gewalt verherrlichend. Ich habe, als ich ihn kennengelernt habe, in seine Augen geschaut und war mir sicher, dass dieser junge Mann, trotz allem was er erlebt hatte, kein böser Mensch war. Ich bin mir sicher, dass er in einen Strudel hineingezogen worden war, ohne es zu merken."

Der Kommissar schaute missbilligend, als hätte Sherif etwas gesagt, was er nicht hätte sagen sollen. Er quittierte die Antwort mit einem Stirnrunzeln, unterdrückte ein Husten und stieß den Rauch aus.

„Ich ergreife hier keine Partei, sondern ich sage nur, wie's ist", wehrte Sherif mit einer entschuldigenden Gebärde ab.

„Alles war ihm irgendwie entglitten und aus ihm wurde das, was er jetzt ist. Eigentlich hätte er ganz anders leben wollen und die Person sein wollen, die er wirklich ist und nicht die, zu der er wurde. Die begangene Tat Ramzis steht in einem notwendigen Zusammenhang mit seiner Realität, und die war, weiß Gott, beschissen. Der eine, den ich kannte und mochte und mit dem ich

Leiden und Hoffnungen teilte, hat mit dem anderen nichts zu tun. Ich muss zugeben, dass der Ramzi, den ich anfangs kannte, einfach verschwunden ist. Er hätte sich nie auf das Lügengespinst der kalt berechnenden Ideologen und Religionshändler eingelassen, die jungen Menschen glauben machen, dass es nichts Besseres gäbe, als Märtyrer für ihre erfundenen Lügen freudigen Herzens zu sterben. Ab dem Moment, als „sie" die Schlinge um seinen Hals gelegt hatten, war er wie viele andere unentrinnbar in ein wildwogendes Meer von Lügen, Täuschung und Manipulation geraten. Das war der Beginn eines todsicheren Teufelskreises im wahrsten Sinne des Wortes. Seine Schwächen, seine Naivität, seine Gutmütigkeit, seine Labilität, sein elendes schauriges Leben wurden regelrecht und gnadenlos ausgenutzt….."

Der Kommissar unterbrach ihn, als ein junger Polizist plötzlich hastig hereintrat, die Hacken der dicken Gummistiefel dumpf zusammenschlug, stramm salutierte und ihm dienstbeflissen zwei Faxe vorlegte.

Behäbig setzte der Kommissar wieder seine trübe Lesebrille auf und nahm die Faxe herablassend entgegen. Er verfiel eine Weile in ein strenges Schweigen. Dann sagte er kurz angebunden, als blieb ihm keine Zeit für Einzelheiten:

„Ramzi Bagdadi ist tot!"

Die Worte kamen irgendwie leichtfertig über die Lippen. Der Ton mangelte an Bedauern, Trauer oder Schmerz. Die Miene blieb maskenhaft streng.

„Er ist auf dem Sinai auf dem Weg nach Syrien in einer heftigen Schießerei getötet worden!", fügte er kühl kurz hinzu. Er verzog weiterhin keine Miene.

So ließ er es einfach dabei bewenden und wandte sich eifrig dem zweiten Fax zu. Sein Gesicht zeigte plötzlich einen seltsamen Ausdruck. Wie vom Donner gerührt las er immer wieder das Fax, als würde er plötzlich unscharf sehen. Es war ihm anzumerken, dass ihn dieses Fax in Unruhe versetzte. Aus der Verfassung gebracht, nahm er hastig die Akten samt Fotos wieder an sich, schmiss sie geistesabwesend in eine vollgestopfte Schublade und schob diese energisch zu.

Der bisher selbstsichere Kommissar wurde fahl im Gesicht. Die weiße Uniform wurde auf einmal von Schweiß durchsetzt. Er zog verlegen ein Taschentuch hervor und wischte sich das Gesicht, den Hals und den Nacken ab.

Wie gebannt stand Sherif fassungslos still. Er konnte die Situation nicht mehr einordnen. Die Telefone im Polizeipräsidium klingelten schlagartig von allen Seiten. Der Kommissar griff zum nächsten Hörer, hielt ihn ein wenig vom Ohr ab, halb zum kleinen Fenster gekehrt mit einer schrecklich bekümmerten Miene.

Er horchte, sein Gesicht blass vor Schreck und den Blick in weiter Ferne weilend, dort, wo die Hauptverkehrsstraßen, zum großen Tahrir-Platz im Stadtzentrum führten.

Tief besorgt beugte er sich vor und legte seine Hand schützend vor die Telefonmuschel. Seine Stimme senkte sich zu einem Flüstern. „Du schwarzer Tag... Du pechschwarzer Tag!", schnaubte er dann mit wachsendem Erstaunen, um Selbstbeherrschung ringend.

Seine Augen schwenkten zum Protokollanten und dann zu Sherif. Mit einer wiederholt brüsken herablassenden Handbewegung gab er gebieterisch zu verstehen, dass er Sherif gehen lassen konnte.

Welch günstigem Schicksal er es zu verdanken hatte, dass der Kommissar ihn entlassen hatte, wusste Sherif nicht. Nichts schien in diesem Moment einen Sinn zu ergeben. Es mutete seltsam an, dass etwas Dringendes auf einmal das ganze Polizeipräsidium prioritär beschäftigte.

Sherif verließ fluchtartig das Polizeipräsidium. Ihm war, als fiele eine zentnerschwere Last Stück für Stück von ihm ab. Er konnte wieder atmen.

Das beglückende Gefühl legte sich langsam als er an Ramzi dachte. Von seinem überraschenden Tod wusste er auf Anhieb nicht, was er davon halten sollte. Die Nachricht war schockierend.

-29-

Die Kinder des Nil

Draußen, nicht weit vom Polizeipräsidium, waren sämtliche Wände gesprayt. Was zunächst nach hastigem Geschmiere in arabischen Schriftzügen aussah, sollte eigentlich anklagen, wer schuld an der Misere des Volkes war, wer korrupt war, wer das Land bestohlen hatte und wer hinter Gitter gehörte. Alles schien soeben passiert zu sein. Die Namen in Großlettern von all jenen, die mit finstersten Untaten befleckt waren, waren nämlich frisch. Die Farbe dehnte sich noch aus, formte sich und lief langsam herunter, wie dicke Blutstropfen aus einer tiefen Wunde. Überall herrschte ein ungewöhnliches Treiben. Mit immer steigender Verwunderung nahm Sherif wahr, wie Jugendliche hier und da geräuschlos huschten und Graffitis sprühten, als wollten sie ihre lang aufgestaute Wut auf den alten Körper der Stadt zeichnen.

Sherif ließ seinen Blick über die Graffitis schweifen, bis er schließlich auf einem verweilte: ein prächtiger Adler mit gespreizten Flügeln, der aussah, als machte er Anstalten, sich in die Lüfte zu schwingen, nachdem er dicke eiserne Ketten, die ihn an den Grund des Tales fesselten, aus der Verankerungen gerissen hatte. Der rote Hals zeigte nach oben, die schwarzen Augen waren starr auf einen weißen Berggipfel gerichtet.

Ein weiteres Graffiti zeigte einen Bauernkarren, von schweißtriefenden, knochigen, erschöpften und keuchenden Zugtieren gezogen, die ein wohlbeleibter Reiter im Pharaonenrock, mit Zurufen und Peitschenknallen antrieb. Rechts und links liefen Hunde mit lechzenden Zungen. Auf dem Karren türmten sich Reichtümer, Goldbarren, Säcke prallvoll mit Juwelen, Schmuck und Geld, so dass die Reifen wackelten. Der Weg der schwerbeladenen Karawane war vorgezeichnet. Er führte direkt in ein imposantes Gebäude, auf dessen Dach ein weißes Kreuz in die Höhe ragte. Ein Bild, bei dem der Phantasie nicht mehr viel Spielraum blieb.

Ein wenig weiter kalligraphierte gerade ein junges Mädchen in großer Eile, aber kampfentschlossen mit kunstvoll geschwungenen Buchstaben auf die Mauer einer Schule: *Das Volk will ...*

Sherif traute seinen Augen nicht. Er schloss sie für einen Moment. War er etwa das Opfer einer Sinnestäuschung? In seinem Kopf hörte er Kampfparolen, Klatschen, Trommeln, Siegestriller und das Schlurfen von Füßen. Als er die Augen wieder öffnete und die immer dichter werdende Nähe der Menschen spürte und ihre Stimmen hörte, in diesem Augenblick wusste er, dass alles wahr und keine Illusion war.

Herbeigelockt von den Akklamationen versammelten sich immer mehr Menschen an den Straßenecken, vor den Geschäften und überall dort, wo sich eine kleine freie Fläche auftat.

Jugendliche trafen wie aus heiterem Himmel auf den Straßen zusammen, liefen beschwingt von allen Seiten herbei. Wie arabische Pferde, die nach einem strengen Winter den Frühling zum ersten Mal rochen, rannten sie losgelöst, in pulsierender Lebendigkeit durch die Straßen und Gassen Kairos, als wären sämtliche eiserne Ketten, die sie so lange in finsteren Ställen festhielten mit einem Mal zerrissen und ließen die Erde unter ihren Hufen erschüttern. Mit jedem Trab wuchs ihr Mut und in den Augen loderte ein Feuer, als fürchteten sie keine Tausend Pferdeflüsterer und deren Peitschen mehr und als könnte keine Hürde ihren Elan mehr aufhalten.

Mit wehenden Fahnen strömten sie frohen Herzens zusammen auf dem großen Platz in der Stadtmitte: dem Tahrir-Platz, dem Platz der Befreiung.

Sherif spürte wie der pulsende Taumel des Augenblicks ihm einen Stromstoß durch die Adern jagte und sich seiner durch und durch bemächtigte. Das Kinn rebellisch vorgeschoben, straffte er kampfeslustig die Schultern, schritt mit stolzgeschwellter Brust durch den dichter werdenden Strom und marschierte mit der Menge in dem protestierenden Zug. Stolz war Sherif in diesem Augenblick vor allem darauf, heute einer unter ihnen zu sein. Niemand hatte sie bis jetzt ernst oder auch nur Notiz von ihnen genommen. In den Augen der Öffentlichkeit waren sie einfach „die weltfremden Hosenscheißer, die zu nichts nütze waren und die vor lauter Handyssucht nicht mal die Zeit hatten, ihre herunterrutschenden Hosen hochzuziehen." Heute schrieben sie Geschichte. Man konnte sie verspotten, Witze über sie machen, aber man konnte sie nicht mehr ignorieren. Ihre Augen strahlten voller Stolz über das, was sie gemeinsam dabei waren zu vollbringen. Obwohl sie voneinander nicht einmal den Namen wussten, fühlten sie sich hier auf dem Platz eng verbunden. Es war ein unbeschreibliches, wohltuendes Gefühl des Zusammenhalts und des Gemeinsinns, das plötzlich von ihm Besitz ergriff. Noch nie hatte er sich so vielen Menschen so nah gefühlt wie in diesem Moment. Es war als würde sie alle ein starkes unsichtbares Band verbinden. Keiner fragte nach dem Namen. Herkunft, Religionszugehörigkeit oder Rang waren unwesentlich. Man drängte sich dicht aneinander. Man fand sich, einfach ohne Hemmungen und ohne Umstände. Man schloss einander erleichtert in die Arme. Es herrschte eine Geschlossenheit, die sich wie eine wohlige warme

Decke anfühlte, die alle unterschiedslos einhüllte. In diesem Moment hätte Sherif nirgendwo anders auf der Welt sein wollen als hier auf diesem Platz, unter diesen Menschen. Für ihn gab es kein größeres Glück als diesen herbeigesehnten Augenblick erleben zu dürfen. Man könnte fast wünschen, dass die Demonstrationen Monate dauern würden, so eng war der Zusammenhalt unter den Menschen seit Jahrzehnten nicht mehr gewesen! Der Tahrir-Platz wurde an diesem Tag für alle zum Inbegriff eines Zuhauses, einer großen starken Familie. Es war eine leidenschaftliche Herzlichkeit zu spüren und ein unglaublich stärkendes Solidaritätsgefühl, das die Angst überwinden ließ und allmählich großem Mut wich. Die Emotionen schäumten über und all die unterdrückte Wut, brach sich jetzt Bahn. Die Menschen schimpften lauthals. Selbst in ihren kühnsten Träumen hätten sie sich ein so unglaubliches Ereignis nicht vorzustellen gewagt. Sie wussten sich vor Begeisterung kaum zu fassen:

„Wahnsinn! Absoluter Wahnsinn!"

„Ich hätte mir nie träumen lassen, dass ich jemals auf diesem Platz stehen würde und laut auf die Herren da oben schimpfen kann!"

„Ich kann dir gar nicht sagen, wie schön es ist, hier zu sein, mir einfach alles von der Seele zu schreien!"

„Wer hätte so was vor einer Woche gedacht?"

„Das Leben ist voller Überraschungen!"

„Mich überrascht das kein bisschen. Das war alles zu erwarten. Das liegt eigentlich nahe."

„Ja. Das war schlicht und einfach eine Frage der Zeit!"

Die jahrelang geknebelten Seelen fühlten sich frei. Und die Gespräche kamen schnell und enthemmt in Gang. In bitterem Ton schütteten sie ihre von einer grollenden Unzufriedenheit zerfressenen Herzen aus. Sie fürchteten nichts und niemanden mehr. Man brauchte ja nur ein bisschen hinzuhorchen, was die Menschen auf dem Platz erzählten, um zu wissen, was sie jahrzehntelang hatten aushalten müssen. Man hörte erstaunliche Dinge über erlebte Grausamkeiten in allen Schattierungen, in einem System, das zum Schluss zum Himmel stank.

In den Protest mischte sich nun echte Wut:

„Dreißig Ewigkeiten hielten wir den Kopf unterwürfig. Wir haben unser dürftiges Los mit leichtem Herzen ertragen und krabbelten zum Schluss wie Kriechtiere durch das Leben."

„Wir haben in einem Land gelebt, das sich nicht mehr wie unsere Heimat angefühlt hat, sondern wo unsere Väter und Mütter bloß die Brotknechte waren, die das Land der Herren bestellten. Sie haben sich geplagt und geschunden und die Herren hatten alles geerntet, obwohl sie nie den Rücken über eine Erdfurche gekrümmt hatten."

„Die Herren des Landes haben uns versklavt und in bitterste Not getrieben. Wir leben umgeben von Hässlichkeiten und sie suhlen sich in unerhörter Pracht und frönen dem Luxus eines amerikanischen Lebensstils. Dem Volk aber werfen sie ein paar Krümel hin, auf die es sich wie ein Schwarm von Möwen herabstürzt und sich darum prügelt."

„Sie haben uns gemolken und trockengewrungen. Die prallen Euter von damals haben keinen Tropfen Milch mehr", sagte eine Frau gedämpft unter vorgehaltener Hand.

„Und wer es wagte den Mund aufzumachen, den machte man kleinlaut und gebrochen. Wer die Augen im eigenen Kopf zu drehen wagte, wurde erbarmungslos dem Fleischhauer geliefert!", ergänzte ein Student.

Überall rumorte es auf dem Tahrir-Platz. Die tausendköpfige Menge zischte und brüllte vor lang aufgestauter Wut. Sie skandierte zunächst sporadisch, dann in einem einzigen Antrieb, mit hochgereckten und schwenkenden Fäusten, hin und her schau-

kelnd, schäumend. Das Dröhnen der vielstimmigen Protestrufe verschmolz zu einer vereinten mächtigen Stimme und ließ den Platz beben. Aus tausenden Kehlen stiegen Dinge empor, die sich bisher niemand zu sagen getraut hatte.
Emphatisch platzten auf einmal alle Kragen in wilder Wut: „Ihr infamen Gauner! Ihr hinterhältigen Halunken! Euer Tag ist endlich gekommen! Eure Stunde hat geschlagen. Lügenpack! Dieses Mal könnt ihr euch nicht mehr herauswinden!",

Die Atmosphäre ergriff Sherif. Sein Herz pochte wild und er hatte das unwiderstehliche Bedürfnis zu schreien und sich zu befreien. Ein ungemein starkes Gefühl ergriff von ihm Besitz, es war als drängte etwas aus den Tiefen seines Innern nach oben und gefror ihm minutenlang in der Kehle. Er formte mit seinen Händen einen Schalltrichter, dann purzelte der Klumpen heraus:

„Das Volk ...will ... den Sturz... des Regimes!", brüllte er erzürnt, wie unter Hypnose und hörte wie sein Schrei in der diesigen Januarluft ertönte und über den Platz schallte. Sein Ruf löste unbeschreiblichen Jubel aus. Aus voller Lunge stieg eine vereinte begeisterte mächtige Stimme empor. Sie platzte stahlhart heraus und skandierte in zorniger Auflehnung und voller Leidenschaft, was sie sich nie im Leben, nicht mal im Traum getraut hätte: „Das Volk will den Sturz des Regimes!"

Der Schrei ertönte immer heftiger, immer hysterischer und stieg bis in den Himmel über den Tahrir-Platz empor.

…

Das war das Letzte, was in seinem Kopf schallte und woran sich Sherif noch vage erinnern konnte. Es prasselten mehrere dumpfe Schläge auf ihn nieder und er spürte vage, wie Fußtritte ihn im Unterleib und im Bauch trafen und dann …. war das absolute Vakuum. Er verlor das Bewusstsein und sackte zusammen. Wie lange, wusste er nicht zu sagen. Alles war wie ausgelöscht. Als er aus der Bewusstlosigkeit erwachte, lag er auf jeden Fall bäuchlings auf dem Boden unter einem Wald aus Knien und Beinen. Um ihn herum herrschten ein schrecklicher Lärm und das hastige Geräusch rennender und schreiender Menschen. Für einige Momente ahnungsvollen Schreckens blieb er wirr und benebelt. Er stand unter Schock. Er kniff die Augen zusammen und versuchte, sich ein Bild zu machen. Ihm war schwindelig und in seinem ganzen Körper machten sich Schmerzen breit; er hatte das Gefühl, von einem dicken Knüppel durchgeprügelt worden zu sein. Es gab keine Stelle, die nicht höllisch wehtat. Gesicht, Knie, Ellbogen, Schultern und Rippen waren aufgeschürft und angeschwollen.

Er betastete seinen Kopf. Er fühlte sich dick und blasig an, schmerzte scheußlich und blutete. Er realisierte, dass er einen Schlag auf den Hinterkopf bekommen haben musste.

Während er langsam versuchte zu sich zu kommen, vernahm er plötzlich eine Salve von mehreren Gewehrschüssen, gefolgt von schrillen Schreien. Panik brach aus. Die Menschen rannten wild durcheinander, taumelten und einige sanken verwundet nieder. Sherif nahm seine ganze Kraft zusammen und rannte los. Und immer wieder, in kleinen Abständen, gellten kreuz und quer Schüsse über den Platz. Nicht weit von ihm stöhnte ein junger Mann, strauchelte und klappte zusammen, als ihm die Luft aus den Lungen getrieben wurde. Eine junge Frau schwankte hin und her und tastete panisch nach einem Halt. Unbeholfen und flehentlich streckte sie die Hände aus und sackte dann zur Seite, wo sie regungslos liegen blieb.

Mit abweisenden Mienen ließen die Sicherheitskräfte größte Härte walten. Sie gingen gewaltsam mit Wasserwerfern, Tränengas, Stöcken und Gewehren auf die Demonstranten los. Rasende Polizeiwagen mit vergitterten Scheiben fuhren brutal in die Menge. Sie stießen rabiat alles fort, was ihnen in den Weg kam. Wer sich nicht rechtzeitig per Hechtsprung zur Seite rettete, wurde einfach überfahren. Die bisher friedlich verlaufende Kundgebung hatte sich gewandelt. Die Menschen rannten in heller Panik durcheinander. Sie waren von Furcht gepackt. Jeder versuchte seine eigene Haut zu retten. Alle dachten nur an Flucht, denn die brutalen, prügelfreudigen Sicherheitskräfte und ihre Panzerfahrzeuge kamen erneut gefährlich nahe. Es war eine vollkommen neue Situation, die sich hier abspielte. Überall rumpelten sich Menschen nieder und stolperten über einander. Sherif wusste nicht, wohin er sich wenden sollte. Alles um ihn herum geriet in wahnsinniges Chaos. Auf dem Platz war Tumult ausgebrochen. Geschrei. Heisere Klagetöne. Wehrufe.

-30-

Die Mutter

In einer Ecke des großen Platzes saß eine Frau verzweifelt. Ihre Augen waren rot und geschwollen.

„Oh, mein geliebter Junge! Ihr habt mir mein Herzenskind genommen!", heulte sie mit verzerrter Stimme und warf halb von Sinnen den Kopf von einer Seite zur anderen, immer wieder und wieder. Sie brach in Schreie aus, die in ein herzzerreißendes Schluchzen übergingen, zerriss ihre Kleider, schlug sich mit den Händen ins Gesicht und riss an ihren Haaren.

Dann blieb sie gebeugt über dem Körper des in ihrem Schoß hingestreckten Sohnes. Sie musste hören und sehen, wie er den letzten Seufzer röchelnd aushauchte und wie die Farbe des Lebens aus seinem Gesicht langsam verschwand. Seine trüben Augen starrten blicklos hinauf zum Himmel und sein Mund stand offen als wollte er nicht aufhören zu protestieren. Sanft wischte sie ihm das Blut von der Stirn.

Sherif war überwältigt vor Schmerz. Der Anblick wühlte ihn auf. Er hatte das Gefühl, diese Frau mit ihrem Sohn umarmen zu müssen, mit ihr zu weinen, ihr Trost zu spenden.

Er wusste aber nicht, wie er sie hätte trösten können. Denn was könnte den Schmerz einer Mutter lindern, die gerade erleben musste, wie das Leben ihres Sohnes erlosch. Keine Beileidsbezeugung der Welt konnte dies tun. Er kniete sich langsam vor ihr nieder und drückte ihr einen tiefen Kuss auf die Stirn, dann bahnte er sich bestürzt einen Weg durch die Menge und machte sich auf den Heimweg, tief betrübt, niedergeschmettert.

Der Platz versank langsam im traurigen Licht der Dämmerung.

...

In desolatem Zustand kam er an diesem Abend zu später Stunde nach Hause. Er hatte lange gebraucht um sich den Weg aus dem Chaos zu erkämpfen. Auf der Straße herrschte der totale Verkehrskollaps. Hupen heulten aus dem Gewühl der Autos und Busse in ohnmächtiger Wut und Panik.
Nichts ging mehr.

Unter der Pergola der Dachterrasse des *Nile View* waren Rihan, Laura und die anderen in der Dunkelheit um den Fernseher versammelt. Sie hatten tief beunruhigt auf ihn gewartet. Rihan stürzte auf ihn zu, schlang ihre Arme um ihn und drückte ihn vorwurfsvoll so fest sie konnte, sie wollte ihn nicht mehr loslassen. Laura stand ihre große Sorge ins Gesicht geschrieben. In den Nachrichten eines europäischen Senders war die Rede von den ersten Todesfällen auf dem Tahrir-Platz und von Festnahmen im Großraum Kairo.

Sie verriegelten die Türen zur Terrasse mit Ketten, verrammelten sie mit Stühlen und Tischen. Ein Ärger mit der Polizei war das letzte, was sie jetzt gebrauchen konnten. Jedes Mal, wenn Getrappel auf den Treppen ertönte, schalteten sie die Lichter aus und dämpften die Stimmen. Sherif standen die „Männer mit den übergroßen Leder-Jacken und ausdruckslosen Gesichtern" noch vor Augen, die einmal mit donnernden Schritten kamen, um ihn abzuholen. Eine leidvolle Erfahrung, die er nicht nochmal machen wollte und die er dem ärgsten Feind nicht wünschte.

Nun saß er da in der Mitte seiner Freunde, nachdem er Rihan ins Bett gebracht hatte, aufgewühlt aber irgendwie auch von einem tiefen Stolz erfüllt. Er war froh, dass er sich hatte befreien können von diesem ewigen Klumpen, der Jahrzehnte lang in seinem Hals steckte und ihm schwer auf der Brust lastete.

„Die Wunde am Hinterkopf ist eine Petitesse, eine Kleinigkeit!", sagte Laura in geziertem Tonfall, die ihm tröstlich den Kopf vor dem Fernseher bandagierte. „Davon wirst du mit Stolz deinen Enkelkindern erzählen. Sie wird bald heilen und dir eine stolze Erinnerung an diesen historischen Tag bleiben, den du dir immer wieder ins Gedächtnis rufen kannst", sagte Laura. Sein Blick verklärte sich bei diesem Gedanken und für einen Moment schien er die dröhnenden Schmerzen zu vergessen. Seine Blicke hingen an dem flimmernden Bildschirm.

Ägypten hatte es noch an diesem Abend international in die Nachrichten gebracht. Das Ereignis rief weltweit ein gewaltiges Presseecho hervor. Die Medien sprachen von einem epochalen Ereignis, das dem Pharaonentum ein Ende setzen könnte.

„Les enfants du Nil lancent un défi au dernier Pharao. Die Kinder des Nil fordern den letzten Pharao heraus", meldete ein französischer Nachrichtensender reißerisch.

Während man aus den nationalen Medien keine differenzierten Informationen erfuhr, ruhten die Augen der ganzen Welt weiterhin auf dem Tahrir-Platz. Die Weltmedien verfolgten die Ereignisse auf Schritt und Tritt. Bilder zeigten die Menge, die das Regime wüst beschimpfte und Schmähworte brüllte. Wie ein Meer wogten die emporgestreckten Arme, wie ein Vulkan brodelte die ganze Menge. Sherif schaute etwas verärgert. Diese Szenen waren passiert, als er bewusstlos auf dem Boden lag.

Ein junger Mann, angeblich ein Hip-Hop Sänger, hielt ein Bild des Präsidenten in der Hand, schrie in dessen Gesicht schonungslos offen, was er von ihm dachte, als stünde er direkt vor ihm. Er redete sich in Rage und sein Zorn war nicht mehr zu zügeln, während einige stiernackige Männer in Lederjacken ihn dabei hindern wollten: „Ich halte das nicht mehr aus. Lasst mich los. Ich will alles in Grund und Boden schreien. Mein Protest wird nie wieder auf meinen Lippen ersterben. All die Leiden und Qualen der letzten Jahrzehnte können nicht leichthin abgetan werden. Es lebe die Freiheit! Es lebe Ägypten!", stieß er immer wieder triumphierend hervor, während „die Lederjacken" ihn wütend hinten am Hosenbund packten, brutal aus dem Verkehr zogen und wie ein Tier zur Schlachtbank führten. Sie brüllten auf ihn ein. Schaum hatte sich vor ihren Mündern gebildet. Der immer heiser werdende Protest des jungen Mannes erschien auf dem Fernsehbildschirm untertitelt. Die zornigen Schimpfworte der „ledernen Jacken" auch: „Komm her du dreckige Missgeburt, du Bastard! Du Fliegenschiss!", zischte einer von ihnen in racheschnaubendem Ton. Seine Stimme gehorchte ihm nicht mehr und die buschigen Augen flackerten gehässig voller Genugtuung.

„Dir und deinem Vater werden wir die Scheiße aus dem Leib prügeln…wir machen euch zu Krüppeln … ziehen euch das Fell ab…. bis ihr vor unseren Füssen wie Hunde um Gnade winselt!"

In Hintergrund skandierten junge Menschen in voller Lautstärke im Chor mit Inbrunst in die Hände klatschend.

„Unannehmbar, untragbar, die Kinder Ägyptens sind in Gefahr!"

Die Worte waren explosiv und der Zorn richtete sich gegen die „Männer in Lederjacken."

Das Staatsfernsehen berichtete nur oberflächlich und hielt Informationen zurück. Es war an diesem Abend nicht die Rede von Protesten für Gerechtigkeit und Meinungsfreiheit, von Kundgebungen gegen die soziale Ungerechtigkeit, sondern von vandalistischen Verwüstungen des wütenden Mobs. Es war von üblen Gestalten und Randalierer aus den hintersten Winkeln und rauen Vierteln Kairos die Rede, die sich ihren Weg durch die Stadt bahnten.

Die Obrigkeit zeigte kein Verständnis. Der ganze Apparat, der unter der Fuchtel der Regierung stand, spielte den Arglosen. Er hatte versäumt, gewahr zu werden, dass es dem Volk so dreckig ging, wie es einem nur gehen kann. Die Proteste seien ungerechtfertigt, hieß es, in der Hoffnung zu nivellieren und zu banalisieren.

Schließlich kam man zu dem Entschluss, dass das Ganze ein Quellwölkchen über dem Nil sei. Es sei nichts, weswegen man sich Sorgen machen müsse. Die Gefahr schien gebannt. Ferner sprach man von großangelegten Razzien und vollstreckten Haftbefehlen gegen einzelne Provokateure, auf die die härtesten Urteile warteten. Die Behörden würden definitiv keine Nachsicht walten lassen gegen all diejenigen, die sich der Anstiftung zur Unruhe und zum Widerstand gegen die Staatsgewalt schuldig gemacht haben. Man mahnte mit tönenden Worten und drohte mit drakonischen Strafen. Ein Regierungssprecher reckte den dicken Zeigefinger warnend: „Wer sich erdreistet, den Kopf in ein Löwenmaul zu stecken, darf sich nicht wundern, wenn er ihn drinnen zurücklässt!" Ein drohender Zug lag um seinen Mund während sein schwammiges Doppelkinn auf und ab wippte. „Manche leere Ähren starren gen Himmel, und es ist an der Zeit sie zu brechen!", höhnte er in hochtrabendem Arabisch, um die Warnglocken zu läuten und seinen letzten Worten eine beängstigende Tragweite zu geben.

Schleimig schmetterte er andererseits schwülstige Lobeshymnen auf die einmaligen Errungenschaften der Regierung. Er redete sich sprudelnd Wohlstand und Stabilität ein, täuschte vor, umsäumte geschliffen die harte Wirklichkeit mit phantastischen Statistiken und Träumereien, verzerrte, manipulierte, erdichtete und log, dass sich die Karnak-Säulen biegen müssten.

Der Süßholzraspler flötete in überschwänglichen Lobpreisungen über den Präsidenten und bedachte ihn ehrfürchtig und großzügig mit Komplimenten. Seine Stimme triefte vor Ergebenheit und Kriecherei. So wurde die ganze Zeit in den Regierungsmedien berichtet. Vorsteher der höchsten Ämter, ranghohe Prominente, Politiker, einige Intellektuellen, achtbare Berühmtheiten und Zöglinge des Regimes drückten ihre Verbitterung darüber aus, dass man zu Unrecht die Person des Präsidenten verleumde und versuchten mit salbungsvoll klingenden Phrasen die Gemüter zu besänftigen.

Religiöse Oberhäupter aller Couleur legten ihre Gesichter kummervoll in Falten und ergingen sich in glühenden und weitschweifigen frömmelnden Reden. Die Tumbheit und skandalösen Ansichten der Jugendlichen hätten sie negativ überrascht und in tiefe Betrübnis gestürzt. Sie erwarten von allen Gläubigen einen uneingeschränkten Loyalitätsbeweis und plädierten für die Bekämpfung des Bösen, wo immer es frech das Haupt erhob.

Sie haspelten mit geölten Stimmen Drohungen von der Kanzel gegen die irregeleiteten Jugendlichen herunter, die vom Eintritt in das Himmelreich mit den Heiligen und den Pietätvollen ausgeschlossen werden. Ungehorsam sei schließlich eine Todsünde, auf die ewige Verdammnis stand. „Wo bleibt die Loyalität, die Zucht und Frömmigkeit, die wir euch beigebracht haben?"

Einige Sender ergingen sich in heißen Spekulationen, tischten haarsträubende Geschichten auf und sprachen zu einer späteren Stunde von neuesten Erkenntnissen über die Unruhen auf dem Tahrir-Platz, die auf eine verkappte Auslandsverschwörung schließen ließen. Erhöhte Wachsamkeit war das Gebot der Stunde. Es seien heimliche Kräfte am Werk, die über den beschränkten Horizont des Volkes gingen. Man arbeitete daran. Sie würden sehr bald entlarvt werden.

Am späten Abend wurde ausschließlich auf diesem Thema herumgeritten. Gerüchte wurden kolportiert und machten da und dort die Runde. Diesen niederträchtigen Aufruhr könne nur Amerika orchestriert haben, lauteten die Vermutungen.

Einer der Sender zog eine unmissverständliche Schlussfolgerung. Die Proteste seien bis ins Mark das Werk von käuflichen Aufwieglern, zerstörerischen Kräften und hinterhältigen westlichen Auslandsgeheimagenten. Sie waren darauf aus, den Staat von innen auszuhöhlen.

Es erfüllte die Regierung, hieß es, mit Erbitterung, dass eine dem Vaterland feindlich gesinnte Gruppe Jugendlicher danach trachtete ihr Land international in Verruf zu bringen. Sie inszenierten, was ihre Herren in Amerika längst mit ihren westlichen Verbündeten in ihren Denkfabriken ausgeheckt hatten, nämlich endlich „den arabischen Falken" zu erlegen. Nachdem man die Flügel gestutzt hatte, wollten nun die Cowboys endlich den Kopf des unbezähmbaren Vogels außer Gefecht setzen und sein Herz zum Stillstand bringen.

„Amerika! Amerika! Immer ist dieses Amerika an allem schuld!! Wenn es kein Amerika gäbe, würde man eines erfinden", höhnte ein Demonstrant entnervt.

Mit diesem ewigen Geschwätz und mit dem nicht enden wollenden nervtötenden Geplapper der Regierungspolitiker und den Wortkaskaden ihrer Klatschreporter aus Radio und Fernseher nahm jener Abend seinen Lauf.

Die ganze Redekunst, die Clownerien, Frömmigkeit, Repressalien halfen jedoch nichts.

Die Mauer der Aufständischen bekam keine Risse. Sie fing nicht an zu bröckeln, zerfiel nicht zu Staub, wie erhofft. Dieser Plan ging nicht auf. Wenn sie etwas überhaupt bewirkt hatten, dann die Gemüter der Menschen weiter zu erhitzten und den Kampfgeist zu schüren.

Während sich eine relative Stille während der Nacht über den Tahrir-Platz senkte und der Kreis der Demonstranten notgedrungen schrumpfte, war die Kunde des Aufstandes über das ganze Land gejagt. Riesenhaft türmten sich die schäumenden Wellen des Volkszornes auf, rollten heran, peitschten durchs ganze Land und waren bis ins hinterste Dorf gedrungen.

Das ganze Land war inzwischen in Aufruhr. Eine rauschende Leidenschaft, ja eine Hysterie der Revolte hatte die ganze Nation, groß und klein, Mann und Frau ergriffen und war durch nichts mehr aufzuhalten. Sie wuchs ins Unermessliche und man hatte das Gefühl, dass alles längst unumkehrbar geworden war. „Der Luftballon in dem man solange gepustet hatte, war nun zerplatzt", hieß es im Volksmunde.

Sherif hatte das Gefühl, dass große Dinge geschehen werden. Es sah aus als sei dies der Anfang eines langen und landesweiten Aufstandes.

Eine Zeit des Grolles hatte begonnen. Wer den Wind sät, bekommt die volle Wucht des Sturmes zu spüren.

...

Jetzt, nachdem er Rihan ins Bett gebracht hatte und die Augen schloss, suchte ihn wieder das tragische Bild des im Schoß seiner Mutter in der Blüte seiner Jahre hingestreckten Jungen heim. Er ging ihm nicht aus dem Kopf, wie er in seinen letzten Atemzügen im Schoße seiner Mutter lag. Wie sein Kopf leblos zur Seite fiel und sich nicht mehr rührte. Die Szene ging ihm sehr zu Herzen.

„Ah! Freiheit, wie schwer ist es, dich zu verdienen!", seufzte er tränenerstickt. Die rotgeweinten Augen und geschwollenen Lider der Mutter lösten Gefühle in ihm aus, wie er sie nie zuvor erlebt hatte. Er spürte den Verlust des Sohnes schmerzhaft in sich brennen.

Er stand wieder auf, setzte sich hinter seinen Schreibtisch und schrieb lange die Geschichte, die ihn tief beeindruckt hatte, bis das erste Tageslicht erschien.

Morgen schickt er sie an Redaktion des *The Groaning oft the Nile*.

-31-

Auf zum Tahrir!

Lange vor Sonnenaufgang erwachte die kleine Rihan in dem Bewusstsein, dass dies kein Tag wie jeder andere werden würde. „Es passieren unglaubliche Dinge in der Stadtmitte! ... Ein Frühlingsmärchen, sage ich dir!", hatte ihr gestern Sherif in der „Märchenstunde" erzählt, bevor sie ins Bett ging. Seine Stimmung schien auf sie übergegriffen zu sein. Schon der Ausdruck „Frühlingsmärchen" hatte sie in helles Entzücken versetzt. Sie konnte vor Aufregung kaum an sich halten. Es war schön, sie aufgeregt zu sehen. Sie nagte an ihrer Unterlippe, während sie begeistert zuhörte. Mit jedem Wort, das er ihr erzählte, wuchsen in ihr Interesse und Neugier. Sie war ziemlich aufgedreht. Sie hatte die Nacht ruhelos verbracht und sich in einer Art Wachtraum das Frühlingsmärchen ausgemalt, von dem Sherif gesprochen hatte.

Mit der ersten milden Morgendämmerung sprang sie aus ihrem kleinen Bett und kleidete sich schnell an. In freudiger Erwartung zitterte sie.

Auch Sherif war seit dem Morgengrauen auf den Beinen. Er erwachte mit dem Gefühl, die Welt hätte sich irgendwie verändert. Ein klarer Morgen zog herauf, ein schöner Tag kündigte sich an und ließ das Herz aufgehen. Die Luft roch nach Frühling. Die Sonne ging strahlend auf und zeichnete die Dächer über Kairo in goldenen Umrissen ab. Der Himmel kam ihm so stechend blau vor wie noch nie und die Vögel zwitscherten zu Hunderten, als wollten sie den anbrechenden Freudentag begrüßen. Über den Dächern schallten die zahllosen Geräusche des pulsierenden Kairoer Lebens und das Grollen des fernen Verkehrs, bloß an diesem Morgen nahm er alles klarer wahr als sonst. An diesem Morgen war er besonders glücklich.

Laura wartete bereits am Fahrstuhl auf die beiden mit der Kamera in der Hand. Die Aufregung stand ihr ins Gesicht geschrieben. In ihren blauen Augen glitzerten Funken der Abenteuerlust.

Bevor sie sich alle in das ächzende Sammeltaxi quetschten und den Tahrir-Platz ansteuerten, flitzte Rihan schnell zu Zizo, dem Straßenkind, das immer zwischen dem Postamt und dem Metzger schlief und versuchte, es zu wecken.

Sie kniete sich hin und beugte sich über seinen Kopf. Sie redete mit sanfter Stimme auf ihn ein. Ihre Wangen glühten vor Eifer und ihre Augen leuchteten. Auf ihrem Gesicht zeichnete sich der Ausdruck, den Kinder oft haben, wenn etwas ihre Neugierde geweckt hatte.

„Du Zizo!", flüsterte sie ihm ins Ohr, streichelte mit ihrer kleinen Hand seine Haare und rüttelte ihn sachte an der Schulter. „Wach auf! In der Stadtmitte passieren unglaubliche Dinge! Du versäumst etwas! Du musst dir das unbedingt ansehen! Es ist einmalig! Ein Frühlingsmärchen! sage ich dir."

Keine Antwort.

Sie hatte herzliches Mitleid mit Zizo.

Aziz hieß er mit Vollnamen. Er war Sherif bereits früher aufgefallen. Aber er hatte nicht gewusst, dass Rihan ihn auch kannte. Jetzt verstand er, wohin sie immer ging, wenn sie davon schwirrte mit kleinen Hopsern, den kleinen Essenstopf in der Hand.

Er war einer der vielen Straßenkinder, die sich auf Zamaleks Straßen herumtrieben. Seitdem sein Rückgrat von der Mühsal des Mülltragens Schaden genommen hatte, hatte ihn Sherif nie wach gesehen, egal wie laut der Straßenverkehr um ihn herum war.

Niemand kümmerte sich um ihn. Niemand deckte ihn zu. Niemand weckte ihn. Er lag einfach da, vergessen und vollgepumpt mit Rauschmitteln.

Ein Mort-vivant, wie viele Straßenkinder der Moloch-Städte dieser Welt, deren Leben lediglich auf ein geräuschloses Ein- und Ausatmen zusammengeschrumpft war. Ihr Schicksal war besiegelt: sie werden halb Bettler und halb Kriminelle, wenn sie nicht früher elendig verrecken. Wie will man bei einem solchen Leben alt werden?

Vor nicht allzu langer Zeit sagte Sherif eine Schweizerin und Freundin Lauras, die sich so herzensgut für die Straßenkinder einsetzte, dass es in dieser Stadt aberhunderte von in hohem Grade bedürftigen kleinen Kindern gäbe, wie Zizo eins ist. Die willigen Behörden wären einfach überfordert. Sie versuchen die Kinder in Heime zu bringen, aber viele kehren zurück auf die Straße. „Drehtüreffekt", hieß das in ihrem Jargon. „Wir können ja niemanden wegsperren, zwangswaschen, oder gar zur Adoption freigeben."

„Bürokratischer Dünnpfiff", nannte die nette Schweizerin dies damals. Sie zog ein amtliches Gesicht gefolgt von einer abwinkenden Gebärde zum Zeichen ihrer Frustration über die stumpfe Bürokratie, die den karitativen Einrichtungen die Aufgabe nicht leichter machte.

Oft sah man Europäerinnen, die voller Mitleid kleine Tüten mit Obst, Schokolade, Gummibärchen, Seife, alten Schuhen, Kleidungsstücken an Zizos Kopf legten. Manchmal kam eine Frau, nahm die Tüte mit und verschwand. Es hieß, sie sei eine Verwandte von ihm. Einige der europäischen Damen wären überglücklich, wenn sie ihn adoptieren könnten, würden die Behörden ihre Zustimmung erteilen. Sie nannten ihn „le petit Prince". Manche sagten „le petit Suisse" zu ihm. Wo sie den Namen bloß herhatten? Was hatte ein Kind wie Zizo, das nach Müll roch, bitte schön mit einem kleinen Prinzen oder einem kleinen Schweizer gemeinsam? Das weiß niemand. Vielleicht hatte das mit der netten schweizerischen Dame zu tun, die hin und wieder nach ihm schaute. Vielleicht war es einfach sein Aussehen. Denn sein dreckverschmiertes Gesicht war trotz des harten feindseligen Straßenlebens bildhübsch geblieben. Frisch gebadet und frisch gekleidet könnte man sich ihn auf dem roten Teppich eines Palastes vorstellen.

...

Beim Anblick des jungen Zizo schnürte sich Lauras Herz zusammen. Sie verzog gequält ihr Gesicht. Tränen umflorten ihren Blick. Er bot wirklich einen elenden Anblick:
Er war dürr. Spindeldürr, so dass jede Rippe an seinem Rücken unter dem dünnen, zerschlissenen Hemd zu sehen war. Die Haare waren zerzaust und verklebt. Die Fingernägel, Innenflächen der Hände und die Fußsohlen waren rauh und so schwarz, als hätte man sie mit Teer beschmiert. Fette grüne Fliegen summten und tummelten munter in seinem offenen Mund und umschwirrten seine Nase oder nisteten an den wunden Stellen der Haut, die von

Ekzemen vernarbt war. Es jagte ihr ein kalter Schauer über den Rücken. Das war genug. Mehr konnte Laura nicht ertragen.

„So ein Kind gehört doch nicht einfach so auf die Straße", sagte Laura, in deren Stimme tiefes Mitleid klang.

„Kein Kind gehört auf die Straße!", korrigierte Rihan empfindlich.

„Ist er etwa tot?", fragte Laura entsetzt. Sherif nickte bloß blicklos. Er spürte einen bitteren Schmerz, welcher in diesem Moment sein Herz beschlich und für den er keine Worte, ja nicht einmal die richtigen Gedanken fand.

„Aber er atmet ja! Schau doch!", sagte Laura erstaunt als sie merkte, dass sich sein entblößter Bauch langsam hob und senkte.

„Das hat nichts zu bedeuten! Er ist tot, auch wenn er lebt", ergänzte Sherif resigniert.

„Man muss gelebt haben, um zu sterben. Das will Sherif sagen. Zizo hat nie gelebt. Er hat tot gelebt. Er hätte ebenso gut tot sein können. Er lebt gestorben, ich meine, im gestorbenen Zustand, verstehst du? Und das interessiert niemanden!", flüsterte Rihan und bemühte sich etwas erwachsen zu klingen. Dann widmete sie sich Zizo mit rührender Liebe. Sie flüsterte ihm sanfte Worte ins Ohr, die unerhört in dem ohrenbetäubenden Getöse des Verkehrs verklangen. Ihre Tränen hatte sie tapfer zurückgedrängt.

Das rührende Bild versetzte Laura einen kleinen Stich. Sie war tief beeindruckt, dass ein Kind in diesem frühen Alter eine solche Reife aufwies.

Zizo wachte langsam auf und machte Anstalten aufzustehen, als versuche er, sich gegen sein Schicksal zu stemmen, doch sein Körper war schlaff. Er gab auf und blieb liegen. Aus dem halbkomatösen Zustand starrte er Rihan nur verständnislos an. Sein Blick war ausdruckslos.

Aber er schien sie erkannt zu haben, denn er lächelte ihr traurig zu. Das traurigste Lächeln, das Laura jemals gesehen hatte. Zizo schlief weiter; wie ein Fötus, als hätte er keinerlei Interesse an irgendwelchen Kontakten zur Außenwelt, als wäre das Leben etwas, das er nicht leben sollte. Er verschränkte in abwehrender Haltung seine Arme um den Kopf als erwarte er jeden Moment Prügel.

„Wenn ich zurückkomme, möchte ich dich wach sehen. Ich möchte dir alles erzählen, was du versäumt hast", sagte Rihan zu Zizo und streichelte sanft seine mit Schrammen bedeckte Wange.

Für einen kurzen Moment schien sie in Gedanken weit weg zu sein.

„Auf zum Tahrir-Platz!", gab sie plötzlich das Kommando fest entschlossen, als würde sie dort nach einer Lösung für Zizos Schicksal suchen und auch finden. In ihren Augen leuchtete der zähe Lebenswille auf, der sie anspornte.

Sie quetschten sich in das überfüllte Sammeltaxi, dessen Fahrgäste dicht an dicht saßen. Rihan fand Platz auf Lauras Schoß. Als das Taxi auf die große Brücke, die zur Stadtmitte führt, einbog, wurde Laura richtig von Mitleid erfasst. Ihre Gedanken blieben bei Zizo, dem von Fliegen umsummten „petit Suisse".

Rihan kurbelte das Fenster herunter und streckte den Kopf und eine Hand ins Freie.

Die Lichtreflexe der Sonne tanzten und glitzerten wie Diamanten auf den sanften Wellen des Nil. „Seht doch!" rief sie „Ich kann fliegen! Ich kann atmen!", sie breitete imaginäre Flügel aus und tat als flöge sie. Sie ähnelte einem Vogel, der nach langer Zeit zum ersten Mal seinen Käfig verlässt und in dem blauen Frühlingshimmel frei dahinschwebt. Ihre asthmatischen, abgehackten Atemzüge wurden leichter, fast mühelos. Sie holte tief Luft, bis zum Grunde ihrer Lungen, und schrie, getrieben von Neugierde und Vorfreude, über die Straße - dorthin, wo die Menschen sich versammelt hatten:

„Auf zum Tahrir-Platz! Hurra! Hurra! "

Sie wunderte sich, wie viele Menschen unterwegs waren. Und je näher sie dem zentralen Platz kamen, desto bedrohlicher schwoll das Stimmengetöse der Menschen an.

...

Als sie endlich den Tahrir-Platz erreichten, versetzte die Menschenmenge Rihan in sprachloses Erstaunen. Trotz der relativ frühen Stunde erstreckte sich ein Meer von Menschen bis zum Horizont. Es hatten sich bereits Tausende auf dem Platz versammelt und immer mehr Menschen strömten in großen Scharen aus allen Ecken herbei. Menschen soweit das Auge reichte. So viele hatte sie ihr Leben lang noch nicht auf einmal gesehen. In ihrem kleinen Kopf überschlugen sich die Gedanken, um zu begreifen, was eigentlich los war. Alles war noch aufregender, als sie es sich erträumt hatte.

Auch Laura verschlug es die Sprache. So etwas war ihr nur aus dem Fernsehen über ferne Länder bekannt. Staunend betrachtete sie das Menschengewimmel. Alle drei schlugen sich mühsam einen Weg frei durch die dichten Wogen der strömenden Menge. Hier und da wurden die ersten Podeste und Tribünen blitzschnell errichtet. Große wie kleine Versammlungen hatten sich bereits gebildet. Überall ergingen sich Menschen in Wortgefechten. Hitzig und leidenschaftlich diskutierten sie miteinander. Rihan lauschte mit wachsendem Interesse. Aus ihrem Gesicht war der Ausdruck von Neugier nicht gewichen. Ihre großen Augen schienen jedes Wort und jede Bewegung um sie herum förmlich aufzusaugen. Sie rannten von einer Versammlung zur nächsten und bei jeder Kundgebung stellte sich Laura auf die Zehenspitzen und hielt den Atem an, damit ihr kein Wort entging. So aufgeregt und von Neugier gepackt, hatte Sherif sie noch nie gesehen. Am liebsten hätte sie sich alleine ins Menschengewühl gestürzt, um überall dabei zu sein.

Sherif hingegen ahnte nichts Gutes. Ihm schien es, als ob etwas Drohendes in der Luft schwebte, und das erfüllte ihn mit banger Ahnung. Irgendetwas ging vor sich und machte die Atmosphäre unheilschwanger, elektrisch geladen. Sherif war besorgt und konnte diese innere Unruhe nicht kontrollieren. Das ungute Gefühl jagte ihm Schauer über den Rücken. Vorsichtig bahnte er sich einen Weg durch die dichte Menge.

Mubaraks Anhängerschaft hatte sich breitgemacht und einen festen Block gebildet. Ihnen war augenscheinlich nicht zum Feiern zumute. Sie hatten für heute zu einer Gegendemonstration aufgerufen. Sie liefen mit ernsten, misslaunigen Gesichtern herum. Für einen Augenblick nahm Sherif sogar helle Wut in ihren Gesichtern wahr, während sie Banner und Bilder des Präsidenten hissten. „Nieder mit den Landesverrätern! Schämt euch!", verkündeten ihre Transparente. Sie waren gekommen, um die Landesverräter vom Platz zu vertreiben. Sie wollten ein deutliches Zeichen setzen, dass sie große Stücke auf den Herrn Präsidenten hielten. Man sprach von dem Versuch einer Demontage eines historischen Mannes. Der geliebte wohlverdiente „Präsident" wurde in ihren Augen nicht gebührend geschätzt. Er sei schließlich ein ehrbarer Mann. Ein edel denkender Mensch, der sein Leben dem Vaterland geweiht hatte. Er wollte dem Volk Wohlstand bescheren. Für ihn seien sie deshalb bereit zu sterben. Mit vor Wut zitternden Stimmen skandierten sie Parolen und versprachen Selbsthingabe. Sherif horchte angestrengt und erstaunt:

„Mit Seele und Blut verschreiben wir dir unser Leben! Was du befiehlst, geschieht! Oh, Präsident! Nur Sie, und mit Ihnen und keinem anderen, Herr Präsident!", skandierten sie im Chor mit dröhnender Stimme.

Die Demonstranten schrien sich gereizt an, die Stimmung wurde hitziger und bedrohlich, die bisherige harmonische Eintracht auf dem Platz änderte sich langsam. Sherif spürte, wie sich die Situation zuspitzte. Die gegenseitigen Lager redeten fahrig auf einander ein, schrien einander streitlustig an. Keiner hörte zu. Alle redeten wild und wutentbrannt durcheinander, das Stimmengewirr nahm babylonische Ausmaße an. Die Menge geriet in Zorn wie ein brodelnder Vulkan, der seine feurige Glut nicht mehr zurückhalten kann. Die Stimmung war verdorben und die Luft brannte buchstäblich. Die Gereiztheit brach sich Bahn und die Nerven lagen blank. Unvernunft gewann die Oberhand. Die Wut übermannte alle. Sie gingen mit dröhnenden Stimmen aufbrausend aufeinander los. Hier und dort brachen wüste Handgemenge aus. Sie gingen sich an den Kragen, packten sich an der Kehle und schlugen mit heftigen Faustschlägen aufeinander ein. Außer sich vor Rache fielen sie über einander her und prügelten sich krankenhausreif.

Die Gewaltspirale drehte sich schneller, immer schneller. Anhänger des Präsidenten hackten Steine aus dem Boden und schwangen sie mit aller Kraft gegen die Demonstranten. Sie schleuderten mit brutaler Gewalt alles durch die Luft, was sie in die Hände bekommen konnten. Die Menge ließ sich jedoch nicht mehr beruhigen.

„Höchstlöbliches Volk! Ich flehe euch an, geht nach Hause! Ihr wollt doch nicht die *Mutter der Welt* zugrunde richten?", brüllte aus der Höhe eines Podiums über sämtliche Köpfe hinweg durch ein Megafon flehend eine in der High-Snobiety sehr geschätzte Schauspielerin und versuchte, die Gemüter zu beruhigen. Sie zog sich dann enttäuscht zurück, umgeben von ihren Leibwächtern, als sie merkte, dass ihre Worte zwecklos waren und das Chaos unausweichlich.

-32-

Die Kamelschlacht

Die Lage auf dem Platz wurde zunehmend unübersichtlich. Sherif trug Rihan auf dem Arm und versuchte, sich einen Überblick zu verschaffen. Er sah, wie zwielichtig aussehende Typen auf den Platz stürmten. Sie bohrten sich unsanft in das Gedränge, rumpelten die friedlichen Demonstranten an, schubsten und drückten sie mit Gewalt zur Seite aus purer Freude, Unruhe zu stiften und Panik zu verbreiten.

Plötzlich standen sie vor Sherif, brüllten, krakeelten und warfen ihm die dreckigsten Schimpfwörter an den Kopf. Noch schlimmer war, dass sie Laura giftig ansahen, während sie ihr verachtende Worte entgegenschleuderten, in der Absicht einen Streit vom Zaun zu brechen.

Sherif fühlte sich sichtlich unbehaglich und zog Laura zu sich. Rihan umschlang seinen Hals fest. Er ignorierte die Beleidigungen und wich mit den beiden wortlos ein paar Schritte zurück. Er wollte nur noch alle heil aus dem Gewühl herausbekommen.

Die Kerle polterten, lärmten und grölten weiter. Nicht weit entfernt hatte eine Horde grobschlächtiger Kerle mit geflickten Visagen alte dicke Gummireifen zusammengetragen und in Brand gesteckt. Aus ihnen stiegen Wolken dicken, stinkenden Qualms zum Himmel. Weitere Brände wurden gelegt. An verschiedenen Ecken des Platzes und in den Straßen von Downtown brannten unzählige Feuer, die Geschäfte, Büros und öffentliche Gebäude fraßen. Überall stank es nach brennendem Gummi. Der beißende Qualm verhüllte den Platz. Er nahm die Sicht und machte das ohnehin schwere Atmen noch schwerer. Es war, als drehe eine unsichtbare Hand heimlich an der Spirale der Gewalt. Alles wurde auf barbarische Weise zerschlagen. Vorbeifahrende Autos wurden mit Kopfsteinpflastern beworfen, Windschutzscheiben wurden eingeschlagen. Cafés wurden beschädigt, Schaufenster zertrümmert, Geschäfte gingen in Flammen auf. Die dunkle Horde machte sich erbittert und grimmig über alles her, was in Reichweite und was nicht niet- und nagelfest war. Plünderungen und Verwüstungen nahmen ihren Lauf.

Sherif versuchte verzweifelt mit Rihan und Laura einen Weg aus der Menge zu finden. Das Getöse wurde immer bedrohlicher. Der Boden bebte unter ihren Füßen, als würde man unter der Erde eine riesige Trommel schlagen. Sherif sah eine Bande rau aussehender Gesellen. Sie schwenkten bedrohlich ihre Knüppel und Eisenketten. Einige hatten sogar riesige furchteinflößende Macheten, Spieße und angespitzte Stangen in der Hand.

Sherif wollte nur noch weg und musste seine Panik zügeln, als er die Anführer der Schlägertrupps wahrnahm, die auf ihren schäumenden Kamelen und erregten Maultieren und Pferden saßen, und wie sie in blinder Wut in die demonstrierenden Menschen stürmten und alle in Angst und Schrecken versetzten. Mit Gebrüll waren sie von allen Seiten des Tahrir-Platzes in einem Gewaltritt angestürmt gekommen. Kreuz und quer trieben die Reiter hemmungslos ihr Unwesen. Sie zertrampelten alles was ihnen im Weg stand. In ihrer schäumenden Wut schlugen sie blind um sich und droschen rücksichtslos mit ihren dicken Knüppeln auf Männer, Frauen, Kinder und Alte ein. Wahllos. „Schert euch weg hier! Räumt sofort den Platz! Yalla, Yalla! Hopphopp! Dalli, dalli!", jagten sie die Demonstranten auseinander.

Der Tahrir-Platz versank in abstrusem Chaos.

Lautes Wehgeschrei und Weinen begleitete die Flucht. Wer nicht rechtzeitig abrückte oder etwa versuchte, sich ihnen in den Weg zu stellen, dem blieb kein heiler Knochen. Sherif sah mit eigenen Augen, wie Menschen unter die Hufe der Kamele gerieten und wie sie einfach auf dem Boden aus unzähligen Wunden blutend liegen blieben. Ihnen die Stirn zu bieten wäre selbstmörderisch gewesen.

„Wer sind bloß diese widerlichen Typen?"

Niemand wusste, woher sie kamen oder wer ihnen den Einsatz befohlen hatte.

„Wo kamen Sie her? Wer hat bloß diese Killerbande den friedlich demonstrierenden Menschen auf den Hals gehetzt?

„Was spielt sich hier eigentlich ab?", fragten sich die Menschen fassungslos. Alles war verwirrend, zumal die Kundgebung doch friedlich geplant war.

„Sherif! Was ist los? Was geht hier vor? Wo kommen all die schäumenden Kamele her?", fragte Laura und blickte ihn verwirrt an.

Es war ein Abbild des Horrors, was sich gerade vor ihren Augen abspielte.

„Ich weiß nicht, was für ein Spiel hier gespielt wird, aber was immer sich da zusammenbraut, es bedeutet nichts Gutes! Zeit von hier zu verschwinden! Ihr müsst hier weg, ich bringe euch nach Hause. Ihr bleibt keine weitere Minute hier", sagte Sherif so ruhig wie möglich, um die beiden nicht weiter zu beunruhigen.

„Die Baltagia! Die Baltagia!", schrien die Menschen jetzt angsterfüllt.

Einige derbe Typen machten mit Brachialgewalt weiter Jagd auf angsterfüllte und in Panik geratene Frauen und Kinder und schienen dabei eine Mordsgaudi zu empfinden. Mit bedrohlichen

Schritten und Gezeter rannten sie ihnen hinterher, vollführten unflätige Gesten, beleidigten jede Frau, die ihnen in die Bahn kam.

Als wären die dreckigen Obszönitäten nicht schlimm und unerträglich genug gewesen, teilten sie Hiebe und Fußtritte nach allen Seiten aus, um die Menschen auseinanderzutreiben. Ein mit Drogen vollgepumpter Kerl zog eine Machete hervor und teilte hier und dort Wunden aus.

Im Schein der lodernden Flammen konnte Sherif erkennen, wie ein paar gewaltbereite, Gift und Galle sprühende Chaoten über eine Frau herfielen, die auf einem Podium gerade eine Rede hielt. Sie überschütteten sie mit wüsten Beschimpfungen und Verleumdungen, wie man es aus den berüchtigten Gefängnissen kennt.

Sie versuchten mit allen Mitteln ihre Rede zu stören und ihr das Mikrophon aus der Hand zu reißen. Als sie sich dies nicht gefallen ließ und sich weigerte, packte einer von ihnen sie am Handgelenk und an den Haaren und zerknautschte derb ihre Lippen. Er zog mit einem verächtlichen Schnauben den Inhalt seiner Nase hoch und spuckte zunächst auf den Boden zu ihren Füßen und ihr dann voll ins Gesicht. „Das hier ist für die neumodischen

Flausen in euren hässlichen alten Köpfen!!" schrie er laut. In seinen Worten schwang tiefe Verachtung.

„Bei Gott hast du Recht!!", brüllte ein anderer barsch. „Es sind immer nur diese potthässlichen Weiber, die das Maul aufreißen und das schöne Geschlecht mit ihrem emanzipatorischen Geschwätz aufhetzen!" Er spie seine Worte wie ungenießbares Essen aus.

„Vielleicht sollte man ihr eine zweite Beschneidung verpassen, damit sie langsam Ruhe gibt!", mischte sich ein Dritter lauter ein. Sie lachten schmutzig.

Zu dritt packten sie sie bei den Haaren und bei den gespreizten Beinen und schleuderten sie zu Boden. Unsanft und geräuschvoll landete sie auf dem Asphalt. Mit eiskalter Brutalität traten sie auf ihr herum und traktierten sie mit Fußtritten. Sie versetzten ihr harte Schläge in den Magen, stießen ihr die Füße in den Unterleib, die Absätze ins Gedärm und in die Schulter.

„Ihr Maul! Schlagt ihr Maul kaputt, so dass sie nie wieder wagt, es vor richtigen Männern aufzureißen", sagte einer von ihnen in kumpelhaftem Ton. Aus seinen Augen blickte der nackte Wahnsinn.

Als sie versuchte sich hochzustemmen, schmetterten sie sie mit aller Wucht gegen den Gehsteig. Ihr Atem ging keuchend. Sie sackte in sich zusammen, dann regte sich nicht mehr. Sie schlugen auf sie ein und schimpften weiter.

Die Prügel nahmen kein Ende. Überall Geheul und Geschrei.

Einige Frauen schrien fassungslos um Hilfe, die Augen aufgerissen vor Panik, andere setzten sich energisch zur Wehr. Schnell ballten sie sich instinktiv in einer großen Gruppe zusammen. Andere Demonstranten mischten sich ein und formierten sich spontan zu einer großen Notgemeinschaft.

„Die sollen jetzt nur kommen!", schrien sie solidarisch.

Jeder wappnete sich gegen die Halunken wie er nur konnte. Sie hoben Stöcke und alles was sich anbot schlagbereit in die Luft und stürzten blind vor Wut ins Getümmel. Es entbrannte ein fürchterlicher Kampf unter den Demonstranten und den vierschrötigen Typen. „Verfluchtes Gezücht! Lumpengesindel, Gelump! Ignoranten", brach die Menge empört hervor.

Mit Geschrei und Gezeter wurden die ruppigen Knallköpfe in die Flucht geschlagen.

Auf dem Boden blieb die Rednerin fürchterlich zugerichtet zurück mit zerrauftem Haar und zerrissenen Kleidern. Das Gesicht zu rotem Brei geschlagen. Nie hatte man Frauen und Männer in so solidarischer Stimmung gesehen wie in dieser Stunde auf dem Tahrir-Platz. Was blieb ihnen sonst übrig? Es war ja keiner da, bei dem man sich hätte beschweren können, während die Raufbolde ihr Unwesen trieben.

Sherif erstaunte die Abwesenheit der Sicherheitskräfte. Gerade die Stadtmitte, die sonst von Sicherheitskräften wimmelte, war heute Schauplatz blutigster Kämpfe gewesen und zu seiner Bestürzung war niemand da, der die finsteren Elemente hätte zügeln können. Die Dinge geschahen oder man ließ sie einfach geschehen. Weit und breit war kein einziger Polizist zu sehen, sie waren alle fort, wie vom Erdboden verschluckt.

„Merkwürdig! Sie können sich nicht wie Gespenster bei Tagesanbruch in Luft aufgelöst haben!"

Unter den Demonstranten waren auf einmal viele wilde Gerüchte in Umlauf. Überall wurden die Spekulationen durchgehechelt. Scheinbar waren die Kerle aus den berüchtigsten Gefängnissen der Stadt während einer Meuterei ausgebrochen.

Sherifs feiner Spürsinn schlug Alarm. Er ahnte, dass hier etwas nicht stimmte. „Wie konnten sie, bitte schön, ausbrechen, die Gefängnisse waren doch für ihre strengsten Sicherheitsvorkehrungen berüchtigt", schoss es ihm durch den Kopf. Langsam dämmerte es ihm. Alles sah danach aus, dass die aufgeführte „Kamelschlacht" ausgetüftelt und inszeniert war.

Über das Ereignis wurde während des Tages viel spekuliert. Gerüchte schwirrten durch die sozialen Medien. Es war zunächst unklar, wer die Täter waren. Es wurde viel über den Kopf, der hinter dem Ganzen stand, gemutmaßt.

Es hieß, die Regierung habe die Ausschreitungen selbst inszeniert. Die Baltagia-Krawalle sollten die Bevölkerung in Angst und Schrecken versetzen und sie in Furcht vom Tahrir-Platz vertreiben und fernhalten. Sherifs Instinkt hatte ihn nicht betrogen. Um Angst einzujagen und Panik zu verbreiten, wurden alle berüchtigten Raufbolde aus den Gefängnissen entlassen und unter das Volk gemischt. Auch eine Art, den Volksaufstand zu zerschlagen.

Der Trick ging aber nicht auf, auch wenn viel Schaden verursacht und großes Unheil gestiftet wurde. Der Schuss ging nach hinten los, das Volk wurde in seiner Resistenz umso mehr verstärkt.

Die Repressalien taten der Revolution keinen Abbruch. Die Protestwelle tobte landesweit wochenlang weiter. Und wochenlang lösten politische Reden und Proteste einander ab. Seit Beginn des Aufstandes hatte sich der Präsident dreimal mit seiner

Ansprache an das Volk gewandt, bemüht um Deeskalation und in der Hoffnung alles wieder geradezubiegen. Er warf sein ganzes politisches Geschick in die Waagschale, um zu zeigen, dass sein Regierungsstil unanfechtbar sei. Er gestand keine Versäumnisse ein und wollte nicht wahrhaben, dass es dem Volk dreckig ging. Jedes Mal erwartete man einen Mann unter fürchterlichem Stress, mit sichtlichem Unbehagen. Er wirkte jedoch höchst ausbalanciert und selbstsicher, wie immer. Er machte ganz und gar nicht den Eindruck eines gebrochenen Mannes, sondern er war in bestem Einklang mit seinem gewöhnlichen Ich. Der Klang seiner Stimme und der Ausdruck seiner Augen waren die alten. Wohlgezielt, wohlkalkuliert und beherrscht.

Er wirkte eher als hätte er sich nichts zuschulden kommen lassen und blieb unerschütterlich, als könnten die Proteste seine Autorität nicht untergraben.

Mahnend warnte er davor, das Land würde ohne ihn ins Unheil stürzen und zwar in einem Ausmaß, das sich niemand vorstellen könne.

In wenigen knappen Sätzen ließ er verlauten, dass er keinerlei Absicht habe, ein weiteres Mal zu kandidieren, jedoch würde er bleiben bis zum Ende seines Mandats.

-33-

Die verirrte Kugel

Mit einem Mal schallten Schüsse über den Tahrir-Platz, die wie eine Salve von mehreren Schüssen hintereinander kreuz und quer fielen und peitschende Töne erzeugten, nun herrschte schiere Anarchie. Alles um Laura, Rihan und Sherif herum geriet wieder in Chaos. Von allen Seiten hörte man schrille Hilferufe von Frauen und Kindern. Menschen suchten Deckung, wo sie nur konnten. Hin und wieder sanken Verwundete zu Boden. Sherif umschlang die beiden und zog sie zu Boden. Beschützend bedeckte er sie mit seinem Körper. So lagen sie eine Weile benommen und still da, unter ihm begraben. Laura zitterte vor Furcht und Schrecken am ganzen Körper. Rihan gab keinen Ton von sich. Sherif spürte just, wie ihr Körper unnatürlich zuckte und dann auf einmal schlaff wurde.

„Was ist los?", fragte er mit vor Angst geweiteten Augen. Keine Antwort. Einzig Rihans angestrengtes Atmen, das nur noch stockend ging, war unter ihm zu hören.

„Was ist geschehen?", wiederholte Sherif besorgt und erahnte schon die Antwort, die er lieber nicht bestätigt wissen wollte. An

Lauras starrem Gesichtsausdruck erkannte Sherif, dass etwas Ernstes vorgefallen war.

„Sie blutet! Sie blutet!", schrie sie von panischem Schrecken gepackt. Hastig umklammerte sie die Verletzte und presste ihre Hand auf den Rücken, um das Blut zurückzuhalten, das ihr durch die Finger rann. Sherif suchte hastig mit der Hand nach der Verletzung. Der Anblick versetzte ihn in Panik. Sie war tief. Er zog sein Hemd aus und presste es auf die Wunde. Für eine kurze Zeit war unmöglich zu erkennen, ob es eine verirrte Kugel war, die Rihan getroffen hatte oder die Machete der Rohlinge. Es war alles zu schnell gegangen. Außer sich vor Angst lauschte Sherif nach dem Herzschlag. Er war noch vorhanden, aber unregelmäßig, dünn und kaum hörbar. Laura schrie hysterisch in alle Richtungen um Hilfe. Vergeblich. Jeder war mit sich und den Seinigen beschäftigt, rannte um sein eigenes Leben. Zwar trugen einige freiwillige Männer und Frauen Verletzte auf Tragen fort, sie waren aber außer Hörweite. Die wenigen Notärzte, die im Einsatz waren, hatten alle Hände voll zu tun. In den Zelten, die für Notfälle gedacht waren, ging es mittlerweile zu wie in einem Bienenstock.

Es blieb Sherif nichts anderes übrig, als Rihan in seinen Armen zu tragen und sich durch die Menge zu kämpfen. Die Angst pulsierte heftig in ihm und er rannte, was das Zeug hielt. Er hatte Angst davor, Rihan könnte verbluten, bevor sie Hilfe fanden. Vor lauter Panik, wussten sie nicht wohin sie sich wenden sollten. In dem Chaos war es schwer die Richtung zu bestimmen. Sie waren verwirrt, orientierungslos und hilflos. Sie rutschten und stolperten über die umherliegenden Menschen.

Die Kraft versagte ihm langsam unter dem Gewicht der ohnmächtigen Rihan. Er rannte, ohne innezuhalten und spürte keinen Boden unter seinen Füßen. Er spürte bloß wie Rihans Kopf bei jedem Schritt gegen seine Schulter fiel. Sein Atem ging gehetzt und der Schweiß rann ihm von der Stirn. Von Meter zu Meter wurde ihr Körper schwerer und Sherifs und Lauras Verzweiflung wuchs und wuchs. Sie schrien so laut sie konnten um Hilfe. Die Angst saß in ihren Kehlen. Immer wieder schüttelten sie Rihan unsanft und versuchten, sie zu wecken. Wie das Blut, das ihnen durch die Finger rann, so rann ihnen auch die Zeit durch die Finger. Rihan war unnatürlich bleich im Gesicht. In ihren verdrehten Augen erlosch jeglicher Glanz und sie reagierte nicht mehr. Und es war kein Durchkommen.

Sherif und Laura fühlten sich erleichtert als eine junge Medizinerin mit einem Ansteckschildchen *Tahrir-Ärzte* am weißen Kittel aus dem Menschenknäuel auftauchte und zu Hilfe eilte. Sie musste ihre Verzweiflung erkannt haben. Sie ergriff Lauras Arm und sie kämpften sich durch die Menge. Wegweisend versuchte sie mit ihnen so schnell wie nur möglich das Chaos auf dem Platz zu passieren. Sie liefen so schnell sie konnten und eilten mit rasenden Herzen der jungen Ärztin hinterher auf die andere Straßenseite. Kaum hatte sie sie aus dem Menschengewirr hinausgeführt, entschwand sie wie vom Gedränge verschluckt. Dem Gewühl der Menge entronnen, gerieten sie in das nächste Chaos. Auf der Straße war der Verkehr kollabiert und es erhob sich ein unbeschreiblicher Tumult. Der Verkehr staute sich und die dichte Schlange von Autos und Autobussen, die nicht weiter kamen, hupten in Wut und Panik. Es entstand ein wütendes, nervenzerfetzendes Hupkonzert, das den Lärmpegel auf ein unerträgliches Maß erhöhte. Die aufgebrachten Fahrer schrien einander stimmgewaltig an. Die Auspuffgase der Autos und knatternden Motorräder hingen wie ein Nebelschleier in der Luft und erschwerten das Atmen. Es war unnatürlich warm. Der Januar glich an diesem Tag plötzlich einem der stickigsten Sommermonate mit der erbarmungslosesten Hitze. Wie gebannt starrten Sherif und Laura auf Rihan und versuchten zu erkennen, ob sie noch atmete. Ihr Gesicht war totenblass und ihre Lippen blutleer. Zum ersten Mal in seinem Leben war er starr vor Panik. Er hatte sich noch nie so hilflos gefühlt.

Auf der Straße lagen verletzte Menschen, auf den Gehsteigen waren regungslose Körper in blutdurchtränkten Kleidern zu sehen. Krankenwagensirenen schrillten unaufhaltsam. Irgendwo in der Nähe sollte es ein Krankenhaus geben, dachte Sherif bei sich.

Er war noch verzweifelt am Überlegen, überlegte noch verzweifelt als ein Auto näherkam, einscherte und anhielt.

Ein junges Paar rief ihnen zu und winkte sie aus dem offenen Fenster ihres Wagens heran. Sie rannten irgendwie erleichtert aber doch panisch zum Auto und drängten sich hinein.

Der Fahrer brauchte nicht zu fragen und mit einem entschlossenen Tritt aufs Gas fuhr er mit heulendem Motor ins Krankenhaus, das, wie Sherif ahnte, in der Nähe lag. Das junge Paar setzte sie vor dem Krankenhaus ab, rief in das Getöse viel Glück und alles Gute und machte sich kampfbereit auf den Weg zurück zum Tahrir-Platz. Sherif und Laura konnten den beiden nicht genug danken. Die Dankesbezeugungen wedelten sie unbeschwert mit einer Handbewegung beiseite.

-34-

German Clinic

Die Wünsche des jungen Paares ließen einen kleinen Hoffnungsfunken in Sherif aufglühen, der freilich schnell wieder erlosch. Er schüttelte den Kopf; alles, was er sah, als sie das Krankenhaus betraten, war deprimierend. Auch hier herrschte eine Atmosphäre von Chaos und Panik. Eine Gesundheitsanstalt in einem erschreckend kranken Zustand! Sherifs Verzweiflung packte ihn wieder. Um ihn herum ächzten die Säulen. Das betagte baufällige Gebäude lag ungestrichen in düsterer Dunkelheit. Die Wände voll schwitzender Flecken wölbten sich vor und ließen die Farbe der kalligraphisch geschrieben Sprüche langsam wegbröckeln: „Gesundheit ist des Bürgers höchstes Gut und legitimstes Recht", „Gesundheit ist eine Krone auf dem Kopf des Bürgers und der Bürgerin", las Sherif vor sich hin und lächelte bitter, den Kopf schüttelnd. Die Ausstattung war abgenutzt. Nichts schien gut zu funktionieren. Der Fahrstuhl war außer Betrieb. Die Rollstühle wackelig und ramponiert. Medizinische Apparate rosteten in der Ecke vor sich hin und offenbarten die Verheerungen der Vernachlässigung der letzten Jahrzehnte. Staubige Dossiers stapelten sich auf rostigen Regalen. Die lichtlosen Gänge des

Krankenhauses, das sichtlich unter dem Zahn der Zeit gelitten hatte, rochen nach ätzendem Putzmittel und kaltem Zigarettenrauch und waren voller Menschen, erschöpfte und verwirrte Angehörige von Opfern. Verzerrte Gesichter, blutverschmierte Verletzte mit Binden und Bandagen umwickelten Köpfen ruhten auf blutigen Kissen, einige schliefen sogar zu zweit in einem Bett. Viele lagen oder hockten dicht an dicht auf dem Boden in den Fluren und Korridoren. Einige fächelten den in Ohnmacht gefallenen Verletzten Luft zu. Von allen Seiten kamen schrille Schmerzensschreie. Wehgeschrei. Lautes, wimmerndes Wehklagen und Angstrufe. Weinende Kinder. Proteste besorgter Verwandter. Entnervte Eltern. Überarbeitete Schwestern und gereizte Krankenpfleger schwirrten verzweifelt und überfordert durch die Gänge, übermüdet von den durchwachten, nervenzehrenden Nächten. Seit Anfang des Aufstandes waren sie ohne Unterlass auf den Beinen und hatten keine Zeit zum Durchatmen. Als sich Sherif ungeduldig vordrängte und sein Anliegen stockend und unzusammenhängend vorzubringen versuchte, warf die Krankenschwester einen gehetzten Blick auf Rihan und Laura, und gab ihm mit gestresster Miene zu verstehen, sich in Geduld zu üben. Es gäbe schließlich noch schlimmere Fälle. Ihre Worte trafen Sherif wie ein Stromschlag. Bedauernd hob sie die Schulter und verschwand ohne ein weiteres Wort ins drängende Gewühl zurück.

Da weder Höflichkeit noch Geduld zu einem Ergebnis führten, hatten Sherif und Laura beschlossen, ihr Glück in der *German Clinic* zu versuchen. Ein Geistesblitz, den Laura im letzten Moment durchzuckte. Sie hasteten wieder mit zusammengebissenen Zähnen durch die dunkeln Nebengassen bis sie mit dem letzten Quäntchen Energie die Hauptstraße erreichten. In vager Hoffnung hielten sie Ausschau nach einem Taxi, das vielleicht zufälligerweise um diese Zeit in der Gegend vorbeifuhr. Sie waren nicht die einzigen, die diesen Wunsch hegten. Verzweifelte Menschen suchten händeringend nach einem Transportmittel. Es wurde langsam dunkel und das erfüllte Sherif mit neuer Panik. Allerlei Gedanken schwirrten ihm durch den Kopf.

Das Schuldgefühl ergriff vollends Besitz von ihm und er machte sich schwere Vorwürfe. Denn er hatte es verschuldet. Er war ja schließlich derjenige, der ihr einen Floh ins Ohr gesetzt hatte, als er ihr am Abend zuvor von dem „Frühlingsmärchen" erzählt hatte und von den unglaublichen Dingen, die sich zurzeit auf dem Tahrir-Platz abspielen. „Warum bloß? Warum? Wie kann man so leichtsinnig sein", quälte er sich.

…

Er war fast kurz davor alle Hoffnungen fahren zu lassen, als ihn das Rasseln einer altersschwachen Kalesche aus seinen trüben Gedanken riss und das metallische Hufgetrappel immer näherkam.

Ohne große Worte kletterten sie in das Gefährt und der freundliche schnauzbärtige Kutscher klemmte sich willfährig hinter seine Zügel, knallte mit der Peitsche, ließ ihre Spitze über dem Kopf des Pferdes schnalzen und trieb es an.

Unter ständigem Läuten seiner Glocke und dem donnernden Hufschlag des Pferdes schoss er wie ein Wilder mit ratternden Rädern davon, stadtauswärts, in Richtung Klinik. Er schien erfahren zu sein, das erleichterte die Weiterfahrt. Er kannte die geheimsten Abkürzungen, die schmalsten und verkehrsärmsten Seitenstraßen und sein Pferd, auf das er sehr stolz war, waren wendig.

Er fuhr die große Brücke entlang aus der Innenstadt hinaus, vorbei an der Kairoer Oper, deren Lichter an diesem Abend aus waren, dann zog er durch die Kurven der verengten und schlecht beleuchteten Sträßchen, die in Richtung Klinik führten. Sie fuhren ohne Licht und konnten gerade ein paar Meter weit sehen. Düstere und sehr schwache Laternen an der Nil-Corniche wiesen gerade so den Weg. Ringsherum war kaum etwas zu erkennen.

Bloß ein Gewirr verwüsteter Kiosks und kleiner Kaufläden. Einzelne abgewrackte Schiffe waren von einsamen Glühbirnen und trübem Lichtschein beleuchtet. Von Zeit zu Zeit kamen sie an gespenstisch dunklen Straßen und niederdrückenden Plätzen vorbei. Selbst im Licht der wenigen flackernden Laternen waren die Verheerungen der gewaltsamen Ausschreitungen nicht zu übersehen. Öffentliche Gebäude waren verwüstet und vom Brand zerfressen. Aus den geborstenen Fenstern quoll immer noch Rauch. Polizeihäuschen standen leer und verlassen. Hier und da geplünderte Autos mit eingeschlagenen Fensterscheiben.

Die Kutsche schaukelte knarrend, ächzte aus allen Fugen und quälte sich, halsbrecherisch und verkehrswidrig durch die holprigen engen Straßen. Rihan lag mit baumelndem Kopf und herabfallenden Händen in Sherifs Schoß, dem das Holpern der Kutsche zu schaffen machte. Redlich bemühte er sich, dass Rihan in der holprigen Kutsche so wenig wie möglich durchgerüttelt wurde. Laura drückte so feste sie konnte auf die Wunde.

Nach einer gefühlten Ewigkeit hielt die Kutsche vor der Klinik. Sie lag in einem wenig frequentierten, ruhigen Weg. Der Eingang war leicht zu übersehen. Nur ein kleines Schild über dem Eingang verkündete in goldenen Lettern: *German Clinic*.

„Wir haben es geschafft!", sagte der freundliche Kutscher und lächelte gerührt. Unbändige Freude und Stolz erfüllte ihn, ein Kind retten zu können.

„Vielleicht hat sie ein gutes Kismet und bekommt den richtigen Arzt!", sagte er zu Sherif und ließ den Kopf von einer Seite zur anderen pendeln.

Mit allerletzter Kraft rannten sie die Stufen zum Eingang hinauf. Laura klingelte hastig. Daraufhin öffnete sich die Tür vorsichtig einen Spalt. Die Farbe kehrte wieder in die Gesichter der beiden zurück als eine zierliche Arzthelferin mit gütigen Augen und freundlichem Gesicht zu ihnen herausspähte. Sie schaute in Lauras Gesicht und dann an ihr vorbei auf Rihans Verletzung. Ohne groß zu fragen, bat sie die drei herein. Eile war geboten. Sie legten Rihan auf ein Krankenbett und schoben den Karren durch eine Glastür. Drinnen herrschte Stille, als wären sie auf einem anderen Planeten oder auf dem Grund des Ozeans angekommen. Überall herrschte Ordnung. Alles duftete nach Sauberkeit. Beschriftete Ablagefächer. Blitzender Boden. Funkelnde Geräte.

Es stimmte Sherif traurig, als er die Klinik mit dem vollgemüllten, schäbigen und maroden Krankenhaus verglich. „Unfassbar!", dachte er bei sich. Er hatte aber nichts laut sagen wollen. Seine Blicke wanderten zu großen eingerahmten Porträts früherer renommierter deutscher Mediziner und Forscher, die die Wände der Klinik säumten, als würden sie zusammen über den Ort wachen. Sie strahlten Erfahrung, eiserne Disziplin, Gründlichkeit und Zuversicht aus.

„Wir tun unser Bestes!", hörte er die Krankenschwester verantwortungsbewusst professionell zu Laura sagen, bevor sie mit Rihan hinter der Tür verschwand. Der Klang ihrer Stimme hatte eine beruhigende Wirkung und etwas Zuverlässiges an sich.

Sherif und Laura sollten draußen bleiben, deutete die Krankenschwester höflich an und trug auf ihren feinen Lippen ein ermutigendes Lächeln.

Sie saßen da, den Blick auf die Tür geheftet und warteten von Kummer und Sorge erfüllt. Mehrere Minuten des Bangens und Hoffens verstrichen. Er hatte das Gefühl, dass ihr Warten Stunden dauerte. Endlos lang. Er hasste es, auf heißen Kohlen zu sitzen und machtlos zu sein. Wie ein Tiger im Käfig ging er im Wartesaal auf und ab.

„Wieso dauert das lange?", flüsterte er Laura zu und machte eine ungeduldige Bewegung. Er wünschte sich, die Zeit würde schneller vergehen.

Zum ersten Mal war Sherifs Stimme die Anspannung anzumerken. Er konnte die Stille nicht länger ertragen. In ihm stieg tiefe Angst hoch. Wenn Rihan nicht durchkommt, würde er sich sein

Leben lang Vorwürfe machen. Sein Gewissen war in Aufruhr und plagte ihn. In diesem Augenblick war ihm deutlicher denn je bewusst, wieviel Rihan ihm bedeutete.

Draußen waren Detonationen und das Heulen der Sirenen der Krankenwagen zu hören, begleitet von leuchtenden Funken, die den Himmel über Kairo für einen lichten Moment erleuchten ließen, bevor sich die Dunkelheit wie eine Decke über die Stadt legte.

„Der Stromausfall hat weite Stadtteile Kairos lahmgelegt. Auch Telefon- und Internetverbindungen sind gekappt", hörte Sherif die Stimme der Wächter draußen vor der Klinik sagen.

Er dachte in diesem Moment an die vielen Krankenhäuser, die keine Generatoren hatten.

Ungeduldig sah er immer wieder auf die Uhr und tigerte weiter durch den Flur. So verging Minute um Minute, nichts geschah, doch endlich öffnete sich die Tür und zerschnitt die Stille. Als die Ärztin den Gang mit seitlich geneigtem Kopf entlanggeeilt kam, drohte Sherifs Herz aus der Brust zu springen.

„Wie geht es ihr? Gibt es Komplikationen?", fragte er gegen die in ihm aufsteigende Angst kämpfend.

„So sehr ich es bedauere, Ihnen das sagen zu müssen, ihr Zustand ist sehr kritisch. Die Verletzungen sind lebensgefährlich. Die Patientin läuft große Gefahr, die Beine nicht mehr bewegen zu können", erklärte die deutsche Ärztin mit sachlicher Stimme.

„Wie? Wird sie nie wieder auf die Beine kommen?", fragte Sherif verschreckt, während sein Herz einige Takte aussetzte.

„Wir werden sehen, was sich machen lässt", sagte die Ärztin routinemäßig.

„Wird sie wieder laufen?", fragte Sherif erneut, schluckte eilig und bemühte sich, seine Stimme nicht beben zu lassen. Beunruhigung malte sich auf sein Gesicht. Durch ein Kopfnicken versuchte die Ärztin ihn zu ermuntern.

„Es besteht berechtigte Hoffnung. Eine rasche Heilung ist jedoch nicht selbstverständlich. Eine vollständige Genesung könnte lange auf sich warten lassen. Bis jetzt kann ich Ihnen nur sagen, dass sie bestimmt lange Zeit brauchen wird, um das schreckliche Erlebnis zu verarbeiten". Als sie bemerkte, dass Sherif nicht sonderlich beruhigt war, glitt ein leichtes Lächeln über ihr strenges Gesicht.

„Die gute Nachricht ist, dass wir die Kugel entfernen und die Wunde am Rücken nähen konnten. Die innere Blutung konnten wir ebenfalls stillen", sagte sie, um ihn ein wenig aufzurichten und formte die Hände zu einer Raute.

Diese Worte weckten neue Hoffnung.

„Was die Patientin allerdings bald und dringend braucht ist einen guten Arzt. Mit einem guten Arzt steht und fällt alles", sagte sie markant und bemühte sich, ihre Stimme kompromisslos klingen zu lassen. „Sucht euch einen guten Arzt!", betonte sie erneut.

„Hier sind auf jeden Fall die Ergebnisse der Analyse", sagte sie und schwenkte den Brief mit einer kurzen Handbewegung und einem Lächeln auf den Mundwinkeln.

Obwohl die Anspannung aus seinem Gesicht gewichen war, wirkte Sherif sehr besorgt. Mit der Genehmigung der Ärztin durften sie Rihan in dieser Nacht noch sehen.

Sie lag reglos in ihrem Bett aber das Kardiogramm neben ihr zeigte, dass sie noch am Leben war. Unter ihren Augen waren riesige schwarze Ringe. In ihrer Nase steckte ein Sauerstoffschlauch. Von Zeit zu Zeit glaubte Sherif zu vernehmen, wie sich ihr zerbrechlicher Brustkorb sogar minimal bewegte.

Sobald sie wieder zu sich kommt, wird er sie heim ins *Nile View* bringen und mit den anderen einen passenden Arzt für sie auskundschaften.

Diese Nacht verbrachte er wach an ihrem Bett, mit Laura an seiner Seite.

-35-

Der Narr vom Tahrir-Platz

Ein kleines Stück von Sherif entfernt saß Zalamuni. Er wirkte betrübt und niedergeschlagen. Er blickte aus traurigen Augen, in denen zu viele Geheimnisse wirbelten, als dass man sie schnell hätte enträtseln können. Es sah aus, als sähe er keinen Grund zur Freude. Die euphorischen Sprechchöre der Menge auf dem Tahrir-Platz ließen ihn kalt. Lieder und Freudenrufe konnten ihn nicht mitreißen oder auch nur ansatzweise seine Sorgen zerstreuen.

Wer Zalamuni nicht kannte, glaubte, er wäre ein närrischer, vom Wandertrieb besessener Mann, der Jahrelang vagabundiert war, bis er den Tahrir-Platz letztendlich sein Zuhause nannte. Sherif kannte ihn von früher, als er die Trottoirs der Straße des 26. Juli als Schlafstätte benutzt hatte. Sein Spitzname - Zalamuni - war ungewöhnlich und rätselhaft, so dass sich Sherif oft fragte, wie er zu diesem gekommen war. Er war eine Erscheinung, die das Bild der geschäftigen Avenue etliche Jahre geprägt hatte. Gewisse Erinnerungen nötigen Sherif heute noch ein verstohlenes Lächeln ab. Gegen ihn hatte es etliche Klagen gegeben, weil sein alltägliches normwidriges Verhalten eine üble Beleidigung für das zart besaitete Auge und die feine Nase der Hautevolee von „Zamaaalek" war.

Seine zähe Art zu protestieren und seine Sprüche waren es gewesen, welche Sherif immer fasziniert hatten. Für Sherif war Zalamuni kein Obdachloser wie all die anderen, denn er besaß Stil. Er trotzte dem alle Menschenwürde verschlingenden Leben. Er lag auf seiner Matte während ohrenzerreißender Lärm und Dieselgestank die Luft unter dem Flyover zum Stehen brachte. Doch schuf er sich ein würdevolles, farbenfrohes Hoheitsgebiet, indem er seinen Schlafplatz mit bunten Blumen in Plastikflaschen schmückte und seine Erscheinung fester Bestandteil geworden war. Es war als wollte er damit gezielt jemandem eine Botschaft vermitteln: „auch wenn du mir mein soziales Glück geraubt hast, wirst du mir nicht meine Menschenwürde rauben."

Die Passanten - einfache Beamte, Schüler, junge Liebespaare - kauften seine Blumen ob als Gag, aus Mitleid oder aus Solidarität. Jeder gab, was er konnte. Die Blumen hatten keinen festen Preis, denn sie waren nicht zum Verkauf gedacht, sondern zeichneten schlicht und einfach die Grenzen seines Domizils. Seine spärliche Habe hielt er immer unter seiner aus Kartons und alten Zeitungen gebastelten Schlafstätte: ein zerfetzter Notizblock, einige verblichene und abgegriffene Fotos und ein paar zerlesene und andere noch ungeöffnete Briefe. Seinen Körper bedeckte er mit einer geflickten Decke. Aus einem alten scheppernden Kassettenrekorder ertönte tagein tagaus unermüdlich dasselbe melancholische Lied: „Zalamuni an-Nass, zalamuni - Die Menschen hatten mir Unrecht getan!" Manchmal versuchte er mitzusingen, die unnachahmliche Umm Kalthum, *die Diva des Nil und des arabischen Gesangs* eifernd und passioniert imitierend. Diese leidenschaftlichen Versuche endeten immer fatal, mit einem hartnäckigen zähen Reizhusten, der lange andauerte bis er endlich abklang. Er konnte nicht einen Refrain singen ohne von einem Hustenkrampf geschüttelt zu werden; dann machte sich jedes Mal eine Traurigkeit in seinen tränenerfüllten Augen bemerkbar.

„Welche Menschen Zalamuni wohl damit meinte?", beschäftigte Sherif jedes Mal, wenn er beim Vorbeigehen dieses Lied hörte.

Sherif konnte sich gut vorstellen, dass er damit die Mitglieder der Regierung meinte, da er ständig über sie schimpfte. Zalamuni blickte jedes Mal verärgert drein, sie hatten ihn zur Verzweiflung gebracht.

„Die Politik und die Politiker hängen mir zum Halse heraus. Wenn ich in meinem Leben etwas gelernt habe, dann dass man zwei Dingen nie vertrauen darf", betonte er jede Silbe während er mahnend den Zeigefinger reckte: „Der Zeit und den Politikern."

„Woran erkennt man, dass ein Politiker lügt? - Daran, dass er den Mund aufmacht!", war sein Lieblingswitz, über den er immer wieder laut lachte und dabei seine schwarzen, verrotteten Zähne entblößte.

Er traute ihnen nicht über den Weg. Er war überzeugt, dass die Suche nach einem „ehrsamen Politiker", sprichwörtlich wie die Suche nach der Nadel im Heuhaufen sei. „Unsere Zeit ist *die Zeit der Eier*, die guten versinken und die faulen Eier schwimmen obenauf im Wasser."

Für die Regierungsriege hatte er augenscheinlich nicht all zu viel übrig. Er zog über sie her, Gift und Galle speiend, wann immer er konnte. „Diese schamlosen Plaudertaschen, die herumschnattern wie ein Haufen Gänse, können mir gestohlen bleiben. Die gehören alle geteert und gefedert", schimpfte er verkniffen, während seine Handbewegung von ganz unten bis ganz nach oben ging. Seine Schimpftiraden waren voller Witz und Humor und sorgten oft für Gelächter. Zalamuni war zu einer liebgewonnenen Institution geworden.

So legten es Passanten allmorgendlich absichtlich darauf an, ihn zu ärgern, indem sie gewisse Politiker lobten oder gewisse politische Gegebenheiten erwähnten, bis er in Rage kam und in eine maßlos erbitterte heisere Schimpfkanonade ausbrach und witzige Kommentare abgab.

Wenn in seinen Augen ein gefährliches Glitzern aufleuchtete und die Ader auf der Stirn dick hervortrat, ließ er seiner Zunge freien Lauf und beschimpfte alles, worüber sie sich nicht zu schimpfen trauten. So sprach er stellvertretend für sie das aus, was sie sich nicht im Traum zu sagen wagten.

„Bitte, Zalamuni, es reicht! Hör auf! Wir wollen schließlich heute zu Hause übernachten oder willst du uns alle hinter Gitter bringen?", witzelten sie für gewöhnlich, wenn er sich um Kopf und Kragen redete. Sie bissen sich auf die Lippen, senkten die Köpfe und machten sich einer nach dem anderen davon. In Zeiten wie diesen hatte jeder Angst.

Zalamuni bekümmerte dies nicht. Er hatte nichts mehr zu verlieren. Ihm war es egal. Er war schließlich der Narr des Tahrir-Platzes und nur ein Narr darf dem Kaiser sagen, dass seine Krone schief sitzt oder vielleicht auch, dass sein Stuhl wackelt - ohne sofort den Kragen zu riskieren. Zalamuni jedenfalls schien diese Narrenfreiheit zu genießen.

Lieber ein vagabundierender Narr als ein Politikaktivist solcher Vereine, das war seine Devise.

Für seinen restlosen Hass hatten die Passanten Verständnis. Denn sie glaubten, die Gründe zu wissen. So erzählten manche, dass er einmal ein Zuhause hatte, eine Familie, eine Arbeit. Er war ein erfolgreiches Mitglied einer der bekanntesten Parteien des Landes und hatte eine Menge Freunde, alle Herren von hoher Warte. Aber der schwere Stößel der Politik hatte alles im Mörser des Lebens klein gestampft. Das Schicksal, oder besser gesagt die Politik, hatte mit eiserner Faust zugeschlagen. Die Parteifreunde hatten ihn reingelegt. Verraten und verkauft. Es erging ihm, so sagte man, „wie dem Hahn, der von seinem Besitzer geschlachtet wurde, weil er mit seinem markerschütternden Krähen den reichen Nachbarn in seinem Palast beim ersten Tageslicht jeden Morgen aus dem tiefen Schlaf riss."
Und weil er eben die Wahrheit gesagt hatte, als die anderen doppelzüngigen politischen Kriecher und Karrierehengste heuchelten, nahm das ganze Unheil seinen Lauf. Die Partei, der er sich mit Leib und Seele verschrieben hatte, hatte ihn ausgenutzt bis sie das erreicht hatte, was sie wollte und dann ließ sie ihn fallen wie einen zehnmal benutzten Teebeutel. Eine anschauliche Buße für die folgenschwere Aufrichtigkeit eines närrischen Politikers.

…

„Du siehst nicht so aus, als würdest du dich über die Revolution freuen", suchte Sherif das Gespräch mit ihm, in der Hoffnung ihn etwas heiter zu stimmen.

Zalamuni hing seinen Gedanken nach, regungslos, wie ein Philosoph in einem tiefen Reflexionsmoment. Er schien nach einer passenden Antwort zu suchen, dann fiel die Starre von ihm ab. „Rêve-Lotion! Ein unerfüllbarer Wunschtraum!", korrigierte er philosophisch mit einem versonnenen Lächeln.

„Alles ist wie eine heroische Geschichte, die man in einem dunklen Kinosaal euphorisch und voller Leidenschaft durchlebt. Man ist wieder in der traurigen Realität, wenn am Ende des Filmes das Licht eingeschaltet wird", erklärte er, von sich und seiner Erfahrung überzeugt.

„Ich gebe zu. In diesen Dingen habe ich meine Naivität verloren", konstatierte er mit skeptischem Unterton und runzelte die Stirn. „Die Erfahrung flüstert mir ein: Geht ein Pharao, dann kommt der nächste!"

„Unser Philosoph und Sterndeuter hat gesprochen!", sagte eine gedehnte Stimme aus der Menge theatralisch.

„Die Hitze hat ihm wohl zugesetzt!", kommentierte ein anderer mit einem Augenzwinkern.

„Das ist ein bisschen arg dick aufgetragen, findest du nicht?"

„Bist du etwa Besitzer einer Glaskugel? Kannst du das Dunkel der Zukunft durchdringen?"

„Verfügst du über seherische Gaben? Bist du so etwas wie ein Hellseher, Hoher Herr? Mit deiner Gabe des Sehers könntest du uns enthüllen, was die Zukunft mit sich bringt?", erklärte ein anderer schauspielerisch mit aus dem Gesicht quellenden Augen, als würde er vor einer Glaskugel stehen.

„Jetzt haltet aber die Luft an, ja? Was redet ihr denn da? Wer kann wissen, was uns bevorsteht?" Er runzelte die Stirn, als hätte er große Mühe zu verstehen, was sie damit sagen wollten.

„Ich besitze keine Kugel", gab Zalamuni auf die Frage Antwort. Es schien als würden zu viele Erinnerungen auf ihn einstürzten. „Nein. Ich bin Besitzer von tonnenschweren Erfahrungen in Gutmütigkeit und Einfältigkeit, die ich nie wiederholen möchte. Das Leben mit seinen Erfahrungen ist mir ein guter Lehrer gewesen. Es hat mir vieles beigebracht. Es sind Erfahrungen, die mir sagen, welcher Realität ich ins Auge zu schauen habe."

Er senkte die Stimme zu einem Flüstern und plauderte weiter mit sich selbst, als er merkte, dass die Menge, gar nicht daran interessiert war, seine Sichtweise zu Ende zu hören.

„….Die Zukunft wird sich euch von selbst offenbaren! Es ist manchmal kein Vorteil, die Zukunft zu kennen, vielleicht eher eine Bürde. Stellt euch vor, ihr bekommt Dinge zu sehen, die euch Angst einjagen!"

Er schwelgte in wehmütigen Erinnerungen. Er hatte sehr traurig geklungen, als würde er ununterbrochen darunter leiden, was alles geschehen war.

„Wie viele Winter habe ich hier auf diesem Platz verbracht und alleine an meinen Sorgen gekaut, während die Herren in der wohligen Wärme ihrer Kissen und Decken kuschelten."

Er lehnte sich zurück und verschränkte die Hände hinter dem Kopf, um sie nachzuahmen.

„Ich habe mir die Finger an Bergen von Formularen und Anträgen wundgeschrieben", sagte er und klopfte mit der Rechten auf das staubige und zerfledderte Briefbündel, das ihm als Kopfkissen diente. „Ich habe mir die Schuhsohlen abgelaufen, treppauf und treppab; die Kehle kaputtgeredet. Alle Versuche endeten vor den vergitterten Empfangsschaltern dieses Gebäude... Wenn dieses Gebäudes sprechen könnte, könnte es euch Bände erzählen!", sagte er anklagend und zeigte auf den gigantischen *Behördenkomplex*.

„Ich habe keine Hoffnung mehr", schüttelte er betrübt den Kopf, seinen alten Schal zurechtziehend.

Er löste den Verband und entblößte dabei das Loch, das aus seiner eiternden Kehle hervorstach. Er hielt den Hals so, dass nur

Sherif es sehen konnte. „Du hast Sinn für Gerechtigkeit - wie denkst darüber?"

Sherif spürte einen Anfall klammer Kälte. Ihm war zumute, als hätte er einen heftigen Schlag in die Magengrube bekommen.

„Die Vergangenheit kann abscheulich sein, an sie erinnert man sich besser nicht", gab Sherif zurück, bekam einen Knoten in die Zunge und blickte traurig drein.

„Wir dürfen uns nicht den pessimistischen Gedanken hingeben. Die Morgenröte eines neuen Lebens ist bereits erstrahlt und die Revolution löscht langsam die lange Nacht aus", kommentierte Sherif mit wachsendem Optimismus und ein zuversichtliches strahlendes Lächeln trat auf sein Gesicht.

„Ihr könnt ruhig eurer auf Rosen gebetteten Zukunft entgegeneilen. Wenn der Trubel der Revolution sich wieder legt, die Scheinwerfer und die Kameras sich vom Tahrir-Platz abwenden und die Mikrophonkabel zusammengerollt werden, werde ich genau auf dieser Straße, wo ich nun schon seit Jahrzehnten sitze wie eine Kakerlake, auf dem Rücken liegen, umgeben von meinen treuen Freunden, meinen Blumen in Plastikflaschen, bis ich irgendwann neben ihnen in meinem königlichen Schlafgemach verwelke", sprach er mit sich kaum hörbar.

„Meinen Lebensabend werde ich auf der Straße beschließen. Wetten wir?", formten seine Lippen und man wusste nicht, zu wem er sprach. Zwischen seinen Augen zeichneten sich zwei dicke grämliche Falten.

Ein klein wenig konnte Sherif ihn verstehen. Aber wiewohl er Zalamunis Meinungen für vertretbar hielt, mochte er sich nicht pessimistischen Gedanken hingeben. Es mag ein langer und schwieriger Kampf werden, für den man alles geben muss, dennoch zweifelte Sherif nicht daran, dass sie ihn gewinnen würden.

„Wir müssen zu Ende führen, was wir begonnen haben", sagte einer der Umstehenden um einen konzilianten Ton bemüht.

„Da hast du nicht Unrecht! Unser Schicksal müssen wir selbst in die Hand nehmen. Die Zukunft, die wir uns so sehr wünschen, liegt jetzt hier in unseren Händen!", sagte er und nickte feierlich.

„Genug geredet und geklagt. Wir klagen zu viel und handeln zu wenig. Klagen ist leicht, Handeln ist schwer. Auf geht´s! Wir wollen handeln. Das ist das Gebot der Stunde. Die Zeit zu handeln ist da!", rief Sherif den Leuten kampfeslustig ins Gedächtnis, ballte seine Faust und deutete mit einer Kopfbewegung nach vorne, eine Idee, die die Gemüter rapide aufheiterte.

Sie nickten zustimmend. Hoffnungsfreudig. Sie schwuren sich, um keinen Preis nachzugeben. Sie schoben all die Enttäuschungen, die die Zukunft bringen mochte, beiseite und stürzten mit einer entschlossenen Miene in das Gewühl der Menge. Ein Hochgefühl durchströmte ihn als er sah, wie die Leute ihm folgten.

Zalamuni zuckte mit den Schultern, wie man es Ignoranten gegenüber tut in einer Weise die ausdrückte „soll niemand sagen, ihr seid nicht gewarnt worden!!", dann sank er zurück auf seine Schlafstatt. Er schüttelte den Kopf, griff nach seinem Kassettenrekorder und drehte den Knopf auf höchste Lautstärke.

-36-

Die Soldaten

Sherif schaltete morgens sofort den Fernseher ein: Die ersten Bilder zeigten, wie ein Panzer nach dem anderen über die Hauptverkehrsadern der Stadt rollte. Vorüberziehende Truppenlaster kamen zusätzlich in Sicht. Über Nacht hatte sich das Militär überall aufgestellt. Straßensperren und Kontrollposten wurden an allen wichtigen Verkehrsstraßen eingerichtet. Die Soldaten bildeten einen Kordon quer über alle Zugangsstraßen zum Platz. Und in der Stadt war es bedeutend ruhiger geworden. Der Nebel aus Angst, der in den vergangenen Tagen über den Tahrir-Platz gehangen hatte, war verschwunden. Die kriminelle, randalierende Meute waren nicht mehr zu sehen. Hier und da hörte man fröhliches Geplauder und vernahm Zungentremolos und Umarmungen. Junge Ägypter schenkten Soldaten auf ihren Panzern Rosen und machten Selfies mit gereckten Daumen, Wertschätzung signalisierend. Ein Bild, das am selben Tag von vielen Fernsehkanälen ausgestrahlt wurde und am nächsten Tag die Titelseiten vieler Zeitungen und Boulevardblätter zur Gänze füllte.

Zur Erleichterung aller nahmen die Dinge schnell wieder ihren gewohnten Lauf. In den Straßen regten sich schon die ersten Anzeichen erwachenden Lebens. Die Menschen, die Frieden und Sicherheit inbrünstig herbeisehnten, gingen wie gewohnt ihren Aktivitäten nach. Die Geschäfte öffneten ihre Türen aufs Neue. Käufer und Händler kamen auf die Gassen, Straßen und großen Plätze zurück.

Ein Hoffnungsschimmer tat sich auf.

-37-

Ein Punkt am Horizont

Überall hingen die Menschen an ihren Handys und versuchten fieberhaft Informationen aufzuschnappen und sich über die aktuelle Lage ein Bild zu machen. Wie es schien, wollten sich die Ereignisse an diesem Tag überschlagen. Zahlreiche Gerüchte schwirrten durch die sozialen Medien. Es wurde über die Zukunft des „Rais", des Präsidenten spekuliert. In Windeseile verbreitete sich die Kunde seines Rücktritts, das war nun das einzige Gesprächsthema auf dem Platz.

Die Regierung dagegen hüllte sich in Schweigen. Sie zappelte in einem von ihr selbst ausgeklügelten Netz von Schwindel und Lügen.

Als der Gongschlag von Radio Kairo die volle Stunde bekanntgab, legte sich eine tiefe Stille über den Tahrir-Platz. Es erstarb mit einem Schlag alles Gemurmel. Die Stille senkte sich noch tiefer und die Spannung stieg ins Unermessliche, als der Radiosprecher die Rede eines Befehlshabers der Armee ankündigte. Alles war verstummt. Auf dem bis zum Bersten gefüllten Platz hörte man eine Minute lang keinen Laut. Er glaubte das Pochen der Herzen zu hören. Sherif musste staunen. Noch nie war der Platz so still wie in diesem Moment gewesen. Die Zeit war zum Stillstand gekommen. Dann geschah das Undenkbare. In einer sonoren militärischen Stimme kündigte der General den offiziellen Rücktritt des Präsidenten an. Die Menschen wollten ihren Ohren nicht glauben. Sie tauschten fassungslose Blicke aus und wölbten die Augenbrauen zu einem Fragezeichen. Es dauerte etliche Sekunden, bis sie Gewissheit erlangten, dies war kein Irrtum.

Der Ruf eines Lautsprechers zerriss die herrschende Stille auf dem Platz und kündigte die Botschaft an.

„Höchstlöbliches Volk! Ich habe das Vergnügen, euch mitzuteilen, heute in diesem historischen Moment auf diesem historischen Platz, dass die Ära Mubarak beendet ist", verkündete feierlich die Stimme aus dem Lautsprecher auf Arabisch und Englisch.

„Es ist vorbei mit den Mubaraks! Die leiderfüllte Geschichte der Ägypter hat heute ein Ende! Die Gram und die Erniedrigung der letzten dreißig Jahre finden heute ein Ende!", wiederholte der Sprecher, mit der Stimme eines Besessenen, dem die Stimmbänder nicht mehr gehorchten unter flammendem Triumphgeschrei und ungeheurem Jubel. Es klang beinahe so, als wollte er nicht die Menge überzeugen, sondern sich selbst. Der Platz atmete Befreiung. Die alte fröhliche Unbeschwertheit war wieder da. Die Menge geriet in Ekstase. Nie hatten die Menschen solch eine Euphorie empfunden. Sie beglückwünschten und umarmten sich stürmisch, sie barsten vor guter Laune, brüllten, triumphierten, akklamierten, ließen Gesänge ertönen und hüpften und tanzten wild herum. Es gab tränenreiche Umarmungen. Niemand schämte sich der Tränen. Es waren rührende Momente, rührende Worte, rührende Gesten.

Ein alter Mann von hagerer Gestalt, dessen Namen Sherif nie erfuhr, kam mit ihm ins Gespräch. Er war dünn wie eine Bohnenstange, so dünn, dass man meinte, er falle aus seinen Kleidern. Sein ungebügelter um die Taille, Schultern und Knie schlotternder Anzug und die alte dickglasige Brille, sein ausgemergeltes, unrasiertes Gesicht, unter dem ein Adamsapfel auf und ab hüpfte, erinnerten Sherif an eine Volksfigur aus Nagib Mahfuz Romanen.

Er bemerkte für einen winzigen Moment den fassungslosen Ausdruck in dem Gesicht des alten Mannes.

„Wahnsinn! Wie sehr hatte ich diesen Augenblick herbeigesehnt. Ich will immer noch nicht glauben, dass es zu Ende ist."

Die Augen schimmerten feucht und er suchte nach weiteren Worten.

„Es ist mir ganz leicht ums Herz. Heute kann ich lächelnd und freudig sterben. Mein Traum hat sich endlich erfüllt, denn ich habe das Volk und die Revolution siegen sehen."

...

Es schallte über den aufgewühlten Platz, während weit am Himmel ein Helikopter knatterte. Es hieß, der Rais habe mit seiner Familie den Abdeen-Palast mit unbekanntem Ziel verlassen. Überall reckten sich neugierige Hälse.

Die Menge richtete den Blick auf den Hubschrauber, als wollten sie den Moment für immer in ihren Inneren bewahren, oder als würden sie nicht realisieren, dass eine Ära unwiederbringlich zu Ende ging. Im Sonnenlicht wirkte alles surreal.

Ungläubig blickte die Menge, auf den sich langsam entfernenden Hubschrauber, bis er schließlich wie eine kleine Mücke am Horizont verschwand und er nicht mehr zu sehen und zu hören war.

Dann brach erneut Jubel aus, erfüllte den Platz bis in den Himmel, als wollte er den Helikopter ins Unwiederbringliche verscheuchen.

„Irhal! Verschwinde auf Nimmerwiedersehen!", tönte es von allen Seiten des Tahrir-Platzes.

„Dir werden bald die hohen Herrschaften, die Verbrechervisagen, die Heuchlerbande, die unermesslich reichen Säcke und Sklaventreiber, alle Erzgauner und Halsabschneider folgen, die uns an den Bettelstab gebracht haben!"

„Der Gerechtigkeit soll rasch und sicher Genüge getan werden. Sie müssen alle zur Verantwortung gezogen werden", zischten und brüllten die Massen. Namen schwirrten durch die Reihen. Der unversöhnliche Zorn in den Stimmen erschreckte Sherif. Sie wogen tatsächlich die Möglichkeiten ab, das ganze Regierungspack in Ketten zu legen, durch den Schmutz zu ziehen und zum Galgen zu führen: „Sie sollen ausnahmslos mit dem Strang bestraft werden, für das, was sie uns Jahrzehnte lang angetan haben!"

„Sie würden gut aussehen, wenn sie am Galgen hängen", untermauerte ein anderer mit funkelnden Augen.

„Was Mubarak wohl in diesem Moment denkt?", kam es Sherif plötzlich in den Sinn und flüsterte dies dem alten Mann neben ihm ins Ohr.

„Vielleicht glaubt er, ganz Ägypten würde sich vor Trauer grämen, sich seinetwegen erheben und ihn flehend zurückfordern. So wie man ihn kannte, wird er einen Schmollmund ziehen und sich in eisiges, dramatisches Schweigen hüllen. Schweigen, das konnte er immer gut", entgegnete der alte Mann mit nachdenklichem Gesicht.

Aus dem Lautsprecher erklang die Nationalhymne, als wollte man etwa die gereizten Gemüter beruhigen. Ein paar Reihen weiter stimmte die Menge ergriffen in die Hymne ein. Wie trunken sangen sie, die geballte Faust hebend: „Biladi, Biladi, Biladi...Mein Heimatland, mein Heimatland, mein Heimatland!"

Eine Welle der Emotionen durchflutete die Menge. Ein erhebender Moment. Die Augen füllten sich mit Tränen. Der Moment war unbeschreiblich.

-38-

Mit oder ohne Bart?

Am Abend als sich etwas Ruhe über den Platz gesenkt hatte und der Lärm langsam verebbt war, redeten die verbliebenen Menschen weiter, als wollten sie die Jahre des Stummseins kompensieren. Die Gerüchte wucherten wie Unkraut.

„Der Volksmund dichtet gern und erfindet hinzu", sagten die einen. „In jeder Geschichte steckt ein Körnchen Wahrheit", sagten die anderen.

Vor allem brachen die Gerüchte über Mubaraks Rücktritt Bahn. Der Rais, der Präsident sei nicht freiwillig zurückgetreten, sondern erst als die Amerikaner im Schutz der Dunkelheit eine Pistolenmündung in seine Rippen bohrten.

„Patriotisch, wie er war, hatte er sich nicht gewehrt, sondern sich dem Willen des Volkes gebeugt. Aus Liebe zum Vaterland ist er zurückgetreten, um es zu retten. Ein anderer würde das Land in Schutt und Asche legen und den Nil in einen Strom des Blutes verwandeln", beteuerten seine Anhänger auf dem Platz.

Nachdem sich die ersten Wellen der Euphorie gelegt hatten und die Menschen langsam zur Nüchternheit zurückfanden, verwandelte sich die Ekstase, anfangs noch von Hoffnung genährt, in Ratlosigkeit. Eine gewisse Unruhe befiel die Menschen. Kreisende Gedanken surrten in den Köpfen. Langsam verfielen sie ins Grübeln und konnten ihre Besorgnis kaum noch verhehlen.

„Und was nun?" Eine unangenehme Frage, die jedem auf dem Herzen lag.

Hier und da kam es zu Meinungsverschiedenheiten und Reibereien. Man ging eifrig die Palette der Möglichkeiten durch. Sie war mager und kontrovers.

„Was, wenn die Bärtigen an die Macht kommen, die Ruder übernehmen?", fragte man nachdenklich und grübelte sorgengeplagt an der pochenden Frage herum.

Die einen wiegten den Kopf bedächtig, die anderen schüttelten den Kopf angewidert.

„Oh je! Wollen wir hoffen, dass es niemals so weit kommt, Gott verschone uns davor", sagte ein Kahlkopf entgeistert und schnaubte verächtlich. Er verzog den Mund, als habe er in eine Zitrone gebissen. „Sie sollen mir von der Pelle bleiben!", sagte er angewidert und wedelte mit den Händen, als wäre er von lästigen Insekten umgeben.

„Kommt, hört auf, die armen „Brüder" zu verteufeln, als seien die anderen Engel aus Licht!", entgegnete ein Bärtiger, mit Mühe seinen Zorn unterdrückend. Er starrte den Kahlkopf an, als hätte er ihm in sein Kuschari gespuckt. „Was habt ihr denn gegen die?", fauchte er ihn wütend an, während aus seiner Stimme Stolz auf die „Brüder" klang.

„Bleib ruhig, Brüderchen! Du weißt doch gar nicht, was uns diese Hinterwäldler mit ihrem missionarischen Eifer antun werden, wenn sie erst mal die Herrschaft an sich gerissen haben. Aber ich weiß es, Brüderchen", stieß ein anderer hervor.

„Du weißt gar nichts! Diejenigen, die du lebensfremd nennst, sind ganz gewiss besser organisiert und in vielen gemeinnützigen Aktivitäten engagierter als sämtliche andere Parteien dieses Landes zusammen", schnitt ihm der Bärtige das Wort, ab den Zeigefinger hochreckend. Der herablassende Tonfall schien ihn noch wütender gemacht zu haben.

„Sie können dich zum Beispiel vermählen, die zukünftige Braut vermitteln, deine Hochzeit finanzieren und organisieren", grinste ein anderer verschmitzt.

„Sie können vielleicht deine Hochzeit finanzieren. Ja. Zu internationalen Beziehungen taugen sie aber wie der Ochse zum Seiltanzen", kommentierte ein anderer amüsiert.

Sie lachten lauthals und die unterschiedlichsten Meinungen gingen hin und her:

„Eines lässt sich nicht verhehlen, ihre Lehre ist weltfremd, stagniert offenkundig schon seit Jahrhunderten, sie ist um keinen Millimeter vorwärts gerückt und wird es auch nicht tun".

„Sie halten sich an der Vergangenheit fest, weil sie sich keine Zukunft vorstellen können. Sie blicken zurück anstatt nach vorn, weil sie sich von einer Veränderung überfordert fühlen".

„Man kann nicht nach vorne laufen, während man nach hinten schaut. Dieser widernatürliche Akt lässt dich gleich beim nächsten Schritt auf die Nase fliegen".

Sie lachten, bis sie sich die Seiten halten mussten.

Es dauerte eine Weile, bis die Unterhaltung wieder in Fluss kam.

„Dem Volk hängt die Politik zum Hals heraus! Wir wollen endlich Lahma, Lahma! Fleisch…Leute….Politische Diskussionen machen uns nicht satt! Fleisch hält Leib und Seele zusammen! Immer nur Kuschari und gummi- oder strohartiges Brot führen langsam im Gedärm zu einer bedrohlichen Verstopfung! Meine Leute zu Hause klagen über schlimmes Bauchgrimmen", sagte ein mageres Knochengestell und versuchte den Riss zu kitten und das Gespräch auf einen anderen Kurs zu lenken. Er schmatzte missbilligend, die Hände gegen den leeren Bauch gedrückt. Er redete von Fleisch als ob er an Heißhunger litt und seit ewig kein nahrhaftes Mahl zu sich genommen hatte. Er fuhr sich mit den Fingern über die Mundwinkel und ließ die Zunge an den Innenseiten der Wangen spielen. Dann spuckte er einen Olivenkern aus, als wäre das ein Gaumenschmaus.

„Erst kommt Lahma, dann die Moral! Der Duft vom gegrillten Fleisch bindet stärker ans Leben, als alles glühende und demagogische Gequassel".

Alle lachten….

-39-

Abschied

Laura stand da, ihre Ellbogen auf das Geländer der Terrasse gestützt, ihren Kopf in den Händen vergraben. Ihr Blick hing etwas abwesend und gedankenverloren am Horizont. Sherif trat leise neben sie heran. Sie sah traurig und leer aus und machte an diesem Abend einen sehr besorgten Eindruck auf ihn. Einen Augenblick lang standen sie neben einander und schwiegen.
Was konnte sie so aufgewühlt, in solche Laune versetzt und ihre Besorgnis verursacht haben?
Sherif drehte sie sanft zu sich herum, legte seinen Arm auf ihre Schulter und blickte forschend in ihr bekümmertes Gesicht.
„Ist was? Stimmt etwas nicht? Laura!", brach Sherif als erster das unangenehm gewordene Schweigen und versuchte zu erfahren, was an ihr die ganze Zeit nagte.
„Ist irgendwo eine Ausgrabungsstätte zusammengestürzt, oder die Gunst der Stunde nutzend restlos ausgeraubt worden?", witzelte er, als ihm nichts weiter einfiel um sie irgendwie aufzuheitern. Sie atmete stoßweise und presste sich fest an ihn. Ein Schatten glitt über ihr Gesicht.

„Wie es aussieht, werde ich …. müssen", setzte Laura an, nach einem Moment der inneren Sammlung. Die Worte kamen ihr so schwer und mühevoll über die Lippen. Die Traurigkeit in ihrer Stimme war deutlich zu hören und sie klang, als würde sie gleich in Tränen ausbrechen.

Verwirrt von seinen eigenen Gefühlen legte er seinen Zeigefinger auf ihren Mund, als wollte er die Nachricht nicht hören, da er ahnte, worum es ging.

„Scht, Scht!", sagte er im Flüsterton. Eine ungewohnte Angst schnürte ihm das Herz zusammen.

Einen Augenblick lang schmiegten sie sich an einander und sahen sich stumm an. Sie brachten zunächst kein Wort heraus. Sie waren erstarrt. Sie konnten sich nicht bewegen, konnten nicht atmen. Sie schlossen einfach die Augen. Das Blut rauschte und brauste durch ihre Adern und in ihren Ohren. Ihre Herzen klopften. Sie konnten es gegenseitig hören, wie hallende Trommeln in der weiten Wüste.

…

Im Geist hörte Laura erneut die Worte von Professor Sander, als er heute in der Morgenrunde das Eilschreiben der Universität stirnrunzelnd vorlas, mit dem die Evakuierung der jungen Forscher aus Sicherheitsgründen angewiesen wurde.

Die Universität war ängstlich darauf erpicht, dass ihre Studierenden jegliche weiteren Forschungsaktivitäten unterlassen und umgehend zurückkehren. Sie konnte nach reifen Überlegungen kein Risiko verantworten.

„Was ist, wenn ich bleibe und das Wagnis auf mich nehme?", stieß sie mit ihrem gewöhnlich abenteuerlichen Ton hervor.

„Soll das eine Scherzfrage sein?", fragte Professor Sander und zog die Augenbrauen erstaunt hoch. „Ihr Abenteuergeist in aller Ehre, aber ich habe den Eindruck, sie haben den Bezug zur Realität verloren. Die Universität übernimmt ab heute keine Verantwortung für Ihre Präsenz hier in Ägypten!" Eine ihm ungewohnte Schärfe war unüberhörbar. „Das ist kein Vorschlag, Frau Talbrück, also sparen Sie sich die Mühe", eilte er zu sagen, als er sah, dass Laura Anstalten machte, eines ihrer Argumente vorzubringen.

„Wir sind aber einer der größten Entdeckungen auf der Spur, Professor Sander", argumentierte sie trotzdem und versuchte ihn irgendwie umzustimmen, auch auf die Gefahr hin, ihn zu verärgern.

Professor Sander ließ sich offensichtlich nicht beirren. In seinen wachen Augen sah sie, dass die Ausreise beschlossene Sache war.

Er nahm sie außer Hörweite der anderen und sprach mit ihr. Er sprach langsam und betonte jedes Wort, so als müsse er jemandem etwas begreifbar machen, der nicht bereit war zu begreifen:

„Ich weiß, wir stehen kurz davor, viele Geheimnisse zu ergründen, die Sensation aller Sensationen zu entdecken und so weiter und so fort. Leider ist die Sicherheitslage brenzlig geworden und kann jeder Zeit vollkommen außer Kontrolle geraten. Die Bedingungen für Forschungsarbeiten sind nicht mehr gegeben. Vorübergehend. Für wie lange, weiß ich nicht".

„Ich möchte nicht den Eindruck vermitteln, dass ich ihr Engagement gering schätze. Sie sind hochbegabt, eine wirklich außergewöhnliche junge Forscherin, mit großartigen Visionen und Ambitionen. Ich finde es toll, wie weit Sie in kurzer Zeit gekommen sind. Sie haben sich an die Bedingungen des hiesigen Forscherlebens schnell angepasst", sagte er, seine Worte mit Bedacht wählend. „Es tut mir aus tiefster Seele leid. Ich weiß, es ist höchst unerfreulich, die Arbeiten gerade jetzt unterbrechen zu müssen."

„Und was wird aus unserem „Wüstling"?", fragte sie nach einer schweigsamen Minute und machte ein besorgtes Gesicht.

„Über mich brauchen Sie sich keine grauen Haare wachsen zu lassen. Ich bin hier zuhause", sagte er überrascht über ihren verwirrten Ton.

„Ich gehöre hierher! Ich, der Nil, die Wüste und die Ausgrabungen sind unzertrennlich!" Er umarmte sie väterlich und ging.

Bevor er um die Ecke verschwand, drehte er sich leicht um, rang sich zu einem Lächeln durch und warf ihr einen entschuldigenden Blick zu. Dann machte er ein Zeichen, das so viel heißen sollte wie, „Bitte vergiss meine Warnung nicht! Die Lage ist ernst! Halte dich an die Anweisung!"

Laura blieb stehen, ihr Blick in unvorstellbarer Ferne verloren.

...

Ein erneutes diskretes Hüsteln Sherifs riss Laura aus ihren Gedanken und holte sie zurück auf die Terrasse des *Nile View*.

Es war mittlerweile spät geworden, sie wollten ihre Zweisamkeit solange wie möglich hinauszögern.

Der Mond war bereits aufgegangen und schimmerte hier und da auf die Dächer Zamaleks.

Sie sah ihn abwartend an und war gespannt, wie er auf diese neue Situation reagieren wird. Er konnte sich denken, welche Frage ihr auf der Zunge brannte - ihre Miene verriet ihm ihre Gedanken. Und er gab ihr die erste ehrliche Antwort, die ihm einfiel. Sie traf den Kern des Problems, denn er sah keinen Sinn darin, um den heißen Brei herumzureden.

„Manche Dinge sind wichtiger als das eigene Glück!", sagte er, als er das Schweigen nicht mehr aushielt.

Der Ausdruck ihrer blauen Augen änderte sich merklich. Sie bekam große Augen.

Dieses Geständnis verschlug Laura die Sprache. Sherif spürte ihre Enttäuschung. Ihr Blick aber verriet ihm, dass sie versuchte zu verstehen, was er sagen wollte. Ihre Gedanken waren schon weit voraus geeilt. Sie wusste genau, welchen Raum Rihan in seinem Bewusstsein einnahm. Wenn sie zurückblickte, wurde ihr klar, dass Rihan sein Ein und Alles war. Niemals könnte er sie im Stich lassen, schon gar nicht unter diesen Umständen.

„Ich mache mir große Sorgen um Rihan. Der Himmel weiß, was ich dafür geben würde, sie wieder gesund zu sehen….." warf er ein, von seinen eigenen Worten überwältigt, doch mit entschuldigendem Tonfall, da er begriff, dass er Laura tief verletzt hatte.

„Es tut mir leid, Laura. Rihan braucht mich jetzt mehr denn je. Ich habe hoch und heilig geschworen, für sie da zu sein, wann immer sie mich braucht", er versuchte seiner Stimme jegliche

Schärfe zu nehmen, während ein sorgenvoller Schatten über seine Miene strich.

Laura, die sonst wortgewandt war, zögerte und suchte nach geeigneten Worten, fand aber keine. Sie nickte bloß und signalisierte mit den Augen, dass sie verstanden hatte. Ihr war klar, jede Frage wäre in diesem Moment anmaßend und ihr Ärger wäre unangemessen, ja egoistisch. Sie erwiderte erst einmal nichts und beschloss, es gut sein zu lassen. Denn in diesem Punkt gab sie ihm recht und dafür liebte sie ihn auch. Einen Augenblick lang herrschte Schweigen, dann stand sie auf, strich sich die Haare hinters Ohr und schob sich sanft an ihm vorbei. Sie ginge ihren Rucksack für morgen packen, sagte sie mit erstickter Stimme. Damit wollte sie sagen, dass sie beide bis morgen Zeit hatten, sollte er seine Entscheidung überdenken oder irgendeinen anderen Vorschlag haben. Sherif blieb stehen, voll widersprüchlicher Gefühle. Ganz leise zog sie die Tür hinter sich zu.

In dieser Nacht dauerte es lange, bis sie einschlafen konnte. Sie hing ihren Gedanken bis zum Morgengrauen nach und ließ sich Sherifs Worte immer und immer wieder durch den Kopf gehen. Ein Gefühl der Konfusion bereitete sich in ihr aus und eine unerklärliche Sorge nagte an ihr. Sie versuchte immer wieder auf andere Gedanken zu kommen, aber ständig schossen ihr

Fragen durch den Kopf, eine beängstigender als die andere. Sie brütete darüber, was sie Sherif sagen möchte und was nun mit ihrer Beziehung geschehen wird.

Laura schloss ihre verweinten Augen und lauschte den Tönen der Flöte, die wie ein Geist langsam über die Terrasse glitten. Onkel Sobhy spielte gerade eines ihrer Lieblingsstücke und ließ sie mit bisher noch nie gekannten Gefühlsausbrüchen und verwirrter Traurigkeit kämpfen. Er spielte so rührend, als wüsste er um den Abschied. Die Musik wühlte sie auf, es war als täte sich ein Ozean voll tiefen Schmerzes auf und sie war mitten drin. Sie dachte ihr Herz würde in Tausend und ein Stücke zerspringen.

„Hör auf der Flöte Rohr

Wie es erzählt, und wie es klagt

Vom Trennungsschmerz gequält", rezitierte sie im Flüsterton.

Mit dieser Melodie schlief sie endlich ein.

...

Die Fahrt zum Flughafen verlief in Schweigen. Beide waren in Gedanken versunken und so übel und lausig gelaunt wie noch nie. Als Laura Sherif heute Morgen sah, entging ihr nicht, dass auch er eine schlaflose Nacht hinter sich hatte.

Aber darüber verloren sie kein einziges Wort.

Der Morgen war ungewöhnlich feucht und vom Nil zog dichter Nebel herauf.

Die Strecke war sehr belebt und der Verkehr chaotisch und zäh. Überall vollgepferchte Busse und Taxis. Überall erstickende Abgase. Überall Sirenen. Überall Hupen. Kairos Geräuschkulisse war an diesem Morgen intensiver als üblich.

Es war erstaunlich, wie viele Menschen begierig darauf aus waren, das Land zu verlassen. Und am ehesten war dies den Reichen möglich.

„Die Reichen kommen immer davon!", murmelte der junge Taxifahrer mit müder Zunge und blies verärgert seinen beißenden Zigarettenrauch durch das geöffnete Fenster. Er ballte seine rechte Hand zu einer Faust und schlug kraftlos auf das Armaturenbrett. Er wirkte, als stünde er unter Beruhigungsmitteln.

„Es muss einen guten Geist geben, der über sie wacht", fuhr er fort als nehme er ganz einfach einen abgebrochenen Gesprächsfaden wieder auf. Seine Stimme klang vorwurfsvoll und seine Verärgerung war unverkennbar. Sie machte sein hageres Gesicht noch härter.

„Sie werden langsam nervös. Seit Tagen verlassen sie überstürzt und schreckhaft scharenweise das Land", erklärte der junge Taxifahrer nach einem Moment der Stille und senkte seine Stimme verschwörerisch, während seine Blicke zu den neben ihnen fahrenden dicken Limousinen wanderten. „Sie verriegeln ihre Villen, verstecken ihre Jachten, bringen ihre Pferde, Hunde und Katzen in Sicherheit und machen sich aus dem Staub, ohne auch nur einen Blick zurückzuwerfen. Nicht weil sie sich etwa in Grund und Boden schämen, sondern weil sie darauf brennen, weg zu kommen und weil sie sich einen Dreck um das Land scheren. All die Devisen, die sie sich während der letzten Jahrzehnte unter den Nagel gerissen hatten, haben sie längst auf Konten in westlichen Banken deponiert."

Der junge Taxifahrer verstand nicht, warum man die „Dreckskerle" nicht dingfest machte, und das reizte ihn bis zur Weißglut.

Oft besaßen sie mehrere Pässe. Savoir-vivre oblige!

„Ihnen brennt jetzt der Boden unter den Füßen. Wie aufgescheuchte Hühner suchen sie die Weite", spöttelte er, brach in müdes Lachen aus und entblößte sein entzündetes Zahnfleisch. Sherif hörte nur mit halbem Ohr zu und musste leicht schmunzeln. Darin fand der Taxifahrer einen zusätzlichen Trost. Weitere Witze waren die Folge. Er drückte seinen Zigarettenstummel aus, schaltete den Ton des Radios leise und stürzte sich begierig in eine Tirade über die Reichen. Er fand Gefallen daran, Seitenhiebe und bissige Bemerkungen zu machen und Scherze über sie zu reißen.

Aber er schimpfe nur über die überheblichen und skrupellosen Blutegel, die das Blut des Volkes ausgesaugt hatten, präzisierte er und musterte prüfend Laura und Sherif im Rückspiegel, als wolle er feststellen, ob seine Worte sie wirklich interessierten. Jeder, der ein Quäntchen Verstand besitze, wusste, dass es auch humane Reiche gab. Er sprach von seinem Arbeitgeber zum Beispiel, den er aus der Gleichung herausnahm. Er hatte Fabriken, Farmen, Supermärkte, Hotels, Buslinien, Touristenbusse und und und. Aber er blieb menschlich und teilte sein Kuschari mit jedem Arbeitnehmer. Zu jedem Ramadan und jedem Weihnachtsfest gab es extra Geld. Zucker, Öl, Mehl und viel Makkaroni.

„Nichts spricht gegen Reichtum. Reichsein ist kein Verbrechen", ereiferte er sich. Ob er das im Spaß oder im Ernst meinte, war ihm nicht anzusehen. „Reichtum soll ein Recht jedes Bürgers werden. Wer möchte das ganz ehrlich nicht sein? Aber wer reich ist muss nach der Devise handeln: Essen und Mitessen lassen. Ansonsten habe ich keinen Anlass sie zu hassen", belehrte er in einem bäuerlich-ägyptischen Akzent und suchte Sherifs Bestätigung im Rückspiegel, dessen Schweigen ihm offensichtlich unangenehm war.

Sherif nickte, sagte aber nichts. Er war wie immer angenehm schweigsam. Ihm war nicht entgangen, dass die Gefühle des jungen Taxifahrers gegenüber den Reichen an blankem Hass und Neid grenzten. Er konnte ihm nicht verdenken, dass ihm, wie auch den vielen anderen Menschen in diesem Land zum Schluss der Kragen geplatzt war.

Überall spürte man diese Aversion, Spannung, Aufregung und vor allem die Ungewissheit, die in der Luft lag. Unter der Oberfläche brodelte es noch mehr.

Die Erwartung vieler, dass soziale Gerechtigkeit und Demokratie ins Land kommen und das Leben wieder sicher machen würden oder dass man zumindest zu einer gewissen Normalität zurückfinden würde, war überall spürbar.

Wann immer Sherif um sich blickte, sah er sorgenvolle Gesichter. Nichts, was seine Laune heben konnte. Er verspürte ein sehnendes Verlangen, die Zeit vorzudrehen, um den Stillstand zu überwinden und die Ereignisse schnell vorwärts zu treiben. „Immer vorwärts, nie zurück! Auf keinen Fall zurück zur Normalität, denn in der Normalität lag ja das Übel ", sagte er sich.

Es folgte ein kurzes Schweigen als das Taxi an einem großen Platz vorbeifuhr. „Rabia el-Adaouia! Gelobt sei der Prophet!", sagte der Taxifahrer mit einer unergründlichen Stimme, schnalzte mit der Zunge und knurrte missmutig vor sich hin. Er machte ein argwöhnisches Gesicht und kam aus dem Staunen nicht heraus. Seine Augen waren nur noch ein schmaler Schlitz. „Ein Bild aus dem Mittelalter", sagte er ungläubig und sah Sherif zweifelnd an, als erwarte er eine Reaktion von ihm.

Erstaunt ließen sie alle den Blick umherschweifen, als hätten sie Schwierigkeiten zu glauben, was sich auf dem Platz abspielte. Mit einem Mal kam Sherif zu Bewusstsein, dass die Muslimbrüder sich diesen Platz fern vom Tahrir-Platz ausgesucht hatten und Zelte aufschlugen, um sich vom Rest zu distanzieren. Neugierig betrachteten sie die große, versammelte Menge, die sich ausschließlich aus bärtigen Männern und verschleierten Frauen in schwarzem Habit zusammensetzte. Überall lautes Getöse.

Nicht weit vom Platz waren Panzer und Militärcheckpoints zu sehen. Sherif musterte die konzentrierten Mienen der uniformierten Soldaten, die entlang der Straße und Weggabelungen postiert waren. Alle im Frühling des Lebens. Sie waren äußerst bemüht korrekt, bürgernah und doch distanziert zu sein. Sie hatten von allem etwas. Sie wirkten stolz zu wissen, dass sie dringend gebraucht wurden und dass die Stabilität des Landes jetzt in ihrer Verantwortung lag.

„Was wird aus dem Land?", schoss es Sherif durch den Kopf. Die Betonung auf wird. Ein Thema, über das er besorgt ununterbrochen nachdachte. Bis zum heutigen Tag verharrte der ganze Nahe Osten in einem chaotischen Zustand. Die Nachrichten, die jede Stunde aus den Nachbarländern kamen, ließen die Hoffnungen von düster zu schwarz wandeln. Es wurde nur schlimmer statt besser. Der Traum des ewigen „arabischen Frühlings" war zum Alptraum geworden. Eine große Enttäuschung nach den vielen Opfern. Die Arabellion erwies sich als ein Nachtfalter oder besser gesagt ein umherirrender Schmetterling in einem dornigen Feld, und umherirrende Schmetterlinge machen noch längst keinen Frühling. Der arabische Frühling hatte keinen Jasmin mit wohlriechenden Blüten hervorgebracht, sondern Dornen. Sehr viele blutrünstige Dornen.

„Warum eigentlich?", begann Sherif darüber nachzudenken. In seinem Kopf überschlugen sich die Gedanken. „Die Winde führen die Schiffe dahin, wo sie sich nicht hin wünschen", sagte ihm ein Kollege. Was sein Kollege wohl mit „Winde" und „Schiffe" meinte?

....

Als Laura und Sherif die Eingangshalle des Flughafens betraten roch es nach abgestandener Luft und es herrschte pures Chaos. Alles ging drunter und drüber. Laura und Sherif stürzten sich in das Getümmel, schlängelten sich an den Gruppen vorbei und bahnten sich mit Mühe den Weg zum Schalter. Der Flughafen platzte aus allen Nähten. Es waren anscheinend gerade Busladungen von Expatriates und den letzten Touristen angekommen. Es wimmelte förmlich vor Passagieren und es war so laut, dass man sein eigenes Wort nicht verstehen konnte. Der schroffe Lautsprecher schrillte und brabbelte dauernd und verkündete Verspätungen, Annullierungen und Verzögerungen und versuchte die Passagiere auf den neusten Stand zu bringen.

Die Beamten hatten kaum Zeit durchzuatmen. Sie waren überfordert und konsterniert, mürrisch und offensichtlich am Rande ihrer Selbstbeherrschung. Die Passagiere waren ebenso verärgert. Das war deutlich zu spüren. Überall fuchtelten und brüllten sie unbeherrscht herum. Die vergangenen nervenaufreibenden Wochen der Revolution hatten ihre Spuren hinterlassen. Der schrill hallende Lausprecher stachelte die Nervosität zusehends an. Mit jeder weiteren nervtötenden Durchsage wuchs die Anspannung und ließ die Passagiere in Hektik und Zornesausbrüche verfallen. Viele schliefen einfach auf dem nackten Boden und nahmen ihr

Gepäck als Kissen. Sie waren erschöpft. Das ohrenbetäubende Konzert störte sie jedoch nicht im Mindesten.

Es war kein von Fröhlichkeit geprägter Tag. Überall verwirrte besorgte, traumatisierte Gesichter. Menschen verabschiedeten sich voneinander mit Rührung und Tränen. Und sie gaben sich nicht mal die Mühe, ihre Tränen zu verbergen. Auch die sonst fröhliche Laura machte einen niedergeschlagenen Eindruck. In ihren Augen las man Trennungsschmerz. Nie hätte sie gedacht, dass es ihr schwerfallen würde, Kairo zu verlassen. Sie musterte ihr Flugticket und überlegte, ob die ganze Reise nur ein Traum war. Es war als hätte ihr ganzer Aufenthalt nicht länger als einen einzigen Augenblick gewährt.

Wie schnell die Zeit vergeht, wenn man sich wünscht, der Aufenthalt möge das ganze Leben dauern. Unweigerlich erinnerte sie sich daran, wie sie ankam; und plötzlich hörte sie eine wohlbekannte Stimme hinter sich und spürte eine Hand auf ihrem Arm. Laura drehte sich um. Da standen Saadiya und Onkel Hany. Sie traten auf sie zu mit ausgestreckten Armen und umarmten sie stürmisch, als hätten sie sich schon ewig nicht mehr gesehen. Sherif sah, wie ein Lächeln Laura strahlen ließ.

„Es wird uns ganz komisch vorkommen, wenn du nicht mehr hier bist, Laura!", sagte Onkel Hany und bedachte Laura mit einem traurigen Lächeln. Er zog etwas verlegen eine Grimasse um seine Verlegenheit zu überspielen. Sein Gesichtsausdruck war liebevoll.

„Wer einmal vom Nilwasser getrunken hat, kehrt über kurz oder lang wieder zurück", warf Saadiya ein und versuchte belustigt zu klingen. In ihren jovialen Worten schwang jedoch leiser Abschiedsschmerz mit.

„Trennung lässt stumpfe Leidenschaften welken und starke wachsen, so wie der Wind die Kerze auslöscht und das Feuer entfacht", sagte Sherif poetisch, da er sich von der gedrückten Stimmung nicht anstecken lassen wollte. Er lächelte sie beruhigend an.

Der hoffnungsvolle Ton in seiner Stimme sagte Laura, dass es wohl ein baldiges Wiedersehen geben würde. Sie liebte die Ruhe seiner Worte und den Trost, den sie zu spenden vermochten.

„Ich werde euch auch vermissen", brach es aus ihr heraus und sie rang offensichtlich mit den Tränen. Sie sprach hastig, als müsste sie die Worte schnell loswerden, bevor ihre Stimme sie im Stich ließ. Sie hörte ihr Herz bis zum Hals schlagen, aber die Emotionen ließen sich nicht unterdrücken. Etwas verlegen hakte sie sich bei Sherif ein, um ihre Nervosität zu überspielen, dann hielten sie sich umklammert und verharrten schweigsam eine

Zeitlang in einer innigen tiefen, fast reglosen Umarmung bis die scheppernde Durchsage die Umarmung zerriss. Der Flughafen schien zu schwanken. Er schlang die Arme noch fester um sie.

Sie sah linkisch auf die Uhr. „Es ist Zeit zu gehen", sagte sie traurig zu sich selbst.

Sie lösten sich voneinander, schweren Herzens, um den Abschied nicht noch schwerer zu machen. Sie hievte ihren Rucksack über die Schulter und steuerte widerwillig auf die Kontrolle zu.

„Gehabe dich wohl, meine Liebe, bis wir uns wiedersehen! Und grüß *Almaniya* ganz ganz herzlich von uns!", hörte sie noch Saadiya mit hoher Stimme rufen.

Sherifs Blicke verfolgten Laura bis sie die Kontrolle erreicht hatte. Ihm fehlte sie schon jetzt und zwar mehr als er für möglich gehalten hätte. Ein Teil von ihm wünschte sich innig, sie wäre geblieben oder er wäre mitgegangen.

Er sah, wie sie sich am Ausgang ein letztes Mal umdrehte. Ihre Lippen formten Worte, die im Lärm des Flughafens untergingen. Bis auf das Geplärr aus dem Lautsprecher war nichts zu verstehen.

Er winkte ihr hinterher bis sie außer Sicht war und unterdrückte den hämmernden Impuls zu weinen. „Männer weinen nicht", sagte Onkel Hany und gab sich Mühe, sich seine Rührung nicht anmerken zu lassen. Sherif stand da, scrollte etwas verlegen auf seinem Handy und spürte seinen eigenen Herzschlag im Hals.

„Was geschieht nun?", fragte Saadiya teilnahmsvoll. „Wo gehst du hin, Sherif?"

„Rihan! Wir müssen dringend einen Arzt für Rihan finden", sagte er nach einer kleinen Pause und eilte zum Ausgang.

Die anderen folgten ihm.

...

Im Flugzeug hatte Laura einen Fensterplatz. Sie blendete den dicken Mann mit sonnengerötetem Gesicht auf dem Nachbarsitz und sein oberflächliches Geschwätz aus. Er erzählte in großer Ausführlichkeit über seine Tauchkurse und über seine Abenteuer während seiner Basar-Besuche und über das viele Bakschisch, das er unter die Menschen da unten gebracht hatte und zeigte mit dem Zeigefinger nach unten. Er freute sich endlich das ganze Unbehagen hinter sich gelassen zu haben. Sein Gesicht zerfloss in breites Lächeln, als das Flugzeug Anstalten machte zu starten. „El-Ham-Du-Li-La, Schock-Ran Habibi... Maa-Lesch! Ma-Fisch-Musch-Kila... Maybe Bukra! In-Schalla, In-Schalla!", warf er stolz seine wenigen arabischen Floskeln um sich, winkte und grinste übers ganze Gesicht. „I freu mi auf a gscheits Bier!", sagte er absichtlich mit einer starken Dialektfärbung. Er schnalzte mit der Zunge gegen den Gaumen und hauchte Laura seine saure Bierfahne ins Gesicht.

Laura lehnte sich zurück und wendete ihren Kopf ab. Ihr Blick wanderte zum Fenster hinaus. Sie schaute schweigend zu, wie die Piste unter dem Flugzeug in die Tiefe glitt, wie die Menschen klein wie Punkte geschäftig hin und her eilten und ihre Sorgen mit sich herumschleppten. Wie zu einer Abschiedszeremonie umrundete das Flugzeug Kairo, und ließ alles in ihrem Kopf drehen. Aus dem kleinen Fenster betrachtete sie ein kleines Fischerboot, das an der Brücke dümpelte, schwerfällig auf und ab wippte und in dem eine kleine Familie saß.

Sie warf einen letzten Blick über das sonnenbeschienen Wasser des Nil, der glitzerte, als sei er mit Silberfäden durchzogen und als winke auch er ihr zum Abschied. Unbeirrt durchzieht er die Stadt und spendet Leben und Hoffnung. Sie hing einen Moment lang ihren Erinnerungen nach. Da unten hatte sie eine glückliche, unvergessliche Zeit erlebt. Ihre Gedanken schweiften weiter zu den Menschen, die sie ins Herz geschlossen hatte.

Es kamen Gedanken und Erinnerungen an all die glücklichen Momente hoch, die ihr Herz schwer werden ließen. Bei den Erinnerungen huschte immer wieder ein leises Lächeln über ihr Gesicht. In diesem Moment beneidete sie Professor Sander in seinem Häuschen am Nil, inmitten üppiger Obstgärten mit ausgedehnten Oliven- und Granatapfelhainen. Sie schloss die Augen und sah ihn vor sich. Sie malte sich aus, wie er im Schatten von Palmen saß, den Duft der sonnengereiften Feigen, Guaven und Mangos einatmend.

Laura sah die Stadt kleiner und kleiner werden, bis sie nur noch wie die Umrisse einer Landkarte aussah, ohne Anfang und ohne Ende. Langsam verbarg sie sich unter den immer dichter werdenden Wolken.

Es war nichts mehr zu erkennen, außer dem roten Blinklicht am schemenhaft mächtigen Flügel des Flugzeugs.